【典藏本】金庸作品集 27

侠客行

下

金庸

图书在版编目（CIP）数据

侠客行：典藏本／金庸著．— 广州：广州出版社，2019.10（2020.2重印）
ISBN 978-7-5462-2980-5

Ⅰ．①侠⋯　Ⅱ．①金⋯　Ⅲ．①侠义小说－中国－当代　Ⅳ．①I247.5

中国版本图书馆CIP数据核字（2019）第238972号

本书版权由著作权人授权广州市朗声图书有限公司在中国大陆（不包括香港、澳门、台湾地区）专有使用

版权所有·侵权必究

敬告读者

为了维护读者、著作权人和出版发行者的合法权益，本书采用了新型数码防伪技术。正版图书的定价标示处及外包装盒上均贴有完好的防伪标签。刮开涂层，可见到一组数码，您可以通过两种途径查验真伪。

1. 拨打全国免费电话4008301315，按语音提示从左到右依次输入相应数码并按#键结束。
2. 扫描防伪标上的二维码，按提示输入相应数码。

读者如发现盗版图书，可向当地"扫黄打非"办公室、新闻出版局、公安机关、市场监督管理局等部门举报，或直接与我们联系。

联系电话：020-34297719　13570022400

我们对举报盗版、盗印、销售盗版图书等侵权行为的有功人员将予以重奖。

广州市朗声图书有限公司

衬页印章／齐白石「不贪为宝」「心无妄思」。

左图／任颐「玉壶买春」。

西安慈恩寺大雁塔：玄奘大师所建。

大唐三藏聖教序
太宗文皇帝製
蓋聞二儀有象顯
覆載以含生四時

褚遂良书《大唐三藏圣教序》：《圣教序》系唐太宗为赞誉玄奘大师所作，「圣教」指佛教。碑在大雁塔内。

唐太宗书《温泉铭》。

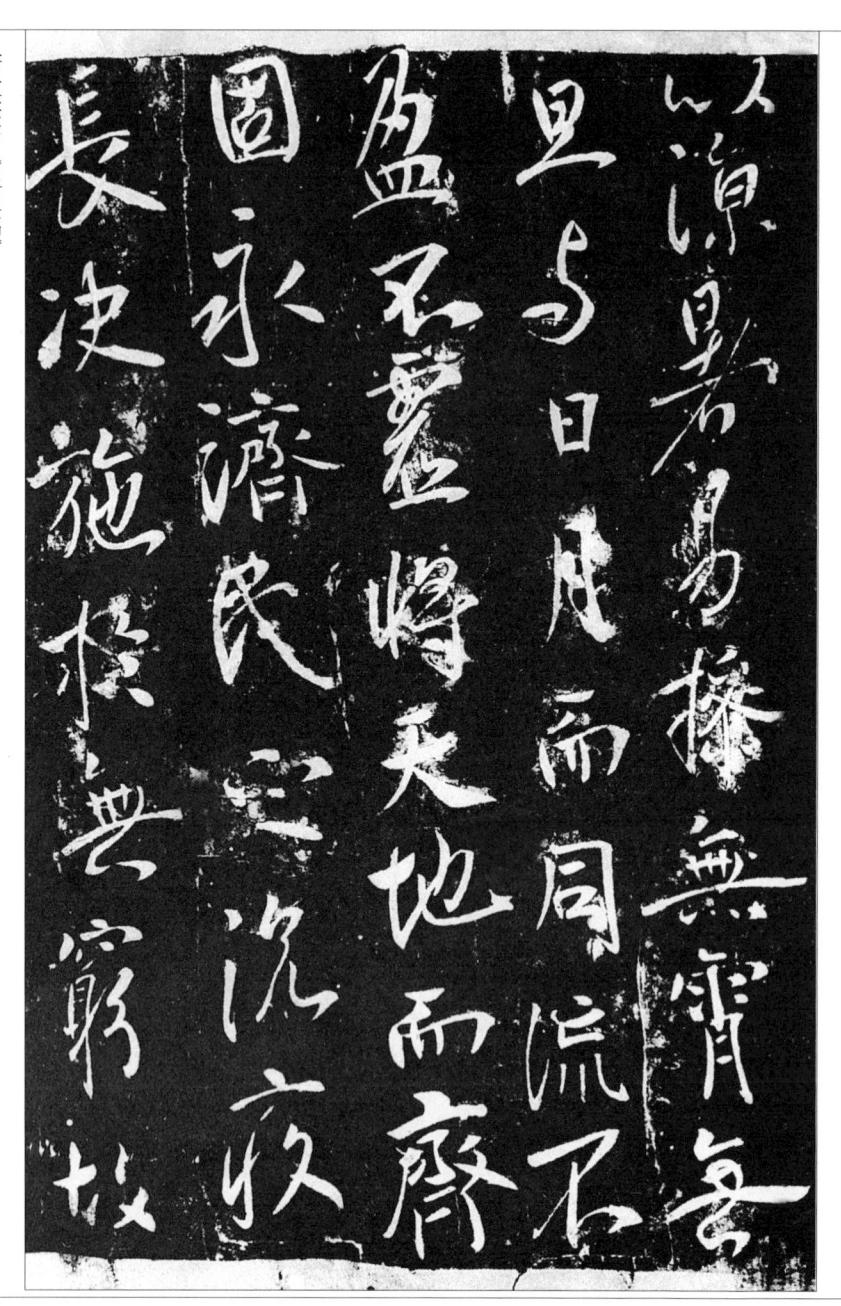

以源昊易挹无霄无旦与日月而同流不盈不虚将天地而齐固永济民无沉疾故长决施悦典穷

李世民自署：唐太宗为秦王时，提兵攻王世充，少林寺僧有武艺者助战有功，李世民致书少林寺住持示谢。

左右武侯大将军、持节凉州总管、上柱国秦□世民告柏

春秋时吴国的铜尊：一种酒器，江苏武进出土。吴王夫差和西施饮宴之时，或许用过这一类铜尊装酒。

楚国的金币：文种和范蠡本来都在楚国做官，可能使用过这一类金币。

越王勾践剑：近年在湖北省楚墓出土。

春秋时武士的铜盔：辽宁出土，当是燕国武士所用。

春秋时吴国武士所用的戈：装在柄上，是一种长形武器。

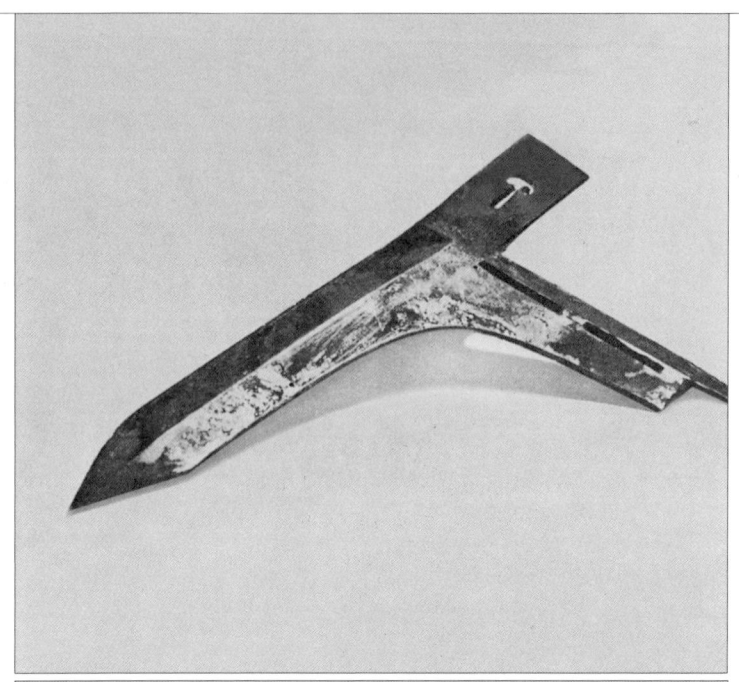

鱼肠剑图：吴王阖闾（夫差的父亲）为公子时，用伍子胥的计策，利用刺客专诸，以鱼肠剑刺死堂弟王僚，夺得王位。

右图／越王与夷剑：与夷是勾践的儿子。

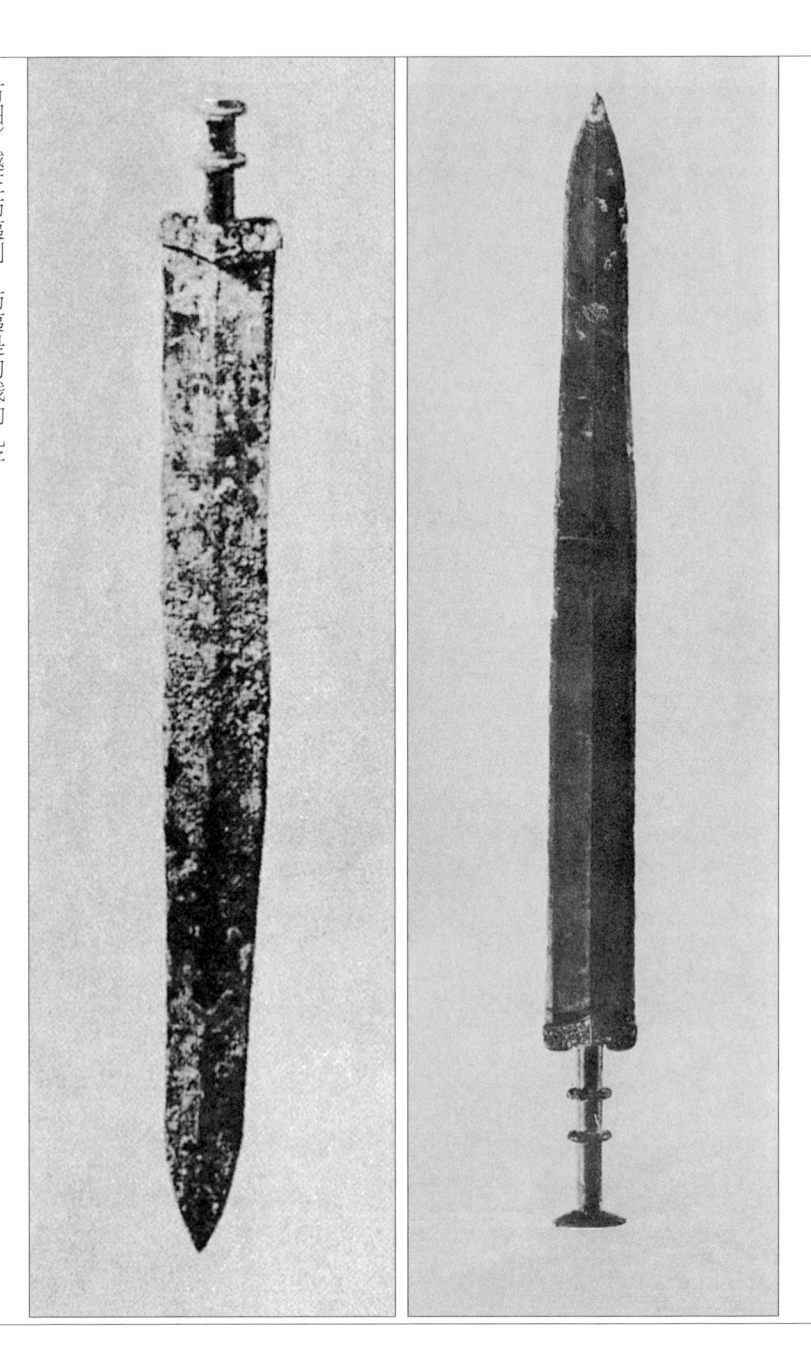

左图／吴王夫差剑。

12

干将、莫邪铸剑之剑池飞瀑：在浙江莫干山，莫干山即因干将、莫邪而得名。干将、莫邪是夫妻，铸剑名手，曾为吴王阖闾铸剑。

东汉时所铸铜镜：左为吴王夫差坐于帷中，上为伍子胥自刎时怒发冲冠之状，下为越王勾践持节，范蠡席地而坐。

吴王夫差为西施所建的馆娃宫遗址：在苏州灵岩。图中房屋自然是后来所建。

任渭长绘「越大夫范蠡」：任熊，字渭长，浙江萧山人，清末著名画家，善画人物，画宗陈老莲，所绘版画甚有名。

本图及下图均录自《于越先贤传》，刻工为蔡照初，刀法精练圆熟，镌刻极佳。

本书所录《卅三剑客图》均为任渭长绘，蔡照初刻，是中国版画中难得的精品。

本书首页图的画家任颐，是任渭长同族的侄儿。

越大夫范公蠡

16

越女西施

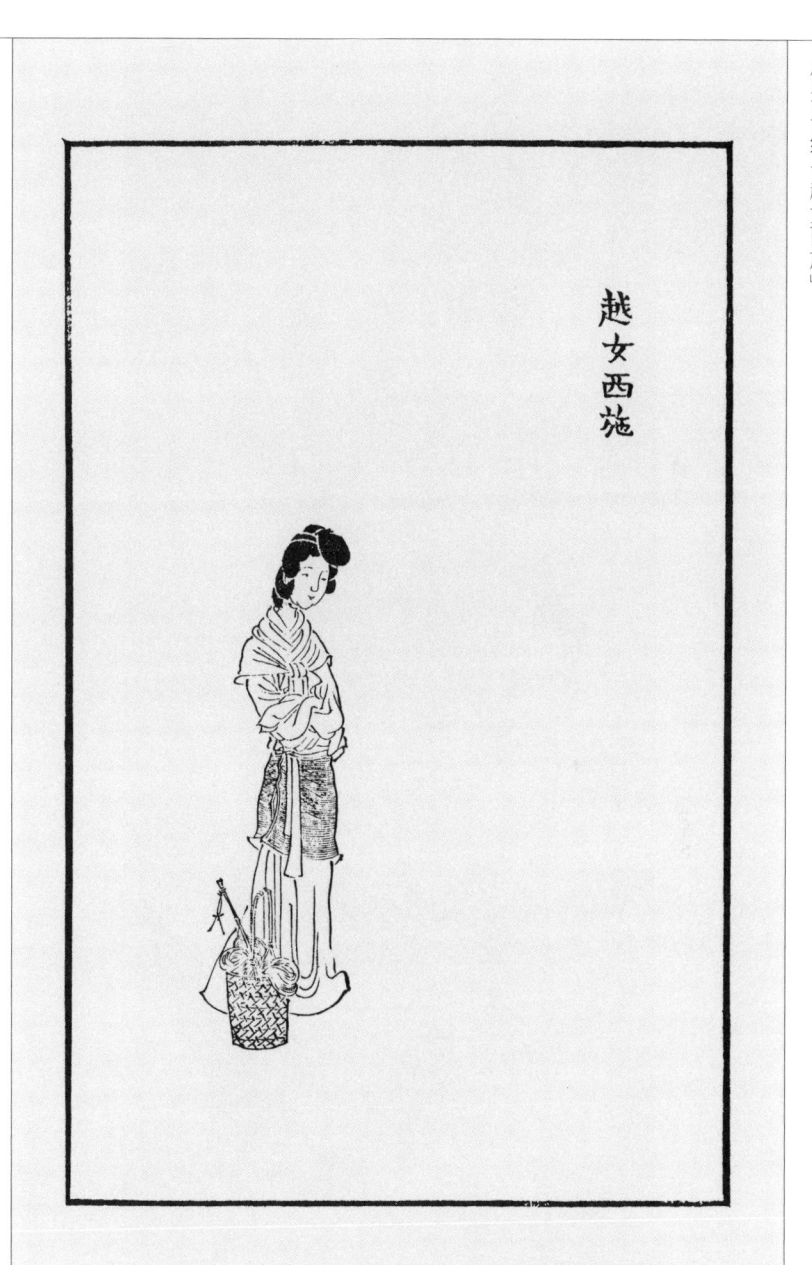

任渭长绘「越女西施」。

任颐《风尘三侠图》。

目　录

侠客行

　　十五　　真相 …………………………… 395

　　十六　　凌霄城 ………………………… 431

　　十七　　自大成狂 ……………………… 465

　　十八　　有所求 ………………………… 505

　　十九　　腊八粥 ………………………… 527

　　二十　　"侠客行" ……………………… 557

　　二十一　"我是谁？" …………………… 581

　　后记 ……………………………………… 595

越女剑 ………………………………………… 597

卅三剑客图 …………………………………… 627

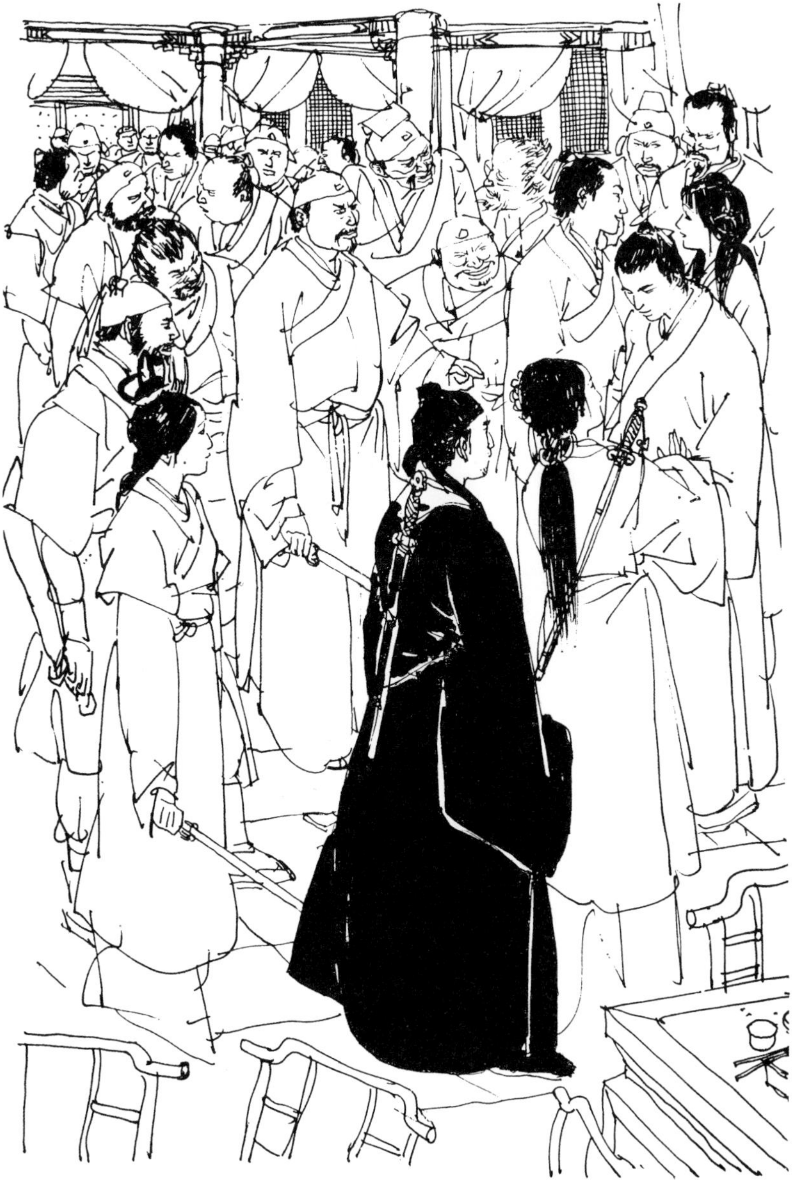

闵柔微微仰头瞧着儿子，笑道："昨日早晨在客店中不见了你，我急得什么似的。你爹爹说，到长乐帮来打听打听，定能得知你的讯息，果然是在这里。"

十五

真相

　　石破天和丁珰远远跟在关东群豪之后，驰出十余里，便见前面黑压压地好大一片松林。只听得范一飞朗声道："是哪一路好朋友相邀？关东万马庄、快刀门、青龙门、卧虎沟拜山来啦。"丁珰道："咱们躲在草丛里瞧瞧，且看是不是爷爷。"两人纵身下马，弯腰走近，伏在一块大石之后。

　　范一飞等听到马蹄之声，早知二人跟着来，也不过去招呼，只是凝目瞧着松林。四个掌门人站在前面，十余名弟子隔着丈许，排成一列，站在四人之后。松林中静悄悄地没半点声息。下弦月不甚明亮，映着满野松林，照得人面皆青。

　　过了良久，忽听得林中一声唿哨，左侧和右侧各有一行黑衣汉子奔出。每一行都有五六十人，百余人远远绕到关东群豪之后，兜将转来，将群豪和石丁二人都围住了，站定身子，手按兵刃，一声不出。跟着松林中又出来十名黑衣汉子，一字排开。石破天轻噫一声，这十人竟是长乐帮内五堂的正副香主，米横野、陈冲之、展飞等一齐到了。这十人一站定，林中缓步走出一人，正是"着手成春"贝海石。他咳嗽了几声，说道："关东四大门派掌门人枉顾，敝帮兄弟……咳咳……不敢在总舵静候，特来远迎。咳……只是各位来得迟了，教敝帮合帮上下，等得十分心焦。"

范一飞听得他说话之间咳嗽连声,便知是武林中大大有名的贝海石,心想原来对方正是自己此番前来找寻的正主儿,虽见长乐帮声势浩大,反放下了心事,寻思:"既是长乐帮,那么生死荣辱,凭此一战,倒免了跟毫不相干的丁不四等人纠缠不清。"一想到丁不四,忍不住打个寒战,便抱拳道:"原来是贝先生远道来迎,何以克当?在下卧虎沟范一飞。"跟着给吕正平、风良、高三娘子等三人引见了。

石破天见他们客客气气的厮见,心道:"他们不是来打架的。"低声道:"是自己人,咱们出去相见罢。"丁珰拉住他手臂,在他耳边道:"且慢,等一等再说。"

只听范一飞道:"我们约定来贵帮拜山,不料途中遇到一些耽搁,是以来得迟了,还请贝先生和众位香主海涵。"贝海石道:"好说,好说。不过敝帮石帮主恭候多日,不见大驾光临,只道各位已将约会之事作罢。石帮主另有要事,便没再等下去了。"范一飞一怔,说道:"不知石英雄到了何处?不瞒贝先生说,我们万里迢迢的来到中原,便是盼和贵帮的石英雄会上一会。若是会不到石英雄,那……那……未免令我们好生失望了。"贝海石按住嘴咳嗽了几声,却不作答。

范一飞又道:"我们携得一些关东土产,几张貂皮,几斤人参,奉赠石英雄、贝先生和众位香主。微礼不成敬意,只是千里送鹅毛之意,请各位笑纳。"左手摆了摆,便有三名弟子走到马旁,从马背上解下三个包裹,躬身送到贝海石面前。

贝海石笑道:"这……这个实在太客气了。承各位赐以厚贶,当真……咳咳……当真是却之不恭,受之有愧了,多谢,多谢!"米横野等将三个包裹接了过去。

范一飞从自己背上解下一个小小包裹,双手托了,走上三步,朗声道:"贵帮司徒帮主昔年在关东之时,和在下以及这三位朋友甚是交好,蒙司徒帮主不弃,跟我们可说是有过命的交情。这里是一只成形的千年人参,服之延年益寿,算得是十分稀有之物,是送给司徒大哥的。"他双手托着包裹,望定了贝海石,却不将包裹递过去。

石破天好生奇怪:"怎么另外还有一个司徒帮主?"

只听贝海石咳了几声,又叹了口长气,说道:"敝帮前帮主司徒大哥,咳咳……前几年遇上了一件不快意事,心灰意懒,不愿再理帮务,因此上将帮中大事交给了石帮主。司徒大哥……他老人家……咳咳……入山隐居,久已不闻消息,帮中老兄弟们都牵记得紧。各位这份厚礼,要交到他老人家手上,倒不大容易了。"

范一飞道:"不知司徒大哥在何处隐居?又不知为了何事退隐?"辞意渐严,已隐隐有质问之意。

贝海石微微一笑,说道:"在下只是司徒帮主的部属,于他老人家的私事,所知实在不多,范兄等几位既是司徒帮主的知交,在下正好请教,何以正当长乐帮好生兴旺之际,司徒帮主突然将这副重担交托了给石帮主?"这一来反客为主,登时将范一飞的咄咄言辞顶了回去,反令他好生难答。范一飞道:"这个……这个我们怎么知道?"

贝海石道:"当司徒帮主交卸重任之时,众兄弟对石帮主的人品武功,可说一无所知,见他年纪甚轻,武林中又无名望,由他来率领群雄,老实说大伙儿心中都有点儿不服。可是石帮主接任之后,便为本帮立了几件大功,果然司徒帮主巨眼识英雄,他老人家不但武功高人一等,见识亦是非凡,咳咳……若非如此,他又怎会和众位辽东英雄论交?嘿嘿!"言下之意自是说,倘若你们认为司徒帮主眼光不对,那么你们自己也不是什么好脚色了。

吕正平突然插口道:"贝大夫,我们在关东得到的讯息,却非如此,因此上一齐来到中原,要查个明白。"

贝海石淡淡的道："万里之外以讹传讹，也是有的。却不知列位听到了什么谣言？"

吕正平道："真相尚未大白之前，这到底是否谣言，那也还难说。我们听一位好朋友说道，司徒大哥是……是……"眼中精光突然大盛，朗声道："……是被长乐帮的奸人所害，死得不明不白。这帮主之位，却落在一个贪淫好色、凶横残暴的少年浪子手里。这位朋友言之凿凿，听来似乎不是虚语。我们记着司徒大哥昔年的好处，虽然自知武功名望，实在不配来过问贵帮的大事，但为友心热，未免……未免冒昧了。"

贝海石嘿嘿一声冷笑，说道："吕兄言之有理，这未免冒昧了。"

吕正平脸上一热，心道："人道'着手成春'贝海石精干了得，果是名不虚传。"大声说道："贵帮愿奉何人为主，局外人何得过问？我们这些关东武林道，只想请问贵帮，司徒大哥眼下是死是活？他不任贵帮帮主，到底是心所甘愿，还是为人所迫？"

贝海石道："姓贝的虽不成器，在江湖上也算薄有浮名，说过了的话，岂有改口的？阁下要是咬定贝某撒谎，贝某也只有撒谎到底了。嘿嘿，列位都是武林中大有身份来历之人，热心为朋友，本来令人好生钦佩。但这一件事，却是欠通啊欠通！"

高三娘子向来只受人戴高帽、拍马屁，给贝海石如此奚落，不禁大怒，厉声说道："害死司徒大哥的，只怕你姓贝的便是主谋。我们来到中原，是给司徒大哥报仇来着，早就没想活着回去。你男子汉大丈夫，既有胆子作下事来，就该有胆子承担，你给我爽爽快快说一句，司徒大哥到底是死是活？"

贝海石懒洋洋的道："姓贝的生了这许多年病，闹得死不死，活不活的，早就觉得活着也没多大味道。高三娘子要杀，不妨便请动手。"

高三娘子怒道："还亏你是个武林名宿，却来给老娘耍这忞赖劲儿。你不肯说，好，你去将那姓石的小子叫出来，老娘当面问他。"她想贝海石老奸巨猾，斗嘴斗他不过，动武也怕寡不敌众，那石帮主是个后生小子，纵然不肯吐实，从他神色之间，总也可看到些端倪。

站在贝海石身旁的陈冲之忽然笑道："不瞒高三娘子说，我们石帮主喜欢女娘们，那是不错，但他只爱见年轻貌美、温柔斯文的小妞儿。要他来见高三娘子，这个……嘿嘿……只怕他……嘿嘿……"这几句话语气轻薄，言下之意，自是讥嘲高三娘子老丑泼辣，石帮主全无见她一见的胃口。

丁珰在暗中偷笑，低声道："其实高姊姊相貌也很好看啊，你又看上了她，是不是？"石破天道："又来胡说八道！小心她放飞刀射你！"丁珰笑道："她放飞刀射我，你帮哪一个？"石破天还没回答。高三娘子大怒之下，果然放出了三柄飞刀，银光急闪，向陈冲之射去。

陈冲之一一躲开，笑道："你看中我有什么用？"口中还在不干不净的大肆轻薄。

范一飞叫道："且慢动手！"但高三娘子怒气一发，便不可收拾，飞刀接连发出，越放越快。陈冲之避开了六把，第七把竟没能避过，噗的一声，正中右腿，登时屈腿跪倒。高三娘子冷笑道："下跪求饶么？"陈冲之大怒，拔刀扑了上来。风良挥软鞭挡开。

眼见便是一场群殴之局，石破天突然叫道："不可打架，不可打架！你们要见我，不是已经见到了么？"说着携了丁珰之手，从大石后窜了出来，几个起落，已站在人丛之中。

陈冲之和风良各自向后跃开。长乐帮中群豪欢声雷动，一齐躬身说道："帮主驾到！"

范一飞等都大吃一惊，眼见长乐帮众人的神气绝非作伪，转念

· 401 ·

又想："恩公自称姓石，年纪甚轻，武功极高，他是长乐帮的帮主，本来毫不希奇，只怪我们事先没想到。他自称石中玉，我们却听说长乐帮帮主叫什么石破天。嗯，石中玉，字破天，那也寻常得很啊。"

高三娘子歉然道："石……石恩公，原来你……你便是长乐帮的帮主，我们可当真卤莽得紧。早知如此，那还有什么信不过的？"

石破天微微一笑，向贝海石道："贝先生，没想到在这里碰到大家，这几位是我朋友，大家别伤和气。"

贝海石见到石破天，不胜之喜，他和关东群豪原无嫌隙，略略躬身，说道："帮主亲来主持大局，那是再好也没有了，一切仗帮主作主。"

高三娘子道："我们误听人言，只道司徒大哥为人所害，因此上和贵帮订下约会，哪里知道新帮主竟然便是石恩公。石恩公义薄云天，自不会对司徒大哥作下什么亏心事，定是司徒大哥见石恩公武功比他高强，年少有为，因此上退位让贤，却不知司徒大哥可好？"

石破天不知如何回答，转头向贝海石道："这位司徒……司徒大哥……"

贝海石道："司徒前帮主眼下隐居深山，什么客人都不见，否则各位如此热心，万里赶来，本该是和他会会的。"

吕正平道："在下适才出言无状，得罪了贝先生，真是该死之极，这里谢过。"说着深深一揖，又道："但司徒大哥和我们交情非同寻常，这番来到中原，终须见上他一面，万望恩公和贝先生代为求恳。司徒大哥不见外人，我们可不是外人。"说着双目注视石破天。

石破天向贝海石道："这位司徒前辈，不知住得远不远？范大哥他们走了这许多路来探访他，倘若见不到，岂非好生失望？"

贝海石甚感为难，帮主的说话就是命令，不便当众违抗，只得道："其中的种种干系，一时也说不明白。各位远道来访，长乐帮岂可不稍尽地主之谊？敝帮总舵离此不远，请各位远客驾临敝帮，喝一杯水酒，慢慢再说不迟。"

石破天奇道："总舵离此不远？"贝海石微现诧异之色，说道："此处向东北，抄近路到镇江总舵，只五十里路。"石破天转头向丁珰望去。丁珰格的一笑，伸手抿住了嘴。

范一飞等正要追查司徒帮主司徒横的下落，不约而同的都道："来到江南，自须到贵帮总舵拜山。"

当下一行人径向东北进发，天明后已到了镇江长乐帮总舵。帮中自有管事人员对辽东群豪殷勤接待。

石破天和丁珰并肩走进内室。侍剑见帮主回来，不由得又惊又喜，见他带着一个美貌少女，那是见得多了，心想："身子刚好了些，老毛病又发作了。先前我还道他一场大病之后变了性子，哼，他若变性，当真日头从西方出来呢。"

石破天洗了脸，刚喝得一杯茶，听得贝海石在门外说道："侍剑姊姊，请你禀告帮主，贝海石求见。"石破天不等侍剑来禀，便擎帷走出，说道："贝先生，我正想请问你，那位司徒帮主到底是怎么回事？"

贝海石道："请帮主移步。"领着他穿过花园，来到菊坛畔的一座八角亭中，待石破天坐下，这才就坐，道："帮主生了这场病，隔了这许多日子，以前的事仍然记不得么？"

石破天曾听父母仔细剖析，说道长乐帮群豪要他出任帮主，用心险恶，是要他为长乐帮挡灾，送他一条小命，以解除全帮人众的危难。但贝海石一直对他恭谨有礼，自己在摩天崖上寒热交攻，幸得他相救，其后连日发病，他又曾用心诊治，虽说出于自私，但自

· 403 ·

己这条命总是他救的，此刻如果直言质询，未免令他脸上难堪，再说，从前之事确是全然不知，也须问个明白，便道："正是，请贝先生从头至尾，详述一遍。"

贝海石道："司徒前帮主名叫司徒横，外号八爪金龙，是帮主的师叔，帮主这总还记得罢？"石破天奇道："是我师叔，我……我怎么一点也不记得了？那是什么门派？"

贝海石道："司徒帮主向来不说他的师承来历，我们属下也不便多问。三年以前，帮主奉了师父之命……"石破天问道："奉了师父之命，我师父是谁？"贝海石摇了摇头，道："帮主这场病当真不轻，竟连师父也忘记了。帮主的师承，属下却也不知。上次雪山派那白万剑硬说帮主是雪山派弟子，属下也是好生疑惑，瞧帮主的武功家数，似乎不像。"

石破天道："我师父？我只拜过金乌派的史婆婆为师，不过那是最近的事。"伸指敲了敲脑袋，只觉自己所记的事，与旁人所说总是不相符合，心下好生烦恼，问道："我奉师父之命，那便如何？"

贝海石道："帮主奉师父之命，前来投靠司徒帮主，要他提携，在江湖上创名立万。过不多时，本帮便发生了一件大事，那是因商议赏善罚恶、铜牌邀宴之事而起。这一回事，帮主可记得么？"石破天道："赏善罚恶的铜牌，我倒知道。当时怎么商议，我脑子里却是一点影子也没有了。"贝海石道："本帮每年一度，例于三月初三全帮大聚，总舵各香主、各地分舵舵主，都来镇江聚会，商讨帮中要务。三年前的大聚之中，有个何香主忽然提到，本帮近年来好生兴旺，再过得三年，邀宴铜牌便将重现江湖，那时本帮势难幸免，如何应付，须得先行有个打算才好，免得事到临头，慌了手脚。"

石破天点头道："是啊，赏善罚恶的铜牌一到，帮主若不接牌答允去喝腊八粥，全帮上下都有尽遭杀戮之祸。那是我亲眼见到过的。"贝海石心中一凛，奇道："帮主亲眼见到过了？"石破天道："其实我真的不是你们帮主。不过这件事我却见到了的，那是飞鱼帮和铁叉会，两帮人众都给杀得干干净净。"心道："唉！大哥、二哥可也太辣手了。"

飞鱼帮和铁叉会因不接铜牌而惨遭全帮屠歼之事，早已传到了长乐帮总舵。贝海石叹了口气，说道："我们早料到有这一天，因此那位何香主当年提出这件事来，实在也不能说是杞人忧天，是不是？可是司徒帮主一听，立时便勃然大怒，说何香主煽动人心，图谋不轨，当即下令将他扣押起来。大伙儿纷纷求情，司徒帮主嘴上答允，半夜里却悄悄将他杀了，第二日却说何香主畏罪自杀。"

石破天道："那为了什么？想必司徒帮主和这位何香主有仇，找个因头将他害死了。"贝海石摇头道："那倒不是，真正原因是司徒帮主不愿旁人提及这回事。"

石破天点了点头。他资质本甚聪明，只是从来少见人面，于人情世故才一窍不通，近来与石清夫妇及丁珰相处多日，已颇能揣摩旁人心思，寻思："司徒帮主情知倘若接了铜牌赴宴，那便是葬身海岛，有去无回；但若不接铜牌，却又是要全帮上下弟兄陪着自己一块儿送命。这件事他自己多半早就日思夜想，盘算了好几年，却不愿别人公然提起这个难题。"

贝海石续道："众兄弟自然都知道何香主是他杀的。他杀何香主不打紧，但由此可想而知，当邀宴铜牌到来之时，他一定不接，决不肯牺牲一己，以换得全帮上下的平安。众兄弟当时各怀心事，默不作声，便在那时，帮主你挺身而出，质问师叔。"

石破天大为奇怪，说道："是我挺身而出，质问……质问他？"

贝海石道："是啊！当时帮主你侃侃陈辞，说道：'师叔，你既为本帮之主，便当深谋远虑，为本帮图个长久打算。善恶二使

· 405 ·

复出江湖之期，已在不远。何香主提出这件事来，也是为全帮兄弟着想，师叔你逼他自杀，只恐众兄弟不服。'司徒帮主当即变脸喝骂，说道：'大胆小子，这长乐帮总舵之中，哪有你说话的地方？长乐帮自我手中而创，便算自我手中而毁，也挨不上别人来多嘴多舌。'司徒帮主这几句话，更教众兄弟心寒。帮主你却说道：'师叔，你接牌也是死，不接牌也是死，又有什么分别？若不接牌，只不过教这许多忠肝义胆的好兄弟们都陪上一条性命而已，于你有什么好处？倒不如爽爽快快的慷慨接牌，教全帮上下，永远记着你的恩德。'"

石破天点头道："这番话倒也不错，可是……可是……贝先生，我却没这般好口才，没本事说得这般清楚明白。"贝海石微笑道："帮主何必过谦？帮主只不过大病之后，脑力未曾全复。日后痊愈，自又辩才无碍，别说本帮无人能及，便是江湖上，又有谁及得你上？"石破天将信将疑，道："是么？我……我说了这番话后，那又如何？"

贝海石道："司徒帮主登时脸色发青，拍桌大骂，叫道：'快……快给我将这没上没下的小子绑了起来！'可是他连喝数声，众人你看看我，我看看你，竟是谁也不动。司徒帮主更加气恼，大叫：'反了，反了！你们都跟这小子勾结了起来，要造我的反是不是？好，你们不动手，我自己来宰了这小子！'"

石破天道："众兄弟可劝住了他没有？"

贝海石道："众兄弟心中不服，仍是谁也没有作声。司徒帮主当即拔出八爪飞抓，纵身离座，便向帮主你抓了过来。你身子一晃，登时避开。司徒帮主连使杀着，却都给你一一避开，也始终没有还手。你双手空空，司徒帮主的飞抓在武林中也是一绝，你居然能避得七八招，实是十分的难能可贵。当时米香主便叫了起来：'帮主，你师侄让了你八招不还手，一来尊你是帮主，二来敬你是师叔，你再下杀手，天下人可都要派你的不是了。'司徒帮主怒喝：'谁叫他不还手了？反正你们都已偏向了他，大伙儿齐心合力将我杀了，奉这小子为帮主，岂不遂了众人的心愿？'

"他口中怒骂，手上丝毫不停，霎时之间，你连遇凶险，眼见要命丧于他飞爪之下。展香主叫道：'石兄弟，接剑！'将一柄长剑抛过来给你。你伸手抄去，又让了三招，说道：'师叔，我已让了二十招，你再不住手，我迫不得已，可要得罪了。'司徒帮主目露凶光，挥钢爪向你面门抓到，当时议事厅上二十余人齐声大呼：'还手，还手，莫给他害了！'你说道：'得罪！'这才举剑挡开他的飞爪。

"你二人这一动手，那就斗得十分激烈。斗了一盏茶时分，人人都已瞧出帮主你未出全力，是在让他，但他还是狠命相扑，终于你使了一招犹似'顺水推舟'那样的招式，剑尖刺中了他右腕，他飞爪落地，你立即收剑，跃开三步。司徒帮主怔怔而立，脸上已全无血色，眼光从众兄弟的脸上一个个横扫过去。这时议事厅上半点声息也无，只有他手腕伤口中的鲜血，一滴一滴的落在地下，发出极轻微的嗒嗒之声。过了半好响，他惨然说道：'好，好，好！'大踏步向外走去。厅上四十余人目送他走出，仍是谁也没有出声。

"司徒帮主这么一走，谁都知道他是再也没面目回来了，帮中不可无主，大家就推你继承。当时你慨然说道：'小子无德无能，本来决计不敢当此重任，只是再过三年，善恶铜牌便将重现江湖。小子暂居此位，那邀宴铜牌若是送到本帮，小子便照接不误，替各位挡去一场灾难便是。'众兄弟一听，齐声欢呼，当即拜倒。不瞒帮主说，你力战司徒帮主，武功之强，众目所睹，大家本已心服，其实即使你武功平平，只要答允为本帮挡灾解难，大家出于私心，也都必拥你为主。"

石破天点头道："因此我几番出外，你们都急得什么似的，唯

· 407 ·

恐我一去不回。"

贝海石脸上微微一红，说道："帮主就任之后，诸多措施，大家也无异言，虽说待众兄弟严峻了些，但大家想到帮主大仁大义，甘愿舍生以救众人之命，什么也都不在乎了。"

石破天沉吟道："贝先生，过去之事，我都记不起了，请你不必隐瞒，我到底做过什么大错事了？"贝海石微笑道："说是大错，却也未必。帮主方当年少，风流倜傥了些，也不足为病。好在这些女子大都出于自愿，强迫之事，并不算多。长乐帮的声名本来也不如何高明，众兄弟听到消息，也不过置之一笑而已。"

石破天只听得额头涔涔冒汗，贝海石这几句话轻描淡写，但显然这几年来自己的风流罪过定是作下了不少。可是他苦苦思索，除了丁珰一人之外，又和哪些女子有过不清不白的私情勾当，实是一个也想不起来；突然之间，心中转过一个念头："倘若阿绣听到了这番话，只须向我瞧上一眼，我就……我就……"

贝海石道："帮主，属下有一句不知进退的话，不知是否该说？"石破天忙道："正要请贝先生教我，请你说得越老实越好。"贝海石道："咱们长乐帮做些见不得人的买卖，原是势所难免，否则全帮二万多兄弟吃饭穿衣，又从哪里生发得来？咱们本就不是白道上的好汉，也用不着守他们那些仁义道德的臭规矩。只不过帮中自家兄弟们的妻子女儿，依属下之见，帮主还是……还是少理睬她们为妙，免得伤了兄弟间的和气。"

石破天登时满脸通红，羞愧无地，想起那晚展香主来行刺，说自己勾引他的妻子，只怕此事确是有的，那便如何是好？

贝海石又道："丁不三老先生行为古怪，武功又是极高，帮主和他孙女儿来往，将来遗弃了她，只怕丁老先生不肯干休，帮主虽然也不会怕他，但总是多树一个强敌……"石破天插口道："我怎会遗弃丁姑娘？"贝海石微笑道："帮主喜欢一个姑娘之时，自是当她心肝宝贝一般，只是帮主对这些姑娘都没长性。这位丁姑娘嘛，帮主真要跟她相好，也没什么。但拜堂成亲什么的，似乎可以不必了，免得中了丁老儿的圈套。"石破天道："可是……可是我已经和她拜堂成亲了。"贝海石道："其时帮主重病未愈，多半是病中迷迷糊糊的受了丁老儿的摆布，那也不能作得准的。"石破天皱起眉头，一时难以回答。

贝海石心想谈到此处，已该适可而止，便即扯开话题，说道："关东四门派声势汹汹的找上门来，一见帮主，登时便软了下来，恩公长、恩公短的，足见帮主威德。帮主武功增长奇速，可喜可贺，但不知是什么缘故？"石破天如何力退丁不四、救了高三娘子等人性命之事，途中关东群豪早已加油添酱的说与长乐帮众人知晓。贝海石万万料不得石破天武功竟会如此高强，当下想套问原由，但石破天自己也莫名其妙，自说不出个所以然来。

贝海石却以为他不肯说，便道："这些人在武林中也都算是颇有名望的人物。帮主于他们既有大恩，便可乘机笼络，以为本帮之用。他们若是问起司徒前帮主的事，帮主只须说司徒前帮主已经退隐，属下适才所说的经过，却不必告知他们，以免另生枝节，于大家都无好处。"石破天点点头道："贝先生说得是。"

两人又说了一会闲话，贝海石从怀中摸出一张清单，禀告这几个月来各处分舵调换了哪些管事人员，什么山寨送来多少银米，在什么码头收了多少月规。石破天不明所以，只是唯唯而应，但听他说来，长乐帮的作为，有些正是父母这几日来所说的伤天害理勾当，许多地方的绿林山寨向长乐帮送金银珠玉、粮食牲口，摆明了是坐地分赃；又有什么地方的帮会不听号令，长乐帮便去将之灭了。他心中觉得不对，却不知如何向贝海石说才是。

当晚总舵大张筵席，宴请关东群豪，石破天、贝海石、丁珰在下首相陪。

酒过三巡，各人说了些客气话。范一飞道："恩公大才，整理得长乐帮这般兴旺，司徒大哥想来也必十分欢喜。"贝海石道："司徒前辈此刻钓鱼种花，什么人都不见，好生清闲舒适。敝帮的俗务，我们也不敢去禀报他老人家知道。"

范一飞正想再设辞探问，忽见虎猛堂的副香主匆匆走到贝海石身旁，在他耳旁低语了几句。

贝海石笑着点头，道："很好，很好。"转头向石破天笑道："好教帮主得知，雪山派群弟子给咱们擒获之后，这几天凌霄城又派来后援，意图救人。哪知偷鸡不着蚀把米，刚才又给咱们抓了两个。"石破天微微一惊，道："将雪山派的弟子都拿住了？"贝海石笑道："上次帮主和白万剑那厮一起离开总舵，众兄弟好生记挂，只怕帮主忠厚待人，着了那厮的道儿……"他当着关东群豪之面，不便直说石破天为白万剑所擒，是以如此的含糊其辞，又道："咱们全帮出动，探问帮主的下落，在当涂附近撞到一干雪山弟子，略使小计，便将他们都擒了来，禁在总舵，只可惜白万剑那厮机警了得，单单走了他一人。"

丁珰突然插口问道："那个花万紫花姑娘呢？"贝海石笑道："那是第一批在总舵擒住的，丁姑娘当时也在场，是不是？那次一共拿住了七个。"

范一飞等心下骇然，均想："雪山派赫赫威名，不料在长乐帮手下遭此大败。"

贝海石又道："我们向雪山派群弟子盘问帮主的下落，大家都说当晚帮主在土地庙自行离去，从此没再见过。大家得知帮主无恙，当时便放了心。现下这些雪山派弟子是杀是关，但凭帮主发落。"

石破天寻思："爹爹、妈妈说，从前我确曾拜在雪山派门下学艺，这些雪山派弟子们算来都是我的师叔，怎么可以关着不放？

当然更加不可杀害。"便道:"我们和雪山派之间有些误会,还是……化……"他想说一句成语,但新学不久,一时想不起来。

贝海石接口道:"化敌为友。"

石破天道:"是啊,还是化敌为友罢!贝先生,我想把他们放了,请他们一起来喝酒,好不好?"他不知武林中是否有这规矩,因此问上一声,又想贝海石他们花了很多力气,才将雪山群弟子拿到,自己轻易一句话便将他们放了,未免擅专。旁人虽尊他为帮主,他自己却不觉帮中上下人人都须遵从他的号令。

贝海石笑道:"帮主如此宽洪大量,正是武林中的一件美事。"便盼咐道:"将雪山派那些人都带上来。"

那副香主答应了下去,不久便有四名帮众押着两个白衣汉子上来。那二人都双手给反绑了,白衣上染了不少血迹,显是经过一番争斗,两人都受了伤。那副香主喝道:"上前参见帮主。"

那年纪较大的中年人怒目而视,另一个三十岁左右的壮汉破口大骂:"爽爽快快的,将老爷一刀杀了!你们这些作恶多端的贼强盗,总有一日恶贯满盈,等我师父威德先生到来,将你们一个个碎尸万段,为我报仇。"

忽听得窗外暴雷也似的一声喝道:"时师弟骂得好痛快,狗强盗,下三滥的王八蛋。"但听得铁链叮当之声,自远而近,二十余名雪山派弟子都戴了足镣手铐,昂然走入大厅。耿万锺、呼延万善、闻万夫、柯万钧、王万仞、花万紫等均在其内,连那轻功十分了得的汪万翼这次也给拿住了。王万仞一进门来,便"狗强盗、王八蛋"的骂不绝口,有的则道:"有本事便真刀真枪的动手,使闷香蒙药,那是下三滥的小贼所为。"

范一飞与风良等对望了一眼,均想:"倘若是使闷香蒙汗药将他们擒住的,那便没什么光采了。"

贝海石一瞥之间,已知关东群豪的心意,当即离座而起,笑吟吟的道:"当涂一役,我们确是使了蒙汗药,倒不是怕了各位武功了得,只是顾念石帮主和各位的师长昔年有一些渊源,不愿动刀动枪的伤了各位,有失和气。各位这么说,显是心中不服,这样罢,各位一个个上来和在下过过招,只要有哪一位能接得住在下十招,咱们长乐帮就算是下三滥的狗强盗如何?"

当日长乐帮总舵一战,贝海石施展五行六合掌,柯万钧等都是走不了两三招便即被他点倒,若说要接他十招,确是大大不易。新被擒的雪山弟子时万年却不知他功夫如此了得,眼见他面黄肌瘦,一派病夫模样,对他有何忌惮?当即大声叫道:"你们长乐帮只不过倚多为胜,有什么了不起?别说十招,你一百招老子也接了。"

贝海石笑道:"很好,很好!这位老弟台果然胆气过人。咱们便这么打个赌,你接得下我十招,长乐帮是下三滥的狗强盗。倘若你老弟在十招之内输了,雪山派便是下三滥的狗强盗,好不好?"说着走近身去,右手一拂,绑在时万年身上几根手指粗细的麻绳应手而断,笑道:"请罢!"

时万年被绑之后,不知已挣扎了多少次,知道身上这些麻绳十分坚韧,哪知这病夫如此轻描淡写的随手一拂,自己说什么也挣不断的麻绳竟如粉丝面条一般。霎时之间,他脸色大变,不由自主的身子发抖,哪里还敢和贝海石动手?

忽然间厅外有人朗声道:"很好,很好!这个赌咱们打了!"众人一听到这声音,雪山弟子登时脸现喜色,长乐帮帮众俱都一愕,连贝海石也是微微变色。

只听得厅门砰的一声推开,有人大踏步走了进来,气宇轩昂,英姿飒爽,正是"气寒西北"白万剑。他抱拳拱手,说道:"在下不才,就试接贝先生十招。"

贝海石微微一笑,神色虽仍镇定,心下却已十分尴尬,以白万剑的武功而论,自己虽能胜得过他,但势非在百招以外不可,要在十招之内取胜，那是万万不能。他心念一转，便即笑道："十招之赌，只能欺欺白大侠的众位师弟。白大侠亲身驾到，咱们这个打赌便须改一改了。白大侠倘若有兴与在下过招，咱们点到为止，二三百招内决胜败罢！"

白万剑森然道："原来贝先生说过的话，是不算数的。"贝海石哈哈一笑，说道："十招之赌，只是对付一般武艺低微、狂妄无知的少年，难道白大侠是这种人么？"

白万剑道："倘若长乐帮自承是下三滥的狗强盗，那么在下就算武艺低微、狂妄无知，又有何妨？"他进得厅来，见石破天神采奕奕的坐在席上，众师弟却个个全身铐镣，容色憔悴，心下恼怒已极，因此抓住了贝海石一句话，定要逼得他自承是下三滥的狗强盗。

便在此时，门外忽然有人朗声道："松江府杨光，玄素庄石清、闵柔前来拜访。"正是石清的声音。

石破天大喜，一跃而起，叫道："爹爹，妈妈！"奔了出去。他掠过白万剑身旁之时，白万剑一伸手便扣他手腕。

这一下出手极快，石破天猝不及防，已被扣住脉门，但他急于和父母相见，不暇多想，随手一甩，真力到处，白万剑只觉半身酸麻，急忙松指，只觉一股大力冲来，急忙向旁跨出两步，这才站定，一变色间，只见贝海石笑吟吟的道："果然武艺高强！"这句话明里似是称赞石破天，骨子里正是讥刺白万剑"武艺低微、狂妄无知"。

只见石破天眉花眼笑的陪着石清夫妇走进厅来，另一个身材高大的白须老者走在中间，他身后又跟着五个汉子。镇江与松江相去不远，长乐帮群豪知他是江南武林名宿银戟杨光，更听帮主叫石清夫妇为"爹爹、妈妈"，自是人人都站起身来。但见石破天携着闵柔之手，神情极是亲密。

闵柔微微仰头瞧着儿子，笑着说道："昨日早晨在客店中不见了你，我急得什么似的，你爹爹却说，倘若有人暗算于你，你或者难以防备，要说将你掳去，那是再也不能了。他说到长乐帮来打听打听，定能得知你的讯息，果然是在这里。"

丁珰一见石清夫妇进来，脸上红得犹如火炭一般，转过了头不敢去瞧他二人，却竖起耳朵，倾听他们说些什么。

只听得石清夫妇、杨光和贝海石、范一飞、吕正平等一一见礼。杨光身后那五个汉子均是江南出名的武师，是杨光与石清就近邀来长乐帮评理作见证的。各人都是武林中颇有名望的人物，什么"久仰大名、如雷贯耳"之类的客套话，好一会才说完。范一飞等既知他们是石破天的父母，执礼更是恭谨。石清夫妇不知就里，见对方礼貌逾恒，自不免加倍的客气。只是贝海石突然见到石破天多了一对父母出来，而这两人更是闻名江湖的玄素庄庄主，饶是他足智多谋，霎时之间也不禁茫然失措。

石破天向贝海石道："贝先生，这些雪山派的英雄们，咱们都放了罢？"他不敢发施号令，要让贝海石拿主意。

贝海石笑道："帮主有令，把雪山派的'英雄们'都给放了。"他将"英雄们"三字说得加倍响亮，显是大有讥嘲之意。长乐帮中十余名帮众轰然答应："是！帮主有令，把雪山派的'英雄们'都给放了。"当下便有人拿出钥匙，去开雪山弟子身上的足镣手铐。

白万剑手按剑柄，大声说道："且慢！石……哼，石帮主，贝先生，当着松江府银戟杨老英雄和玄素庄石庄主夫妇在此，咱们有句话须得说个明白。"顿了一顿，说道："咱们武林中人，若是学艺不精，刀枪拳脚上败于人手，对方要杀要辱，那是咎由自取，死而无怨。可是我这些师弟，却是中了长乐帮的蒙汗药而失手被擒，长乐帮使这等卑鄙无耻的手段，到底是损了雪山派的声誉，还是坏了长乐帮名头？这位贝先生适才又说什么来，不妨再说给几位新来的朋友听听。"

贝海石干咳两声，笑道："这位白兄弟……"白万剑厉声道："谁跟下三滥的狗强盗称兄道弟了！好不要脸！"贝海石道："我们石帮主……"

石清插口道："贝先生，我这孩儿年轻识浅，何德何能，怎可当贵帮的帮主？不久之前他又生了一场重病，将旧事都忘记了。这中间定有重大误会，那'帮主'两字，再也休得提起。在下邀得杨老英雄等六位朋友来此，便是要评说分解此事。白师傅，贵派和长乐帮有过节，我不肖的孩儿又曾得罪了你。这两件事该当分开来谈。我姓石的虽是江湖上泛泛之辈，对人可从不说一句假话。我这孩儿确是将旧事忘得干干净净了。"他顿了一顿，朗声又道："然而只要是他曾经做过的事，不管记不记得，决不敢推卸罪责。至于旁人假借他名头来干的事，却和我孩儿一概无涉。"

厅上群雄愕然相对，谁也没料到突然竟会有这意外变故发生。

贝海石干笑道："嘿嘿，嘿嘿，这是从哪里说起？石帮主……"心下只连珠价叫苦。

石破天摇头道："我爹爹说得不错。我不是你们的帮主，我不知说过多少遍了，可是你们一定不信。"

范一飞道："这中间到底有什么隐秘，兄弟颇想洗耳恭听。我们只知长乐帮的帮主是司徒横司徒大哥，怎么变成是石恩公了？"

杨光一直不作声，这时捻须说道："白师傅，你也不用性急，谁是谁非，武林中自有公论。"他年纪虽老，说起话来却是声若洪钟，中气充沛，随随便便几句话，便是威势十足，教人不由得不服。只听他又道："一切事情，咱们慢慢分说，这几位师傅身上的铐镣，先行开了。"

长乐帮的几名帮众见贝海石点了点头，便用钥匙将雪山弟子身

·415·

上的镣铐一一打开。

白万剑听石清和杨光二人的言语,竟是大有向贝海石问罪之意,对自己反而并无敌意,倒大非始料之所及。他众师弟为长乐帮所擒,人孤势单,向贝海石斥骂叫阵,那也是硬着头皮的无可奈何之举,为了雪山派的面子,纵然身遭乱刀分尸,也不肯吞声忍辱,说到取胜的把握,自是半分也无,单贝海石一人自己便未必斗得过。不料石清夫妇与杨光突然来到,忽尔生出了转机,当下并不多言,静观贝海石如何应付。

石清待雪山群弟子身上镣铐脱去、分别就坐之后,又道:"贝先生,小儿这么一点儿年纪,见识浅陋之极,要说能为贵帮一帮之主,岂不令天下英雄齿冷?今日当着杨老英雄和江南武林朋友,白师傅和雪山派众位师兄,关东四大门派众位面前,将这事说个明白。我这孩儿石中玉与长乐帮自今而后再无半分干系。他这些年来自己所做的事,自当一一清理,至于旁人借他名义做下的勾当,是好事不敢掠美,是坏事却也不能空担恶名。"

贝海石笑道:"石庄主说出这番话来,可真令人大大的摸不着头脑。石帮主出任敝帮帮主,已历三年,并非一朝一夕之事,咳咳……我们可从来没听帮主说过,名动江湖的玄素双剑……咳咳……竟是我们帮主的父母。"转头对石破天道:"帮主,你怎地先前一直不说?否则玄素庄离此又没多远,当你出任帮主之时,咱们就该请令尊令堂大人前来观礼了。"

石破天道:"我……我……我本来也不知道啊。"

此语一出,众人都是大为差愕:"怎么你本来也不知道?"

石清道:"我这孩儿生了一场重病,将过往之事一概忘了,连父母也记不起来,须怪他不得。"

贝海石本来给石清逼问得狼狈之极,难以置答,长乐帮众首脑心中都知,所以立石破天为帮主,不过要他去挡侠客岛铜牌之难,说得直截些，便是要他做替死鬼，这话即在本帮之内，大家也只是心照，实不便宣之于口，又如何能对外人说起？忽听石破天说连他自己也不知石清夫妇是他父母，登时抓住了话头，说道："帮主确曾患过一场重病，寒热大作，昏迷多日，但那只是两个多月之前的事。他出任长乐帮帮主之时，却是身子好好的，神智清明，否则怎能以一柄长剑与司徒前帮主的飞爪拆上近百招，凭武功将司徒前帮主打败，因而登上帮主之位？"

石清和闵柔没听儿子说过此事，均感诧异。闵柔问道："孩儿，这事到底怎样？"关东四门派掌门人听说石破天打败了司徒横，也是十分关注，听闵柔问起，同时瞧着石破天。

贝海石道："我们向来只知帮主姓石，双名上破下天。'石中玉'这三字，却只从白师傅和石庄主口中听到。是不是石庄主认错了人呢？"

闵柔怒道："我亲生的孩儿，哪有认错之理？"她虽素来温文有礼，但贝海石竟说这宝贝儿子不是她的孩儿，却忍不住发怒。

石清见贝海石纠缠不清，心想此事终须叫穿，说道："贝先生，咱们明人不说暗话，贵帮这般瞧得起我孩儿这无知少年，决非为了他有什么雄才伟略、神机妙算，只不过想借他这条小命，来挡过侠客岛铜牌邀宴这一劫，你说是也不是？"

这句话开门见山，直说到了贝海石心中，他虽老辣，脸上也不禁变色，干咳了几下，又苦笑几声，拖延时刻，脑中却在飞快的转动念头，该当如何对答。忽听得一人哈哈大笑，说道："各位在等侠客岛铜牌邀宴，是不是？很好，好得很，铜牌便在这里！"

只见大厅之中忽然站着两个人，一胖一瘦，衣饰华贵，这两人何时来到，竟是谁也没有知觉。

石破天眼见二人，心下大喜，叫道："大哥，二哥，多日不见，别来可好？"

石清夫妇曾听他说起和张三、李四结拜之事，听得他口称"大哥、二哥"，这一惊当真非同小可。石清忙道："二位来得正好。我们正在分说长乐帮帮主身份之事，二位正可也来作个见证。"这时石破天已走到张三、李四身边，拉着二人的手，甚是亲热欢喜。

张三笑嘻嘻的道："三弟，你这个长乐帮帮主，只怕是冒牌货罢？"

闵柔心想孩儿的生死便悬于这顷刻之间，再也顾不得什么温文娴淑，当即插口道："是啊！长乐帮的帮主是司徒横司徒帮主，他们骗了我孩儿来挡灾，那是当不得真的。"

张三向李四问道："老二，你说如何？"李四阴恻恻的道："该找正主儿。"张三笑嘻嘻的道："是啊，咱三个义结金兰，说过有福共享，有难同当。长乐帮要咱们三弟来挡灾，那不是要我哥儿们的好看吗？"

群雄一见张三、李四突然现身的身手，已知他二人武功高得出奇，再见他二人的形态，宛然便是三十年来武林中闻之色变的善恶二使，无不凛然，便是贝海石、白万剑这等高手，也不由得心中怦怦而跳。但听他们和石破天兄弟相称，又均不明其故。

张三又道："我哥儿俩奉命来请人去喝腊八粥，原是一番好意。不知如何，大家总是不肯赏脸，推三阻四的，教人好生扫兴。再说，我们所请的，不是大门派的掌门人，便是大帮的帮主、大教的教主，等闲之人，那两块铜牌也还到不了他手上。很好，很好，很好！"

他连说三个"很好"，眼光向范一飞、吕正平、风良、高三娘子四人脸上扫过，只瞧得四人心中发毛。他最后瞧到高三娘子时，目光多停了一会，笑嘻嘻地又道："很好！"范一飞等都已猜到，自己是关东四大门派掌门人，这次也在被邀之列，张三所以连说"很好"，当是说四个人都在这里遇到，倒省了一番跋涉之劳。

高三娘子大声道："你瞧着老娘连说'很好'，那是什么意思？"张三笑嘻嘻的道："很好就是很好，那还有什么意思？总之不是'很不好'，也不是'不很好'就是了。"

高三娘子喝道："你要杀便杀，老娘可不接你的铜牌！"右手一挥，呼呼风响，两柄飞刀便向张三激射过去。

众人都是一惊，均想不到她一言不合便即动手，对善恶二使竟是毫不忌惮。其实高三娘子性子虽然暴躁，却非全无心机的草包，她料想善恶二使既送铜牌到来，这场灾难无论如何是躲不过了，眼下长乐帮总舵之中高手如云，敌忾同仇，一动上手，谁都不会置身事外，与其让他二人来逐一歼灭，不如乘着人多势众之际，合关东四派、长乐帮、雪山派、玄素庄、杨光等江南豪杰诸路人马之力，打他个以多胜少。

石破天叫道："大哥，小心！"

张三笑道："不碍事！"衣袖轻挥，两块黄澄澄的东西从袖中飞了出来，分别射向两柄飞刀，当的一声，两块黄色之物由竖变横，托着飞刀向高三娘子撞去。

从风声听来，这飞撞之力甚是凌厉，高三娘子双手齐伸，抓住了两块黄色之物，只觉双臂震得发痛，上半身尽皆酸麻，低头看时，不由得倒抽一口凉气，托着飞刀的黄色之物，正是那两块追魂夺命的赏善罚恶铜牌。

她早就听人说过善恶二使的规矩，只要伸手接了他二人交来的铜牌，就算是答允赴侠客岛之宴，再也不能推托。霎时之间，她脸上更无半分血色，身子也不由自主的微微发抖，干笑道："哈哈，要我……我……我……我去侠客岛……喝……腊八……粥……"声音苦涩不堪，旁人听着都不禁代她难受。

· 419 ·

张三仍是笑嘻嘻的道："贝先生，你们安排下机关，骗我三弟来冒充帮主。他是个忠厚老实之人，不免上当。我张三、李四却不忠厚老实了。我们来邀客人，岂有不查个明白的？倘然邀错了人，闹下天大的笑话，张三、李四颜面何存？长乐帮帮主这个正主儿，我们早查得清清楚楚，倒花了不少力气，已找了来放在这里。兄弟，咱们请正主儿下来，好不好？"李四道："不错，该当请他下来。"伸手抓住两张圆凳，呼的一声，向屋顶掷了上去。

只听得轰隆一声响亮，屋顶登时撞出了一个大洞，泥沙纷落之中，挟着一团物事掉了下来，砰的一声，摔在筵席之前。

群豪不约而同的向旁避了几步，只见从屋顶摔下来的竟然是一个人。这人缩成一团，蜷伏于地。

李四左手食指点出，嗤嗤声响，解开了那人的穴道。那人便慢慢站了起来，伸手揉眼，茫然四顾。

众人齐声惊呼，有的说："他，他！"有的说："怎……怎么……"有的说："怪……怪了！"众人见到李四凌虚解穴，以指风撞击数尺外旁人的穴道，这等高深的武功向来只是耳闻，从未目睹，人人已是惊骇无已，又见那人五官面目宛然便是又一个石破天，只是全身绫罗，服饰华丽，更感诧异。只听那人颤声道："你……你们又要对我怎样？"

张三笑道："石帮主，你躲在扬州妓院之中，数月来埋头不出，艳福无边。贝先生他们到处寻你不着，只得另外找了个人来冒充你帮主。但你想瞒过侠客岛使者的耳目，可没这么容易了。我们来请你去喝腊八粥，你去是不去？"说着从袖中取出两块铜牌，托在手中。

那少年脸现惧色，急退两步，颤声道："我……我当然不去。我干么……干么要去？"

石破天奇道："大哥，这……这到底是怎么回事？"

·420·

张三笑道:"三弟,你瞧这人相貌跟你像不像?长乐帮奉他为帮主,本是要他来接铜牌的,可是这人怕死,悄悄躲了起来,贝先生他们无可奈何,便骗了你来顶替他作帮主。可是你大哥、二哥还是将他揪了出来,叫你作不成长乐帮的帮主,你怪不怪我?"

石破天摇摇头,目不转睛的瞧着那人,过了半晌,说道:"妈妈,爹爹,叮叮当当,贝先生,我……我早说你们认错了人,我不是他,他……他才是真的。"

闵柔抢上一步,颤声道:"你……你是玉儿?"那人点了点头,道:"妈,爹,你们都在这里。"

白万剑踏上一步,森然道:"你还认得我么?"那人低下了头,道:"白师叔,众……众位师叔,也都来了。"白万剑嘿嘿冷笑,道:"我们都来了。"

贝海石皱眉道:"这两位容貌相似,身材年岁又是一样,到底哪一位是本帮的帮主,我可认不出来,这当真是天下之大,无奇不有。你……你才是石帮主,是不是?"那人点了点头。贝海石道:"这些日子中,帮主却又到了何处?咱们到处找你不到。后来有人见到这个……这个少年,说道帮主是在摩天崖上,我们这才去请了来,咳咳……真正想不到……咳咳……"那人道:"一言难尽,慢慢再说。"

厅上突然间寂静无声,众人瞧瞧石破天,又瞧瞧石帮主,两人容貌果然颇为肖似,但并立在一起,相较之下,毕竟也大为不同。石破天脸色较黑,眉毛较粗,不及石帮主的俊美文秀,但若非同时现身,却也委实不易分辨。过了一会,只听得闵柔抽抽噎噎的哭了出来。

白万剑说道:"容貌可以相同,难道腿上的剑疤也是一般无异,此中大有情弊。"丁珰忍不住也道:"这人是假的。真的天哥,左肩上有……有个疤痕。"石清也是怀疑满腹,说道:"我那

·421·

孩儿幼时曾为人暗器所伤。"指着石破天道："这人身上有此暗器伤痕，到底谁真谁假，一验便知。"众人瞧瞧石破天，又瞧瞧那华服少年，都是满腹疑窦。

张三哈哈笑道："既要伪造石帮主，自然是一笔一划，都要造得真像才行。真的身上有疤，假的当然也有。贝大夫这'着手成春'四个字外号，难道是白叫的吗？他说我三弟昏迷多日，自然是那时候在我三弟身上作上了手脚。"突然间欺近身去，随手在那华服少年的肩头、左腿、左臀三处分别抓了一下。那少年衣裤上登时被他抓出了三个圆孔，露出雪白的肌肤来。

只见他肩头有疤、腿上有伤、臀部有痕，与丁珰、白万剑、石清三人所说尽皆相符。

众人都是"啊"的一声惊呼，既讶异张三手法之精，这么随手几抓丝毫不伤皮肉，而切割衣衫利逾并剪，复见那少年身上的疤痕，果与石破天身上一模一样。

丁珰抢上前去，颤声道："你……你……果真是天哥？"那少年苦笑道："叮叮当当，这么些日子不见你，我想得你好苦，你却早将我抛在九霄云外了。你认不得我，可是你啊，我便再隔一千年，一万年，也永远认得你。"丁珰听他这么说，喜极而泣，道："你……你才是真的天哥。他……他可恶的骗子，又怎说得出这些真心情意的话来？我险些儿给他骗了！"说着向石破天怒目而视，同时情不自禁的伸手拉住了那少年的手。那少年将手掌紧了一紧，向她微微一笑。丁珰登觉如坐春风，喜悦无限。

石破天走上两步，说道："叮叮当当，我早就跟你说，我不是你的天哥，你……你生不生我的气？"

突然间拍的一声，他脸上热辣辣的着了个耳光。

丁珰怒道："你这骗子，啊唷，啊唷！"连连挥手，原来她这一掌打得甚是着力，却被石破天的内力反激出来，震得她手掌好不疼痛。

石破天道："你……你的手掌痛吗？"丁珰怒道："滚开，滚开，我再也不要见你这无耻的骗子！"石破天黯然神伤，喃喃道："我……我不是故意骗你的。"丁珰怒道："还说不是故意？你肩头伪造了个伤疤，干么不早说？"石破天摇头道："我自己也不知道！"丁珰顿足道："骗子，骗子，你走开！"一张俏脸蛋胀得通红。

石破天眼中泪珠滚来滚去，险些便要夺眶而出，强自忍住，退了开去。

石清转头问贝海石道："贝先生，这……这位少年，你们从何处觅来？我这孩儿，又如何给你们硬栽为贵帮的帮主？武林中朋友在此不少，还得请你分说明白，以释众人之疑。"

贝海石道："这位少年相貌与石帮主一模一样，连你们玄素双剑是亲生的父母，也都分辨不出。我们外人认错了，怕也难怪罢？"

石清点了点头，心想这话倒也不错。

闵柔却道："我夫妇和儿子多年不见，孩子长大了，自是不易辨认。贝先生这几年来和我孩子日日相见，以贝先生之精明，却是不该认错的。"

贝海石咳嗽几声，苦笑道："这……这也未必。"那日他在摩天崖见到石破天，便知不是石中玉，但遍寻石中玉不获，正自心焦如焚，灵机一动，便有意要石破天顶替。恰好石破天浑浑噩噩，安排起来容易不过，这番用心自是说什么也不能承认的，又道："石帮主接任敝帮帮主，那是凭武功打败了司徒前帮主，才由众兄弟群相推戴。石帮主，此事可是有的？'硬栽'二字，从何说起？"

那少年石中玉道："贝先生，事情到了这步田地，也就什么都不用隐瞒了。那日在淮安府我得罪了你，给你擒住。你说只须一切听你吩咐，就饶我性命，于是你叫我加入你们长乐帮，要我当众质

· 423 ·

问司徒帮主为何逼得何香主自杀，问他为什么不肯接侠客岛铜牌，又叫我跟司徒帮主动手。凭我这点儿微末功夫，又怎是司徒帮主的对手？是你贝先生和众香主在混乱中一拥而上，假意相劝，其实是一起制住了司徒帮主，逼得他大怒而去，于是你便叫我当帮主。此后一切事情，还不是都听你贝先生的吩咐，你要我东，我又怎敢向西？我想想实在没有味儿，便逃到了扬州，倒也逍遥快活。哪知莫名其妙的却又给这两位老兄抓到了这里。将我点了穴道，放在屋顶上。贝先生，这长乐帮的帮主，还是你来当。这个傀儡帮主的差使，请你开恩免了罢。"他口才便给，说来有条有理，人人登时恍然。

贝海石脸色铁青，说道："那时候帮主说什么话来？事到临头，却又翻悔推托。"

石中玉道："唉，那时候我怎敢不听你吩咐？此刻我爹娘在此，你尚且对我这么狠霸霸的，别的事也就可想而知了。"他眼见赏善罚恶二使已到，倘若推不掉这帮主之位，势必性命难保，又有了父母作靠山，言语中便强硬起来。

米横野大声道："帮主，你这番话未免颠倒是非了。你作本帮帮主，也不是三天两日之事，平日作威作福，风流快活，作践良家妇女，难道都是贝先生逼迫你的？若不是你口口声声向众兄弟拍胸担保，赌咒发誓，说道定然会接侠客岛铜牌，众兄弟又怎容你如此胡闹？"

石中玉难以置辩，便只作没听见，笑道："贝先生本事当真不小，我隐居不出，免惹麻烦，亏得你不知从何处去找了这个小子出来。这小子的相貌和我也真像。他既爱冒充，就冒充到底好了，又来问我什么？爹，妈，这是非之地，咱们及早离去为是。"他口齿伶俐，比之石破天实是天差地远，两人一开口说话，那便全然不同。

米横野、陈冲之、展飞等同时厉声道："你想撒手便走，可没这般容易。"说着各自按住腰间刀柄、剑把。

·424·

张三哈哈笑道："石帮主，贝先生，咱们打开天窗说亮话。凭着司徒横和石帮主的武功声望，老实说，也真还不配上侠客岛去喝一口腊八粥。长乐帮这几年来干的恶事太多，我兄弟二人今天来到贵帮的本意，乃是'罚恶'，本来也不盼望石帮主能接铜牌。只不过向例如此，总不免先问上一声。石帮主你不接铜牌，是不是？好极，好极！你不接最好！"

贝海石与长乐帮群豪都是心头大震，知道石中玉若不接他手中铜牌，这胖瘦二人便要大开杀戒。听这胖子言中之意，此行主旨显是诛灭长乐帮。他二人适才露的几手功夫，全帮无人能敌。但石中玉显然说什么也不肯做帮主，那便如何是好？

霎时之间，大厅中更无半点声息。人人目光都瞧着石中玉。

石破天道："贝先生，我大哥……他可不是说着玩的，说杀人便当真杀人，飞鱼帮、铁叉会那些人，都给他两个杀得干干净净。我看不论是谁做帮主都好，先将这两块铜牌接了下来，免得多伤人命。双方都是好兄弟，真要打起架来，我可不知要帮谁才好。"

贝海石道："是啊，石帮主，这铜牌是不能不接的。"

石破天向石中玉道："石帮主，你就接了铜牌罢。你接牌也是死，不接也是死。只不过若是不接呢，那就累得全帮兄弟都陪了你一起死，这……这于心何忍？"

石中玉嘿嘿冷笑，说道："你慷他人之慨，话倒说得容易。你既如此大仁大义，干么不给长乐帮挡灾解难，自己接了这两块铜牌？嘿嘿，当真好笑！"

石破天叹了口气，向石清、闵柔瞧了一眼，向丁珰瞧了一眼，说道："贝先生，众位一直待我不错，原本盼我能为长乐帮消此大难，真的石帮主既不肯接，就由我来接罢！"说着走向张三身前，伸手便去取他掌中铜牌。众人尽皆愕然。

张三将手一缩，说道："且慢！"向贝海石道："侠客岛邀宴铜牌，只交正主。贵帮到底奉哪一位作帮主？"

贝海石等万料不到，石破天在识破各人的阴谋诡计之后，竟仍肯为本帮卖命，这些人虽然个个凶狡剽悍，但此时无不油然而生感激之情，不约而同的齐向石破天躬身行礼，说道："愿奉大侠为本帮帮主，遵从帮主号令，决不敢有违。"这几句话倒也说得万分诚恳。

石破天还礼道："不敢，不敢！我什么事都不懂，说错了话，做错了事，你们不要怪我才好。"贝海石等齐道："不敢！"

张三哈哈一笑，问道："兄弟，你到底姓什么？"石破天茫然摇头，说道："我真的不知道。"向闵柔瞧了一眼，又向石清瞧了一眼，见两人对自己瞧着的目光中仍是充满爱惜之情，说道："我……我还是姓石罢！"张三道："好！长乐帮石帮主，今年十二月初八，请到侠客岛来喝腊八粥。"石破天道："自当前来拜访两位哥哥。"

张三道："凭你的武功，这碗腊八粥大可喝得。只可惜长乐帮却从此逍遥自在了。"李四摇头道："可惜，可惜！"不知是深以不能诛灭长乐帮为憾，还是说可惜石破天枉自为长乐帮送了性命。贝海石等都低下了头，不敢和张三、李四的目光相对。

张三、李四对望一眼，都点了点头。张三右手扬处，两块铜牌缓缓向石破天飞去。铜牌份量不轻，掷出之后，本当势挟劲风的飞出，但如此缓缓凌空推前，便如空中有两根瞧不见的细线吊住一般，内力之奇，实是罕见罕闻。

众人睁大了眼睛，瞧着石破天。闵柔突然叫道："孩儿别接！"石破天道："妈，我已经答允了的。"双手伸去，一手抓住了一块铜牌，向石清道："爹爹……不……石……石……石庄主明知危险，仍是要代上清观主赴侠客岛去，孩儿……我也要学上一学。"

李四道："好！英雄侠义，不枉了跟你结拜一场。兄弟，咱们把话说在前头，到得侠客岛上，大哥、二哥对你一视同仁，可不能

· 426 ·

给你什么特别照顾。"石破天道："这个自然。"

李四道："这里还有几块铜牌，是邀请关东范、风、吕三位去侠客岛喝腊八粥的。三位接是不接？"

范一飞向高三娘子瞧了一眼，心想："你既已接了，咱们关东四大门派同进同退，也只有硬着头皮，将这条老命去送在侠客岛了。"当即说道："承蒙侠客岛上的大侠客们瞧得起，姓范的焉有敬酒不喝喝罚酒之理？"走上前去，从李四手中接过两块铜牌。风良哈哈一笑，说道："到十二月初八还有两个月，就算到那时非死不可，可也是多活了两个月。"当下与吕正平都接了铜牌。

张三、李四二人抱拳行礼，说道："各位赏脸，多谢了。"向石破天道："兄弟，我们尚有远行，今日可不能跟你一起喝酒了，这就告辞。"石破天道："喝三碗酒，那也无妨。两位哥哥的酒葫芦呢？"张三笑道："扔了，扔了！这种酒配起来可艰难得紧，带着两个空葫芦有什么趣味？好罢，二弟，咱哥儿三个这就喝三碗酒。"

长乐帮中的帮众斟上酒来，张三、李四和石破天对干三碗。

石清踏上一步，朗声道："在下石清，忝为玄素庄庄主，意欲与内子同上侠客岛来讨一碗腊八粥喝。"

张三心想："三十多年来，武林中人一听到侠客岛三字，无不心惊胆战，今日居然有人自愿前往，倒是第一次听见。"说道："石庄主、石夫人，这可对不起了。你两位是上清观门下，未曾另行开门立派，此番难以奉请。杨老英雄和别的几位也是这般。"

白万剑问道："两位尚有远行，是否……是否前去凌霄城？"张三道："白英雄料事如神，我二人正要前去拜访令尊威德先生白老英雄。"白万剑脸上登时变色，踏上一步，欲言又止，隔了半响，才道："好。"

张三笑道："白英雄若是回去得快，咱们还可在凌霄城再见。请了，请了！"和李四一举手，二人一齐转身，缓步出门。

高三娘子骂道："王八羔子，什么东西！"左手挥处，四柄飞刀向二人背心掷去。她明知这一下万难伤到二人，只是心中愤懑难宣，放几口飞刀发泄一下也是好的。

眼见四柄飞刀转瞬间便到了二人背后，二人似是丝毫不觉。石破天忍不住叫道："两位哥哥小心了！"猛听得呼的一声，二人向前飞跃而出，迅捷难言，众人眼前只一花，四柄飞刀拍的一声，同时钉在门外的照壁之上，张三李四却已不知去向。飞刀是手中掷出的暗器，但二人使轻功纵跃，居然比之暗器尚要快速。群豪相顾失色，如见鬼魅。高三娘子兀自骂道："王八羔……"但忍不住心惊，只骂得三个字，下面就没声音了。

石中玉携着丁珰的手，正在慢慢溜到门口，想乘众人不觉，就此溜出门去，不料高三娘子这四口飞刀，却将各人的目光都引到了门边。白万剑厉声喝道："站住了！"转头向石清道："石庄主，你交代一句话下来罢！"

石清叹道："姓石的生了这样……这样的儿子，更有什么话说？白师兄，我夫妇携带犬子，同你一齐去凌霄城向白老伯领罪便是。"

一听此言，白万剑和雪山群弟子无不大感意外，先前为了个假儿子，他夫妇奋力相救，此刻真儿子现身，他反而答允同去凌霄城领罪，莫非其中有诈？

闵柔向丈夫望了一眼，这时石清也正向妻子瞧来。二人目光相接，见到对方神色凄然，都是不忍再看，各将眼光转了开去，均想："原来咱们的儿子终究是如此不成材的东西，既答允了做长乐帮的帮主，大难临头之际，却又缩头避祸，这样的人品，唉！"

他夫妇二人这几日来和石破天相处，虽觉他大病之后，记忆未复，说话举动甚是幼稚可笑，但觉他天性淳厚，而天真烂漫之中往往流露出一股英侠之气，心下甚是欢喜。闵柔更是心花怒放，石破天愈不通世务，她愈觉这孩子就像是从前那依依膝下的七八岁孩童，勾引起当年许多甜蜜的往事。不料真的石中玉突然出现，容貌虽然相似，行为却全然大异，一个狡狯懦怯，一个锐身任难，偏偏那个懦夫才是自己的儿子。

闵柔对石中玉好生失望，但毕竟是自己亲生的孩子，向他招招手，柔声道："孩子，你过来！"石中玉走到她身前，笑道："妈，这些年来，孩儿真想念你得紧。妈，你越来越年轻俊俏啦，任谁见了，都会说是我姊姊，决不信你是我的亲娘。"闵柔微微一笑，心头甚是气苦："这孩子就学得一副油腔滑调。"笑容之中，不免充满了苦涩之意。

石中玉又道："妈，孩儿早几年曾觅得一对碧玉镯儿，一直带在身边，只盼哪一日见到你，亲手给你戴在手上。"说着从怀中掏出个黄缎包儿，打了开来，取出一对玉镯，一朵镶宝石的珠花，拉过母亲手来，将玉镯给她戴在腕上。

闵柔原本喜爱首饰打扮，见这副玉镯子温润晶莹，甚是好看，想到儿子的孝心，不由得愠意渐减。她可不知这儿子到处拈花惹草，一向身边总带着珍贵的珍宝首饰，一见到美貌女子，便取出赠送，以博欢心。

石中玉转过身来，将珠花插在丁珰头发上，低声笑道："这朵花该当再美十倍，才配得我那叮叮当当的花容月貌，眼下没法子，将就着戴戴罢。"丁珰大喜，低声道："天哥，你总是这般会说话。"伸手轻轻抚弄鬓上的珠花，斜视石中玉，脸上喜气盈然。

贝海石咳嗽了几声，说道："难得杨老英雄、石庄主夫妇、关东四大门派众位英雄大驾光临。种种误会，亦已解释明白。让敝帮重整杯盘，共谋一醉。"

但石清夫妇、白万剑、范一飞等各怀心事，均想："你长乐帮的大难有人出头挡过了,我们却哪有心情来喝你的酒?"白万剑首先说道:"侠客岛的两个使者说道要上凌霄城去,在下非得立时赶回不可。贝先生的好意,只有心领了。"石清道:"我们三人须和白师兄同去。"范一飞等也即告辞,说道腊八粥之约为期不远,须得赶回关东;言语中含糊其辞,但人人心下明白,他们是要赶回去分别料理后事。

当下群豪告辞出来。石破天神色木然,随着贝海石送客,心中十分凄凉:"我早知他们是弄错了,偏偏叮叮当当说我是她的天哥,石庄主夫妇又说我是他们的儿子。"突然之间,只觉世上孤零零的只剩下了自己一人,谁也和自己无关。"我真的妈妈不要我了,师父史婆婆和阿绣不要我了,连阿黄也不要我了!"

范一飞等又再三向他道谢解围之德。白万剑道:"石帮主,数次得罪,大是不该,尚请见谅。石帮主英雄豪迈,以德报怨,紫烟岛上又多承相救,在下十分心感。此番回去,若是侥幸留得性命,日后很愿和石帮主交个朋友。"石破天唯唯以应,只想放声大哭。

石清夫妇和石破天告别之时,见他容色凄苦,心头也大感辛酸。闵柔本想说收他做自己义子,但想他是江南大帮的帮主,身份可说已高于自己夫妇,武功又如此了得,认他为子的言语自是不便出口,只得柔声道:"石帮主,先前数日,我夫妇误认了你,对你甚是不敬,只盼……只盼咱们此后尚有再见之日。"

石破天道:"是,是!"目送众人离去,直到各人走得人影不见,他兀自怔怔的站在大门外出神。

贝海石又是惭愧,又是感激,早就远远躲开。其余帮众只道石破天接了铜牌后自知死期不远,心头不快,谁也没敢过来跟他说话,万一帮主将脾气发在自己头上,岂不倒霉?

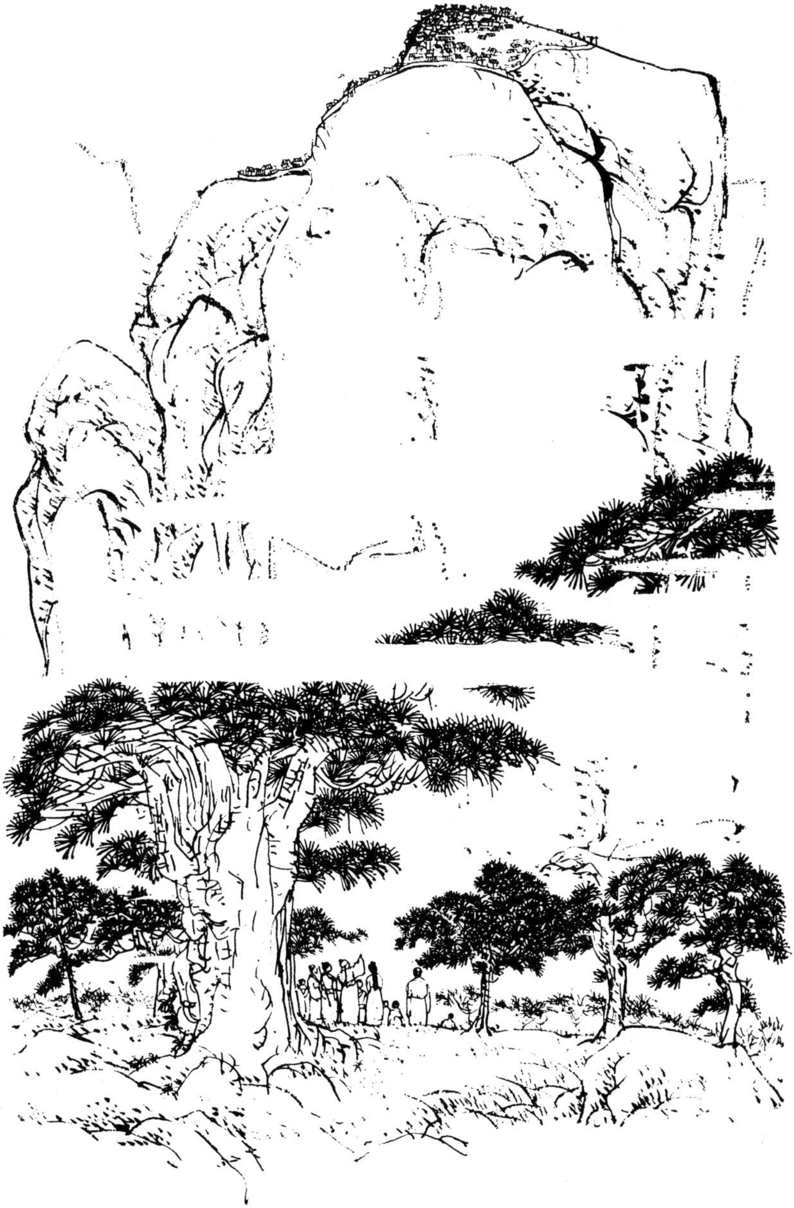

前面一座山峰冲天而起，峰顶建着数百间房屋，屋外围以一道白墙。石清赞道："雄踞绝顶，俯视群山，'凌霄'两字，果然名副其实。"

十六

凌霄城

这日晚间,石破天一早就上了床,但思如潮涌,翻来覆去的直到中宵,才迷迷糊糊的入睡。

睡梦之中,忽听得窗格上得得得的轻敲三下,他翻身坐起,记得丁珰以前两次半夜里来寻自己,都是这般击窗为号,不禁冲口而出:"是叮叮……"只说得三个字,立即住口,叹了口气,心想:"我这可不是发痴?叮叮当当早随她那天哥去了,又怎会再来看我?"

却见窗子缓缓推开,一个苗条的身形轻轻跃入,格的一笑,却不是丁珰是谁?她走到床前,低声笑道:"怎么将我截去了一半?叮叮当当变成了叮叮?"

石破天又惊又喜,"啊"的一声,从床上跳了下来,道:"你……你怎么又来了?"丁珰抿嘴笑道:"我记挂着你,来瞧你啊。怎么啦,来不得么?"石破天摇头道:"你找到了你真天哥,又来瞧我这假的作甚?"

丁珰笑道:"啊唷,生气了,是不是?天哥,日里我打了你一记,你恼不恼?"说着伸手轻抚他面颊。

石破天鼻中闻到甜甜的香气,脸上受着她滑腻手掌温柔的抚摸,不由得心烦意乱,嗫嚅道:"我不恼。叮叮当当,你不用再来看我。你认错了人,大家都没法子,只要你不当我是骗子,那就好

· 433 ·

了。"

丁珰柔声道:"小骗子,小骗子!唉,你倘若真是个骗子,说不定我反而欢喜。天哥,你是天下少有的正人君子,你跟我拜堂成亲,始终……始终没把我当成是你的妻子。"

石破天全身发烧,不由得羞惭无地,道:"我……我不是正人君子!我不是不想,只是我不……不敢!幸亏……幸亏咱们没有什么,否则……否则可就不知如何是好!"

丁珰退开一步,坐在床沿之上,双手按着脸,突然呜呜咽咽的啜泣起来。石破天慌了手脚,忙问:"怎……怎么啦?"丁珰哭道:"我……我知道你是正人君子,可是人家……人家却不这么想啊。我当真是跳在黄河里也洗不清了。那个石中玉,他……他说我跟你拜过了天地,同过了房,他不肯要我了。"石破天顿足道:"这……这便如何是好?叮叮当当,你不用着急,我跟他说去。我去对他说,我跟你清清白白,那个相敬如……如什么的。"

丁珰忍不住噗哧一声,破涕为笑,说道:"'相敬如宾'是不能说的,人家夫妻那才是相敬如宾。"石破天道:"啊,对不起,我又说错了。我听高三娘子说过,却不明白这四个字的真正意思。"

丁珰忽又哭了起来,轻轻顿足,说道:"他恨死了你,你跟他说,他也不会信你的。"

石破天内心隐隐感到欢喜:"他不要你,我可要你。"但知这句话不对,就是想想也不该,口中只说:"那怎么办?那怎么办?唉,都是我不好,这可累了你啦!"

丁珰哭道:"他跟你无亲无故,你又无恩于他,反而和他心上人拜堂成亲,洞房花烛,他不恨你恨谁?倘若他……他不是他,而是范一飞、吕正平他们,你是救过他性命的大恩公,当然不论你说什么,他就信什么了。"

石破天点头道:"是,是,叮叮当当,我好生过意不去。咱们

·434·

总得想个法子才是。啊，有了，你请爷爷去跟他说个明白，好不好？"丁珰顿足哭道："没用的，没用的。他……他石中玉过不了几天就没命啦，咱们一时三刻，又到哪里找爷爷去？"石破天大惊，问道："为什么他过不了几天就没了性命？"

丁珰道："雪山派那白万剑先前误认你是石中玉，将你捉拿了去，幸亏爷爷和我将你救得性命，否则的话，他将你押到凌霄城中，早将你零零碎碎的割来杀了，你记不记得？"石破天道："当然记得。啊哟，不好！这一次石庄主和白师傅又将他送上凌霄城去。"丁珰哭道："雪山派对他恨之切骨。他一入凌霄城，哪里还有性命？"石破天道："不错，雪山派的人一次又一次的来捉我，事情确是非同小可。不过他们冲着石庄主夫妇的面子，说不定只将你的天哥责骂几句，也就算了。"

丁珰咬牙道："你倒说得容易？他们要责骂，不会在这里开口吗？何必万里迢迢的押他回去？他们雪山派为了拿他，已死了多少人，你知不知道？"

石破天登时背上出了一阵冷汗，雪山派此次东来江南，确是死伤不少，别说石中玉在凌霄城中所犯的事必定十分重大，单是江南这笔帐，就决非几句责骂便能了结。

丁珰又道："天哥他确有过犯，自己送了命也就罢啦，最可惜石庄主夫妇这等侠义仁厚之人，却也要陪上两条性命。"

石破天跳将起来，颤声道："你……你说什么？石庄主夫妇也要陪上性命？"石清、闵柔二人这数日来待他亲情深厚，虽说是认错了人，但在他心中，却仍是世上待他最好之人，一听到二人有生死危难，自是关切无比。

丁珰道："石庄主夫妇是天哥的父母，他们送天哥上凌霄城去，难道是叫他去送死？自然是要向白老爷子求情了。然而白老爷子一定不会答允的，非杀了天哥不可。石庄主夫妇爱护儿子之心何

·435·

等深切，到得紧要关头，势须动武。你倒想想看，凌霄城高手如云，又占了地利之便，石庄主夫妇再加上天哥，只不过三个人，又怎能是他们的对手？唉，我瞧石夫人待你真好，你自己的妈妈恐怕也没她这般爱惜你。她……她……竟要去死在凌霄城中，我想想就难过。"说着双手掩面，又嘤嘤啜泣起来。

石破天全身热血如沸，说道："石庄主夫妇有难，不论凌霄城有多大凶险，我都非赶去救援不可。就算救他们不得，我也宁可将性命陪在那里，决不独生。叮叮当当，我去了！"说着大踏步便走向房门。

丁珰拉住他衣袖，问道："你去哪里？"

石破天道："我连夜赶上他们，和石庄主夫妇同上凌霄城去。"丁珰道："威德先生白老爷子武功厉害得紧，再加上他儿子白万剑，还有什么风火神龙封万里啦等等高手，就算你武功上胜得过他们，但凌霄城中步步都是机关，铜网毒箭，不计其数。你一个不小心踏入了陷阱，便有天大的本事，饿也饿死了你。"石破天道："那也顾不得啦。"

丁珰道："你逞一时血气之勇，也死在凌霄城中，可是能救得了石庄主夫妇么？你若是死了，我可不知有多伤心，我……我也不能活了。"

石破天突然听到她如此情致缠绵的言语，一颗心不由得急速跳动，颤声道："你……你为什么对我这样好？我又不是你的……你的真天哥。"

丁珰叹道："你们两个长得一模一样，在我心里，实在也没什么分别，何况我和你相聚多日，你又一直待我这么好。'日久情生'这四个字，你总听见过罢？"她抓住了石破天双手，说道："天哥，你答允我，你无论如何，不能去死。"石破天道："可是石庄主夫妇不能不救。"丁珰道："我倒有个计较在此，就怕你疑心我不怀好意，却不便说。"石破天急道："快说，快说！你又怎会对我不怀好意？"

丁珰迟疑道："天哥，这事太委屈了你，又太便宜了他。任谁知道了，都会说我安排了个圈套要你去钻。不行，这件事不能这么办。虽然说万无一失，毕竟太不公道。"

石破天道："到底是什么法子？只须救得石庄主夫妇，委屈了我，又有何妨？"

丁珰道："天哥，你既定要我说，我便听你的话，这就说了。不过你倘若真要照这法子去干，我可又不愿。我问你，他们雪山派到底为什么这般痛恨石中玉，非杀了他不可？"

石破天道："似乎石中玉本是雪山派弟子，犯了重大门规，在凌霄城中害死了白师傅的小姐，又累得他师父封万里给白老爷爷斩了一条臂膀，说不定他还做了些别的坏事。"

丁珰道："不错，正因为石中玉害死了人，他们才要杀他抵命。天哥，你有没害死过白师傅的小姐？"石破天一怔，道："我？我当然没有。白师傅的小姐我从来就没见过。"丁珰道："这就是了。我想的法子，说来也没什么大不了，就是让你去扮石中玉，陪着石庄主夫妇到凌霄城去。等得他们要杀你之时，你再吐露真相，说道你是狗杂种，不是石中玉。他们要杀的是石中玉，并不是你，最多骂你一顿，说你不该扮了他来骗人，终究会将你放了。他们不杀你，石庄主夫妇也不会出手，当然也就不会送了性命。"

石破天沉吟道："这法子倒真好。只是凌霄城远在西域，几千里路和白师傅他们一路同行，只怕……只怕我说不了三句话，就露了破绽出来。叮叮当当，你知道，我笨嘴笨舌，哪里及得上你这个……你这个真天哥的聪明伶俐。"说着不禁黯然。

丁珰道："这个我倒想过了。你只须在喉头涂上些药物，让咽喉处肿了起来，装作生了个大疮，从此不再说话，肿消之后仍是

·437·

不说话，假装变了哑巴，就什么破绽也没有了。"说着忽然叹了口气，幽幽的道："天哥，法子虽妙，但总是教你吃亏，我实在过意不去。你知道的，在我心中，宁可我自己死了，也不能让你受到半点委屈。"

石破天听她语意之中对自己这等情深爱重，这时候别说要他假装哑巴，就是要自己为她而死，那也是勇往直前，绝无异言，当即大声道："很好，这主意真妙！只是我怎么去换了石中玉出来？"

丁珰道："他们一行人都在横石镇上住宿，咱们这就赶去。我知道石中玉睡的房间，咱们悄悄进去，让他跟你换了衣衫。明日早晨你就大声呻吟，说是喉头生了恶疮，从此之后，不到白老爷子真要杀你，你总是不开口说话。"石破天喜道："叮叮当当，这般好法子，亏你怎么想得出来？"

丁珰道："一路上你跟谁也不可说话，和石庄主夫妇也不可太亲近了。白师傅他们十分精明厉害，你只要露出半点马脚，他们一起疑心，可就救不得石庄主夫妇了。唉，石庄主夫妇英雄侠义，倘若就此将性命断送在凌霄城里……"说着摇摇头，叹了口长气。

石破天点头道："这个我自理会得，便是杀我头也不开口。咱们这就走罢。"

突然间房门呀的一声推开，一个女子声音叫道："少爷，你千万别上她当！"朦胧夜色之中，只见一个少女站在门口，正是侍剑。

石破天道："侍剑姊姊，什……什么别上她当？"侍剑道："我在房门外都听见啦。这丁姑娘不安好心，她……她只是想救她那个天哥，骗了你去作替死鬼。"石破天道："不是的！丁姑娘是帮我想法子去救石庄主、石夫人。"侍剑急道："你再好好想一想，少爷，她决不会对你安什么好心。"

丁珰冷笑道："好啊，你本来是真帮主的人，这当儿吃里扒外，却来挑拨是非。"转头向石破天道："天哥，别理这小贱人，你快去问陈香主他们要一把闷香,可千万别说起咱们计较之事。要到闷香后,别再回来,在大门外等我。"石破天问道:"要闷香作什么?"丁珰道:"待会你自然知道,快去,快去!"石破天道:"是!"推窗而出。

丁珰微微冷笑,道:"小丫头,你良心倒好!"

侍剑惊呼一声,转身便逃。丁珰哪容她逃走?抢将上去,双掌齐发,击中在她后心,侍剑哼也没哼,登时毙命。

丁珰正要越窗而出,忽然想起一事,回身将侍剑身上衣衫扯得稀烂,裤子也扯将下来,裸了下身,将她尸身放在石破天的床上,拉过锦被盖上。次日长乐帮帮众发觉,定当她是力拒强暴,被石破天一怒击毙。这么一来,石破天数日不归,贝海石等只道他暂离避羞,一时也不会出外找寻。

她布置已毕,悄悄绕到大门外。过了一盏茶时分,石破天越墙出来,说道:"闷香拿到了。"丁珰道:"很好!"两人快步而行,来到河边,乘上小船。

丁珰执桨划了数里,弃船上岸,只见柳树下系着两匹马。丁珰道:"上马罢!"石破天赞道:"你真想得周到,连坐骑都早备下了。"丁珰脸上一红,嗔道:"什么周到不周到?这是爷爷的马,我又不知道你急着想去搭救石庄主夫妇。"

石破天不明白她为什么忽然生气,不敢多说,便即上马。两人驰到四更天时,到了横石镇外,下马入镇。

丁珰引着他来到镇上四海客栈门外,低声道:"石庄主夫妇和儿子睡在东厢第二间大房里。"石破天道:"他们三个睡在一房吗?可别让石庄主、石夫人惊觉了。"

丁珰道:"哼,做父母的怕儿子逃走,对雪山派没法子交代啊,睡在一房,以便日夜监视。他们只管顾着自己侠义英雄的面子，却不理会亲生儿子是死是活。这样的父母，天下倒是少有。"言语中大有愤愤不平之意。

石破天听她突然发起牢骚来，倒不知如何接口才是，低声问道："那怎么办？"

丁珰道："你把闷香点着了，塞在他们窗中，待闷香点完，石庄主夫妇都已昏迷，就推窗进内，悄悄将石中玉抱出来便是。你轻功好，翻墙进去，白师傅他们不会知觉的，我可不成，就在那边屋檐下等你。"石破天点头道："那倒不难。陈香主他们将雪山派弟子迷倒擒获，使的便是这种闷香吗？"丁珰点了点头，笑道："这是贵帮的下三滥法宝，想必十分灵验，否则雪山群弟子也非泛泛之辈，怎能如此轻易的手到擒来？"又道："不过你千万得小心了，不可发出半点声息。石庄主夫妇却又非雪山派弟子可比。"

石破天答应了，打火点燃了闷香，虽在空旷之处，只闻到点烟气，便已觉头晕脑胀。他微微一惊，问道："这会熏死人吗？"丁珰道："他们用这闷香去捉拿雪山弟子，不知有没熏死了人。"

石破天道："那倒没有。好，你在这里等我。"走到墙边，轻轻一跃，逾垣而入，了无声息，找到东厢第二间房的窗子，侧耳听得房中三人呼吸匀净，好梦正酣，便伸舌头舐湿纸窗，轻轻挖个小孔，将点燃了的香头塞入孔中。

闷香燃得好快，过不多时便已烧尽。他倾听四下里并无人声，当下潜运内力轻推，窗扣便断，随即推开窗子，左手撑在窗槛上，轻轻翻进房中，借着院子中射进来的星月微光，见房中并列两炕，石清夫妇睡于北炕，石中玉睡于南炕，三人都睡着不动。

他踏上两步，忽觉一阵晕眩，知是吸进了闷香，忙屏住呼吸，将石中玉抱起，轻轻跃到窗外，翻墙而出。

丁珰守在墙外，低声赞道："干净利落，天哥，你真能干。"又道："咱们走得远些，别惊动了白师傅他们。"

石破天抱着石中玉,跟着她走出数十丈外。丁珰道:"你把自己里里外外的衣衫都脱了下来,和他对换了。袋里的东西也都换过。"石破天探手入怀,摸到大悲老人所赠的一盒木偶,又有两块铜牌,掏了出来,问道:"这……这个也交给他么?"丁珰道:"都交给他!你留在身上,万一给人见到,岂非露出了马脚?我在那边给你望风。"

石破天见丁珰走远,便混身上下脱个精光,换上石中玉的内衣内裤,再将自己的衣服给石中玉穿上,说道:"行啦,换好了!"

丁珰回过身来,说道:"石庄主、石夫人的两条性命,此后全在乎你装得像不像了。"石破天道:"是,我一定小心。"

丁珰从腰间解下水囊,将一皮囊清水都淋在石中玉头上,向他脸上凝视一会,这才转过头来,从怀中取出一只小小铁盒,揭开盒盖,伸手指挖了半盒油膏,对石破天道:"仰起头来!"将油膏涂在他喉头,说道:"天亮之前,便抹去了药膏,免得给人瞧破。明天会有些痛,这可委屈你啦。"石破天道:"不打紧!"只见石中玉身子略略一动,似将醒转,忙道:"叮叮当当,我……我去啦。"丁珰道:"快去,快去!"

石破天举步向客栈走去,走出数丈,一回头,只见石中玉已坐起身来,似在和丁珰低声说话,忽听得丁珰格的一笑,声音虽轻,却充满了欢畅之意。石破天突然之间感到一阵剧烈的难过,隐隐觉得:从今而后,再也不能和丁珰在一起了。

他略一踟蹰,随即跃入客栈,推窗进房。房中闷香气息尚浓,他凝住呼吸开了窗子,让冷风吹入,只听远处马蹄声响起,知是丁珰和石中玉并骑而去,心想:"他们到哪里去了?叮叮当当这可真的开心了罢?我这般笨嘴笨舌,跟她在一起,原是常常惹她生气。"

在窗前悄立良久,喉头渐渐痛了起来,当即钻入被窝。

丁珰所敷的药膏果然灵验，过不到小半个时辰，石破天喉头已十分疼痛，伸手摸去，触手犹似火烧，肿得便如生了个大瘤。他挨到天色微明，将喉头药膏都擦在被上，然后将被子倒转来盖在身上，以防给人发觉药膏，然后呻吟了起来，那是丁珰教他的计策，好令石清夫妇关注他的喉痛，纵然觉察到头晕，怀疑或曾中过闷香，也不会去分心查究。

他呻吟了片刻，石清便已听到，问道："怎么啦？"语意之中，颇有恼意。闵柔翻身坐起，道："玉儿，身子不舒服么？"不等石破天回答，便即披衣过来探看，一眼见到他双颊如火，颈中更肿起了一大块，不由得慌了手脚，叫道："师哥，师哥，你……你来看！"

石清听得妻子叫声之中充满了惊惶，当即跃起，纵到儿子炕前，见到他颈中红肿得甚是厉害，心下也有些发慌，说道："这多半是初起的痈疽，及早医治，当无大害。"问石破天道："痛得怎样？"

石破天呻吟了几声，不敢开口说话，心想："我为了救你们，才假装生这大疮。你们这等关心，可见石中玉虽然做了许多坏事，你们还是十分爱他。可就没一人爱我。"心中一酸，不由得目中含泪。

石清、闵柔见他几乎要哭了出来，只道他痛得厉害，更是慌乱。石清道："我去找个医生来瞧瞧。"闵柔道："这小镇上怕没好医生，咱们回镇江去请贝大夫瞧瞧，好不好？"石清摇头道："不！没的既让白万剑他们起疑，又让贝海石更多一番轻贱。"他知贝海石对他儿子十分不满，说不定会乘机用药，加害于他，当即快步走了出去。

闵柔斟了碗热汤来给石破天喝。这毒药药性甚是厉害，丁珰又给他搽得极多，咽喉内外齐肿，连汤水都不易下咽。闵柔更是惊慌。

不久石清陪了个六十多岁的大夫进来。那大夫看看石破天的喉头，又搭了他双手腕脉，连连摇头，说道："医书云：痈发有六不可治，咽喉之处，药食难进，此不可治之一也。这位世兄脉洪弦数，乃阳盛而阴滞之象。气，阳也，血，阴也，血行脉内，气行脉外，气得邪而郁，津液稠粘，积久渗入脉中，血为之浊……"他还在滔滔不绝的说下去，石清插口道："先生，小儿之痈，尚属初起，以药散之，谅无不可。"那大夫摇头摆脑的道："总算这位世兄命大，这大痈在横石镇上发作出来，遇上了我，性命是无碍的，只不过想要在数日之内消肿复原，却也不易。"

石清、闵柔听得性命无碍，都放了心，忙请大夫开方。那大夫沉吟良久，开了张药方，用的是芍药、大黄、当归、桔梗、防风、薄荷、芒硝、金银花、黄耆、赤茯苓几味药物。

石清粗通药性，见这些药物都是消肿、化脓、清毒之物，倒是对症，便道："高明，高明！"送了二两银子诊金，将大夫送了出去，亲去药铺赎药。

待得将药赎来，雪山派诸人都已得知。白万剑生怕石清夫妇闹什么玄虚，想法子搭救儿子，假意到房中探病，实则是察看真相，待见石破天咽喉处的确肿得厉害，闵柔惊惶之态绝非虚假，白万剑心下暗暗得意："你这奸猾小子好事多为，到得凌霄城后一刀将你杀了，倒便宜了你，原是要你多受些折磨。这叫做冥冥之中，自有报应。"但当着石清夫妇的面，也不便现出幸灾乐祸的神色，反对闵柔安慰了几句，退出房去。

石清瞧着妻子煎好了药，服侍儿子一口一口的喝了，说道："我已在外面套好了大车。中玉，男子汉大丈夫，可得硬朗些，一点儿小病，别耽误了人家大事。咱们走罢。"

闵柔踌躇道："孩子病得这么厉害，要他硬挺着上路，只

·443·

怕……只怕病势转剧。"石清道："善恶二使正赴凌霄城送邀客铜牌，白师兄非及时赶到不可。要是威德先生和他们动手之时咱们不能出手相助，那更加对不起人家了。"闵柔点头道："是！"当下帮着石破天穿好了衣衫，扶他走出客栈。

她明白丈夫的打算，以石清的为人，决不肯带同儿子偷偷溜走。侠客岛善恶二使上凌霄城送牌，白自在性情暴躁无比，一向自尊自大，决不会轻易便接下铜牌，势必和张三、李四恶斗一场。石清是要及时赶到，全力相助雪山派，倘若不幸战死，那是武林中人的常事，石家三人全都送命在凌霄城中，儿子的污名也就洗刷干净了。但若竟尔取胜，合雪山派和玄素庄之力打败了张三、李四，儿子将功赎罪，白自在总不能再下手杀他。

闵柔在长乐帮总舵中亲眼见到张三、李四二人的武功，动起手来自是胜少败多，然而血肉之躯，武功再高，总也难免有疏忽失手之时，一线机会总是有的，与其每日里提心吊胆，郁郁不乐，不如去死战一场，图个侥幸。他夫妇二人心意相通，石清一说要将儿子送上凌霄城去，闵柔便已揣摸到了他的用意。她虽爱怜儿子，终究是武林中成名的侠女，思前想后，毕竟还是丈夫的主意最高，是以一直没加反对。

白万剑见石清夫妇不顾儿子身染恶疾，竟逼着他赶路，心下也不禁钦佩。

横石镇上那大夫毫不高明，将石破天颈中的红肿当作了痈疽，但这么一来，却使石清夫妇丝毫不起疑心。白万剑等人自然更加瞧不出来。石破天与石中玉相貌本像，穿上了石中玉一身华丽的衣饰，宛然便是个翩翩公子。他躺在大车之中，一言不发。他不善作伪，沿途露出的破绽本来着实不少，只是石清夫妇与儿子分别已久，他的举止习惯原本如何，二人毫不知情，石破天破绽虽多，但只要不开口说话，他二人纵然精明，却也瞧不出来。

一行人加紧赶路，唯恐给张三、李四走在头里，凌霄城中众人遇到凶险，是以路上丝毫不敢耽搁。到得湖南境内，石破天喉肿已消，弃车骑马，却仍是哑哑的说不出话来。石清陪了他去瞧了几次医生，诊不出半点端倪，不免平添了几分烦恼，教闵柔多滴无数眼泪。

不一日，已到得西域境内。雪山弟子熟悉路径，尽抄小路行走，料想张三、李四脚程虽快，不知这些小路，势必难以赶在前头。但石清夫妇想着见到威德先生之时，倘若他大发雷霆，立时要将石中玉杀了，而张三、李四决无如此凑巧的恰好赶到，那可就十分难处，当真是早到也不好，迟到也不好。夫妻二人暗中商量了几次，苦无善法，惟有一则听天由命，二则相机行事了。

又行数日，众人向一条山岭上行去，走了两日，地势越来越高。这日午间，众人到了一排大木屋中。白万剑询问屋中看守之人，得知近日并无生面人到凌霄城来，登时大为宽心，当晚众人在木屋中宿了一宵，次日一早，将马匹留在大木屋中，步行上山。此去向西，山势陡峭，已无法乘马。几名雪山弟子在前领路，一路攀山越岭而上。只行得一个多时辰，已是满地皆雪。一群人展开轻功，在雪径中攀援而上。

石破天跟在父母身后，既不超前，亦不落后。石清和闵柔见他脚程甚健，气息悠长，均想："这孩子内力修为，大是不弱，倒不在我夫妇之下。"想到不久便要见到白自在，却又担起心来。

行到傍晚，只见前面一座山峰冲天而起，峰顶建着数百间房屋，屋外围以一道白墙。

白万剑道："石庄主，这就是凌霄城了。僻处穷乡，一切俱甚粗简。"石清赞道："雄踞绝顶，俯视群山，'凌霄'两字，果然名副其实。"眼见山腰里云雾霭霭上升，渐渐将凌霄城笼罩在白茫茫的一片云气之中。

众人行到山脚下时,天已全黑,即在山脚上的两座大石屋中住宿。这两座石屋也是雪山派所建,专供上峰之人先行留宿一宵,以便养足精神,次晨上峰。

第二日天刚微明,众人便即启程上峰,这山峰远看已甚陡峭,待得亲身攀援而上,更是险峻。众人虽身具武功,沿途却也休息了两次,才在半山亭中打尖。申牌时分,到了凌霄城外,只见城墙高逾三丈,墙头墙垣雪白一片,尽是冰雪。

石清道:"白师兄,城墙上凝结冰雪,坚如精铁,外人实难攻入。"

白万剑笑道:"敝派在这里建城开派,已有一百七十余年,倒不曾有外敌来攻过。只隆冬之际常有饿狼侵袭,却也走不进城去。"说到这里,见护城冰沟上的吊桥仍是高高曳起,并不放下,不由得心中有气,大声喝道:"今日是谁轮值?不见我们回来吗?"

城头上探出一个头来,说道:"白师伯和众位师伯、师叔回来了。我这就禀报去。"白万剑喝道:"玄素庄石庄主夫妇大驾光临,快放下吊桥。"那人道:"是,是!"将头缩了进去,但隔了良久,仍是不见放下吊桥。

石清见城外那道冰沟有三丈来阔,不易跃过。寻常城墙外都有护城河,此处气候严寒,护城河中河水都结成了冰,但这沟挖得极深,沟边滑溜溜地结成一片冰壁,不论人兽,掉将下去都是极难上来。

耿万锺、柯万钧等连声呼喝,命守城弟子赶快开门。白万剑见情形颇不寻常,担心城中出了变故,低声道:"众师弟小心,说不定侠客岛那二人已先到了。"众人一听,都是吃了一惊,不由自主的伸手去按剑柄。

便在此时,只听得轧轧声响,吊桥缓缓放下,城中奔出一人,身穿白色长袍,一只右袖缚在腰带之中,衣袖内空荡荡地,显是缺了一条手臂。这人大声叫道:"原来是石兄、石嫂到了,稀客,稀客!"

石清见是风火神龙封万里亲自出迎,想到他断了一臂,全是受了儿子牵累,心下十分抱歉,抢步上前,说道:"封二弟,愚兄夫妇带同逆子,向白师伯和你领罪来啦。"说着上前拜倒,双膝跪地。他自成名以来,除了见到尊长,从未向同辈朋友行过如此大礼,实因封万里受害太甚,情不自禁的拜了下去。要知封万里剑术之精,实不在白万剑之下,此刻他断了右臂,二十多年的勤学苦练尽付流水,"剑术"二字是再也休提了。

闵柔见丈夫跪倒,儿子却怔怔的站在一旁,忙在他衣襟上一拉,自己在丈夫身旁跪倒。

石破天心道:"他是石中玉的师父。见了师父,自当磕头。"他生怕扮得不像,给封万里看破,跪倒后立即磕头,咚咚有声。

雪山群弟子一路上对他谁也不加理睬,此刻见他大磕响头,均想:"你这小子知道命在顷刻,便来磕头求饶,那可没这般容易。"

封万里却道:"石兄、石嫂,这可折杀小弟了!"忙也跪倒还礼。

石清夫妇与封万里站起后,石破天兀自跪在地下。封万里正眼也不瞧他一下,向石清道:"石兄、石嫂,当年恒山聚会,屈指已一十二年,二位丰采如昔。小弟虽然僻处边陲,却也得知贤伉俪在武林中行侠仗义,威名越来越大,实乃可喜可贺。"

石清道:"愚兄教子无方,些许虚名,又何足道?今日见贤弟如此,当真是羞愧难当,无地自容。"

封万里哈哈大笑,道:"我辈是道义之交,承蒙两位不弃,说得上'肝胆相照'四字。是你得罪了我也好,是我得罪了你也好,难道咱们还能挂在心上吗？两位远来辛苦，快进城休息去。"石破天虽然跪在他面前，他眼前只如便没这个人一般。

当下石清和封万里并肩进城。闵柔拉起儿子，眉头双蹙，眼见封万里这般神情，嘴里说得漂亮，语气中显是恨意极深，并没原宥了儿子的过犯。

白万剑向侍立在城门边的一名弟子招招手，低声问道："老爷子可好？我出去之后，城里出了什么事？"那弟子道："老爷子……就是……就是近来脾气大些。师伯去后，城里也没出什么事。只是……只是……"白万剑脸一沉，问道："只是什么？"

那弟子吓得打了个突，道："五天之前，老爷子脾气大发，将陆师伯和苏师叔杀了。"白万剑吃了一惊，忙问："为什么？"那弟子道："弟子也不知情。前天老爷子又将燕师叔杀了，还斩去了杜师伯的一条大腿。"白万剑只吓得一颗心怦怦乱跳，暗道："陆、苏、燕、杜四位师兄弟都是本派好手，父亲平时对他们都甚为看重，为什么陡下毒手？"忙将那弟子拉在一边，待闵柔、石破天走远，才问："到底为了什么事？"

那弟子道："弟子确不知情。凌霄城中死了这三位师伯、师叔后，大家人心惶惶。前天晚上，张师叔、马师叔不别而行，留下书信，说是下山来寻白师伯。天幸白师伯今日归来，正好劝劝老爷子。"

白万剑又问了几句，不得要领，当即快步走进大厅，见封万里已陪着石清夫妇在用茶，便道："两位请宽坐。小弟少陪，进内拜见家严，请他老人家出来见客。"封万里皱眉道："师父忽然自前天起身染恶疾，只怕还须休息几天，才能见客。否则他老人家对石兄向来十分尊重，早就出来会见了。"白万剑心乱如麻，道："我这就瞧瞧去。"

·448·

他急步走进内堂,来到父亲的卧室门外,咳嗽一声,说道:"爹爹,孩儿回来啦。"

门帘掀起,走出一个三十来岁的美妇人,正是白自在的妾侍窈娘,她脸色憔悴,说道:"谢天谢地,大少爷这可回来啦,咱们正没脚蟹似的,不知道怎么才好。老爷子打大前天上忽然神智胡涂了,我……我求神拜佛的毫无效验,大少爷,你……你……"说到这里,便抽抽噎噎的哭了起来。白万剑道:"什么事惹得爹爹生这么大气?"窈娘哭道:"也不知道是弟子们说错了什么话,惹得老爷子大发雷霆,连杀了几个弟子。老爷子气得全身发抖,一回进房中,脸上抽筋,口角流涎,连话也不会说了,有人说是中风,也不知是不是……"一面说,一面呜咽不止。

白万剑听到"中风"二字,全身犹如浸入了冰水一般,更不打话,大叫:"爹爹!"冲进卧室,只见父亲炕前锦帐低垂,房中一瓦罐药,正煮得扑扑扑地冒着热气。白万剑又叫:"爹爹!"伸手揭开帐子,只见父亲朝里而卧,身子一动也不动,竟似呼吸也停了,大惊之下,忙伸手去探他鼻息。

手指刚伸到他口边,被窝中突然探出一物,喀喇一响,将他右手牢牢拑住,竟是一只生满了尖刺的钢夹。白万剑惊叫:"爹爹,是我,孩儿回来了。"突然胸腹间同时中了两指,正中要穴,再也不能动弹了。

石清夫妇坐在大厅上喝茶,封万里下首相陪。石破天垂手站在父亲身旁。封万里尽问些中原武林中的近事,言谈始终不涉正题。

石清鉴貌辨色,觉得凌霄城中上上下下各人均怀极大隐忧,却也不感诧异,心想:"他们得知侠客岛使者即将到来,这是雪山派存亡荣辱的大关头,人人休戚相关,自不免忧心忡忡。"

过了良久,始终不见白万剑出来。封万里道:"家师这场疾病,起得委实好凶,白师哥想是在侍候汤药。师父内功深厚,身子向来清健,这十几年来,连伤风咳嗽也没一次,想不到平时不生病,突然染疾,竟是如此厉害,但愿他老人家早日痊愈才好。"石清道:"白师伯内功造诣,天下罕有,年纪又不甚高,调养几日,定占勿药。贤弟也不须太过担忧。"心中却不由得暗喜:"白师伯既然有病,便不能立时处置我孩儿,天可怜见,好歹拖得几日,待那张三、李四到来,大伙儿拼力一战,咱们玄素庄和雪山派共存亡便是。"

说话之间,天色渐黑,封万里命人摆下筵席,倒也给石破天设了座头。除封万里外,雪山派又有四名弟子相陪。耿万锺、柯万钧等新归的弟子却俱不露面。陪客的弟子中有一人年岁甚轻,名叫陆万通,口舌便给,不住劝酒,连石破天喝干一杯后,也随即给他斟上。

闵柔喝了三杯,便道:"酒力不胜,请赐饭罢。"陆万通道:"石夫人有所不知,敝处地势高峻,气候寒冷,兼之终年云雾缭绕,湿气甚重,两位虽然内功深厚,寒气湿气俱不能侵,但这参阳玉酒饮之于身子大有补益,通体融和,是凌霄城中一日不可或缺之物。两位还请多饮几杯。"说着又给石清夫妇及石破天斟上了酒。

闵柔早觉这酒微辛而甘,参气甚重,听得叫做"参阳玉酒",心想:"他说得客气,说什么我们内功深厚,不畏寒气湿气侵袭,看来不饮这种烈性药酒,于身子还真有害。"于是又饮了两杯,突然之间,只觉小腹间热气上冲,跟着胸口间便如火烧般热了起来,忙运气按捺,笑道:"封贤弟,这……这酒好生厉害!"

石清却霍地站起,喝道:"这是什么酒?"

封万里笑道:"这参阳玉酒,酒性确是厉害些,却还难不到名闻天下的黑白双剑罢?"

石清厉声道:"你……你……"突然身子摇晃,向桌面俯跌下去。闵柔和石破天忙伸手去扶,不料二人同时头晕眼花,天旋地转,都摔在石清身上。

也不知道过了多少时候,石破天迷迷糊糊的醒来,初时还如身在睡梦之中,缓缓伸手,想要撑身坐起,突觉双手手腕上都扣着一圈冰冷坚硬之物,心中一惊,登时便清醒了,惊觉手脚都已戴上了铐镣,眼前却是黑漆一团,不知身在何处。忙跳起身来,只跨出两步,砰的一声,额头便撞上了坚硬的石壁。

他定了定神,慢慢移动脚步,伸手触摸四周,发觉处身在一间丈许见方的石室之中,地下高低不平,都是巨石。他睁大眼睛四下察看,只见左角落里略有微光透入,凝目看去,是个不到一尺见方的洞穴,猫儿或可出入,却连小狗也钻不过去。他举起手臂,以手铐敲打石壁,四周发出重浊之声,显然石壁坚厚异常,难以攻破。

他倚墙而坐,寻思:"我怎么会到了这里?那些人给我们喝的什么参阳玉酒,定是大有古怪,想是其中有蒙汗药之类,是以石庄主也会晕倒,摔跌在酒席之上。看来雪山派的人执意要杀石中玉,生怕石庄主夫妇抗拒,因此将我们迷倒了。然而他们怎么又不杀我?多半是因白老爷子有病,先将我们监禁几日,待他病愈之后,亲自处置。"

又想:"白老爷子问起之时,我只须说明我是狗杂种,不是石中玉,他和我无怨无仇,查明真相后自会放我。但石庄主夫妇他却未必肯放,说不定要将他二人关入石牢,待石中玉自行投到再放,可就不知要关到何年何月了。石夫人这么斯文干净的人,给关在瞧不见天光的石牢之中,气也气死她啦。怎么想个法子将她和石庄主救了出去,然后我留着慢慢再和白老爷子分说?"

想到救人,登时发起愁来:"我自己给上了脚镣手铐,还得等人来救,怎么能去救人?凌霄城中个个都是雪山派的,又有谁能来救我？"

他双臂一分，运力崩动铁铐，但听得呛啷啷铁链声响个不绝，铁铐却纹丝不动，原来手铐和脚镣之间还串连着铁链。

便在此时，那小洞中突然射进灯光，有人提灯走近，跟着洞中塞进一只瓦钵，盛着半钵米饭，饭上铺着几根咸菜，一双毛竹筷插在米饭中。石破天顾不得再装哑巴，叫道："喂，喂，我有话跟白老爷子说！"外面那人嘿嘿几声冷笑，洞中射进来的灯光渐渐隐去，竟一句话也不说便走了。

石破天闻到饭香，便即感到十分饥饿，心想："我在酒筵中吃了不少菜，怎么这时候又饿得厉害？只怕我晕去的时候着实不短。"捧起瓦钵，拔筷便吃，将半钵白饭连着咸菜吃了个干净。

吃完饭后，将瓦钵放回原处，数次用力挣扎，发觉手足上铐镣竟是精钢所铸，虽运起内力，亦无法将之拉得扭曲，反而手腕和足踝上都擦破了皮；再去摸索门户，不久便摸到石门的缝隙，以肩头推去，石门竟绝不摇晃，也不知有多重实。他叹了口气，心想："只有等人来带我出去，此外再无别法。只不知他们可难为了石庄主夫妇没有？"

既然无法可想，索性也不去多想，靠着石壁，闭眼入睡。石牢之中，不知时刻，多半是等了整整一天，才又有人前来送饭，只见一只手从洞中伸了进来，把瓦钵拿出洞去。

石破天脑海中突然间闪过一个念头，待那人又将盛了饭菜的瓦钵从洞中塞进来时，疾扑而上，呛啷啷铁链乱响声中已抓住了那人右腕。他的擒拿功夫加上深厚内力，这一抓之下，纵是武林中的好手也禁受不起，只听那人痛得杀猪也似大叫，石破天跟着回扯，已将他整条手臂扯进洞来，喝道："你再喊，便把你手臂扭断了！"

那人哀求道："我不叫，你……你放手。"石破天道："快打开门，放我出来。"那人道："好，你松手，我来开门。"石破天道:"我一放手,你便逃走了,不能放。"那人道:"你不放手,我怎能去开门?"

石破天心想此话倒也不错,老是抓住他的手也无用处,但好容易抓住了他,总不能轻易放手。灵机一动,道:"将我手铐的钥匙丢进来。"那人道:"钥匙?那……那不在我身边。小人只是个送饭的伙伕。"

石破天听他语气有点不尽不实,便将手指紧了紧,道:"好,那便将你手腕先扭断了再说。"那人痛得连叫:"哎哟,哎哟。"终于当的一声,一条钥匙从洞中丢了进来。这人甚是狡猾,将钥匙丢得远远地,石破天要伸手去拾,便非放了他的手不可。

石破天一时没了主意,拉着他手力扯,伸左脚去勾那钥匙,虽将那人的手臂尽数拉进洞来,左脚脚尖跟钥匙还是差着数尺。那人给扯得疼痛异常,叫道:"你再这么扯,可要把我手臂扯断了。"

石破天尽力伸腿,但手足之间有铁链相系,足尖始终碰不到钥匙。他瞧着自己伸出去的那只脚,突然灵机一动,屈左腿脱下鞋子,对准了墙壁着地掷出。鞋子在壁上一撞,弹将转来,正好带着钥匙一齐回转。石破天一声欢呼,左手拾起钥匙,插入右腕手铐匙孔,轻轻一转,喀的一声,手铐便即开了。

他换手又开了左腕手铐,反手便将手铐扣在那人腕上。那人惊道:"你……你干什么?"石破天笑道:"你可以去开门了。"将铁链从洞中送出。那人兀自迟疑,石破天抓住铁链一扯,又将那人手臂扯进洞来,力气使得大了,将那人扯得脸孔撞上石壁,登时鼻血长流。

那人情知无可抗拒,只得拖着那条呛啷啷直响的铁链,打开石门。可是铁链的另一端系在石破天的足镣之上,室门虽开,铁链通过一个小洞,缚住了二人,石破天仍是无法出来。

他扯了扯铁链,道:"把脚镣的钥匙给我。"那人愁眉苦脸的道：“我真的没有。小人只是个扫地煮饭的伙伕，有什么钥匙？”石破天道：“好，等我出来了再说。”将那人的手臂又扯进洞中，替他打开了手铐。

那人眼见一得自由，急忙冲过去想顶上石门。石破天身子一晃，早已从门中闪出，只见这人一身白袍，形貌精悍，多半是雪山派的正式弟子，哪里是什么扫地煮饭的伙伕。一把抓住他后领提起，喝道：“你不开我的脚镣，我把你脑袋在这石墙上撞它一百下再说。”说着便将他脑袋在石墙上轻轻一撞。那人武功本也不弱，但落在石破天手中，宛如雏鸡入了老鹰爪底，竟半分动弹不得，只得又取出钥匙，替他打开脚镣。

石破天喝问：“石庄主和石夫人给你们关在哪里？快领我去。”那人道：“雪山派跟玄素庄无怨无仇，早放了石庄主夫妇走啦，没关住他们。”

石破天将信将疑，但见那人的目光不住向甬道彼端的一道石门瞧去，心想：“此人定是说谎，多半将石庄主夫妇关在那边。”提着他的后领，大踏步走到那石门之前，喝道：“快将门打开。”

那人脸色大变，道：“我……我没钥匙。这里面关的不是人，是一头狮子，两只老虎，一开门可不得了。”石破天听说里面关的是狮子老虎，大是奇怪，将耳朵贴到石门之上，却听不到里面有狮吼虎啸之声。那人道：“你既然出来了，这就快快逃走罢，在这里多耽搁，别给人发觉了，又得给抓了起来。”

石破天心想：“你又不是我朋友，为什么对我这般关心？初时我要你打开手铐和石门，你定是不肯，此刻却劝我快逃。是了，石庄主夫妇定是给关在这间石室之中。”提起那人身子，又将他脑袋在石壁上轻轻一撞，道：“到底开不开？我就是要瞧瞧狮子老虎。”

那人惊道：“里面的狮子老虎可凶狠得紧，好几天没吃东西了，一见到人，立刻扑了出来……”石破天急于救人，不耐烦听他东拉西扯，提起他身子，头下脚上的用力摇晃，当当两声，他身上掉下两枚钥匙。石破天大喜，将那人放在一边，拾起钥匙，便去插入石门上的铁锁孔中，喀喀喀的转了几下，铁锁便即打开。那人一声"啊哟"，转身便逃。

石破天心想："给他逃了出去通风报信，多有未便。"抢上去一把抓过，丢入先前监禁自己的那间石室，连那副带着长链的足镣手铐也一起投了进去，然后关上石门，上了锁，再回到甬道彼端的石门处，探头进内，叫道："石庄主、石夫人，你们在这里吗？"

他叫了两声，室中没半点声息。石破天将门拉得大开，却见里面隔着丈许之处，又有一道石门，心道："是了，怪不得有两枚钥匙。"

于是取过另一枚钥匙，打开第二道石门，刚将石门拉开数寸，叫得一声"石庄主……"，便听得室中有人破口大骂："龟儿子，龟孙子，乌龟王八蛋，我一个个把你们千刀割、万刀剐的，叫你们不得好死……"又听得铁链声呛啷啷直响。这人骂声语音重浊，嗓子嘶哑，与石清清亮的江南口音截然不同。

石破天心道："石庄主夫妇虽不在这里，但此人既给雪山派关着，也不妨救他出来。"便道："你不用骂了，我来救你出去。"

那人继续骂道："你是什么东西？敢来胡说八道欺骗老子？我……我把你的狗头颈扭得断断地……"

石破天微微一笑，心道："这人脾气好大。给关在这暗无天日的石牢之中，也真难怪他生气。"当即闪身进内，说道："你也给戴上了足镣手铐么？"刚问得这句话，黑暗中便听得呼的一声，一件沉重的物事向头顶击落。

石破天闪身向左，避开了这一击，立足未定，后心要穴已被一把抓住，跟着一条粗大的手臂扼了他咽喉，用力收紧。这人力道凌厉之极，石破天登时便觉呼吸维艰，耳中嗡嗡嗡直响，却又隐隐听得那人在"乌龟儿子王八蛋"的乱骂。

石破天好意救人,万料不到对方竟会出手加害,在这黑囚牢中陡逢如此厉害的高手,一着先机既失,立时便为所制,暗叫:"这一下可死了!"无可奈何之中,只有运气于颈,与对方手臂硬挺。虽然喉头肌肉柔软,决不及手臂的劲力,但他内力浑厚之极,猛力挺出,竟将那人的手臂推开了几分。他急速吸了口气,待那人手臂再度收紧,他右手已反将上来,一把格开,身子向外窜出,说道:"我是想救你出去啊,干么对我动粗?"

那人"咦"的一声,甚是惊异,道:"你……你是谁?内力可不弱。"向石破天呆呆瞪视,过了半晌,又是"咦"的一声,喝道:"臭小子,你是谁?"

石破天道:"我……我……"一时不知该当自承是"狗杂种",还是继续冒充石中玉。那人怒道:"你自然是你,难道没名没姓么?"石破天道:"我把你先救了出去,别的慢慢再说不迟。"那人嘿嘿冷笑,说道:"你救我?嘿嘿,那岂不笑掉了天下人的下巴。我是何人也?你是什么东西?凭你一点点三脚猫的本领,也能救我?"

这时两道石门都打开了一半,日光透将进来,只见那人满脸花白胡子,身材魁梧,背脊微弓,倒似这间小小石室装不下他这个大身子似的,眼光耀如闪电,威猛无俦。

石破天见他目光在自己脸上扫来扫去,心下不禁发毛:"适才那雪山弟子说这里关着狮子老虎,这人的模样倒真像是头猛兽。"不敢再和他多说什么,只道:"我去找钥匙来,给你打开足镣手铐。"

那人怒道:"谁要你来讨好?我是自愿留在这里静修,否则的话,天下焉能有人关得我住?你这小子没带眼睛,还道我是给人关在这里的,是不是?嘿嘿,爷爷今天若不是脾气挺好,单凭这一句话，我将你斩成十七八段。"双手摇晃，将铁链摇得当当直响，道："爷爷只消性起，一下子就将这铁链崩断了。这些足镣手铐，在我眼中只不过是豆腐一般。"

石破天不大相信，寻思："这人神情说话倒似是个疯子。他既不愿我相救，倘若我硬要给他打开铐镣，他反会打我。他武功甚高，我斗他不过，还是去救石庄主、石夫人要紧。"便道："既然这样，那我就去了。"

那人怒道："滚你妈的臭鸭蛋，爷爷纵横天下，从未遇过敌手，要你这小子来救我？当真是滑天下之大稽，荒天下之大唐……"

石破天道："得罪，得罪，对不住。"轻轻带上两道石门，沿着甬道走了出去。

甬道甚长，转了个弯，又行十余丈才到尽头，只见左右各有一门。他推了推左边那门，牢牢关着，推右边那门时，却是应手而开，进门后是间小厅，进厅中没行得几步，便听得左首传来兵刃相交之声，乒乒乓乓的斗得甚是激烈。

石破天心道："原来石庄主兀自在和人相斗。"忙循声而前。

斗声从左首传来，一时却找不到门户，他系念石清、闵柔的安危，眼见左首的板壁并不甚厚，肩头撞去，板壁立破，兵刃声登时大盛，眼前也是一间小小厅堂，四个白衣汉子各使长剑，正在围攻两个女子。

石破天一见这两个女子，情不自禁的大声叫道："师父，阿绣！"

那二人正是史婆婆和阿绣。

史婆婆手持单刀，阿绣挥舞长剑，但见她二人头发散乱，每人身上都已带了几处伤，血溅衣襟，情势十分危殆。二人听得石破天的叫声，但四名汉子攻得甚紧，剑法凌厉，竟无暇转头来看。但听得阿绣一声惊呼，肩头中了一剑。

石破天不及多想，疾扑而上，向那急攻阿绣的中年人背心抓去。那人斜身闪开，回了一剑。石破天左掌拍出，劲风到处，将那人长剑激开，右手发掌攻向另一个老者。

那老者后发先至，剑尖已刺向他小腹，剑招迅捷无伦。幸好石破天当日曾由史婆婆指点过雪山派剑法的精要，知道这一招"岭上双梅"虽是一招，却是两刺，一剑刺出后跟着又再刺一剑，当即小腹一缩，避开了第一剑，立即左手掠下，伸中指弹出。那老者的第二剑恰好于此时刺到，便如长剑伸过去凑他手指一般，铮的一声响，剑刃断为两截。那老者只震得半身酸麻，连半截剑也拿捏不住，撒手丢下，立时纵身跃开，已吓得脸色大变。

石破天左手探出，抓住了攻向阿绣的一人后腰，提将起来，挥向另一人的长剑。那人大惊，急忙缩剑，石破天乘势出掌，正中他胸膛。那人登登登连退三步，身子晃了几下，终于坐倒。

石破天将手中的汉子向第四人掷出，去势奇急。那人正与史婆婆拼斗，待要闪避，却已不及，被飞来那人重重撞中，两人都口喷鲜血，登时都晕了过去。

四名白衣汉子被石破天于顷刻之间打得一败涂地，其中只那老者并未受伤，眼见石破天这等神威，已惊得心胆俱裂，说道："你……你……"突然纵身急奔，意欲夺门而出。史婆婆叫道："别放他走了！"石破天左腿横扫，正中那老者下盘。那老者两腿膝盖关节一齐震脱，摔在地下。

史婆婆笑道："好徒儿，我金乌派的开山大弟子果然了得！"阿绣脸色苍白，按住了肩头创口，一双妙目凝视着石破天，目光中掩不住喜悦无限。

石破天道："师父，阿绣，想不到在这里见到你们。"史婆婆匆匆替阿绣包扎创口，跟着阿绣撕下自己裙边，给婆婆包扎剑伤。

幸好二人剑伤均不甚重，并无大碍。石破天又道："在紫烟岛上找不到你们，我日夜想念，今日重会，那真好……最好以后再也不分开了。"

阿绣苍白的脸上突然堆起满脸红晕，低下头去。他知石破天性子淳朴，不善言词，这几句话实是发自肺腑，虽然当着婆婆之面吐露真情，未免令人腼腆，但心中实是欢喜不胜。

史婆婆嘿嘿一笑，说道："你若能立下大功，这件事也未始不能办到，就算是婆婆亲口许给你好了。"阿绣的头垂得更低，羞得耳根子也都红了。

石破天却尚未知道这便是史婆婆许婚，问道："师父许什么？"史婆婆笑道："我把这孙女儿给了你做老婆，你要不要？想不想？喜不喜欢？"石破天又惊又喜，道："我……我……我自然要，自然想得很，喜欢得很……"史婆婆道："不过，你先得出力立一件大功劳。雪山派中发生了重大内变，咱们先得去救一个人。"石破天道："是啊，我正要去救石庄主和石夫人，咱们快去找寻。"他一想到石清、闵柔身处险地，登时便心急如焚。

史婆婆道："石清夫妇也到了凌霄城中吗？咱们平了内乱，石清夫妇的事稀松平常。阿绣，先将这四人宰了罢？"

阿绣提起长剑，只见那老者和倚在墙壁上那人的目光之中，都露出乞怜之色，不由得起了恻隐之心，她得祖母许婚，心中正自喜悦不胜，殊无杀人之意，说道："奶奶，这几人不是主谋，不如暂且饶下，待审问明白，再杀不迟。"

史婆婆哼了一声，道："快走，快走，别耽误了大事。"当即拔步而出。阿绣和石破天跟在后面。

史婆婆穿堂过户，走得极快，每遇有人，她缩在门后或屋角中避过，似乎对各处房舍门户十分熟悉。

石破天和阿绣并肩而行，低声问道："师父要我立什么大功劳？去救谁？"阿绣正要回答，只听得脚步声响，迎面走来五六人。史婆婆忙向柱子后一缩，阿绣拉着石破天的衣袖，躲入了门后。

只听得那几人边行边谈，一个道："大伙儿齐心合力，将老疯子关了起来，这才松了口气。这几天哪，我当真是一口饭也吃不下，只睡得片刻，就吓得从梦中醒了过来。"另一人道："不将老疯子杀了，终究是天大的后患。齐师伯却一直犹豫不决，我看这件事说不定要糟。"又一人粗声粗气的道："一不做，二不休，咱们索性连齐师伯一起干了。"一人低声喝道："噤声！怎么这种话也大声嚷嚷的？要是给老齐门下那些家伙听见了，咱们还没干了他，你的脑袋只怕先搬了家。"那粗声之人似是心下不服，说道："咱们和老齐门下斗上一斗，未必便输。"嗓门却已放低了许多。

这伙人渐行渐远，石破天和阿绣挤在门后，身子相贴，只觉阿绣在微微发抖，低声问道："阿绣，你害怕么？"阿绣道："我……我确是害怕。他们人多，咱们只怕斗不过。"

史婆婆从柱后闪身出来，低声道："快走。"弓着身子，向前疾趋。石破天和阿绣跟随在后，穿过院子，绕过一道长廊，来到一座大花园中。园中满地是雪，一条鹅卵石铺成的小路通向园中一座暖厅。

史婆婆纵身窜到一株树后，在地下抓起一把雪，向暖厅外投去，拍的一声，雪团落地，厅侧左右便各有一人挺剑奔过来查看。史婆婆僵立不动，待那二人行近，手中单刀刷刷两刀砍出，去势奇急，两人颈口中刀，割断了咽喉，哼也没哼一声，便即毙命。

石破天初次见到史婆婆杀人，见她出手狠辣之极，这招刀法史婆婆也曾教过，叫作"赤焰暴长"，自己早已会使，只是从没想到这一招杀起人来竟然如此干净爽脆，不由得心中怦怦而跳。待他心神宁定，史婆婆已将两具尸身拖入假山背后，悄没声的走到暖厅之外,附耳长窗,倾听厅内动静。石破天和阿绣并肩走近厅去,只听得厅内有两人在激烈争辩,声音虽不甚响,但二人语气显然都是十分愤怒。

只听得一人道:"缚虎容易纵虎难,这句老话你总听见过的。这件事大伙儿豁出性命不要,已经做下来了。常言道得好,量小非君子,无毒不丈夫,你这般婆婆妈妈的,要是给老疯子逃了出来,咱们人人死无葬身之地。"

石破天寻思:"他们老是说'老疯子'什么的,莫非便是石牢中的老人?那人古古怪怪的,我要救他出来,他偏不肯,只怕真是个疯子。这老人武功果然十分厉害,难怪大家对他都这般惧怕。"

只听另一人道:"老疯子已身入兽牢,便有通天本事,也决计逃不出来。咱们此刻要杀他,自是容易不过,只须不给他送饭,过得十天八天,还不饿死了他?可是若要人不知,除非己莫为。江湖上人言可畏,这种犯上逆行的罪名,你廖师弟固然不在乎,大伙儿的脸却往哪里搁去?雪山派总不成就此毁了?"

那姓廖的冷笑道:"你既怕担当犯上逆行的罪名,当初又怎地带头来干?现今事情已经做下来了,却又想假撇清,天下哪有这等便宜事?齐师哥,你的用心小弟岂有不知?大家打开天窗说亮话,你想装伪君子,假道学,又骗得过谁了?"那姓齐的道:"我又有什么用心了?廖师弟说话,当真是言中有刺,骨头太多。"那姓廖的道:"什么是言中有刺,骨头太多?齐师哥,你只不过假装好人,想将这逆谋大罪推在我头上,一箭双雕,自己好安安稳稳的坐上大位。"说到这里,声音渐渐提高。

那姓齐的道:"笑话,笑话!我有什么资格坐上大位,照次序挨下来,上面还有成师哥呢,却也轮不到我。"另一个苍老的声音插口道:"你们争你们的,可别将我牵扯在内。"那姓廖的道:"成师哥,你是老实人,齐师哥只不过拿你当作挡箭牌、炮架子。

你得想清楚些,当了傀儡,自己还是睡在鼓里。"

石破天听得厅中呼吸之声,人数着实不少,当下伸指蘸唾沫湿了窗纸,轻轻刺破一孔,张目往内瞧时,只见坐的站的竟不下二三百人,有男有女,有老有少,个个身穿白袍,一色雪山派弟子打扮。

大厅上朝外摆着五张太师椅,中间一张空着,两旁两张坐着四人。听得那三人兀自争辩不休,从语音之中,得知左首坐的是成、廖二人,右首那人姓齐,另一人面容清癯,愁眉苦脸的,神色十分难看。这时那姓廖的道:"梁师弟,你自始至终不发一言,到底打的是什么主意?"这梁姓的汉子叹了口气,摇摇头,又叹了口气,仍是没说话。

那姓齐的道:"梁师弟不说话,自是对这件事不以为然了。"那姓廖的怒道:"你不是梁师弟肚里蛔虫,怎知他不以为然?这件事是咱四人齐心合力干的。大丈夫既然干了,却又畏首畏尾,算是什么英雄好汉?"那姓齐的冷冷的道:"大伙儿贪生怕死,才干下了这件事来,又怎说得上英雄好汉?这叫做事出无奈,铤而走险。"那姓廖的大声道:"万里,你倒说说看,此事怎么办?"

人群中走出一人,正是那断了一臂的风火神龙封万里,躬身说道:"弟子无用,没能够周旋此事,致生大祸,已是罪该万死,如何还敢再起弑逆之心?弟子赞同齐师叔的主意,万万不能对他再下毒手。"

那姓廖的厉声道:"那么中原回来的这些长门弟子,又怎生处置?"封万里道:"师叔若准弟子多口,那么依弟子之见,须当都监禁起来,大家慢慢再想主意。"那姓廖的冷笑道:"嘿嘿,那又何必慢慢再想主意?你们的主意早就想好了,以为我不知道吗?"封万里道:"请问廖师叔这话,是什么意思?"

那姓廖的道:"你们长门弟子人多势众,武功又高,这掌门之位,自然不肯落在别支手上。你便是想将弑逆的罪名往我头上一推，将我四支的弟子杀得干干净净，那就天下太平，自己却又心安理得。哼哼，打的好如意算盘！"突然提高嗓子叫道："凡是长门弟子，个个都是祸胎。咱们今日一不做，二不休，斩草除根，大家一齐动手，将长门一支都给宰了！"说着刷的一声，拔出了长剑。

顷刻之间，大厅中众人奔跃来去，二三十人各拔长剑，站在封万里身周，另有六七十人也是手执长剑，围在这些人之外。

石破天寻思："看来封师傅他们寡不敌众，不知我该不该出手相助？"

封万里大叫："成师叔、齐师叔、梁师叔，你们由得廖师叔横行么？他四支杀尽了长门弟子，就轮到你们二支、三支、五支了。"

那姓廖的喝道："动手！"身子扑出，挺剑便往封万里胸口刺去。封万里左手拔剑，挡开来剑。只听得当的一声响，跟着嗤的一下，封万里右手衣袖已被削去了一大截。

封万里与白万剑齐名，本是雪山派第二代弟子中数一数二的人物，剑术之精，尚在成、齐、廖、梁四个师叔之上，可是他右臂已失，左手使剑究属不便。那姓廖的一剑疾刺，他虽然挡开，但姓廖的跟着变招横削，封万里明知对方剑招来路，手中长剑却是不听使唤，幸好右臂早去，只给削去了一截衣袖。那姓廖的一招得手，二招继出。封万里身旁两柄剑递上，双双将他来剑格开。

那姓廖的喝道："还不动手？"四支中的六七十名弟子齐声呐喊，挺剑攻上。长门弟子分头接战，都是以一敌二或是敌三。白光闪耀，叮当乒乓之声大作，雪山派的议事大厅登时变成了战场。

那姓廖的跃出战团，只见二支、三支、五支的众弟子都是倚墙而立，按剑旁观。他心念一动之际，已明其理，狂怒大叫："老二、老三、老五，你们心肠好毒，想来捡现成便宜，哼哼，莫发清秋大梦！"他红了双眼，挺剑向那姓齐的刺去。两人长剑挥舞，剧斗起来。那姓廖的剑术显比那姓齐的为佳，拆到十余招后，姓齐的

· 463 ·

连连后退。

姓梁的五师弟仗剑而出，说道："老四，有话好说，自己师兄弟这般动蛮，那成什么样子？"挥剑将那姓廖的长剑挡开。齐老三见到便宜，中宫直进，疾刺姓廖的小腹，这一剑竟欲制他死命，下手丝毫不留余地。

那姓廖的长剑给五师弟黏住了，成为比拼内力的局面，三师兄这一剑刺到，如何再能挡架？那姓成的二师兄突然举剑向姓齐的背心刺去，叹道："唉，罪过，罪过！"那姓齐的急图自救，忙回剑挡架。

二支、三支、五支的众门人见师父们已打成一团，都纷纷上前助战。片刻之间，大厅中便鲜血四溅，断肢折足，惨呼之声四起。

阿绣拉着石破天右手，颤声道："大哥，我……我怕！"石破天道："到底是怎么回事？大家为什么打架？"这时大厅中人人自顾不暇，他二人在窗外说话，也已无人再加理会了。

史婆婆冷笑道："好，好，打得好，一个个都死得干干净净，才合我心意。"

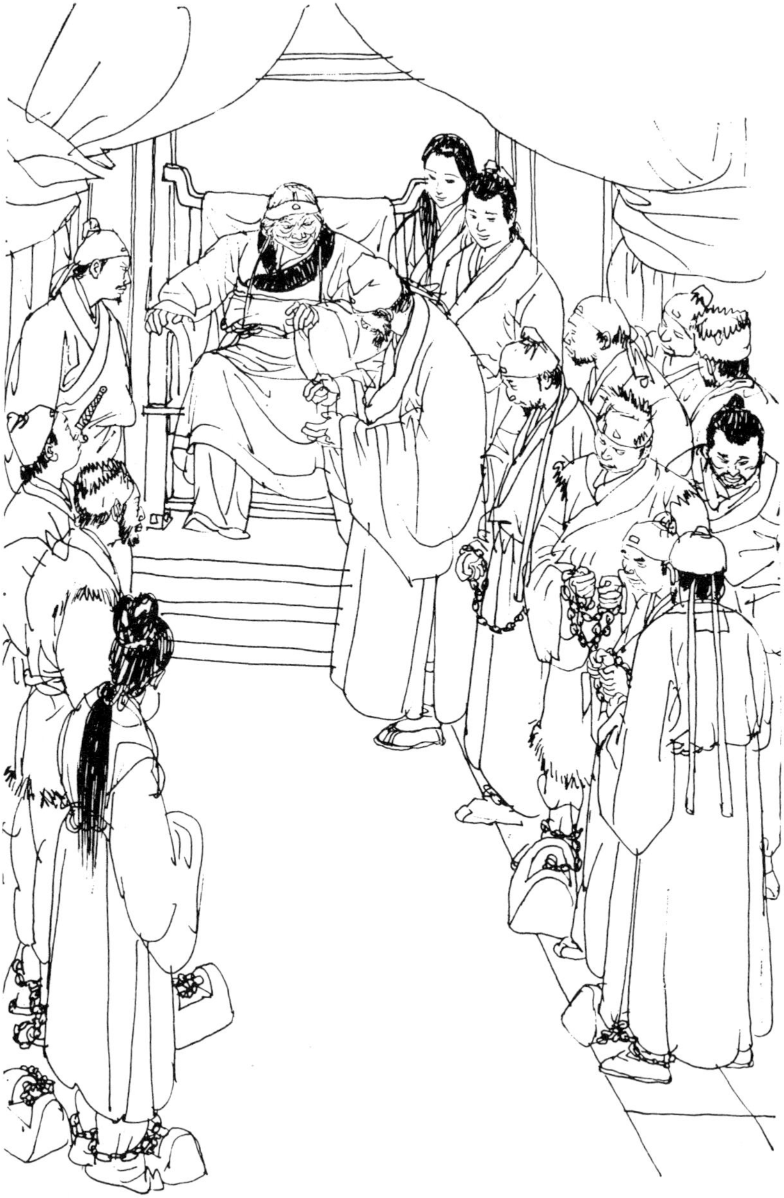

史婆婆居中往太师椅上一坐,冷冷的道:"将这些人身上的铐镣都给打开了。"

十七

自大成狂

这二三百人群相斗殴,都是穿一色衣服,使一般兵刃,谁友谁敌,倒也不易分辨。本来四支和长门斗,三支和四支斗,二支和五支斗,到得后来,本支师兄弟间素有嫌隙的,乘着这个机会,或明攻,或暗袭,也都厮杀起来,局面混乱已极。

忽听得砰嘭一声响,两扇厅门脱钮飞出,一人朗声说道:"侠客岛赏善罚恶使者,前来拜见雪山派掌门人!"语音清朗,竟将数百人大呼酣战之声也压了下去。

众人都大吃一惊,有人便即罢手停斗,跃在一旁。渐渐罢斗之人越来越多,过不片时,人人都退向墙边,目光齐望厅门,大厅中除了伤者的呻吟之外,更无别般声息。又过片刻,连身受重伤之人也都住口止唤,瞧向厅门。

厅门口并肩站着二人,一胖一瘦。石破天见是张三、李四到了,险些儿失声呼叫,但随即想起自己假扮石中玉,不能在此刻表露身份。

张三笑嘻嘻的道:"难怪雪山派武功驰誉天下,为别派所不及。原来贵派同门习练武功之时,竟然是真砍真杀。如此认真,嘿嘿,难得,难得!佩服,佩服!"

那姓廖的名叫廖自砺,踏上一步,说道:"尊驾二位便是侠客

· 467 ·

岛的赏善罚恶使者么？"

张三道："正是。不知哪一位是雪山派掌门人？我们奉侠客岛岛主之命，手持铜牌前来，邀请贵派掌门人赴敝岛相叙，喝一碗腊八粥。"说着探手入怀，取出两块铜牌，转头向李四道："听说雪山派掌门人是威德先生白老爷子，这里的人，似乎都不像啊。"李四摇头道："我瞧着也不像。"

廖自砺道："姓白的早已死了，新的掌门人……"他一言未毕，封万里接口骂道："放屁！威德先生并没死，不过……"廖自砺怒道："你对师叔说话，是这等模样么？"封万里道："你这种人，也配做师叔！"

廖自砺长剑直指，便向他刺去。封万里举剑挡开，退了一步。廖自砺杀得红了双眼，仗剑直上。一名长门弟子上前招架。跟着成自学、齐自勉、梁自进纷纷挥剑，又杀成一团。

雪山派这场大变，关涉重大，成、齐、廖、梁四个师兄弟互相牵制，互相嫉忌，长门处境虽甚不利，实力却也殊不可侮，因此虽有赏善罚恶使者在场，但本支面临生死存亡的大关头，各人竟不放松半步，均盼先在内争中占了上风，再来处置铜牌邀宴之事。

张三笑道："各位专心研习剑法，发扬武学，原是大大的美事，但来日方长，却也不争这片刻。雪山派掌门人到底是哪一位？"说着缓步上前，双手伸出，乱抓乱拿，只听得呛啷啷响声不绝，七八柄长剑都已投在地下。成、齐、廖、梁四人以及封万里与几名二代弟子手中的长剑，不知如何竟都给他夺下，抛掷在地。各人只感到胳臂一震，兵刃便已离手。

这一来，厅上众人无不骇然失色，才知来人武功之高，实是匪夷所思。各人登时忘却了内争，记起武林中所盛传赏善罚恶使者所到之处，整个门派尽遭屠灭的种种故事，不自禁的都觉全身毛管竖立，好些人更牙齿相击，身子发抖。

先前各人均想凌霄城偏处西域，极少与中土武林人士往还，这邀宴铜牌未见得会送到雪山派来；而善恶二使的武功只是得诸传闻，多半言过其实，未必真有这等厉害；再则雪山派有掌门人威德先生白自在大树遮荫，便有天大的祸事，也自有他挺身抵挡，因此于这件事谁也没有在意。岂知突然之间，预想不会来的人终究来了，所显示的武功只有比传闻的更高，而遮荫的大树又偏偏给自己砍倒了。过去三十年中，所有前赴侠客岛的掌门人，没一人能活着回来，此时谁做了雪山派掌门人，便等于是自杀一般。

还在片刻之前，五支互争雄长，均盼由本支首脑出任掌门。五支由勾心斗角的暗斗，进而为挥剑砍杀的明争，蓦地里情势急转直下，封、成、齐、廖、梁五人一怔之间，不约而同的伸手指出，说道："是他！他是掌门人！"

霎时之间，大厅中寂静无声。

僵持片刻，廖自砺道："三师哥年纪最大，顺理成章，自当接任本派掌门。"齐自勉道："年纪大有什么用？廖师弟武功既高，门下又是人才济济，这次行事，以你出力最多。要是廖师弟不做掌门，就算旁人做了，这位子也决计坐不稳。"梁自进冷冷的道："本门掌门人本来是大师兄，大师兄不做，当然是二师兄做，那有什么可争的？"成自学道："咱四人中论到足智多谋，还推五师弟。我赞成由五师弟来担当大任。须知今日之事，乃是斗智不斗力。"廖自砺道："掌门人本来是长门一支，齐师哥既然不肯做，那么由长门中的封师侄接任，大伙儿也无异言，至少我姓廖的大表赞成。"封万里道："刚才有人大声叱喝，要将长门一支的弟子尽数杀了，不知是谁放的狗屁？"廖自砺双眉陡竖，待要怒骂，但转念一想，强自忍耐，说道："事到临头，临阵退缩，未免太也无耻。"

五人你一言，我一语，都是推举别人出任掌门。

张三笑吟吟的听着，不发一言。李四却耐不住了，喝道："到底哪一个是掌门人？你们这般的吵下去，再吵十天半月也不会有结果，我们可不能多等。"

梁自进道："成师哥，你快答应罢，别要惹出祸事来，都是你一个人牵累了大家。"成自学怒道："为什么是我牵累了大家，却不是你？"五人又是吵嚷不休。

张三笑道："我倒有个主意在此。你们五位以武功决胜败，谁的功夫最强，谁便是雪山派掌门。"五人面面相觑，你瞧我一眼，我瞧你一眼，均不接嘴。

张三又道："适才我二人进来之时，你们五位正在动手厮杀，猜想一来是研讨武功，二来是凭强弱定掌门。我二人进来得快了，打断了列位的雅兴。这样罢，你们接着打下去，不到一个时辰，胜败必分。否则的话，我这个兄弟性子最急，一个时辰中办不完这件事，他只怕要将雪山派尽数诛灭了。那时谁也做不成掌门，反而不美。一、二、三！这就动手罢！"

刷的一声，廖自砺第一个拔出剑来。

张三忽道："站在窗外偷瞧的，想必也都是雪山派的人了，一起都请进来罢！既是凭武功强弱以定掌门，那就不论辈份大小，人人都可出手。"袍袖向后拂出，砰的一声响，两扇长窗为他袖风所激，直飞了出去。

史婆婆道："进去罢！"左手拉着阿绣，右手拉着石破天，三人并肩走进厅去。

厅上众人一见，无不变色。成、齐、廖、梁四人各执兵刃，将史婆婆等三人围住了。史婆婆只是嘿嘿冷笑，并不作声。封万里却上前躬身行礼，颤声道："参……参……参见师……师……娘！"

石破天心中一惊："怎么我师父是他的师娘？"史婆婆双眼向天，浑不理睬。

张三笑道："很好，很好！这位冒充长乐帮帮主的小朋友，却

·470·

回到雪山派来啦！二弟，你瞧这家伙跟咱们三弟可真有多像！"李四点头道："就是有点儿油腔滑调，贼头狗脑！哪里有漂亮妞儿，他就往哪里钻。"

石破天心道："大哥、二哥也当我是石中玉。我只要不说话，他们便认我不出。"

张三说道："原来这位婆婆是白老夫人，多有失敬。你的师弟们看上了白老爷子的掌门之位，正在较量武功，争夺大位，好罢！大伙儿这便开始！"

史婆婆满脸鄙夷之色，携着石破天和阿绣二人，昂首而前。成自学等四人不敢阻拦，眼睁睁瞧着她往太师椅中一坐。

李四喝道："你们还不动手，更待何时？"

成自学道："不错！"举剑向梁自进刺去。梁自进挥剑挡开，脚下跟跄，站立不定，说道："成师哥剑底留情，小弟不是你对手！"这边廖自砺和齐自勉也作对儿斗了起来。

四人只拆得十余招，旁观众人无不暗暗摇头，但见四人剑招中漏洞百出，发招不是全无准头，便是有气没力，哪有半点雪山派第一代名手的风范？便是只学过一两年剑法的少年，只怕也比他们强上几分。显而易见，这四人此刻不是"争胜"，而是在"争败"，人人不肯做雪山派掌门，只是事出无奈，勉强出手，只盼输在对方剑下。

可是既然人同此心，那就谁也不易落败。梁自进身子一斜，向成自学的剑尖撞将过去。成自学叫声："啊哟！"左膝突然软倒，剑尖挂向地下。廖自砺挺剑刺向齐自勉，但见对方不闪不避，呆若木鸡，这一剑便要刺中他的肩头，忙回剑转身，将背心要害卖给对方。

张三哈哈大笑，说道："老二，咱二人足迹遍天下，这般精采的比武，今日却是破题儿第一遭得见，当真是大开眼界。难怪雪山派武功独步当世，果然是与众不同。"

史婆婆厉声喝道:"万里,你把掌门人和长门弟子都关在哪里?快去放出来!"

封万里颤声道:"是……是廖师叔关的,弟子确实不知。"史婆婆道:"你知道也好,不知也好,不快去放了出来,我立时便将你毙了!"封万里道:"是,是,弟子这就立刻去找。"说着转身便欲出厅。

张三笑道:"且慢!阁下也是雪山掌门的继承人,岂可贸然出去?你!你!你!你!"连指四名雪山弟子,说道:"你们四人,去把监禁着的众人都带到这里来,少了一个,你们的脑袋便像这样。"右手一探,向厅中木柱抓去,柱子上登时现出一个大洞,只见他手指缝中木屑纷纷而落。

那四名雪山弟子不由自主的都打了个寒战,只见张三的目光射向自己脑袋,右手五指抖动,像是要向自己头上抓一把似的,当即喏喏连声,走出厅去。

这时成、齐、廖、梁四人兀自在你一剑、我一剑的假斗不休。四人听了张三的讥嘲,都已不敢在招数上故露破绽,因此内劲固然惟恐不弱,姿式却是只怕不狠,厉声吆喝之余,再辅以咬牙切齿,横眉怒目,他四人先前真是性命相拼,神情也没这般凶神恶煞般狰狞可怖。只见剑去如风,招招落空,掌来似电,轻软胜绵。

史婆婆越看越恼,喝道:"这些鬼把式,也算是雪山派的武功吗?凌霄城的脸面可给你们丢得干干净净了。"转头向石破天道:"徒儿,拿了这把刀去,将他们每一个的手臂都砍一条下来。"

石破天在张三、李四面前不敢开口出声,只得接过单刀,向成自学一指,挥刀砍去。

成自学听得史婆婆叫人砍自己的臂膀,这可不是闹着玩的,眼见他单刀砍到,忙挥剑挡开,这一剑守中含攻,凝重狠辣,不知不觉显出了雪山剑法的真功夫来。

张三喝采道:"这一剑才像个样子。"

石破天心念一动:"大哥二哥知道我内力不错,倘若我凭内力取胜,他们便认出我是狗杂种了。我既冒充石中玉,便只有使雪山剑法。"当下挥刀斜刺,使一招雪山剑法的"暗香疏影"。成自学见他招数平平,心下不再忌惮,运剑封住了要害,数招之后,引得他一刀刺向自己左腿,假装封挡不及,"啊哟"一声,刀尖已在他腿上划了一道口子。成自学投剑于地,凄然叹道:"英雄出在少年,老头子是不中用的了。"

梁自进挥剑向石破天肩头削下,喝道:"你这小子无法无天,连师叔祖也敢伤害!"他对石破天所使剑法自是了然于胸,数招之间,便引得他以一招"黄沙莽莽"在自己左臂轻轻掠过,登时跌出三步,左膝跪倒,大叫:"不得了,不得了,这条手臂险些给这小子砍下来了。"跟着齐自勉和廖自砺双战石破天,各使巧招,让他刀锋在自己身上划破一些皮肉,双双认输退下。一个连连摇头,黯然神伤;一个暴跳如雷,破口大骂。

史婆婆厉声道:"你们输了给这孩儿,那是甘心奉他为掌门了?"

成、齐、廖、梁四人一般的心思:"奉他为掌门,只不过送他上侠客岛去做替死鬼,有何不可?"成自学道:"两位使者先生定下规矩,要我们各凭武功争夺掌门。我艺不如人,以大事小,那也是无法可想。"齐、廖、梁三人随声附和。

史婆婆道:"你们服是不服?"四人齐声道:"口服心服,更无异言。"心中却想:"待这两个恶人走后,凌霄城中还不是我们的天下?谅一个老婆子和一个小鬼有何作为?"史婆婆道:"那么怎不参拜新任雪山派掌门?"想到金乌派开山大弟子居然做了雪山派掌门人,心中乐不可支,一时却没想到,此举不免要令这位金乌派大弟子兼雪山派掌门人小命不保。

· 473 ·

忽然厅外有人厉声喝道:"谁是新任雪山派掌门?"正是白万剑的声音,跟着铁链呛啷声响,走进数十人来。这些人手足都锁在镣铐之中,白万剑当先,其后是耿万锺、柯万钧、王万仞、呼延万善、闻万夫、汪万翼、花万紫等一干新自中原归来的长门弟子。

白万剑一见史婆婆,叫道:"妈,你回来了!"声音中充满惊喜之情。

石破天先前听封万里叫史婆婆为师娘,已隐约料到她是白自在的夫人,此刻听白万剑呼她为娘,自是更无疑惑,只是好生奇怪:"我师父既是雪山派掌门人的夫人,为什么要另创金乌派,又口口声声说金乌派武功是雪山派的克星?"

阿绣奔到白万剑身前,叫道:"爹爹!"

史婆婆既是白万剑的母亲,阿绣自是白万剑的女儿了,可是她这一声"爹爹",还是让石破天大吃了一惊。

白万剑大喜,颤声道:"阿绣,你……你……没死?"

史婆婆冷冷的道:"她自然没死!难道都像你这般脓包鼻涕虫?亏你还有脸来叫我一声妈!我生了你这混蛋,恨不得一头撞死了干净!老子给人家关了起来,自己身上叮叮当当的戴上这一大堆废铜烂铁,臭美啦,是不是?什么'气寒西北'?你是'气死西北'!他妈的什么雪山派,戴上手铐脚镣,是雪山派的什么高明武功啊?老的是混蛋,小的也是混蛋,他妈的师弟、徒弟、徒子、徒孙,一古脑儿都是混蛋,乘早给我改名作混蛋派是正经!"

白万剑等她骂了一阵,才道:"妈,孩儿和众师弟并非武功不敌,为人所擒,乃是这些反贼暗使奸计。他……"手指廖自砺,气愤愤的道:"这家伙扮作了爹爹,在被窝中暗藏机关,孩儿这才失手……"史婆婆怒斥:"你这小混蛋更加不成话了,认错了旁人,倒也罢了,连自己爹爹也都认错,还算是人么?"

石破天心想:"认错爹爹,也不算希奇。石庄主、石夫人就认错我是他们的儿子,连带我也认错了爹爹。唉,不知我的爹爹到底是谁。"

白万剑自幼给母亲打骂惯了,此刻给她当众大骂,虽感羞愧,也不如何放在心上,只是记挂着父亲的安危,问道:"妈,爹爹可平安么?"史婆婆怒道:"老混蛋是死是活,你小混蛋不知道,我又怎么知道?老混蛋活在世上丢人现眼,让师弟和徒弟们给关了起来,还不如早早死了的好!"白万剑听了,知道父亲只是给本门叛徒监禁了,性命却是无碍,心中登时大慰,道:"谢天谢地,爹爹平安!"

史婆婆骂道:"平安个屁!"她口中怒骂,心中却也着实关怀,向成自学等道:"你们把大师兄关在哪里?怎么还不放他出来?"成自学道:"大师兄脾气大得紧,谁也不敢走近一步,一近身他便要杀人。"史婆婆脸上掠过一丝喜色,道:"好,好,好!这老混蛋自以为武功天下第一,骄傲狂妄,不可一世,让他多受些折磨,也是应得之报。"

李四听她怒骂不休,终于插口道:"到底哪一个是混蛋派的掌门人?"

史婆婆霍地站起,踏上两步,戟指喝道:"'混蛋派'三字,岂是你这混蛋说得的?我自骂我老公、儿子,你是什么东西,胆敢出言辱我雪山派?你武功高强,不妨一掌把老身打死了,要在我面前骂人,却是不能!"

旁人听到她如此对李四疾言厉色的喝骂,无不手心中捏了一把冷汗,均知李四若是一怒出手,史婆婆万无幸理。石破天晃身挡在史婆婆之前,倘若李四出手伤她,便代为挡架。白万剑苦于手足失却自由,只暗暗叫苦。哪知李四只笑了笑,说道:"好罢!是我失言,这里谢过,请白老夫人恕罪!那么雪山派的掌门人到底是哪一位?"

· 475 ·

史婆婆向石破天一指,说道:"这少年已打败了成、齐、廖、梁四个叛徒,他们奉他为雪山派掌门,有哪一个不服?"

白万剑大声道:"孩儿不服,要和他比划!"

史婆婆道:"好!把各人的铐镣开了!"

成、齐、廖、梁四人面面相觑,均想:"若将长门弟子放了出来,这群大虫再也不可复制。咱们犯上作乱的四支,那是死无葬身之地了。但眼前情势,若是不放,却又不成。"

廖自砺转头向白万剑道:"你是我手下败将,我都服了,你又凭什么不服?"白万剑怒道:"你这犯上作乱的逆贼,我恨不得将你碎尸万段。你暗使卑鄙行径,居然还有脸跟我说话?说什么是你手下败将?"

原来白自在的师父早死,成、齐、廖、梁四人的武功大半系由白自在所授。白自在和四个师弟名虽同门,实系师徒。雪山派武功以招数变幻见长,内力修为却无独到之秘。白自在早年以机缘巧合,服食雪山上异蛇的蛇胆蛇血,得以内力大增,雄浑内力再加上精微招数,数十年来独步西域。他传授师弟和弟子之时,并未藏私,但他这内功却由天授,非关人力,因此众师弟的武功始终和他差着一大截。白自在逞强好胜,于巧服异物、大增内力之事始终秘而不宣,以示自己功夫之强,并非得自运气。

四个师弟心中却不免存了怨怼之意,以为师父临终之时遗命大师兄传授,大师兄却有私心,将本门祖艺藏起一大半。再加白万剑武功甚强,骎骎然有凌驾四个师叔之势,成、齐、廖、梁四人更感不满。只是白威德积威之下,谁都不敢有半句抱怨的言语。此番长门弟子中的精英尽数离山,而白自在突然心智失常,倒行逆施,凌霄城中人人朝不保夕。众师弟既为势所逼,又见有机可乘,这才发难。

便在此时,长门众弟子回山。廖自砺躲在白自在床上,逼迫白自在的侍妾将白万剑诱入房中探病,出其不意的将他擒住。自中原归来的一众长门弟子首脑就逮,余人或遭计擒,或被力服,尽数陷入牢笼。此刻白万剑见到廖自砺,当真是恨得牙痒痒地。

廖自砺道:"你若不是我手下败将,怎地手铐会戴上你的双腕?我可既没用暗器,又没使迷药!"

李四喝道:"这半天争执不清,快将他手上铐镣开了,两个人好好斗一场。"

廖自砺兀自犹豫,李四左手一探,夹手夺过他手中长剑,当当当当四声,白万剑的手铐足镣一齐断绝,却是被他在霎时之间挥剑斩断。这副铐镣以精钢铸成,廖自砺的长剑虽是利器,却非削铁如泥的宝剑,被他运以浑厚内力一砺即断,直如摧枯拉朽一般。铐镣连着铁链落地,白万剑手足上却连血痕也没多上一条,众人情不自禁的大声喝采。几名谄佞之徒为了讨好李四,这个"好"字还叫得加倍漫长响亮。

白万剑向来自负,极少服人,这时也忍不住说道:"佩服,佩服!"长门弟子之中早有人送过剑来。白万剑呸的一声,一口唾沫吐在他脸上,跟着提足踢了他一个筋斗,骂道:"叛徒!"既为长门弟子,留在凌霄城中而安然无恙,自然是参与叛师逆谋了。

阿绣叫了声:"爹!"倒持佩剑,送了过去。

白万剑微微一笑,说道:"乖女儿!"他迭遭横逆,只有见到母亲和女儿健在,才是十分喜慰之事。他一转过头来,脸上慈和之色立时换作了憎恨,目光中如欲喷出火来,向廖自砺喝道:"你这本门叛逆,再也非我长辈,接招罢!"刷的一剑,刺了过去。

李四倒转长剑,轻轻挡过了白万剑这一剑,将剑柄塞入廖自砺手中。

二人这一展开剑招,却是性命相扑的真斗,各展平生绝艺,与适才成、齐、廖、梁的儿戏大不相同。雪山派第一代人物中,除白自在外,以廖自砺武功最高,他知白万剑亟欲杀了自己,此刻出招哪里还有半分怠忽,一柄长剑使开来矫夭灵动,招招狠辣。白万剑急于复仇雪耻,有些沉不住气,贪于进攻,拆了三十余招后,一剑直刺,力道用得老了,被廖自砺斜身闪过,还了一剑,嗤的一声,削下他一片衣袖。

阿绣"啊"的一声惊呼。史婆婆骂道:"小混蛋,和老子一模一样,老混蛋教出来的儿子,本来就没多大用处。"

白万剑心中一急,剑招更见散乱。廖自砺暗暗欢喜,狰笑道:"我早就说你是我手下败将,难道还有假的?"他这句话,本想扰乱对方心神,由此取胜,不料弄巧反拙,白万剑此次中原之行连遭挫折,令他增加了三分狠劲,听得这讥嘲之言,并不发怒,反而深自收敛,连取了七招守势。这七招一守,登时将战局拉平,白万剑剑招走上了绵密稳健的路子。

廖自砺绕着他身子急转,口中嘲骂不停,剑光闪烁中,白万剑一声长啸,刷刷刷连展三剑,第四剑青光闪处,擦的一声响,廖自砺左腿齐膝而断,大声惨呼,倒在血泊之中。

白万剑长剑斜竖,指着成自学道:"你过来!"剑锋上的血水一滴滴的掉在地下。

成自学脸色惨白,手按剑柄,并不拔剑,过了一会才道:"你要做掌门人,自己……自己做好了,我不来跟你们争。"

白万剑目光向齐自勉、梁自进二人脸上扫去。齐梁二人都摇了摇头。

史婆婆忽道:"打败几名叛徒,又有什么了不起?"向石破天道:"徒儿,你去跟他比比,瞧是老混蛋的徒儿厉害,还是我的徒儿厉害。"

众人听了都大为诧异："石中玉这小子明明是封万里的徒儿，怎么是你的徒儿了？"

史婆婆喝道："快上前！用刀不用剑，老混蛋教的剑法稀松平常，咱们的刀法可比他们厉害得多啦。"

石破天实不愿与白万剑比武，他是阿绣的父亲，更不想得罪了他，只是一开口推却，立时便会给张三、李四认出，当下倒提着单刀，站在史婆婆跟前，神色十分尴尬。

史婆婆喝道："刚才我答允过你的事，你不想要了吗？我要你立下一件大功，这事才算数。这件大功劳，就是去打败这个老混蛋的徒儿。你倘若输了，立即给我滚得远远的，永远别想再见我一面，更别想再见阿绣。"

石破天伸左手搔了搔头，大为诧异："原来师父叫我立件大功，却是去打败她的亲生儿子。此事当真奇怪之极。"脸上一片迷惘。

旁人却都渐渐自以为明白了其中原由："史婆婆要这小子做上雪山派掌门，好到侠客岛去送死，以免他亲儿死于非命。"只有白万剑和阿绣二人，才真正懂得她的用意。

白自在和史婆婆这对夫妻都是性如烈火，平时史婆婆对丈夫总还容让三分，心中却是积怨已久。这次石中玉强奸阿绣不遂，害得阿绣失踪，人人都以为她跳崖身亡，白自在不但斩断了封万里的手臂，与史婆婆争吵之下，盛怒中更打了妻子一个耳光。史婆婆大怒下山，凑巧在山谷深雪中救了阿绣，对这个耳光却始终耿耿于心。她武功不及丈夫远甚，一口气无处可出，立志要教个徒弟出来打败自己的儿子，那便是打败白自在的徒弟，占到丈夫的上风。

不过白万剑认定石破天是石中玉，更不知他是母亲的徒儿，于其中过节又不及阿绣的全部了然，当下向石破天瞪目而视，满脸鄙夷之色。

史婆婆道："怎么？你瞧他不起么？这少年拜了我为师，经我

· 479 ·

一番调教,已跟往日大不相同。现下你和他比武,倘若你胜得了他,算你的师父老混蛋厉害;若是你败在他刀下,阿绣就是他的老婆了。"

白万剑吃了一惊,道:"妈,此事万万不可,咱们阿绣岂能嫁这小子?"史婆婆笑道:"你若打败了这小子,阿绣自然嫁他不成。否则你又怎能作得主?"白万剑不禁暗暗有气:"妈跟爹爹生气,却迁怒于我。你儿子若连这小子也斗不过,当真枉在世上为人了。"史婆婆见他脸有怒容,喝道:"你心中不服,那就提剑上啊。空发狠劲有什么用?"

白万剑道:"是!"向石破天道:"你进招罢。"

石破天向阿绣望了一眼,见她娇羞之中又带着几分关切,心想:"师父说倘若我输了,永远不能再见阿绣之面。这场比武,那是非胜不可的。"于是单刀下垂,左手抱住右拳,微微躬身,使的是"金乌刀法"第一招"开门揖盗"。他不知"开门揖盗"是骂人的话,白万剑更不知这一招的名称,见他姿式倒也恭谨,哼了一声,长剑递出,势挟劲风。

石破天挥刀挡开,还了一刀。他曾在紫烟岛上以一柄烂柴刀和白万剑交过手,待得白万剑使出雪山派中最粗浅的入门功夫时,他便无法招架。后来得石清夫妇指点武学的道理,才明白动手之际实须随机而施,不能拘泥于招式。此番和白万剑再度交手,既再不如首次那么见招出招,依样葫芦,而出刀之时,将石清夫妇所教的武术诀窍也融入其中。他内力到处,即是极平庸的招式,亦具极大威力,何况史婆婆与石清夫妇所教的皆是上乘功夫。

十余招一过,白万剑暗暗心惊:"这小子从哪里学到了这么高明的刀法?"想起当日在紫烟岛上,曾和那个今日做了长乐帮帮主的少年比武,那人自称是金乌派的开山大弟子,两人刀法依稀有些相似,但变幻之奇,却远远不及眼前这个石中玉了,寻思:"这二人相貌相似，莫非出于一师所授。我娘说经过她一番调教，难道当真是我娘所教的？"

史婆婆与白自在新婚不久，两人谈论武功，所见不合，便动手试招，史婆婆自然不敌。白自在随即住手，自吹自擂一番。史婆婆耻于武功不及丈夫，此后再不显示过一招半式，因此连白万剑也丝毫不知母亲的武功家数。

又拆数招，白万剑横剑削来，石破天举刀挡格，当的一声，火光四溅，白万剑只觉一股大力猛撞过来，震得他右臂酸麻，胸口剧痛，心下更是吃惊，不由得退了三步。

石破天并不追击，转头向史婆婆瞧去，意思是问："我这算是胜了罢？"

但白万剑越遇劲敌，勇气越增。阿绣既然无恙，本来对石中玉的切齿之恨已消了十之八九，但对他奸猾无行的鄙视之意却未稍减，何况他是本门后辈，若是输在他手下，这口气如何咽得下去？喝道："小子，看剑！"抢上三步，挺剑刺出。待得石中玉举刀招架，白万剑不再和他兵刃相碰，立时变招，带转剑锋，斜削敌喉。这一招"雪泥鸿爪"出剑部位极巧，发挥了雪山派剑法的绝艺。

张三赞道："好剑法！"

石破天横刀挥出，斫他手臂，用上了金乌刀法中的"踏雪寻梅"，正好是这一招雪山剑法的克星。在雪地中践踏而过，寻梅也好，寻狗也好，哪还有什么雪泥鸿爪的痕迹？

张三又赞道："好刀法！"

二人越斗越快，白万剑胜在剑法纯熟，石破天则在内力上大占便宜。堪堪又拆了二十余招，石破天挺刀中宫直进，势道凌厉，白万剑不及避让，迫得横剑挡格，只听得喀的一声，手中长剑竟被震断。石破天立时收刀，向后退开。白万剑脸色铁青，从身旁雪山弟子手中抢过一柄长剑，又向石破天刺来。

石破天剧斗渐酣,体内积蓄着的内力不断生发出来,每一刀之出都令对方抵挡维艰,刀刃上更含了强劲无比的劲力,拆不上数招,喀的一声,又将白万剑长剑震断。白万剑换剑再战,第四招上又跟着断了。白万剑提着断剑,大声道:"你内力远胜于我,招数上我却未输给你。"掷下断剑,反手抓过一柄长剑,抢身又上。

石破天斜身闪开,只盼史婆婆下令罢斗,不住向她瞧去,却见她笑吟吟的甚有得色,又见阿绣站在婆婆身旁,眼光中却大有关切担忧之意。石破天心中蓦地一动,想起当日在紫烟岛上她曾谆谆叮嘱,和人比武时不可赶尽杀绝,得饶人处且饶人:"大哥,武林人士大都甚是好名。一个成名人物给你打得重伤倒没什么,但如败在你的手下,往往比死还要难过。"眼见白万剑脸色凝重,心想:"他是雪山派中大有名望之人,当着这许多人之前,我若将他打败,岂不是令他脸上无光?但如我输了给他,师父又不许我再见阿绣。那便如何是好?是了,我使出阿绣教我的那招'旁敲侧击',打个不胜不败便是。"想及此处,脑中突然转过一个念头,登时恍然大悟:"那天我答允阿绣,与人比武之时决不赶尽杀绝,得饶人处且饶人,她感激不尽,竟向我下拜。当时她那一拜,自是为着今日之战了。若不是为了她亲生的爹爹,她何必向我下拜?那日她见到史婆婆所教我的刀法,已料到她父亲多半不敌。"当下向左砍出一刀,又向右砍出一刀,胸口立时门户大开。

白万剑斗得兴起,斗见对方露出破绽,想也不想便挺剑中宫直进。

正在此时,石破天挥刀在身前虚劈而落。白万剑长剑剑尖离他胸口尚有尺许,已触到他这一刀下砍的内劲,只觉全身大震,如触雷电,长剑只震得嗡嗡直响,颤动不已。

石破天又退了两步,心想:"我已震断他三柄长剑,若要打成平手,他也非震断我的单刀不可。"手上暗运内劲,喀喇一声,单刀的刀刃已凭空断为两截，倒似是被白万剑剑上的劲力震断一般。

阿绣吁了口长气，如释重负，高声叫道："爹爹，大哥，你们两个斗成平手，谁也没胜谁！"转头向石破天望去，嫣然一笑，心想："你总算记得我从前的说话，体会到了我的用心。"郎君处事得体，对己情义深重，心下喜不自胜。

白万剑脸上却已全无血色，将手中长剑直插入地，没入大半，向石破天道："你手下容让，姓白的岂有不知？你没叫我当众出丑，足感盛情。"

史婆婆十分得意，说道："孩儿，你不用难过。这路刀法是娘教他的，回头我也一般的传你便是。你输了给他，便是输了给娘，咱们娘儿还分什么彼此？"先前她一肚子怒火，是以"老混蛋"、"小混蛋"的骂个不休，待见石破天以金乌刀法打败了她儿子，自己终于占到了丈夫上风，大喜之下，便安慰起儿子来。

白万剑啼笑皆非，只得道："娘的刀法果然厉害，只怕孩儿太蠢，学不会。"

史婆婆走到他身边，轻轻抚摸他的头发，一脸爱怜横溢的神气，说道："你比这傻小子聪明得多了，他学得会，你怎么学不会？"转头向石破天道："快向你岳父磕头陪罪。"

石破天一怔之下，这才会意，又惊又喜，忙向白万剑磕下头去。

白万剑闪身避开，厉声道："且慢，此事容缓再议。"向史婆婆道："娘，这小子武功虽高，为人却是轻薄无行，莫要误了阿绣的终身。"

只听得李四朗声道："好了，好了！你招他做女婿也罢，不招也罢，咱们这杯喜酒，终究是不喝的了。我看雪山派之中，武功没人能胜得了这小兄弟的。是不是便由他做掌门人？大家服是不服？"

白万剑、成自学以及雪山群弟子谁都没有出声，有的自忖武功不及，有的更盼他做了掌门人后，即刻便到侠客岛去送死。大厅上寂静一片，更无异议。

张三从怀中取出两块铜牌，笑道："恭喜兄弟又做了雪山派的掌门人，这两块铜牌便一并接过去罢！"说着左眼向着石破天眨了几眨。

石破天一怔："大哥认了我出来？我一句话也没说，却在哪里露出了破绽？"他哪知张三、李四武功既高，见识也是高人一等，他虽然不作一声，言语举止中并未露出破绽，但适才与白万剑动手过招，刀法也还罢了，内力之强，却是江湖上罕见罕闻。张三、李四曾和他赌饮毒酒，对他的内力极为心折，岂有认不出之理？

石破天见铜牌递到自己身前，心想："反正我在长乐帮中已接过铜牌，一次是死，两次也不过是死，再接一次，又有何妨？"正要伸手去接，忽听史婆婆喝道："且慢！"

石破天缩手回头，瞧着史婆婆，只听她道："这雪山派掌门之位，言明全凭武功而决，算是你夺到了。不过我见老混蛋当了掌门人，狂妄自大，威风不可一世，我倒也想当当掌门人，过一过瘾。孩儿，你将这掌门之位让给我罢！"石破天愕然道："我……我让给你？"

史婆婆此举全是爱惜他与阿绣的一片至情厚意，不愿他去侠客岛送了性命。她自己风烛残年，多活几年，少活几年，也没什么分别，至于石破天在长乐帮中已接过铜牌之事，她却一无所知，当下怒道："怎么？你不肯吗？那么咱们就比划比划，凭武功而定掌门。"石破天见她发怒，不敢再说，又想起无意之才竟然开了口，忙道："是，是！"躬身退开。史婆婆哈哈一笑，说道："我当雪山派的掌门，有谁不服？"

众人面面相觑，均想这变故来得奇怪之极，但仍是谁也不发一言。

史婆婆踏步上前，从张三手中接过两块铜牌，说道："雪山派新任掌门人白门史氏，多谢贵岛奉邀，定当于期前赶到便是。"

张三哈哈一笑，说道："白老夫人，铜牌虽然是你亲手接了，但若威德先生待会跟你比武，又抢了过去，你这掌门人还是做不成罢？好罢，你夫妇待会再决胜败，哪一位武功高强，便是雪山派掌门人。"和李四相视一笑，转身出了大门。

倏忽之间，只听得两人大笑之声已在十余丈外。

史婆婆居中往太师椅上一坐，冷冷的道："将这些人身上的铐镣都给打开了。"

梁自进道："你凭什么发施号令？雪山派掌门大位，岂能如此儿戏的私相授受？"成自学、齐自勉同声附和："你使刀不使剑，并非雪山派家数，怎能为本派掌门？"

当张三、李四站在厅中之时，各人想的均是如何尽早送走这两个煞星，只盼有人出头答应赴侠客岛送死，免了众人的大劫。但二人一去，各人噩运已过，便即想到自己犯了叛逆重罪，真由史婆婆来做掌门人，她定要追究报复，那可是性命攸关、非同小可之事。登时大厅之上许多人都鼓噪起来。

史婆婆道："好罢，你们不服我做掌门，那也无妨。"双手拿着那两块铜牌，叮叮当当的敲得直响，说道："哪一个想做掌门，想去侠客岛喝腊八粥，尽管来拿铜牌好了。刚才那胖子说过，铜牌虽是我接的，雪山派掌门人之位，仍可再凭武功而定。"目光向成自学、齐自勉、梁自进各人脸上逐一扫去。各人都转过了头，不敢和她目光相触。

封万里道："启禀师娘：大伙儿犯上作乱，忤逆了师父，实是罪该万死，但其中却实有不得已的苦衷。"说着双膝跪地，连连磕头，说道："师娘来做本派掌门，那是再好不过。师娘要杀弟子，弟子甘愿领死，但请师娘赦了旁人之罪，以安众人之心，免得本派之中再起自相残杀的大祸。"

· 485 ·

史婆婆道："你师父脾气不好，我岂有不知？他断你一臂，就是大大不该。到底此事如何而起，你且说来听听。"

封万里又磕了两个头，说道："自从师娘和白师哥、众师弟下山之后，师父每日里都大发脾气。本门弟子受他老人家打骂，那是小事，大家受师门重恩，又怎敢生什么怨言？半个月前，忽有两个老人前来拜访师父，乃是两兄弟。一个叫丁不三，一个叫丁不四。"

史婆婆吃了一惊，道："丁不四……丁不四？这家伙到凌霄城来干什么？"

封万里道："这两个老儿到凌霄城后，便和师父在书房中密谈，说的是什么话，弟子们都不得知，只知道这两个老家伙得罪了师父，三个人大声争吵起来。徒儿们心想师父何等身份，岂能亲自出手料理这两个来历不明之辈，是以都守在书房之外，只待师父有命，便冲进去将这两个老家伙撵了出去。但听得师父十分生气，和那丁不四对骂，说什么'碧螺山'、'紫烟岛'，又提到一个女子的名字，叫什么'小翠'的。"

史婆婆哼的一声，脸色一沉，但想众徒儿不知自己的闺名叫做小翠，说穿了反而不美，只问："后来怎样？"

封万里道："后来也不知如何动上了手，只听得书房中掌风呼呼大作，大伙儿没奉师父号令，也不敢进去。过了一会，墙壁一块一块的震了下来，我们才见到师父是在和丁不四动手，那丁不三却是袖手旁观。两人掌风激荡，将书房的四堵墙壁都震坍了。斗了一会，丁不四终究不敌师父的神勇，给师父一拳打在胸口，吐了几口鲜血。"史婆婆"啊"的一声。

封万里续道："师父跟着又是一掌拍去，那丁不三出手拦住，说道：'胜败既分，还打什么？又不是什么不共戴天的大仇？'扶着丁不四，两个人就此出了凌霄城。"

史婆婆点头道："他们走了？以后有没有再来？"

封万里道:"这两个老儿没再来过,但师父却从此神智有些失常,整日只是哈哈大笑,自言自语:'丁不四这老贼以前就是我手下败将,这一次总输得服了罢?他说小翠曾随他到过碧螺山上……'"史婆婆怒喝:"胡说,哪有此事?"封万里道:"是,是,师父也说:'胡说,哪有此事?这老贼明明骗人,小翠凭什么到他的碧螺山去?不过……别要听信了他的花言巧语,一时拿不定主意……'"史婆婆脸色铁青,喝道:"老混蛋胡说八道,哪有什么拿不定主意的?"封万里不明其意,只得顺口道:"是,是!"

史婆婆又问:"老混蛋又说了些什么?"封万里道:"你老人家问的是师父?"史婆婆道:"自然是了。"封万里道:"师父从此心事重重,老是说:'她去了碧螺山没有?一定没去。可是她一个人浪荡江湖,寂寞无聊之际,过去聊聊天,那也难说得很,难说得很。说不定旧情未忘,藕断丝连。'"

史婆婆又哼了一声,骂道:"放屁!"

封万里跪在地下,神色甚是尴尬,倘若应一声"是",便承认师父的话是"放屁"。

史婆婆道:"你站起来再说,后来又怎样?"

封万里磕了个头,道:"多谢师娘。"站起身来,说道:"又过了两天,师父忽然不住的高声大笑,见了人便问:'你说普天之下,谁的武功最高?'大伙儿总答:'自然是咱们雪山派掌门人最高。'瞧师父的神情,和往日实在大不相同。他有时又问:'我的武功怎样高法?'大伙儿总答:'掌门人内力既独步天下,剑法更是当世无敌,其实掌门人根本不必用剑,便已打遍天下无敌手了。'他听我们这样回答,便笑笑不作声,显得很是高兴。这天他在院子中撞到陆师弟,问他:'我的武功和少林派的普法大师相比,到底谁高?'陆师弟如何回答,我们都没听见,只是后来见到他脑袋被师父一掌打得稀烂,死在当地。"

史婆婆叹了口气，神色黯然，说道："阿陆这孩子本来就是戆头戆脑的，却又怎知是你师父下的手？"

封万里道："我们见陆师弟死得很惨，只道凌霄城中有敌入侵，忙去禀告师父。哪知师父却哈哈大笑，说道：'该死，死得好！我问他，我和少林派普法大师二人，到底武功谁高？这小子说道，自从少林派掌门人妙谛大师死在侠客岛上之后，听说少林寺中以普法大师武功居首。这话是不错的，可是他跟着便胡说八道了，说什么本派功夫长于剑招变幻，少林武功却是博大精深，七十二门绝技俱有高深造诣。以剑法而言，本派胜于少林，以总的武功来说，少林开派千余年，能人辈出，或许会较本派所得为多。'"

史婆婆道："这么回答很不错啊，阿陆这孩子，几时学得口齿这般伶俐了？就算以剑法而论，雪山剑法也不见得便在人家达摩剑法之上。嗯，那老混蛋又怎样说？"

封万里道："师娘斥骂师父，弟子不敢接口。"史婆婆怒道："这会儿你倒又尊敬起师父来啦！哼，我没上凌霄城之时，怎么又敢勾结叛徒，忤逆师父？"封万里双膝跪地，磕头道："弟子罪该万死。"

史婆婆道："哼，老混蛋门下，个个都是万字排行，人人都有个挺会臭美的好字眼，依我说，个个罪该万死，都该叫作万死才是，封万死、白万死、耿万死、王万死、柯万死、呼延万死、花万死……"她每说一个名字，眼光便逐一射向众弟子脸上。耿万锺、王万仞等内心有愧，都低下头去。史婆婆喝道："起来，后来你师父又怎样说？"

封万里道："是！"站起身来，续道："师父说道：'这小子说本派和少林派武功各有千秋，便是说我和普法这秃驴难分上下了，该死，该死！我威德先生白自在不但武功天下无双，而且上下五千年，纵横数万里，古往今来，没一个及得上我。'"

史婆婆骂道:"呸,大言不惭。"

封万里道:"我们看师父说这些话时,神智已有点儿失常,作不得真的。好在这里都是自己人,否则传了出去,只怕给别派武师们当作笑柄。当时大伙儿面面相觑,谁都不敢说什么。师父怒道:'你们都是哑巴么?为什么不说话?我的话不对,是不是?'他指着苏师弟问道:'万虹,你说师父的话对不对?'苏师弟只得答道:'师父的话,当然是对的。'师父怒道:'对就是对,错就是错,有什么当然不当然的。我问你,师父的武功高到怎样?'苏师弟战战兢兢的道:'师父的武功深不可测,古往今来,唯师父一人而已。本派的武功全在师父一人手中发扬光大。'师父却又大发脾气,喝道:'依你这么说,我的功夫都是从前人手中学来的了?你错了,压根儿错了。雪山派功夫,是我自己独创的。什么祖师爷爷开创雪山派,都是骗人的鬼话。祖师爷传下来的剑谱、拳谱,大家都见过了,有没有我的武功高明?'苏师弟只得道:'恐怕不及师父高明。'"

史婆婆叹道:"你师父狂妄自大的性子由来已久,他自三十岁上当了本派掌门,此后一直没遇上胜过他的对手,便自以为武功天下第一,说到少林、武当这些名门大派之时,他总是不以为然,说是浪得虚名,何足道哉。想不到这狂妄自大的性子越来越厉害,竟连创派祖师爷也不瞧在眼里了。万虹这孩子怎地没骨气,为了附和师父,连祖师爷也敢诽谤?"

封万里道:"师娘,你再也想不到,师父一听此言,手起一掌,便将苏师弟击出数丈之外,登时便取了他的性命,骂道:'不及便是不及,有什么恐怕不恐怕的?'"

史婆婆喝道:"胡说八道,老混蛋就算再胡涂十倍,也不至于为了'恐怕'二字,便杀了他心爱的弟子!"

封万里道:"师娘明鉴:师父他老人家平日待大伙儿恩重如山,弟子说什么也不敢捏造谣言。这件事有二十余人亲眼目睹,师娘一问便知。"

史婆婆目光射到其余留在凌霄城的长门弟子脸上，这些人齐声说道："当时情形确是这样，封师哥并无虚言。"史婆婆连连摇头叹气，说道："这样的事怎能教人相信？那不是发疯么？"封万里道："师父他老人家确是有了病，神智不大清楚。"史婆婆道："那你们就该延医给他诊治才是啊。"

封万里道："弟子等当时也就这么想，只是不敢自专，和几位师叔商议了，请了城里最高明的南大夫和戴大夫两位给师父看脉。师父一见到，就问他们来干什么。两位大夫不敢直言，只说听说师父饮食有些违和，他们在城中久蒙师父照顾，一来感激，二来关切，特来探望。师父即说自己没病，反问他们：'可知道古往今来，武功最高强的是谁？'南大夫道：'小人于武学一道，一窍不通，在威德先生面前谈论，岂不是孔夫子门前读孝经，鲁班门前弄大斧？'师父哈哈一笑，说道：'班门弄斧，那也不妨。你倒说来听听。'南大夫道：'向来只听说少林派是武林中的泰山北斗，达摩祖师一苇渡江，开创少林一派，想必是古往今来武功最高之人了。'"

史婆婆点头道："这南大夫说得很得体啊。"

封万里道："可是师父一听之下，却大大不快，怒道：'那达摩是西域天竺之人，乃是蛮夷戎狄之类，你把一个胡人说得如此厉害，岂不是灭了我堂堂中华的威风？'南大夫甚是惶恐，道：'是，是，小人知罪了。'我师父又问那戴大夫，要他来说。戴大夫眼见南大夫碰了个大钉子，如何敢提少林派，便道：'听说武当派创派祖师张三丰武术通神，所创的内家拳掌尤在少林派之上。依小人之见，达摩祖师乃是胡人，殊不足道，张三丰祖师才算得是古往今来武林中的第一人。'"

史婆婆道："少林、武当两大门派，武功各有千秋，不能说武当便胜过了少林。但张三丰祖师是数百年来武林中震烁古今的大宗师,那是绝无疑义之事。"

封万里道:"师父本是坐在椅上,听了这番话后,霍地站起,说道:'你说张三丰所创的内家拳掌了不起?在我眼中瞧来,却也稀松平常。以他武当长拳而论,这一招虚中有实,我只须这么拆,这么打,便即破了。又如太极拳的"野马分鬃",我只须这里一勾,那里一脚踢去,立时便叫他倒在地下。他武当派的太极剑,更怎是我雪山派剑法的对手?'师父一面说,一面比划,掌风呼呼,只吓得两名大夫面无人色。我们众弟子在门外瞧着,谁也不敢进去劝解。师父连比了数十招,问道:'我这些武功,比之秃驴达摩、牛鼻子张三丰,却又如何?'南大夫只道:'这个……这个……'戴大夫却道:'咱二人只会医病,不会武功。威德先生既如此说,说不定你老先生的武功,比达摩和张三丰还厉害些。'"

史婆婆骂道:"不要脸!"也不知这三个字是骂戴大夫,还是骂白自在。

封万里道:"师父当即怒骂:'我比划了这几十招,你还是信不过我的话,"说不定"三字,当真是欺人太甚!'提起手掌,登时将两个大夫击毙在房中。"

史婆婆听了这番言语,不由得冷了半截,眼见雪山派门下个个有不以为然之色,儿子白万剑含羞带愧,垂下了头,心想:"本派门规第三条,不得伤害不会武功之人;第四条,不得伤害无辜。老混蛋滥杀本门弟子,已令众人大为不满,再杀这两个大夫,更是大犯门规,如何能再做本派掌门?"

只听封万里又道:"师父当下开门出房,见我们神色有异,便道:'你们古古怪怪的瞧着我干么?哼,心里在骂我坏了门规,是不是?雪山派的门规是谁定的?是天上掉下来的,还是凡人定出来的?既是由人所定,为什么便更改不得?制订这十条门规的祖师爷倘若今日还不死,一样斗我不过,给我将掌门人抢了过来,照样要

·491·

他听我号令！'他指着燕师弟鼻子说道：'老七，你倒说说看，古往今来，谁的武功最高？'

"燕师弟性子十分倔强，说道：'弟子不知道！'师父大怒，提高了声音又问：'为什么不知道？'燕师弟道：'师父没教过，因此弟子不知道。'师父道：'好，我现今教你：雪山派掌门人威德先生白自在，是古往今来剑法第一、拳脚第一、内功第一、暗器第一的大英雄，大豪杰，大侠士，大宗师！你且念一遍来我听。'燕师弟道：'弟子笨得很，记不住这么一连串的话！'师父提起手掌，怒喝：'你念是不念？'燕师弟悻悻的道：'弟子照念便是。雪山派掌门人威德先生白老爷子自己说，他是古往今来剑法第一……'师父不等他念完，便已一掌击在他的脑门，喝道：'你加上"自己说"三字，那是什么用意？你当我没听见吗？'燕师弟给他这么一掌，自是脑浆迸裂而死。余下众人便有天大的胆子，也只得顺着师父之意，一个个念道：'雪山派掌门人威德先生白老爷子，是古往今来剑法第一、拳脚第一、内功第一、暗器第一的大英雄，大豪杰，大侠士，大宗师！'要念得一字不错，师父才放我们走。

"这样一来，人人都是敢怒而不敢言。第二日，我们替三个师弟和两位大夫大殓出殡，师父却又来大闹灵堂，把五个死者的灵位都踢翻了。杜师弟大着胆子上前相劝，师父顺手抄起一块灵牌，将他的一条腿生生削了下来。这天晚上，便有七名师兄弟不别而行。大伙儿眼见雪山派已成瓦解冰消的局面，人人自危，都觉师父的手掌随时都会拍到自己的天灵盖上，迫不得已，这才商议定当，偷偷在师父的饮食中下了迷药，将他老人家迷倒，在手足上加了铐镣。我们此举犯上作乱，原是罪孽重大之极，今后如何处置，任凭师娘作主。"他说完后，向史婆婆一躬身，退入人丛。

史婆婆呆了半晌，想起丈夫一世英雄，临到老来竟如此昏庸胡涂，不由得眼圈儿红了，泪水便欲夺眶而出，颤声问道："万里的言语之中,可有什么夸张过火、不尽不实之处?"问了这句话,泪水已涔涔而下。

众人都不说话。隔了良久,成自学才道:"师嫂,实情确是如此。我们若再骗你,岂不是罪上加罪?"

史婆婆厉声道:"就算你掌门师兄神智昏迷,滥杀无辜,你们联手将他废了,那如何连万剑等一干人从中原归来,你们竟也暗算加害?为何要将长门弟子尽皆除灭,下这斩草除根的毒手?"

齐自勉道:"小弟并不赞成加害掌门师哥和长门弟子,以此与廖师弟激烈争辩,为此还厮杀动手。师嫂想必也已听到见到。"

史婆婆抬头出神,泪水不绝从脸颊流下,长长叹了口气,说道:"这叫做一不做,二不休,事已如此,须怪大家不得。"

廖自砺自被白万剑砍断一腿后,伤口血流如注,这人也真硬气,竟是一声不哼,自点穴道止血,勉力撕下衣襟来包扎伤处。他的亲传弟子畏祸,却无一人过来相救。

史婆婆先前听他力主杀害白自在与长门弟子,对他好生痛恨,但听得封万里陈述情由之后,才明白祸变之起,实是发端于自己丈夫,不由得心肠顿软,向四支的众弟子喝道:"你们这些畜生,眼见自己师父身受重伤,竟会袖手旁观,还算得是人么?"

四支的群弟子这才抢将过去,争着替廖自砺包扎断腿。其余众人心头也都落下了一块大石,均想:"她连廖自砺也都饶了,我们的罪名更轻,当无大碍。"当下有人取过钥匙,将耿万锺、王万仞、汪万翼、花万紫等人的铐镣都打开了。

史婆婆道:"掌门人一时神智失常,行为不当,你们该得设法劝谏才是,却干下了这等犯上作乱的大事,终究是大违门规。此事如何了结,我也拿不出主意。咱们第一步,只有将掌门人放了出来,和他商议商议。"

众人一听,无不脸色大变,均想:"这凶神恶煞身脱牢笼,大伙儿哪里还有命在？"各人你瞧瞧我，我瞧瞧你，谁也不敢作声。

史婆婆怒道："怎么？你们要将他关一辈子吗？你们作的恶还嫌不够？"

成自学道："师嫂，眼下雪山派的掌门人是你，须不是白师哥。白师哥当然是要放的，但总得先设法治好他的病，否则……否则……"史婆婆厉声道："否则怎样？"成自学道："小弟无颜再见白师哥之面，这就告辞。"说着深深一揖。齐自勉、梁自进也道："师嫂若是宽洪大量，饶了大伙儿，我们这就下山，终身不敢再踏进凌霄城一步。"

史婆婆心想："这些人怕老混蛋出来后和他们算帐，那也是情理之常。大伙儿倘若一哄而散，凌霄城只剩下一座空城，还成什么雪山派？"便道："好！那也不必忙在一时，我先瞧瞧他去，若无妥善的法子，决不轻易放他便是。"

成自学、齐自勉、梁自进相互瞧了一眼，均想："你夫妻情深，自是偏向着他。好在两条腿生在我们身上，你真要放这老疯子，我们难道不会逃吗？"

史婆婆道："剑儿，阿绣！"再向石破天道："亿刀，你们三个都跟我来。"又向成自学等三人道："请三位师弟带路，也好在牢外听我和他说话，免得大家放心不下。说不定我和他定下什么阴谋，将你们一网打尽呢。"

成自学道："小弟岂敢如此多心？"他话是这么说，毕竟这件事生死攸关，还是和齐自勉、梁自进一齐跟出。廖自砺向本支一名精灵弟子努了努嘴。那人会意，也跟在后面。

一行人穿厅过廊，行了好一会，到了石破天先前被禁之所。成自学走到囚禁那老者的所在，说道："就在这里！一切请掌门人多多担代。"

石破天先前在大厅上听众人说话，已猜想石牢中的老者便是白自在，果然所料不错。

成自学从身边取出钥匙，去开石牢之门，哪知一转之下，铁锁早已被人打开。他"咦"的一声，只吓得面无人色，心想："铁锁已开，老疯子已经出来了。"双手发抖，竟是不敢去推石门。

史婆婆用力一推，石门应手而开。成自学、齐自勉、梁自进三人不约而同的退出数步。只见石室中空无一人，成自学叫道："糟啦，糟啦！给他……给他逃了！"一言出口，立即想起这只是石牢的外间，要再开一道门才是牢房的所在。他右手发抖，提着的一串钥匙叮当作响，便是不敢去开第二道石门。

石破天本想跟他说："这扇门也早给我开了锁。"但想自己在装哑巴，总是以少说话为妙，便不作声。

史婆婆抢过钥匙，插入匙孔中一转，发觉这道石门也已打开，只道丈夫确已脱身而出，不由得反增了几分忧虑："他脑子有病，若是逃出凌霄城去，不知在江湖上要闯出多大的祸来。"推门之时，一双手也不禁发抖。

石门只推开数寸，便听得一个苍老的声音在哈哈大笑。

众人都吁了一口气，如释重负。只听得白自在狂笑一阵，大声道："什么少林派、武当派，这些门派的功夫又有屁用？从今儿起，武林之中，人人都须改学雪山派武功，其他任何门派，一概都要取消。大家听见了没有？普天之下，做官的以皇帝为尊，读书人以孔夫子为尊，说到刀剑拳脚，便是我威德先生白自在为尊。哪一个不服，我便把他脑袋揪下来。"

史婆婆又将门推开数寸，在黯淡的微光之中，只见丈夫手足被铐，全身绕了铁链，缚在两根巨大的石柱之间，不禁心中一酸。

白自在乍见妻子，呆了一呆，随即笑道："很好，很好！你回来啦。现下武林中人人奉我为尊，雪山派君临天下，其他各家各派,一概取消。老婆,你瞧好是不好?"

史婆婆冷冷的道:"好得很啊!但不知为何各家各派都要一概取消。"

白自在笑道:"你的脑筋又转不过来了。雪山派武功最高,各家各派谁也比不上,自然非取消不可了。"

史婆婆将阿绣拉到身前,道:"你瞧,是谁回来了?"她知丈夫最疼爱这个小孙女,此次神智失常,便因阿绣堕崖而起,盼他见到孙女儿后,心中一欢喜,这失心疯的毛病便得痊愈。阿绣叫道:"爷爷,我回来啦,我没死,我掉在山谷底的雪里,幸得奶奶救了上来。"

白自在向她瞧了一眼,说道:"很好,你是阿绣。你没有死,爷爷欢喜得很。阿绣,乖宝,你可知当今之世,谁的武功最高?谁是武林至尊?"阿绣低声道:"是爷爷!"白自在哈哈大笑,说道:"阿绣真乖!"

白万剑抢上两步,说道:"爹爹,孩儿来得迟了,累得爹爹为小人所欺。让孩儿替你开锁。"成自学等在门外登时脸如土色,只待白万剑上前开锁,大伙儿立则转身便逃。

却听白自在喝道:"走开!谁要你来开锁?这些足镣手铐,在你爹爹眼中,便如朽木烂泥一般,我只须轻轻一挣便挣脱了。我只是不爱挣,自愿在这里闭目养神而已。我白自在纵横天下,便数千数万人一起过来,也伤不了你爹爹的一根毫毛,又怎有人能锁得住我?"

白万剑道:"是,爹爹天下无敌,当然没人能奈何得了爹爹。此刻母亲和阿绣归来,大家很是欢喜,便请爹爹同到堂上,喝几杯团圆酒。"说着拿起钥匙,便要去开他手铐。

白自在怒道:"我叫你走开,你便走开!我手脚上戴了这些玩意儿,很是有趣,你难道以为我自己弄不掉么?快走!"

·496·

这"快走"二字喝得甚响,白万剑吃了一惊,当的一声,将一串钥匙掉在地下,退了两步。他知父亲以颜面攸关,不许旁人助他脱难,是以假作失惊,掉了钥匙。

成自学等本在外间窃听,听得白自在这么一声大喝,忍不住都在门边探头探脑的窥看。

白自在喝道:"你们见了我,为什么不请安?哪一个是当世第一的大英雄、大豪杰?"

成自学寻思:"他此刻被缚在石柱上,自亦不必怕他,但师嫂终究会放了他,不如及早讨好于他,免惹日后杀身之祸。"便躬身道:"雪山派掌门人白老爷子,是古往今来剑法第一、拳脚第一、内功第一、暗器第一的大英雄,大豪杰,大侠士,大宗师。"梁自进忙接着道:"白老爷子既为雪山派掌门,什么少林、武当、峨嵋、青城,任何门派都应取消。普天之下,唯白老爷子一人独尊。"齐自勉和四支的那弟子跟着也说了不少诌谀之言。

白自在洋洋自得,点头微笑。

史婆婆大感羞惭,心想:"这老儿说他发疯,却又未必。他见到我和剑儿、阿绣,一个个都认得清清楚楚,只是狂妄自大,到了难以救药的地步,这便如何是好?"

白自在突然抬起头来,问史婆婆道:"丁家老四前几日到来,向我自鸣得意,说你到了碧螺山去看他,跟他在一起盘桓了数日,可有此事?"

史婆婆怒道:"你又没真的发了疯,怎地相信这家伙的胡说八道?"阿绣道:"爷爷,那丁不四确是想逼奶奶到他碧螺山去,他乘人之危,奶奶宁可投江自尽,也不肯去。"

白自在微笑说道:"很好,很好,我白自在的夫人,怎能受人之辱?后来怎样?"阿绣道:"后来,后来……"手指石破天道:"幸亏这位大哥出手相助,才将丁不四赶跑了。"

白自在向石破天斜睨一眼，石牢中没甚光亮，没认出他是石中玉，但知他便是适才想来救自己出去的少年，心中微有好感，点头道："这小子的功夫还算可以。虽然和我相比还差着这么一大截儿，但要赶跑丁不四，倒也够了。"

史婆婆忍无可忍，大声道："你吹什么大气？什么雪山派天下第一，当真是胡说八道。这孩儿是我徒儿，是我一手亲传的弟子，我的徒儿比你的徒儿功夫就强得多。"

白自在哈哈大笑，说道："荒唐，荒唐！你有什么本领能胜得过我的？"

史婆婆道："剑儿是你调教的徒儿，你这许多徒弟之中，剑儿的武功最强，是不是？剑儿，你向你师父说，是我的徒儿强，还是他的徒儿强？"

白万剑道："这个……这个……"他在父亲积威之下，不敢直说拂逆他心意的言语。

白自在笑道："你的徒儿，岂能是我徒儿的对手？剑儿，你娘这可不是胡说八道吗？"

白万剑是个直性汉子，赢便是赢，输便是输，既曾败在石破天手底，岂能不认？说道："孩儿无能，适才和这小子动手过招，确是敌他不过。"

白自在陡然跳起，将全身铁链扯得呛啷直响，叫道："反了，反了！哪有此事？"

史婆婆和他做了几十年夫妻，对他心思此刻已明白了十之八九，寻思："老混蛋自以为武功天下无敌，在凌霄城中自大称王，给丁不四一激之后，就此半疯不疯。常言道：心病还须心药医。教他遇上个强过他的对手，挫折一下他的狂气，说不定这疯病倒可治好了。只可惜张三、李四已去，否则请他二人来治治这疯病，倒是一剂对症良药。不得已而求其次，我这徒儿武功虽然不高，内力却远在老

·498·

混蛋之上，何不激他一激？"便道："什么古往今来武功第一、内力第一，当真不怕羞。单以内力而论，我这徒儿便胜于你多多。"

白自在仰天狂笑，说道："便是达摩和张三丰复生，也不是白老爷子的对手。这个乳臭未干的黄口小儿，只须能有我内力三成，那也足以威震武林了。"史婆婆冷笑道："大言不惭，当真令天下人齿冷。你倒和他比拼一下内力试试。"白自在笑道："这小子怎配跟我动手？好罢，我只用一只手，便翻他三个筋斗。"

史婆婆知道丈夫武功了得，当真比试，只怕他伤了石破天性命，他能说这一句话，正是求之不得，便道："这少年是我的徒儿，又是阿绣没过门的女婿，便是你的孙女婿。你们比只管比，却是谁也不许真的伤了谁。"

白自在笑道："他想做我孙女婿么？那也得瞧他配不配。好，我不伤他性命便是。"

忽听得脚步声响，一人匆匆来到石牢之外，高声说道："启禀掌门人，长乐帮帮主石破天，会同摩天居士谢烟客，将石清夫妇救了出去，正在大厅上索战。"却是耿万锺的声音。

白自在和史婆婆同声惊噫，不约而同的道："摩天居士谢烟客？"

石破天得悉石清夫妇无恙，已脱险境，登感宽心，石中玉既然来到，自己这个冒牌货却要拆穿了，谢烟客多时不见，想到能和他见面，甚是欢喜。

史婆婆道："咱们和长乐帮、谢烟客素无瓜葛，他们来生什么事？是石清夫妇约来的帮手么？"耿万锺道："那石破天好生无礼，说道他看中了咱们的凌霄城，要咱们都……都搬出去让给他。"

白自在怒道："放他的狗屁！长乐帮是什么东西？石破天又是什么东西？他长乐帮来了多少人？"

耿万锺道："他们一起只五个人，除了石清夫妇俩、谢烟客和

· 499 ·

石破天之外,还有一个年轻姑娘,说是丁不三的孙女儿。"

石破天听得丁珰也到了,不禁眉头一皱,侧眼向阿绣瞧去,只见她一双妙目正凝视着自己,不由得脸上一红,转开了头,心想:"她叫我冒充石中玉,好救石庄主夫妇的性命,怎么她自己又和石中玉来了?是了,想必她和石中玉放心不下,怕我吃亏,说不定在凌霄城中送了性命,是以冒险前来相救。谢先生当然是为救我而来的了。"

白自在道:"区区五人,何足道哉?你有没跟他们说:凌霄城城主、雪山派掌门人白老爷子,是古往今来剑法第一、拳脚第一、内功第一、暗器第一的大英雄,大豪杰,大侠士,大宗师?"

耿万锺道:"这个……这个……他们既是武林中人,自必久闻师父的威名。"

白自在道:"是啊,这可奇了!既知我的威名,怎么又敢到凌霄城来惹事生非?啊,是了!我在这石室中小隐,以避俗事,想必已传遍了天下。大家都以为白老爷子金盆洗手,不再言武,是以欺上门来啦。嘿嘿!你瞧,你师父这棵大树一不遮荫,你们立刻便糟啦。"

史婆婆怒道:"你自个儿在这里臭美罢!大伙儿跟我出去瞧瞧。"说着快步而出。白万剑、成自学等都跟了出去。

石破天正要跟着出去,忽听得白自在叫道:"你这小子留着,我来教训教训你。"

石破天停步,转过身来。阿绣本已走到门边,关心石破天的安危,也退了回来,她想爷爷半疯不疯,和石破天比试内力,只怕下手不分轻重而杀了他,自己功力不济,危急之际却无法出手解救,叫道:"奶奶,爷爷真的要跟……跟他比试呢!"

史婆婆回过头来,对白自在道:"你要是伤了我徒儿性命,我这就上碧螺山去,一辈子也不回来了。"白自在大怒,叫道:

"你……你说什么话？"

史婆婆更不理睬，扬长出了石牢，反手带上石门，牢中登时黑漆一团。

阿绣俯身拾起白自在脚边的钥匙，替爷爷打开了足镣手铐，说道："爷爷，你就教他几招武功罢。他没练过多少功夫，本领是很差的。"

白自在大乐，笑道："好，我只须教他几招，他便终身受用不尽。"

石破天一听，正合心意，他听白自在不住口的自称什么"古往今来拳脚第一"云云，自己当然斗他不过，由"比划"改为"教招"，自是求之不得，忙道："多谢老爷子指点。"

白自在笑道："很好，我教你几招最粗浅的功夫，深一些的，谅你也难以领会。"

阿绣退到门边，推开牢门，石牢中又明亮了起来。石破天陡见白自在站直了身子，几乎比自己高一个头，神威凛凛，直如天神一般，对他更增敬畏，不由自主的退了两步。

白自在笑道："不用怕，不用怕，爷爷不会伤你。你瞧着，我这么伸手，揪住你的后颈，便摔你一个筋……"右手一探，果然已揪住了石破天后颈。

这一下出手既快，方位又奇，石破天如何避得，只觉他手上力道大得出奇，给他一抓之下，身子便欲腾空而起，急忙凝力稳住，右臂挥出，格开他手臂。

白自在这一下明明已抓住他后颈要穴，岂知运力一提之下，石破天起而复堕，竟没能将他提起，同时右臂被他一格，只觉臂上酸麻，只得放开了手。他"噫"的一声，心想："这小子的内力果然了得。"左手探出，又已抓住他胸口，顺势一甩，却仍是没能拖动

·501·

他身子。

　　这第二下石破天本已早有提防，存心闪避，可是终究还是被他一出手便即抓住，心下好生佩服，赞道："老爷子果然了得，这两下便比丁不四爷爷厉害得多。"

　　白自在本已暗自惭愧，听他说自己比丁不四厉害得多，又高兴起来，说道："丁不四如何是我对手？"左脚随着绊去。石破天身子一晃，没给他绊倒。

　　白自在一揪、一抓、一绊，接连三招，号称"神倒鬼跌三连环"，实是他生平的得意绝技，哪里是什么粗浅功夫了？数十年来，不知有多少成名的英雄好汉曾栽在这三连环之下，哪知此刻这三招每一招虽都得手，但碰上石破天浑厚无比的内力，竟是一招也不能奏效。

　　那日他和丁氏兄弟会面，听丁不四言道史婆婆曾到碧螺山盘桓数日，又妒又怒，竟至神智失常，今日见到爱妻归来，得知碧螺山之行全属虚妄，又见到了阿绣，心中一喜，疯病已然好了大半，但"武功天下第一"的念头，自己一直深信不疑，此刻连环三招居然摔不倒这少年，怒火上升，脑筋又胡涂起来，呼的一掌，向他当胸拍去，竟然使出了三四成力道。

　　石破天见掌势凶猛，左臂横挡，格了开去。白自在左拳随即击出，石破天闪身欲避，但白自在这一拳来势奇妙，砰的一声，已击中他的右肩。

　　阿绣"啊"的一声惊呼。石破天安慰她道："不用担心，我也不大痛。"

　　白自在怒道："好小子，你不痛？再吃我一拳。"这一拳被石破天伸手格开了。白自在连续四拳，第四拳拳中夹腿，终于踢中石破天的左胯。

　　阿绣见他二人越斗越快，白自在发出的拳脚，石破天只能挡架得一小半,倒有一大半都打在他身上,初时十分担忧,只叫:"爷爷,手下留情!"但见石破天脸色平和,并无痛楚之状,又略宽怀。

白自在在石破天身上连打十余下,初时还记得妻子之言,只使三四成力道,生怕打伤了他,但不论是拳是掌,打在他的身上,石破天都不过身子一晃,便若无其事的承受了去。

白自在又惊又怒,出手渐重,可是说也奇怪,自己尽管加力,始终无法将对方击倒。他吼叫连连,终于将全身劲力都使了出来。霎时之间,石牢中拳脚生风,只激得石柱上的铁链叮叮当当响个不停。

阿绣但觉呼吸维艰,虽已贴身于门背,仍是难以忍受,只得推开牢门,走到外间。她眼见爷爷一拳一掌的打向石破天身上,不忍多看,反手带上石门,双手合什,暗暗祷告:"老天爷保佑,别让他二人这场打斗生出事来,最好是不分胜败,两家罢手。"

只觉背脊所靠的石门不住摇晃,铁链撞击之声愈来愈响,她脑子有些晕眩,倒似足底下的地面也有些摇动了。也不知过了多少时候,突然之间,石门不再摇晃,铁链声也已止歇。

阿绣贴耳门上,石牢中竟半点声息也无,这一片静寂,令她比之听到天翻地覆的打斗之声更是惊恐:"若是爷爷胜了,他定会得意洋洋,哈哈大笑。如是石郎得胜,他定然会推门出来叫我,怎么一点声音也没有?难道有人身受重伤?莫非两人都力竭而死?"

她全身发抖,伸手缓缓推开石门,双目紧闭,不敢去看牢中情形,唯恐一睁开眼来,见到有一人尸横就地,甚至是两人都呕血身亡。又隔了好一会,这才眼睁一线,只见白自在和石破天二人都坐在地下,白自在双目紧闭,石破天却是脸露微笑的向着自己。

阿绣"哦"的一声,长吁了口气,睁大双眼,看清楚石破天伸出右掌,按在白自在的后心,原来是在助他运气疗伤。阿绣道:"爷爷……受了伤?"石破天道:"没有受伤。他一口气转不过来,一会儿就好了!"阿绣右手抚胸,说道:"谢天谢……"

突然之间,白自在一跃而起,喝道:"什么一口气转不过来?我……我这口气可不是转过来了么?"伸掌又要向石破天头顶击落,猛觉一双手掌疼痛难当,提掌看时,但见双掌已肿成两个圆球相似,红得几乎成了紫色,这一掌若是打在石破天身上,只怕自己的手掌非先破裂不可。

他一怔之下,已明其理,原来眼前这小子内力之强,实是匪夷所思,自己数十招拳掌招呼在他身上,都给他内力反弹出来,每一拳每一掌如都击在石墙之上,对方未曾受伤,自己的手掌却抵受不住了,跟着觉得双脚隐隐作痛,便如有数千万根细针不断钻刺,知道自己踢了他十几脚,脚上也已受到反震。

他呆立半晌,说道:"罢了,罢了!"登觉万念俱灰,什么"古往今来内功第一"云云,实是大言不惭的欺人之谈,拿起足镣手铐,套在自己手足之上,喀喇喀喇数声,都上了锁。

阿绣惊道:"爷爷,你怎么啦?"

白自在转过身子,朝着石壁,黯然道:"我白自在狂妄自大,罪孽深重,在这里面壁思过。你们快出去,我从此谁也不见。你叫奶奶上碧螺山去罢,永远再别回凌霄城来。"

阿绣和石破天面面相觑,不知如何是好。过了好一会,阿绣埋怨道:"都是你不好,为什么这般逞强好胜?"石破天愕然道:"我……我没有啊,我一拳也没打到你爷爷。"

阿绣白了他一眼,道:"他单是'我的'爷爷吗?你叫声'爷爷',也不怕辱没了你。"石破天心中一甜,低声叫道:"爷爷!"

白自在挥手道:"快去,快去!你强过我,我是你孙子,你是我爷爷!"

阿绣伸了伸舌头,微笑道:"爷爷生气啦,咱们快跟奶奶说去。"

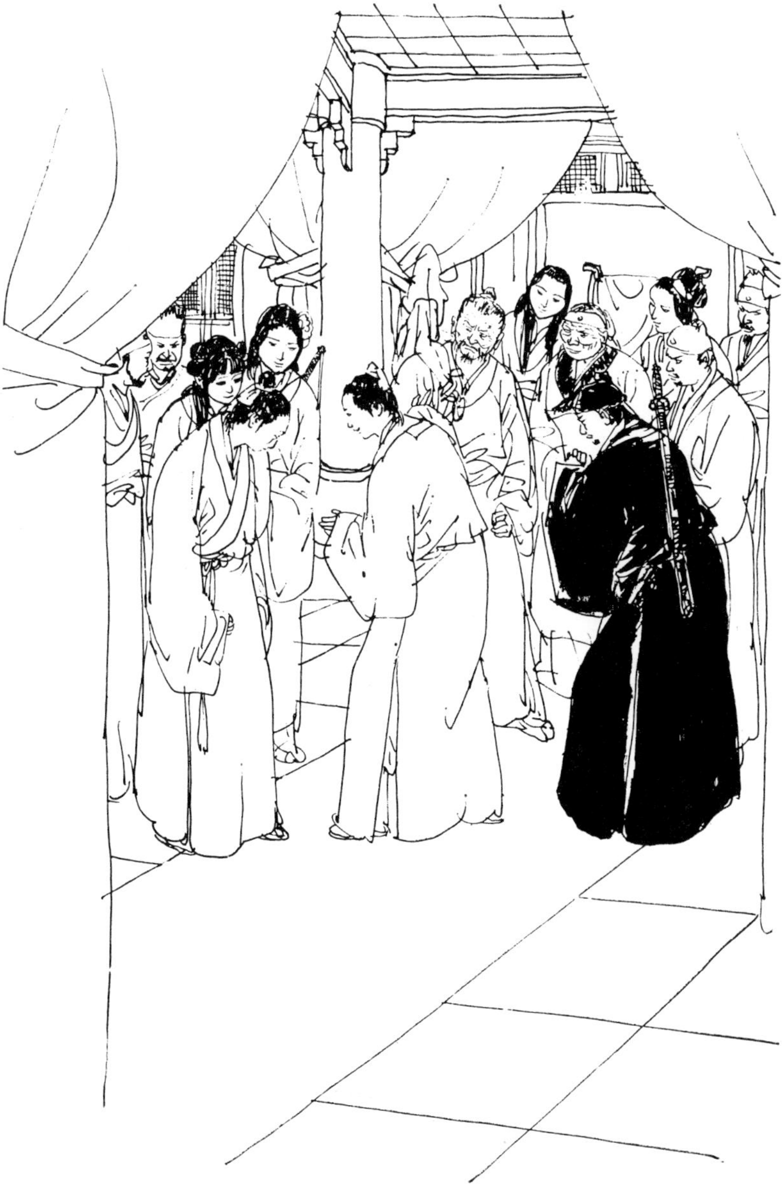

谢烟客嘿嘿冷笑,一双目光直上直下的在石中玉身上扫射。石中玉只吓得周身俱软,魂不附体。

十八 有所求

两人出了石牢,走向大厅。石破天道:"阿绣,人人见了我,都道我便是那个石中玉。连石庄主、石夫人也分辨不出,怎地你却没有认错?"

阿绣脸上一阵飞红,霎时间脸色苍白,停住了脚步。这时二人正走在花园中的一条小径上,阿绣身子微晃,伸手扶住一株白梅,脸色便似白梅的花瓣一般。她定了定神,道:"这石中玉曾想欺侮我,我气得投崖自尽。大哥,你肯不肯替我出这口气,把他杀了?"

石破天踌躇道:"他是石庄主夫妇独生爱子,石庄主、石夫人待我极好,我……我……我可不能去杀他们的儿子。"阿绣头一低,两行泪水从面颊上流了下来,呜咽道:"我第一件事求你,你就不答允,以后……你一定是欺侮我,就像爷爷对奶奶一般。我……我告诉奶奶和妈去。"说着掩面奔了出去。石破天道:"阿绣,阿绣,你听我说。"

阿绣呜咽道:"你不杀了他,我永远不睬你。"足下不停,片刻间便到了大厅。

石破天跟着进去,只见厅中剑光闪闪,四个人斗得正紧,却是白万剑、成自学、齐自勉三人各挺长剑,正在围攻一个青袍短须的老者。石破天一见之下,脱口叫道:"老伯伯,你好啊,我时常在想念你。"这老者正是摩天居士谢烟客。

谢烟客在雪山派三大高手围攻之下,以一双肉掌对付三柄长剑,仍是挥洒自如,大占上风,陡然间听得石破天这一声呼叫,举目向他瞧去,不由得大吃一惊,叫道:"怎……怎么又有一个?"

高手过招,岂能心神稍有失常?他这一惊又是非同小可,白、成、齐三柄长剑同时乘虚而入,刺向他小腹。三人一师所授,使的同是一招"明驼骏足",剑势又迅又狠,眼见剑尖已碰到他的青袍,三剑同时要透腹而入。

石破天大叫:"小心!"纵身跃起,一把抓住白万剑右肩,硬生生将他向后拖出几步。

只听得喀喀两声,谢烟客在危急中使出生平绝技"碧针清掌",左掌震断了齐自勉的长剑,右掌震断了成自学的长剑。

这两掌击得虽快,他青袍的下摆还是被双剑划破了两道口子,他双掌翻转,内力疾吐,成齐二人直飞出去,砰砰两声,背脊撞上厅壁,只震得屋顶泥灰簌簌而落,犹似下了一阵急雨。又听得拍的一声,却是石破天松手放开白万剑肩头,白万剑反手打了他一个耳光。

谢烟客向石破天看了一眼,目光转向坐在角落里的另一个少年石中玉,兀自惊疑不定,道:"你……你二人怎地一模一样?"

石破天满脸堆欢,说道:"老伯伯,你是来救我的吗?多谢你啦!我很好,他们没杀我。叮叮当当、石大哥,你们也一块来了。石庄主、石夫人,他们没伤你,我这可放心啦!师父、爷爷自己又戴上了足镣手铐,不肯出来,说要你上碧螺山去。"顷刻之间,他向谢烟客、丁珰、石中玉、石清夫妇、史婆婆每人都说了几句话。

他这几句话说得兴高采烈,听他说话之人却尽皆大吃一惊。

谢烟客当日在摩天崖上修习"碧针清掌",为逞一时之快,将全身内力尽数使了出来。恰在此时,贝海石率领长乐帮八名好手来到摩天崖上,说是迎接帮主,一口咬定帮主是在崖上。谢烟客一招之间,便将米横野擒住,但其后与贝海石动手,恰逢自己内力耗竭。他当机立断,乘着败象未显,立即飘然引退。

这一掌而退,虽然不能说败,终究是被人欺上门来,逼下崖去,实是毕生的奇耻大辱。仔细思量,此番受逼,全系自己练功时过耗内力所致,否则对方纵然人多,也无所惧。

此仇不报,非丈夫也,但须谋定而动,于是寻了个隐僻所在,花了好几个月功夫,将一路"碧针清掌"直练得出神入化,无懈可击,这才寻上镇江长乐帮总舵去,一进门便掌伤四名香主,登时长乐帮全帮为之震动。

其时石破天已受丁珰之骗,将石中玉掉换了出来。石中玉正想和丁珰远走高飞,不料长乐帮到处布满了人,不到半天便遇上了,又将他强行迎回总舵。贝海石等此后监视甚紧,均想这小子当时嘴上说得豪气干云,但事后越想越怕,竟想脚底抹油,一走了之,天下哪有这么便宜之事?数十人四下守卫,日夜不离,不论他如何狡计百出,再也无法溜走。石中玉甫脱凌霄城之难,又套进了侠客岛之劫,好生发愁。和丁珰商议了几次,两人打定了主意,侠客岛当然是无论如何不去的,在总舵之中也已难以溜走,只有在前赴侠客岛途中设法脱身。

当下只得暂且冒充石破天再说。他是个千伶百俐之人,帮中上下人等又个个熟识,各人性格摸得清清楚楚,他要假装石破天而不令人起疑,比之石破天冒充他是易上百倍了。只是他毕竟心中有鬼,不敢大模大样如从前那么做他的帮主,每日里只是躲在房中与丁珰鬼混。有人问起帮中大事,他也唯唯否否的不出什么主意。

长乐帮这干人只求他准期去侠客岛赴约,乐得他诸事不理,正好自行其是。

贝海石那日前赴摩天崖接得石破天归来,一掌逼走谢烟客,虽知从此伏下了一个隐忧，但觉他掌法虽精，内力却是平平，颇与他在武林中所享的大名不副，也不如何放在心上。其后发觉石破天原来并非石中玉，这样一来，变成无缘无故的得罪了一位武林高手，心下更微有内疚之意，但铜牌邀宴之事迫在眉睫，帮中不可无主出头承担此事，乘着石破天阴阳内力激荡而昏迷不醒之时，便在他身上做下了手脚。

原来石中玉那日在贝海石指使之下做了帮主，不数日便即脱逃，给贝海石擒了回来，将他脱得赤条条地监禁数日，教他难以再逃，其后石中玉虽然终于又再逃脱，他身上的各处创伤疤痕，却已让贝海石尽数瞧在眼里。贝大夫并非真的大夫，然久病成医，医道着实高明，于是在石破天肩头、腿上、臀部仿制疤痕，竟也做得一模一样，毫无破绽，以致情人丁珰、仇人白万剑，甚至父母石清夫妇都给瞒过。

贝海石只道石中玉既然再次逃走，在腊八日之前必不会现身，是以放胆而为。其实石破天和石中玉二人相貌虽然相似，毕竟不能一般无异，但有了身上这几处疤痕之后，人人心中先入为主，纵有再多不似之处，也一概略而不计了。石破天全然不通人情世故，种种奇事既难以索解，也只有相信旁人之言，只道自己一场大病之后，将前事忘得干干净净。

哪知侠客岛的善恶二使实有过人之能，竟将石中玉从扬州妓院中揪了出来，贝海石的把戏全被拆穿。虽然石破天应承接任帮主，让长乐帮免了一劫，贝海石却是面目无光，深自匿居，不敢和帮主见面。以致石中玉将石破天掉换之事，本来唯独难以瞒过他的眼睛，却也以此没有败露。

这日谢烟客上门指名索战，贝海石听得他连伤四名香主，自忖并无胜他把握，一面出厅周旋，一面遣人请帮主出来应付。

石中玉推三阻四，前来相请的香主、舵主已站得满房都是，消息一个接一个的传来：

"贝先生和那姓谢的已在厅上激斗，快请帮主出去掠阵！"

"贝先生肩头给谢烟客拍了一掌，左臂已有些不灵。"

"贝先生扯下了谢烟客半幅衣袖，谢烟客却乘机在贝先生胸口印了一掌。"

"贝先生咳嗽连连，口喷鲜血，帮主再不出去，贝先生难免丧身。"

"那姓谢的口出大言，说道凭一双肉掌便要将长乐帮挑了，帮主再不出去，他要放火焚烧咱们总舵！"

石中玉心想："烧了长乐帮总舵，那是求之不得，最好那姓谢的将你们尽数宰了。"但在众香主、舵主逼迫之下，无可推托，只得硬着头皮来到大厅，打定了主意，要长乐帮众好手一拥而上，管他谁死谁活，最好是两败俱伤，同归于尽，自己便可乘机溜之大吉。

哪知谢烟客一见了他，登时大吃一惊，叫道："狗杂种，原来是你。"

石中玉只见贝海石气息奄奄，委顿在地，衣襟上都是鲜血，心惊胆战之下，那句"大伙儿齐上，跟他拼了！"的话吓得叫不出口来，战战兢兢的道："原来是谢先生。"

谢烟客冷笑道："很好，很好！你这小子居然当上了长乐帮帮主！"一想到种种情事，身上不由得凉了半截："糟了，糟了！贝大夫这狗贼原来竟这等工于心计。我当年立下了重誓，但教受令之人有何号令，不论何事，均须为他办到，此事众所周知。他打听到我已从狗杂种手中接了玄铁令，便来到摩天崖上，将他接去做个傀儡帮主，用意无非是要我听他长乐帮的号令。谢烟客啊谢烟客，你聪明一世，胡涂一时，今日里竟然会自投罗网，从此人为刀砧，我为鱼肉，再也没有翻身之日了。"

一人若是系念于一事，不论遇上何等情景，不由自主的总是将

·511·

心事与之连了起来。逃犯越狱，只道普天下公差都在捉拿自己；凶手犯案，只道人人都在思疑自己；青年男女钟情，只道对方一言一动都为自己而发，虽绝顶聪明之人，亦所难免。谢烟客念念不忘者只是玄铁令誓愿未了，其时心情，正复如此。他越想越怕，料想贝海石早已伏下厉害机关，双目凝视石中玉，静候他说出要自己去办的难事。"倘若他竟要我自断双手，从此成为一个不死不活的废人，这便如何是好？"想到此节，双手不由得微微颤抖。

他若立即转身奔出长乐帮总舵，从此不再见这狗杂种之面，自可避过这个难题，但这么一来，江湖上从此再没他这号人物，那倒事小，想起昔时所立的毒誓，他日应誓，那比之自残双手等等更是惨酷百倍了。

岂知石中玉心中也是害怕之极，但见谢烟客神色古怪，不知他要向自己施展什么杀手。两人你瞧着我，我瞧着你，在半响之间，两个人都如过了好几天一般。

又过良久，谢烟客终于厉声说道："好罢，是你从我手中接过玄铁令去的，你要我为你办什么事，快快说来。谢某一生纵横江湖，便遇上天大难事，也视作等闲。"

石中玉一听，登时呆了，但谢烟客颁下玄铁令之事，他却也曾听过，心念一转之际，已然明白，定是谢烟客也认错了人，将自己认作了那个到凌霄城去作替死鬼的呆子，听他说不论自己出什么难题，都能尽力办到，那真是天外飞来的大横财，心想以此人武功之高，说得上无事不可为，却教他去办什么事好？不由得沉吟不决。

谢烟客见他神色间又惊又喜、又是害怕，说道："谢某曾在江湖扬言，凡是得我玄铁令之人，谢某决不伸一指加于其身，你又怕些什么？狗杂种，你居然还没死，当真命大。你那'炎炎功'练得怎样了？"料想这小子定是畏难偷懒，后来不再练功，否则体内阴阳二力交攻，怎能够活到今日。

石中玉听他叫自己为"狗杂种",只道是随口骂人,自更不知"炎炎功"是什么东西,当下不置可否,微微一笑,心中却已打定了主意:"那呆子到得凌霄城中,吐露真相,白自在、白万剑、封万里这干人岂肯罢休?定会又来找我的晦气。我一生终是难在江湖上立足。天幸眼前有这个良机,何不要他去了结此事?雪山派的实力和长乐帮也不过是半斤八两,这谢烟客孤身一人能将长乐帮挑了,多半也能凭一双肉掌,将雪山派打得万劫不复。"当即说道:"谢先生言而有信,令人可敬可佩。在下要谢先生去办的这件事,传入俗人耳中,不免有点儿骇人听闻,但以谢先生天下无双的武功,那也是轻而易举。"

谢烟客听得他这话似乎不是要作践自己,登感喜慰,忙问:"你要我去办什么事?"他心下忐忑,全没留意到石中玉吐属文雅,与狗杂种大不相同。

石中玉道:"在下斗胆,请谢先生到凌霄城去,将雪山派人众尽数杀了。"

谢烟客微微一惊,心想雪山派是武林的名门大派,威德先生白自在声名甚著,是个极不易惹的大高手,竟要将之尽数诛灭,当真谈何容易?但对方既然出下了题目,那便是抓得着、摸得到的玩意儿,不用整日价提心吊胆,疑神疑鬼,雪山派一除,从此便无忧无虑,逍遥一世,当即说道:"好,我这就去。"说着转身便行。

石中玉叫道:"谢先生且慢!"谢烟客转过身来,道:"怎么?"他猜想狗杂种叫自己去诛灭雪山派,纯是贝海石等人的主意,不知长乐帮和雪山派有什么深仇大恨,这才要假手于己去诛灭对方,他只盼及早离去,深恐贝海石他们又使什么诡计。

石中玉道:"谢先生,我和你同去,要亲眼见你办成此事!"

他一听谢烟客答允去诛灭雪山派,便即想到此事一举两得,正是脱离长乐帮的良机。

谢烟客当年立誓，虽说接到玄铁令后只为人办一件事，但石中玉要和他同行，却与此事有关，原是不便拒绝，便道："好，你跟我一起去就是。"长乐帮众人大急，眼望贝海石，听他示下。石中玉朗声道："本座既已答应前赴侠客岛应约，天大的担子也由我一人挑起，届时自不会令众位兄弟为难，大家尽管放心。"

贝海石重伤之余，万料不到谢烟客竟会听石帮主号令，反正无力拦阻，只得叹一口气，有气无力的说道："帮……帮主，一……——路保重，恕……恕……属下……咳咳……不送了！"石中玉一拱手，随着谢烟客出了总舵。

谢烟客冷笑道："狗杂种你这蠢才，听了贝大夫的指使，要我去诛灭雪山派，雪山派跟你又沾上什么边了？你道贝大夫他们当真奉你为帮主吗？只不过要你到侠客岛去送死而已。你这小子傻头傻脑的，跟这批奸诈凶狡的匪徒讲义气，当真是胡涂透顶。你怎不叫我去做一件于你大大有好处的事？"突然想起："幸亏他没有叫我代做长乐帮帮主，派我去侠客岛送死。"他武功虽高，于侠客岛毕竟也十分忌惮，想到此节，又不禁暗自庆幸，笑骂："他妈的，总算老子运气，你狗杂种要是聪明了三分，老子可就倒了大霉啦！"

此时石中玉既下了号令，谢烟客对他便毫不畏惧，除了不能动手打他杀他之外，言语之中尽可放肆侮辱，这小子再要他办第二件事，那是想也休想。

石中玉不敢多言，陪笑道："这可多多得罪了。"心道："他妈的，总算老子运气，你认错了人。你狗杂种要是聪明了三分，老子可就倒了大霉啦。"

丁珰见石中玉随谢烟客离了长乐帮，便赶上和二人会合，同上凌霄城来。

石中玉虽有谢烟客作护符，但对白自在毕竟十分害怕，一上凌霄城后便献议暗袭。谢烟客一听，正合心意。当下三人偷入凌霄城来。石中玉在城中曾居住多年,各处道路门户十分熟悉。城中又遭大变,多处要道无人守御,三人毫不费力的便进了城。

谢烟客出手杀了四名雪山派第三代弟子,进入中门,便听到众人议论纷纭,有的气愤,有的害怕,有的想逃,有的说瞧一瞧风头再作打算。谢烟客和石中玉知道凌霄城祸起萧墙,正有巨大内争,心想正是天赐良机,随即又听到石清夫妇被擒。石中玉虽然凉薄无行,于父母之情毕竟尚在,当下也不向谢烟客恳求,径自引着他来到城中囚人之所,由谢烟客出手杀了数人,救出了石清、闵柔,来到大厅。

其时史婆婆、白万剑、石破天等正在石牢中和白自在说话,依着谢烟客之意,见一个,杀一个,当时便要将雪山派中人杀得干干净净,但石清、闵柔极力劝阻。石清更以言语相激:"是英雄好汉,便当先和雪山掌门人威德先生决个雌雄,此刻正主儿不在,却尽杀他后辈弟子,江湖上议论起来,未免说摩天居士以大压小,欺软怕硬。"谢烟客冷笑道:"反正是尽数诛灭,先杀老的,再杀小的,也是一样。"

不久史婆婆和白万剑等出来,一言不合,便即动手。白万剑武功虽高,如何是这玄铁令主人的敌手?数招之下,便已险象环生。成自学、齐自勉听得谢烟客口口声声要将雪山派尽数诛灭,当即上前夹击,但以三敌一,仍然挡不住他凌厉无俦的"碧针清掌"。当石破天进厅之时,史婆婆与梁自进正欲加入战团,不料谢烟客大惊之下,局面登变。

石中玉见石破天武功如此高强,自是十分骇异,生怕雪山派重算旧帐,石破天不免也要跟自己为难,但见阿绣安然无恙,又稍觉宽心。

丁珰虽倾心于风流倜傥的石中玉,憎厌这不解风情的石破天,

·515·

毕竟和他相处多日，不无情谊，见他尚在人世，却也暗暗欢喜。

石清夫妇直到此时，方始明白一路跟着上山的原来不是儿子，又是那少年石破天，惭愧之余，也不自禁的好笑，第一次认错儿子，那也罢了，想不到第二次又会认错。夫妻俩相对摇头，均想："玄素庄石清夫妇认错儿子，从此在武林中成为大笑话，日后遇到老友，只怕人人都会揶揄一番。"齐问："石帮主，你为什么要假装喉痛，将玉儿换了去？"

史婆婆听得石破天言道丈夫不肯从牢中出来，却要自己上碧螺山去，忙问："你们比武是谁胜了？怎么爷爷叫我上碧螺山去？"

谢烟客问道："怎么有了两个狗杂种？到底是怎么回事？"

白万剑喝道："好大胆的石中玉，你又在捣什么鬼？"

丁珰道："你没照我吩咐，早就泄露了秘密，是不是？"

你一句，我一句，齐声发问。石破天只一张嘴，一时之间怎回答得了这许多问话？

只见后堂转出一个中年妇人，问阿绣道："阿绣，这两个少年，哪一个是好的，哪一个是坏的？"这妇人是白万剑之妻，阿绣之母。她自阿绣堕崖后，忆女成狂，神智迷糊。成自学、齐自勉、廖自砺等谋叛之时，也没对她多加理会。此番阿绣随祖母暗中入城，第一个就去看娘。她母亲一见爱女，登时清醒了大半，此刻也加上了一张嘴来发问。

史婆婆大声叫道："谁也别吵，一个个来问，这般乱哄哄的谁还听得到说话？"

众人一听，都静了下来。谢烟客在鼻孔中冷笑一声，却也不再说话。

史婆婆道："你先回答我，你和爷爷比武是谁赢了？"

雪山派众人一齐望着石破天，心下均各担忧。白自在狂妄横暴，众人虽十分不满，但若他当真输了给这少年，雪山派威名扫地,却也令人人面目无光。

只听得石破天道:"自然是爷爷赢了,我怎配跟爷爷比武?爷爷说要教我些粗浅功夫,他打了我七八十拳,踢了我二三十脚,我可一拳一脚也碰不到他身上。"白万剑等都长长吁了口气,放下心来。

史婆婆斜眼瞧他,又问:"你为什么身上一处也没伤?"石破天道:"定是爷爷手下留情。后来他打得倦了,坐倒在地,我见他一口气转不过来,闭了呼吸,便助他畅通气息,此刻已然大好了。"

谢烟客冷笑道:"原来如此!"

史婆婆道:"你爷爷说些什么?"石破天道:"他说:我白自在狂什么自大,罪什么深重,在这里面……面什么过,你们快出去,我从此谁也不见,你叫奶奶上碧螺山去罢,永远别再回凌霄城来。"他一字不识,白自在说的成语"罪孽深重"、"狂妄自大"、"面壁思过",他不知其义,便无法复述,可是旁人却都猜到了。

史婆婆怒道:"这老儿当我是什么人?我为什么要上碧螺山去?"

史婆婆闺名叫做小翠,年轻时貌美如花,武林中青年子弟对之倾心者大有人在,白自在和丁不四尤为其中的杰出人物。白自在向来傲慢自大,史小翠本来对他不喜,但她父母看中了白自在的名望武功,终于将她许配了这个雪山派掌门人。成婚之初,史小翠便常和丈夫拌嘴,一拌嘴便埋怨自己父母,说道当年若是嫁了丁不四,也不致受这无穷的苦恼。

其实丁不四行事怪僻,为人只有比白自在更差,但隔河景色,看来总比眼前的为美,何况史小翠为了激得丈夫生气,故意将自己爱慕丁不四之情加油添酱的夸张,本来只有半分,却将之说到了十分。白自在空自暴跳,却也无可奈何。好在两人成婚之后,不久便生了白万剑,史小翠养育爱子,一步不出凌霄城,数十年来从不和丁不四见上一面。白自在纵然心中喝醋，却也不疑有他。

不料这对老夫妇到得晚年，却出了石中玉和阿绣这一桩事，史小翠给丈夫打了个耳光，一怒出城，在崖下雪谷中救了阿绣，但怒火不熄，携着孙女前赴中原散心，好教丈夫着急一番。当真不是冤家不聚头，却在武昌府遇到了丁不四。两人红颜分手，白头重逢，说起别来情事，那丁不四倒也痴心，竟是始终未娶，苦苦邀她到自己所居的碧螺山去盘桓数日。二人其时都已年过六旬，原已说不上什么男女之情，丁不四所以邀她前往，也不过一偿少年时立下的心愿，只要昔日的意中人双足沾到碧螺山上的一点绿泥，那就死也甘心。

史婆婆一口拒却。丁不四求之不已，到得后来，竟变成了苦苦相缠。史婆婆怒气上冲，说僵了便即动手，数番相斗，史婆婆武功不及，幸好丁不四绝无伤害之意，到得生死关头，总是手下留情。史婆婆又气又急，在长江船中赶练内功，竟致和阿绣双双走火，眼见要被丁不四逼到碧螺山上，迫得投江自尽，巧逢石破天解围。后来在紫烟岛上又见到了丁氏兄弟，史婆婆既不愿和丁不四相会，更不想在这尴尬的情景下见到儿子，便携了阿绣避去。

丁不四数十年来不见小翠，倒也罢了，此番重逢，勾发了他的牛性，说什么也要叫她的脚底去沾一沾碧螺山的绿泥，自知一人非雪山派之敌，于是低声下气，向素来和他不睦的兄长丁不三求援，同上凌霄城来，准拟强抢暗劫，将史婆婆架到碧螺山去，只要她两只脚踏上碧螺山，立即原船放她回归。

丁氏兄弟到达凌霄城之时，史婆婆尚未归来。丁不四便捏造谎言，说史婆婆曾到碧螺山上，和他畅叙离情。他既娶不到史小翠，有机会自要气气情敌。白自在初时不信，但丁不四说起史婆婆的近貌，转述她的言语，事事若合符节，却不由得白自在不信。两人三言两语，登时在书房中动起手来。丁不四中了白自在一掌，身受重伤,当下在兄长相护下离城。

这一来不打紧,白自在又担心,又气恼,一肚皮怨气无处可出,竟至疯疯癫癫,乱杀无辜,酿成了凌霄城中偌大的风波。

史婆婆回城后见到丈夫这情景,心下也是好生后悔,丈夫的疯病一半固因他天性自大,一半实缘自己而起,此刻听得石破天言道丈夫叫自己到碧螺山去,永远别再回来,又听说丈夫自知罪孽深重,在石牢中面壁思过,登时便打定了主意:"咱二人做了一世夫妻,临到老来,岂可再行分手?他要在石牢中自惩己过,我便在牢中陪他到死便了,免得他到死也双眼不闭。"转念又想:"我要亿刀将掌门之位让我,原是要代他去侠客岛赴约,免得他枉自送命,阿绣成了个独守空闺的小寡妇。此事难以两全,那便是如何是好?唉,且不管他,这件事慢慢再说,先去瞧瞧老疯子要紧。"当即转身入内。

白万剑挂念父亲,也想跟去,但想大敌当前,本派面临存亡绝续的大关头,毕竟是以应付谢烟客为先。

谢烟客瞧瞧石中玉,又瞧瞧石破天,好生难以委决,以言语举止而论,那是石破天较像狗杂种,但他适才一把拉退白万剑的高深武功,迥非当日摩天崖这乡下少年之所能,分手不过数月,焉能精进如是?突然间他青气满脸,绽舌大喝:"你们这两个小子,到底哪一个是狗杂种?"这一声断喝,屋顶灰泥又是簌簌而落,眼见他举手间便要杀人。

石中玉不知"狗杂种"三字是石破天的真名,只道谢烟客大怒之下破口骂人,心想计谋既给他识破,只有硬着头皮混赖,挨得一时是一时,然后俟机脱逃,当即说道:"我不是,他,他是狗杂种!"谢烟客向他瞪目而视,嘿嘿冷笑,道:"你真的不是狗杂种?"石中玉给他瞧得全身发毛,忙道:"我不是。"

谢烟客转头向石破天道:"那么你才是狗杂种?"石破天点头道:"是啊,老伯伯,我那日在山上练你教我的功夫,忽然全身发冷发热,痛苦难当,便昏了过去,这一醒转,古怪事情却一件接着一件而来。老伯伯,你这些日子来可好吗?不知是谁给你洗衣煮饭。我时常记挂你,想到我不能给你洗衣煮饭,可苦了你啦。"言语中充满关怀之情。

谢烟客更无怀疑,心想:"这傻小子对我倒真还不错。"转头向石中玉道:"你冒充此人,却来消遣于我,嘿嘿,胆子不小哇,胆子不小!"

石清、闵柔见他脸上青气一显而隐,双目精光大盛,知道儿子欺骗了他,自令他怒不可遏,只要一伸手,儿子立时便尸横就地,忙不迭双双跃出,拦在儿子身前。闵柔颤声说道:"谢先生,你大人大量,原谅这小儿无知,我……我教他向你磕头陪罪!"

谢烟客心中烦恼,为石中玉所欺尚在其次,只是这么一来,玄铁令誓言的了结又是没了着落,冷笑道:"谢某为竖子所欺,岂是磕几个头便能了事?退开!"他"退开"两字一出口,双袖拂出,两股大力排山倒海般推去。石清、闵柔的内力虽非泛泛,竟也是立足不稳,分向左右跌出数步。

石破天见闵柔惊惶无比,眼泪已夺眶而出,忙叫:"老伯伯,不可杀他!"

谢烟客右掌蓄势,正待击出,其时便是大厅上数十人一齐阻挡,也未必救得了石中玉的性命,但石破天这一声呼喝,对谢烟客而言却是无可违抗的严令。他怔了一怔,回头问道:"你要我不可杀他?"心想饶了这卑鄙少年的一命,便算完偿了当年誓愿,那倒是轻易之极的事,不由得脸露喜色。

石破天道:"是啊,这人是石庄主、石夫人的儿子。叮叮当当也很喜欢他。不过……不过……这人行为不好,他欺侮过阿绣,又爱骗人,做长乐帮帮主之时,又做了许多坏事。"

谢烟客道:"你说要我不可杀他?"他虽是武功绝顶的一代枭杰,说这句话时,声音竟也有些发颤,惟恐石破天变卦。

石破天道:"不错,请你不可杀他。不过这人老是害人,最好你将他带在身边,教他学好,等他真的变了好人,才放他离开你。老伯伯,你心地最好,你带了我好几年,又教我练功夫。自从我找不到妈妈后,全靠你养育我长大。这位石大哥只要跟随着你,你定会好好照料他,他就会变成个好人了。"

"心地最好"四字用之于谢烟客身上,他初一入耳,不由得大为愤怒,只道石破天出言讥刺,脸上青气又现,但转念一想,不由得啼笑皆非,眼见石破天说这番话时一片至诚,回想数年来和他在摩天崖共处,自己处处机心对他,他却始终天真烂漫,绝无半分猜疑,别来数月,他兀自以不能为自己洗衣煮饭为歉,料想他失母之后,对己依恋,因之事事皆往好处着想,自己授他"炎炎功"原是意在取他性命,他却深自感恩,此刻又来要自己去管教石中玉,心道:"傻小子胡说八道,谢某是个独往独来、矫矫不群的奇男子,焉能为这卑贱少年所累?"说道:"我本该答允为你做一件事,你要我不杀此人,我依了你便是。咱们就此别过,从此永不相见。"

石破天道:"不,不,老伯伯,你若不好好教他,他又要去骗人害人,终于会给旁人杀了,又惹得石夫人和叮叮当当伤心。求你教他、看着他,只要他不变好人,你就不放他离开你。我妈本来教我不可求人什么事。不过……不过这件事太关要紧,我只得求求你了。"

谢烟客皱起眉头,心想这件事婆婆妈妈,说难是不难,说易却也着实不易,自己本就不是好人,如何能教人学好?何况石中玉这少年奸诈浮滑,就是由孔夫子来教,只怕也未必能教得他成为好人,倘若答允了此事,岂不是身后永远拖着一个大累赘?他连连摇头，说道："不成，这件事我干不了。你另出题目罢，再难的，我也去给你办。"

石清突然哈哈大笑，说道："人道摩天居士言出如山，玄铁令这才名动江湖。早知玄铁令主会拒人所求，那么侯监集上这许多条人命，未免也送得太冤了。"

谢烟客双眉陡竖，厉声道："石庄主此言何来？"

石清道："这位小兄弟求你管教犬子，原是强人所难。只是当日那枚玄铁令，确是由这小兄弟交在谢先生手中，其时在下夫妇亲眼目睹，这里耿兄、王兄、柯兄、花姑娘等几位也都是见证。素闻摩天居士言诺重于千金，怎地此刻这位小兄弟出言相求，谢先生却推三阻四起来？"谢烟客怒道："你会生儿子，怎地不会管教？这等败坏门风的不肖之子，不如一掌毙了干净！"石清道："犬子顽劣无比，若不得严师善加琢磨，决难成器！"谢烟客怒道："琢你的鬼！我带了这小子去，不到三日，便琢得他人不像人，鬼不像鬼！"

闵柔向石清连使眼色，叫道："师哥！"心想儿子给谢烟客这大魔头带了去，定是凶多吉少，要丈夫别再以言语相激。岂知石清只作不闻，说道："江湖上英雄好汉说起玄铁令主人，无不翘起大拇指赞一声'好！'端的是人人钦服。想那背信违誓之行，岂是大名鼎鼎的摩天居士之所为？"

谢烟客给他以言语僵住了，知道推搪不通世务的石破天易，推搪这阅历丰富的石庄主却为难之极，这圈子既已套到了头上，只有认命，说道："好，谢某这下半生，只有给你这狗杂种累了。"似是说石破天，其实是指石中玉而言。

他绕了弯子骂人，石清如何不懂，却只微笑不语。闵柔脸上一红，随即又变得苍白。

谢烟客向石中玉道："小子，跟着我来，你不变成好人，老子每天剥掉你三层皮。"石中玉甚是害怕,瞧瞧父亲,瞧瞧母亲,又瞧瞧石破天,只盼他改口。

石破天却道:"石大哥,你不用害怕,谢先生假装很凶,其实他是最好的人。你只要每天煮饭烧菜给他吃,给他洗衣、种菜、打柴、养鸡,他连手指头儿也不会碰你一碰。我跟了他好几年,他待我就像是我妈妈一样,还教我练功夫呢。"

谢烟客听他将自己比作他母亲,不由得长叹一声,心道:"你母亲是个疯婆子,把自己儿子取名为狗杂种。你这小子,竟把江湖上闻名丧胆的摩天居士比作了疯婆子!"

石中玉肚中更是连珠价叫起苦来:"你叫我洗衣、种菜、打柴、养鸡,那不是要了我命么?还要我每天煮饭烧菜给这魔头吃,我又怎么会煮饭烧菜?"

石破天又道:"石大哥,谢先生的衣服若是破了,你得赶紧给他缝补。还有,谢先生吃菜爱掉花样,最好十天之内别煮同样的菜肴。"

谢烟客嘿嘿冷笑,说道:"石庄主,贤夫妇在侯监集上,也曾看中了我这枚玄铁令。难道当时你们心目之中,就在想聘谢某为西宾,替你们管教这位贤公子么?"他口中对石清说话,一双目光,却是直上直下的在石中玉身上扫射。石中玉在这双闪电般的眼光之下,便如老鼠见猫,周身俱软,只吓得魂不附体。

石清道:"不敢。不瞒谢先生说,在下夫妇有一大仇,杀了我们另一个孩子。此人从此隐匿不见,十余年来在下夫妇遍寻不得。"谢烟客道:"当时你们若得玄铁令,便欲要我去代你们报却此仇?"石清道:"报仇不敢劳动大驾,但谢先生神通广大,当能查到那人的下落。"谢烟客道:"这玄铁令当日若是落在你们夫妇手中,谢某可真要谢天谢地了。"

石清深深一揖,说道:"犬子得蒙栽培成人,石清感恩无极。

我夫妇此后馨香祷祝，愿谢先生长命百岁。"语意既极谦恭，亦是诚恳之至。

谢烟客"呸"的一声，突然伸手取下背上一个长长的包袱，当的一声响，抛在地下，左手一探，抓住石中玉的右腕，纵身出了大厅。但听得石中玉尖叫之声，倏忽远去，顷刻间已在十数丈外。

各人骇然相顾之际，丁璫伸出手来，拍的一声，重重打了石破天一个耳光，大叫："天哥，天哥！"飞身追出。石破天抚着面颊，愕然道："叮叮当当，你为什么打我？"

石清拾起包袱，在手中一掂，已知就里，打开包袱，赫然是自己夫妇那对黑白双剑。

闵柔丝毫不以得剑为喜，含着满泡眼泪，道："师……师哥，你为什么让玉儿……玉儿跟了他去？"石清叹了口气，道："师妹，玉儿为什么会变成这等模样，你可知道么？"闵柔道："你……你又怪我太宠了他。"说了这句话，眼泪扑簌簌的流下。

石清道："你对玉儿本已太好，自从坚儿给人害死，你对玉儿更是千依百顺。我见他小小年纪，已是顽劣异常，碍着你在眼前，我实在难以管教，这才硬着心肠送他上凌霄城来。岂知他本性太坏，反而累得我夫妇无面目见雪山派的诸君。谢先生的心计胜过玉儿，手段胜过玉儿，以毒攻毒，多半有救，你放心好啦。摩天居士行事虽然任性，却是天下第一信人，这位小兄弟要他管教玉儿，他定会设法办到。"闵柔道："可是……可是，玉儿从小娇生惯养，又怎会煮饭烧菜……"话声哽咽，又流下泪来。

石清道："他诸般毛病，正是从娇生惯养而起。"见白万剑等人纷纷奔向内堂，知是去报知白自在和史婆婆，俯身在妻子耳畔低声道："玉儿若不随谢先生而去，此间之事，未必轻易便能了结。雪山派的内祸由玉儿而起，他们岂肯善罢干休？"

闵柔一想不错，这才收泪，向石破天道："你又救了我儿子性命，我……我真不知……偏生你这般好，他又这般坏。我若有你……有你这样……"她本想说："我若有你这样一个儿子，可有多好。"话到口边，终于忍住了。

石破天见石中玉如此得她爱怜，心下好生羡慕，想起她两度错认自己为子，也曾对自己爱惜得无微不至，自己母亲不知到了何处，而母亲待己之情，可和闵柔对待儿子大大不同，不由得黯然神伤。

闵柔道："小兄弟，你怎会乔装玉儿，一路上瞒住了我们！"石破天脸上一红，说道："那是叮叮当当……"

突然间王万仞气急败坏的奔将进来，叫道："不……不好了，师父不见啦。"厅上众人都吃了一惊，齐问："怎么不见了？"王万仞只叫："师父不见了。"

阿绣一拉石破天的袖子，道："咱们快去！"两人急步奔向石牢。到得牢外，只见甬道中挤满了雪山弟子。各人见到阿绣，都让出路来。两人走进牢中，但见白万剑夫妇二人扶住史婆婆坐在地下。阿绣忙道："爹、妈，奶奶……怎么了？受了伤么？"

白万剑满脸杀气，道："有内奸，妈是给本门手法点了穴道。爹给人劫了去，你瞧着奶奶，我去救爹。"说着纵身便出。迎面只见一名三支的弟子，白万剑气急之下，重重一推，将他直甩出去，大踏步走出。

阿绣道："大哥，你帮奶奶运气解穴。"石破天道："是！"这推血过宫的解穴之法史婆婆曾教过他，当即依法施为，过不多时便解了她被封的三处大穴。

史婆婆叫道："大伙儿别乱，是掌门人点了我穴道，他自己走的！"

众人一听，尽皆愕然，都道："原来是掌门人亲手点的穴道，难怪连白师哥一时也解不开。"这时雪山派的掌门人到底该算是谁，大家都弄不清楚，平日叫惯白自在为掌门人，便也都沿此旧称。本来均疑心本派又生内变，难免再有一场喋血厮杀，待听得是夫妻吵闹，众人当即宽心，迅速传话出去。

白万剑得到讯息，又赶了回来，道："妈，到底是怎么回事？"语音之中，颇含不悦。这几日种种事情，弄得这精明练达的"气寒西北"犹如没头苍蝇相似，眼前之事，偏又是自父母身上而起，空有满腔闷气，却又如何发泄？

史婆婆怒道："你又没弄明白，怎地怪起爹娘来？"白万剑道："孩儿不敢。"史婆婆道："你爹全是为大家好，他上侠客岛去了。"白万剑惊道："爹上侠客岛去？为什么？"

史婆婆道："为什么？你爹才是雪山派真正的掌门人啊。他不去，谁去？我来到牢中，跟你爹说，他在牢中自囚一辈子，我便陪他坐一辈子牢，只是侠客岛之约，却不知由谁去才好。他问起情由，我一五一十的都说了。他道：'我是掌门人，自然是我去。'我劝他从长计议，图个万全之策。他道：'我对不起雪山派，害死了这许多无辜弟子，还有两位大夫，我恨不得一头撞死了。我只有去为雪山派而死，赎我的大罪，我夫人、儿子、媳妇、孙女、孙女婿、众弟子才有脸做人。'他伸手点了我几处穴道，将两块邀宴铜牌取了去，这会儿早就去得远了。"

白万剑道："妈，爹爹年迈，身子又未曾复元，如何去得？该由儿子去才是。"

史婆婆森然道："你到今日，还是不明白自己的老子。"说着迈步走出石牢。

白万剑道："妈，你……你去哪里？"史婆婆道："我是金乌派掌门人，也有资格去侠客岛。"白万剑心乱如麻，寻思："大伙儿都去一拼，尽数死在侠客岛上，也就是了。"

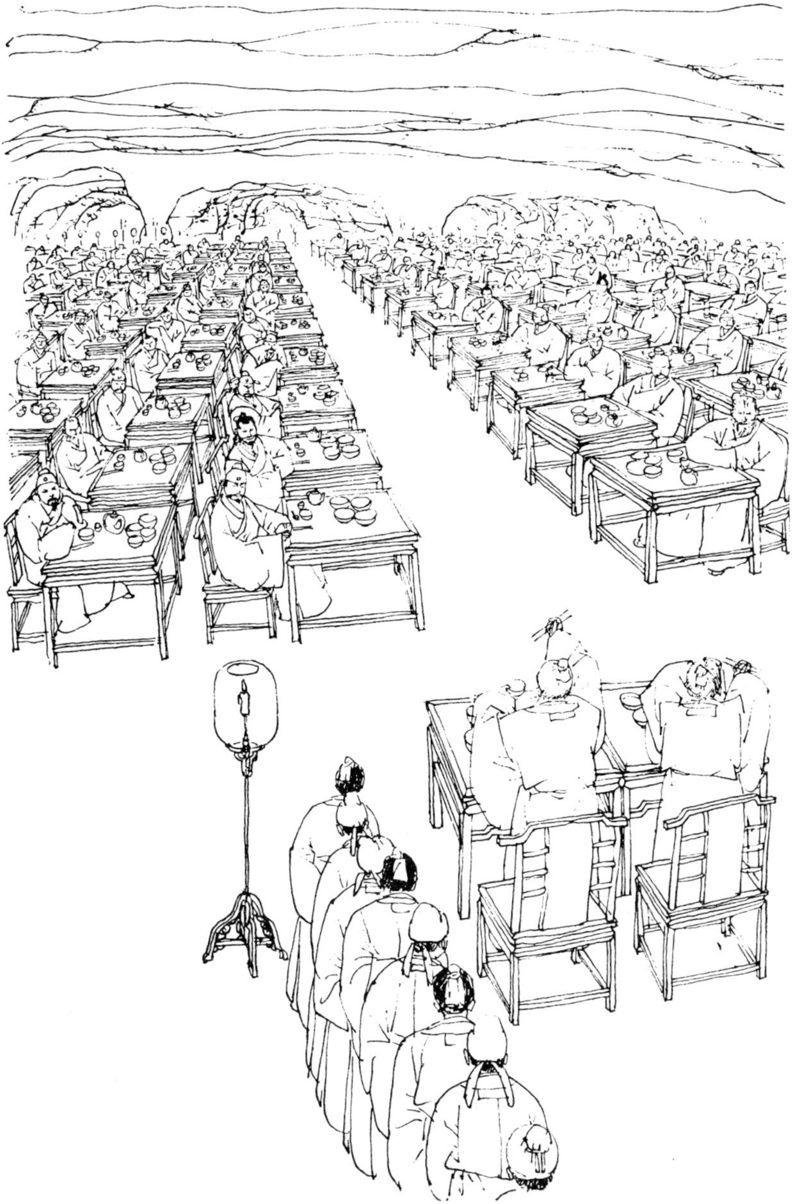

龙岛主道："这腊八粥中,最主要的一味是'断肠蚀骨腐心草'。请,请,不用客气。"说着和木岛主左手各端粥碗,右手举箸相邀。

十九

腊八粥

十二月初五,史婆婆率同石清、闵柔、白万剑、石破天、阿绣、成自学、齐自勉、梁自进等一行人,来到南海之滨的一个小渔村中。

史婆婆离开凌霄城时,命耿万锺代行掌门和城主之职,由汪万翼、呼延万善为辅。风火神龙封万里参与叛师逆谋,虽为事势所迫,但白万剑等长门弟子却再也不去理他。史婆婆带了成自学、齐自勉、梁自进三人同行,是为防各支子弟再行谋叛生变。廖自砺身受重伤,武功全失,已不足为患。

在侠客岛送出的两块铜牌反面,刻有到达该渔村的日期、时辰和路径。想来每人所得之铜牌,镌刻的聚会时日与地点均有不同,是以史婆婆等一行人到达之后,发觉渔村中空无一人,固不见其他江湖豪士,白自在更无踪迹可寻,甚至海边连渔船也无一艘。

各人暂在一间茅屋中歇足。到得傍晚时分,忽有一名黄衣汉子,手持木桨,来到渔村之中,朗声说道:"侠客岛迎宾使,奉岛主之命,恭请长乐帮石帮主启程。"

史婆婆等闻声从屋中走出。那汉子走到石破天身前,躬身行礼,说道:"这位想必是石帮主了。"石破天道:"正是。阁下贵姓?"那人道:"小人姓赵,便请石帮主登程。"石破天道:"在下有几位师长朋友，想要同赴贵岛观光。"那人道："这就为难了。小舟不堪重载。岛主颁下严令，只迎接石帮主一人前往，若是多载一人，小舟固须倾覆，小人也是首级不保。"

史婆婆冷笑道："事到如今，只怕也由不得你了。"说着欺身而上，手按刀柄。

那人对史婆婆毫不理睬，向石破天道："小人领路，石帮主请。"转身便行。石破天和史婆婆、石清等都跟随其后。只见他沿着海边而行，转过两处山坳，沙滩边泊着一艘小舟。这艘小舟宽不过三尺，长不过六尺，当真是小得无可再小，是否能容得下两人都很难说，要想多载一人，显然无法办到。

那人说道："各位要杀了小人，原只一举手之劳。哪一位若是识得去侠客岛的海程，尽可带同石帮主前去。"

史婆婆和石清面面相觑，没想到侠客岛布置得如此周密，连多去一人也是决不能够。各人只听过侠客岛之名，至于此岛在南在北，邻近何处，却从未听到过半点消息，何况这"侠客岛"三字，十九也非本名，纵是出惯了洋的舟师海客也未必知晓，茫茫大海之中，却又如何找去？极目四望，海中不见有一艘船只，亦无法驾舟跟踪。

史婆婆惊怒之下，伸掌便向那汉子头顶拍去，掌到半途，却又收住，向石破天道："徒儿，你把铜牌给我，我代你去，老婆子无论如何要去跟老疯子死在一起。"

那黄衣汉子道："岛主有令，若是接错了人，小人处斩不在话下，还累得小人父母妻儿尽皆斩首。"

史婆婆怒道："斩就斩好了，有什么希罕？"话一出口，心中便想："我自不希罕，这家伙却是希罕的。"当下另生一计，说道："徒儿，那么你把长乐帮帮主的位子让给我做，我是帮主，他就不算是接错了人。"

石破天踌躇道:"这个……恐怕……"

那汉子道:"赏善罚恶二使交代得清楚,长乐帮帮主是位年方弱冠的少年英雄,不是年高德劭的婆婆。"史婆婆怒道:"放你的狗屁!你又怎知我年高德劭了?我年虽高,德却不劭!"那人微微一笑,径自走到海边,解了船缆。

史婆婆叹了口气,道:"好,徒儿,你去罢,你听师父一句话。"石破天道:"自当遵从师父吩咐。"史婆婆道:"若是有一线生机,你千万要自行脱逃,不能为了相救爷爷而自陷绝地。此是为师的严令,决不可违。"

石破天愕然不解:"为什么师父不要我救她丈夫?难道她心里还在记恨么?"心想爷爷是非救不可的,对史婆婆这句话便没答应。

史婆婆又道:"你去跟老疯子说,我在这里等他三个月,到得明年三月初八,他若不到这里会我,我便跳在海里死了。他如再说什么去碧螺山的鬼话,我就做厉鬼也不饶他。"石破天点头道:"是!"

阿绣道:"大哥,我……我也一样,我在这里等你三个月。你如不回来,我就……也跟着奶奶跳海。"石破天心中又是甜蜜,又是凄苦,忙道:"你不用这样。"阿绣道:"我要这样。"这四个字说得声音甚低,却是充满了一往无悔的坚决之意。

闵柔道:"孩子,但愿你平安归来,大家都在这里为你祝祷。"石破天道:"石夫人你自己保重,不用为你儿子担心,他跟着谢先生会变好的。你也不用为我担心,我这个长乐帮帮主是假的,说不定他们会放我回来。张三、李四又是我结义兄长,真有危难,他们也不能见死不救。"闵柔道:"但愿如此。"心中却想:"这孩子不知武林中人心险恶,这种金兰结义,岂能当真?"

石清道:"小兄弟,在岛上若是与人动手,你只管运起内力蛮打,不必理会什么招数刀法。"他想石破天内力惊人,一线生机,

·531·

全系于此。石破天道:"是。多谢石庄主指点。"

白万剑拉着他手,说道:"贤婿,咱们是一家人了。我父年迈,你务必多照看他些。"石破天听他叫自己为"贤婿",不禁脸上一红,道:"这个我理会得。"

只有成自学、齐自勉、梁自进三人却充满了幸灾乐祸之心,均想:"三十年来,已有三批武林高手前赴侠客岛,可从没听见有一人活着回来,你这小子不见得三头六臂,又怎能例外?"但也分别说了些"小心在意"、"请照看着掌门人"之类敷衍言语。

当下石破天和众人分手,走向海滩。众人送到岸边,阿绣和闵柔两人早已眼圈儿红了。

史婆婆突然抢到那黄衣汉子身前,拍的一声,重重打了他一个耳光,喝道:"你对尊长无礼,教你知道些好歹!"

那人竟不还手,抚着被打的面颊,微微一笑,踏入小舟之中。石破天向众人举手告别,跟着上船。那小舟载了二人,船边离海水已不过数寸,当真再不能多载一人,幸好时当寒冬,南海中风平浪静,否则稍有波涛,小舟难免倾覆。侠客岛所以选定腊月为聚会之期,或许便是为此。

那汉子划了几桨,将小舟划离海滩,掉转船头,扯起一张黄色三角帆,吃上了缓缓拂来的北风,向南进发。

石破天向北而望,但见史婆婆、阿绣等人的身形渐小,兀自站在海滩边的悬崖上凝望。直到每个人都变成了微小的黑点,终于再不可见。

入夜之后,小舟转向东南。在海中航行了三日,到第四日午间,屈指正是腊月初八,那汉子指着前面一条黑线,说道:"那便是侠客岛了。"

石破天极目瞧去,也不见有何异状,一颗心却忍不住怦怦而跳。

又航行了一个多时辰,看到岛上有一座高耸的石山,山上郁郁苍苍,生满树木。申牌时分,小舟驶向岛南背风处靠岸。那汉子道:"石帮主请!"只见岛南是好大一片沙滩,东首石崖下停泊着四十多艘大大小小船只。石破天心中一动:"这里船只不少,若能在岛上保得性命,逃到此处抢得一艘小船,脱险当亦不难。"当下跃上岸去。

那汉子提了船缆,跃上岸来,将缆索系在一块大石之上,从怀中取出一只海螺,呜呜呜的吹了几声。过不多时,山后奔出四名汉子,一色黄布短衣,快步走到石破天身前,躬身说道:"岛主在迎宾馆恭候大驾,石帮主这边请。"

石破天关心白自在,问道:"雪山派掌门人威德先生已到了么?"为首的黄衣汉子说道:"小人专职侍候石帮主,旁人的事就不大清楚。石帮主到得迎宾馆中,自会知晓。"说着转过身来,在前领路。石破天跟随其后。余下四名黄衣汉子离开了七八步,跟在他身后。

转入山中后,两旁都是森林,一条山径穿林而过。石破天留神四周景色,以备脱身逃命时不致迷了道路。行了数里,转入一条岩石嶙峋的山道,左临深涧,涧水湍急,激石有声。一路沿着山涧渐行渐高,转了两个弯后,只见一道瀑布从十余丈高处直挂下来,看来这瀑布便是山涧的源头。

那领路汉子在路旁一株大树后取下一件挂着的油布雨衣,递给石破天,说道:"迎宾馆建在水乐洞内,请石帮主披上雨衣,以免溅湿了衣服。"

石破天接过穿上,只见那汉子走近瀑布,纵身跃了进去,石破天跟着跃进。里面是一条长长的甬道,两旁点着油灯,光线虽暗,却也可辨道路,当下跟在他身后行去。甬道依着山腹中天然洞穴修凿而成,人工开凿处甚是狭窄,有时却豁然开阔,只觉渐行渐低,

·533·

洞中出现了流水之声，琮琮琤琤，清脆悦耳，如击玉磬。山洞中支路甚多，石破天用心记忆。

在洞中行了两里有多，眼前赫然出现一道玉石砌成的洞门，门额上雕有三个大字，石破天问道："这便是迎宾馆么？"那汉子道："正是。"心下微觉奇怪："这里写得明明白白，又何必多问？不成你不识字？"殊不知石破天正是一字不识。

走进玉石洞门，地下青石板铺得甚是整齐。那汉子将石破天引进左首一个石洞，说道："石帮主请在此稍歇，待会筵席之上，岛主便和石帮主相见。"

洞中桌椅俱全，三枝红烛照耀得满洞明亮。一名小僮奉上清茶和四色点心。

石破天一见到饮食，便想起南来之时，石清数番谆谆叮嘱："小兄弟，三十年来，无数身怀奇技的英雄好汉去到侠客岛，竟无一个活着回来。想那侠客岛上人物虽然了得，总不能将这许多武林中顶尖儿的豪杰之士一网打尽。依我猜想，岛上定是使了卑鄙手段，不是设了机关陷阱，便是在饮食中下了剧毒。他们公然声言请人去喝腊八粥，这碗腊八粥既是众目所注，或许反而无甚古怪，倒是寻常的清茶点心、青菜白饭，却不可不防。只是此理甚浅，我石清既想得到，那些名门大派的首脑人物怎能想不到？他们去侠客岛之时，自是备有诸种解毒药物，何以终于人人俱遭毒手，实令人难以索解。你心地仁厚，或者吉人天相，不致遭受恶报，一切只有小心在意了。"

他想到石清的叮嘱，但闻到点心香气，寻思："肚子可饿得狠了，终不成来到岛上，什么都不吃不喝？张三、李四两位哥哥和我金兰结义，曾立下重誓，有福共享，有难同当，他们若要害我，岂不是等于害了自己？"当下将烧卖、春卷、煎饼、蒸糕四碟点心，吃了个风卷残云，一件也不剩，一壶清茶也喝了大半。

在洞中坐了一个多时辰，忽听得钟鼓丝竹之声大作。那引路的汉子走到洞口，躬身说道："岛主请石帮主赴宴。"石破天站起身来，跟着他出去。

穿过几处石洞后，但听得钟鼓丝竹之声更响，眼前突然大亮，只见一座大山洞中点满了牛油蜡烛，洞中摆着一百来张桌子。宾客正络绎进来。这山洞好大，虽摆了这许多桌子，仍不见挤迫。数百名黄衣汉子穿梭般来去，引导宾客入座。所有宾客都是各人独占一席，亦无主方人士相陪。众宾客坐定后，乐声便即止歇。

石破天四下顾望，一眼便见到白自在巍巍踞坐，白发萧然，却是神态威猛，杂坐在众英雄间，只因身材特高，颇有鹤立鸡群之意。那日在石牢之中，昏暗朦胧，石破天没瞧清楚他的相貌，此刻烛光照映之中，但见这位威德先生当真便似庙中神像一般形相庄严，令人肃然起敬，便走到他身前，说道："爷爷，我来啦！"

大厅上人数虽多，但主方接待人士固尽量压低嗓子说话，所有来宾均想到命在顷刻，人人心头沉重，又震于侠客岛之威，更是谁都不发一言。石破天这么突然一叫，每个人的目光都向他瞧去。

白自在哼了一声，道："不识好歹的小鬼，你可累得我外家的曾孙也没有了。"

石破天一怔，过了半晌，才明白他的意思，原来说他也到侠客岛来送死，就不能和阿绣成亲生子，说道："爷爷，奶奶在海边的渔村中等你，她说等你三个月，要是到三月初八还不见你的面，她……她就投海自尽。"白自在长眉一竖，道："她不到碧螺山去？"石破天道："奶奶听你这么说，气得不得了，她骂你……骂你……"白自在道："骂我什么？"石破天道："她骂你是老疯子呢。她说丁不四这轻薄鬼嚼嘴弄舌，造谣骗人，你这老疯子脑筋不灵，居然便信了他的。奶奶说几时见到丁不四，定要使金乌刀法砍下他一条臂膀，再割下他的舌头。"白自在哈哈大笑，道："不错,不错,正该如此。"

突然间大厅角落中一人呜呜咽咽的说道:"她为什么这般骂我?我几时轻薄过她?我对她一片至诚,到老不娶,她……她却心如铁石,连到碧螺山走一步也不肯。"

石破天向话声来处瞧去,只见丁不四双臂撑在桌上,全身发颤,眼泪簌簌而下。石破天心道:"他也来了。年纪这般大,还当众号哭,却不怕羞?"

若在平时,众英雄自不免群相讪笑,但此刻人人均知噩运将临,心下俱有自伤之意,恨不得同声一哭,是以竟无一人发出笑声。这干英雄豪杰不是名门大派的掌门,便是一帮一会之主,毕生在刀剑头上打滚过来,"怕死"二字自是安不到他们身上,然而一刀一枪的性命相搏,未必便死,何况自恃武功了得,想到的总是敌亡己生。这一回的情形却大不相同,明知来到岛上非死不可,可又不知如何死法。必死之命再加上疑惧之意,比之往日面临大敌、明枪交锋的情景,却是难堪得多了。

忽然西边角落中一个嘶哑的女子口音冷笑道:"哼,哼!什么一片至诚,到老不娶?丁不四,你好不要脸!你对史小翠倘若真是一片至诚,为什么又跟我姊姊生下个女儿?"

霎时间丁不四满脸通红,神情狼狈之极,站起身来,问道:"你……你……你是谁?怎么知道?"那女子道:"她是我亲姊姊,我怎么不知道?那女孩儿呢,死了还是活着?"

腾的一声,丁不四颓然坐落,跟着喀的一响,竟将一张梨木椅子震得四腿俱断。

那女子厉声问道:"那女孩儿呢?死了还是活着?快说。"丁不四喃喃的道:"我……我怎知道?"那女子道:"姊姊临死之时,命我务必找到你,问明那女孩儿的下落,要我照顾这个女孩。你……你这狼心狗肺的臭贼,害了我姊姊一生,却还在记挂别人的老婆。"

丁不四脸如土色，双膝酸软，他坐着的椅子椅脚早断，全仗他双腿支撑，这么一来，身子登时向下坐落，幸好他武功了得，足下轻轻一弹，又即站直。

那女子厉声道："到底那女孩子是死是活？"丁不四道："二十年前，她是活的，后来可不知道了。"那女子道："你为什么不去找她？"丁不四无言可答，只道："这个……这个……可不容易找。有人说她到了侠客岛，也不知是不是。"

石破天见那女子身材矮小，脸上蒙了一层厚厚的黑纱，容貌瞧不清楚，但不知如何，这个强凶霸道、杀人不眨眼的丁不四，见了她竟十分害怕。

突然间钟鼓之声大作，一名黄衫汉子朗声说道："侠客岛龙岛主、木岛主两位岛主肃见嘉宾。"

众来宾心头一震，人人直到此时，才知侠客岛原来有两个岛主，一个姓龙，一个姓木。

中门打开，走出两列高高矮矮的男女来，右首的一色穿黄，左首的一色穿青。那赞礼人叫道："龙岛主、木岛主座下众弟子，谒见贵宾。"

只见那两个分送铜牌的赏善罚恶使者也杂在众弟子之中，张三穿黄，排在右首第十一，李四穿青，排在左首第十三，在他二人身后，又各有二十余人。众人不由得都倒抽了一口凉气。张三、李四二人的武功，大家都曾亲眼见过，哪知他二人尚有这许多同门兄弟，想来各同门的功夫和他们也均在伯仲之间，都想："难怪三十年来，来到侠客岛的英雄好汉个个有来无回。且不说旁人，单只须赏善罚恶二使出手，我们这些中原武林的成名人物，又有哪几个能在他们手底走得到二十招以上？"

两列弟子分向左右一站,一齐恭恭敬敬的向群雄躬身行礼。群雄忙即还礼。张三、李四二人在中原分送铜牌之时,谈笑杀人,一举手间,往往便将整个门派帮会尽数屠戮,此刻回到岛上,竟是目不斜视,恭谨之极。

细乐声中,两个老者并肩缓步而出,一个穿黄,一个穿青。那赞礼的喝道:"敝岛岛主欢迎列位贵客大驾光降。"龙岛主与木岛主长揖到地,群雄纷纷还礼。

那身穿黄袍的龙岛主哈哈一笑,说道:"在下和木兄弟二人僻处荒岛,今日得见众位高贤,大感荣宠。只是荒岛之上,诸物简陋,款待未周,各位见谅。"说来声音十分平和,这侠客岛孤悬南海之中,他说的却是中州口音。木岛主道:"各位请坐。"他语音甚尖,似是闽广一带人氏。

待群雄就座后,龙木两位岛主才在西侧下首主位的一张桌旁坐下。众弟子却无坐位,各自垂手侍立。

群雄均想:"侠客岛请客十分霸道,客人倘若不来,便杀他满门满帮,但到得岛上,礼仪却又甚是周到,假惺惺的做作,倒也似模似样,且看他们下一步又出什么手段。"有的则想:"囚犯拉出去杀头之时,也要给他吃喝一顿,好言安慰几句。眼前这宴会,便是我们的杀头羹饭了。"

众人看两位岛主时,见龙岛主须眉全白,脸色红润,有如孩童;那木岛主的长须稀稀落落,兀自黑多白少,但一张脸却满是皱纹。二人到底多大年纪,委实看不出来,总是在六十岁到九十岁之间,如说两人均已年过百岁,也不希奇。

各人一就座,岛上执事人等便上来斟酒,跟着端上菜肴。每人桌上四碟四碗,八色菜肴,鸡、肉、鱼、虾,煮得香气扑鼻,似也无甚异状。

石破天静下心来,四顾分坐各桌的来宾,见上清观观主天虚道人到了；关东四大门派的范一飞、凤良、吕正平、高三娘子也到了。这些人心下惴惴，和石破天目光相接时都只点了点头，却不出声招呼。

龙木二岛主举起酒杯，说道："请！"二人一饮而尽。

群雄见杯中酒水碧油油地，虽然酒香甚冽，心中却各自嘀咕："这酒中不知下了多厉害的毒药。"大都举杯在口唇上碰了一碰，并不喝酒，只有少数人心想："对方要加害于我，不过举手之劳，酒中有毒也好，无毒也好，反正是个死，不如落得大方。"当即举杯喝干，在旁侍候的仆从便又给各人斟满。

龙木二岛主敬了三杯酒后，龙岛主左手一举。群仆从内堂鱼贯而出，各以漆盘托出一大碗、一大碗热粥，分别放在众宾客面前。

群雄均想："这便是江湖上闻名色变的腊八粥了。"只见热粥蒸气上冒，兀自有一个个气泡从粥底钻将上来，一碗粥尽作深绿之色，瞧上去说不出的诡异。本来腊八粥内所和的是红枣、莲子、芡实、龙眼干、赤豆之类，但眼前粥中所和之物却菜不像菜，草不像草，有些似是切成细粒的树根，有些似是压成扁片的木薯，药气极浓。群雄均知，毒物大都呈青绿之色，这一碗粥深绿如此，只映得人面俱碧，药气刺鼻，其毒可知。

高三娘子一闻到这药味，心中便不禁发毛，想到在煮这腊八粥时，锅中不知放进了多少毒蛇、蜈蚣、蜘蛛、蝎子，忍不住便要呕吐，忙将粥碗推到桌边，伸袖掩住鼻子。

龙岛主道："各位远道光临，敝岛无以为敬。这碗腊八粥外边倒还不易喝到，其中最主要的一味'断肠蚀骨腐心草'，要开花之后效力方著。但这草隔十年才开一次花。我们总要等其开花之后，这才邀请江湖同道来此同享，屈指算来，这是第四回邀请。请，请，不用客气。"说着和木岛主左手各端粥碗，右手举箸相邀。

众人一听到"断肠蚀骨腐心草"之名，心中无不打了个突。虽然来到岛上之后，人人都没打算活着离去，但腊八粥中所含毒草的名称如此惊心动魄，这龙岛主竟尔公然揭示，不由得人人色为之变。

只见龙木二岛主各举筷子向众人划了个圆圈，示意遍请，便举碗吃了起来。群雄心想："你们这两碗粥中，放的自是人参燕窝之类的大补品了。"

忽见东首一条大汉霍地站起，戟指向龙木二人喝道："姓龙的、姓木的听着：我关西解文豹来到侠客岛之前，早已料理了后事。解某是顶天立地、铁铮铮的汉子，你们要杀要剐，姓解的岂能皱一皱眉头？要我吃喝这等肮脏的毒物，却万万不能！"

龙岛主一愕，笑道："解英雄不爱喝粥，我们岂敢相强？却又何必动怒？请坐。"

解文豹喝道："姓解的早豁出了性命不要。早死迟死，还不是个死？偏要得罪一下你们这些恃强横行、为祸人间的狗男女！"说着端起桌上热粥，向龙岛主劈脸掷去。

隔着两只桌子的一名老者突然站起，喝道："解贤弟不可动粗！"袍袖一拂，发出一股劲风，半空中将这碗粥挡了一挡。那碗粥不再朝前飞出，略一停顿，便向下摔落，眼见一只青花大海碗要摔成碎片，一碗粥溅得满地。一名在旁斟酒的侍仆斜身纵出，弓腰长臂，伸手将海碗抄起，其时碗底离地已不过数寸，真是险到了极处。

群雄忍不住高声喝采："好俊功夫！"采声甫毕，群雄脸上忧色更深，均想："一个侍酒的厮仆已具如此身手，我们怎能再活着回去？"各人心中七上八下，有的想到家中儿孙家产；有的想着尚有大仇未报；有的心想自己一死，本帮偌大基业不免就此风流云散；更有人深自懊悔，早算到侠客岛邀宴之期将届，何不及早在深山中躲了起来？一直总是存着侥幸之心，企盼邀宴铜牌不会递到自己手中，待得大祸临头，又盼侠客岛并非真如传闻中的厉害，待得此刻眼见那侍仆飞身接碗,连这最后一分的侥幸之心,终于也消失得无影无踪。

一个身材高瘦的中年书生站了起来,朗声道:"侠客岛主属下厮养,到得中原,亦足以成名立万。两位岛主若欲武林为尊,原是易如反掌,却又何必花下偌大心机,将我们召来?在下来到贵岛,自早不存生还之想,只是心中留着老大一个疑团,死不瞑目。还请二位岛主开导,以启茅塞,在下这便引颈就戮。"这番话原是大家都想说的,只是不及他如此文诌诌的说得十分得体,人人听了均觉深得我心,数百道目光又都射到龙木二岛主脸上。

龙岛主笑道:"西门先生不必太谦。"

群雄一听,不约而同的都向那书生望去,心想:"这人难道便是二十多年前名震江湖的西门秀才西门观止?瞧他年纪不过四十来岁,但二十多年前,他以一双肉掌击毙陕北七霸,三日之间,以一枝镔铁判官笔连挑河北八座绿林山寨,听说那时便已四十开外,自此之后,便即消声匿迹,不知存亡。瞧他年岁是不像,然复姓西门的本已不多,当今武林中更无另一个作书生打扮的高手,多半便是他了。"

只听龙岛主接着说道:"西门先生当年一掌毙七霸,一笔挑八寨……"(群雄均想:果然是他!)"……在下和木兄弟仰慕已久,今日得接尊范,岂敢对先生无礼?"

西门观止道:"不敢,在下昔年此等小事,在中原或可逞狂于一时,但在二岛主眼中瞧来,直如童子操刀,不值一哂。"

龙岛主道:"西门先生太谦了。尊驾适才所问,我二人正欲向各位分说明白。只是这粥中的'断肠蚀骨腐心草'乘热而喝,效力较高,各位请先喝粥,再由在下详言如何?"

石破天听着这二人客客气气的说话,成语甚多,倒有一半不懂,饥肠辘辘,早已饿得狠了,一听龙岛主如此说,忙端起粥碗,

·541·

唏哩呼噜的喝了大半碗，只觉药气虽然刺鼻，入口却甜甜的并不难吃，顷刻间便喝了个碗底朝天。

群雄有的心想："这小子不知天高地厚，徒逞一时之豪，就是非死不可，也不用抢着去鬼门关啊。"有的心想："左右是个死，像这位少年英雄那样，倒也干净爽快。"

白自在喝采道："妙极！我雪山派的孙女婿，果然与众不同。"时至此刻，他兀自觉得天下各门各派之中，毕竟还是雪山派高出一筹，石破天很给他挣面子。

自凌霄城石牢中的一场搏斗，白自在锐气大挫，自忖那"古往今来天下剑法第一、拳脚第一、内功第一、暗器第一的大英雄、大豪杰、大侠士、大宗师"这个头衔之中，"内功第一"四字势须删去；待见到那斟酒侍仆接起粥碗的身手，隐隐觉得那"拳脚第一"四字，恐怕也有点靠不住了，转念又想："侠客岛上人物未必武功真的奇高，这侍仆说不定便是侠客岛上的第一高手，只不过装作了侍仆模样来吓唬人而已。"

他见石破天漫不在乎的大喝毒粥，颇以他是"雪山派掌门的孙女婿"而得意，胸中豪气陡生，当即端起粥碗，呼呼有声的大喝了几口，顾盼自雄："这大厅之上，只有我和这小子胆敢喝粥，旁人哪有这等英雄豪杰？"但随即想道："我是第二个喝粥之人，就算是英雄豪杰，却也是天下第二了。我那头衔中'大英雄、大豪杰'六字，又非删除不可。"不由得大是沮丧，寻思："既然是喝毒粥，反正是个死，又何不第一个喝？现下成了'天下第二'，好生没趣。"

他在那里自怨自艾，龙岛主以后的话就没怎么听进耳中。龙岛主说的是："四十年前，我和木兄弟订交，意气相投，本想联手江湖，在武林中赏善罚恶，好好做一番事业，不意甫出江湖，便发现了一张地图。从那图旁所注的小字中细加参详，得悉图中所绘的无名荒岛之上,藏有一份惊天动地的武功秘诀……"

解文豹插口道:"这明明便是侠客岛了,怎地是无名荒岛?"那拂袖挡粥的老者喝道:"解兄弟不可打断了龙岛主的话头。"解文豹悻悻的道:"你就是拼命讨好,他也未必饶了你的性命。"

那老者大怒,端起腊八粥,一口气喝了大半碗,说道:"你我相交半生,你当我郑光芝是什么人?"解文豹大悔,道:"大哥,是我错了,小弟向你陪罪。"当即跪下,对着他磕了三个响头,顺手拿起旁边席上的一碗粥来,也是一口气喝了大半碗。郑光芝抢过去抱住了他,说道:"兄弟,你我当年结义,立誓不能同年同月同日生,但愿同年同月同日死。这番誓愿今日果然得偿,不枉了兄弟结义一场。"两人相拥在一起,又喜又悲,都流下泪来。

石破天听到他说"不能同年同月同日生、但愿同年同月同日死"之言,不自禁的向张三、李四二人瞧去。

张三、李四相视一笑,目光却投向龙岛主和木岛主。木岛主略一点首。张三、李四越众而出,各自端起一碗腊八粥,走到石破天席边,说道:"兄弟,请!"

石破天忙道:"不,不!两位哥哥,你们不必陪我同死。我只求你们将来去照看一下阿绣……"张三笑道:"兄弟,咱们结拜之日,曾经说道,他日有难共当,有福共享。你既已喝了腊八粥,我们做哥哥的岂能不喝?"说着和李四二人各将一碗腊八粥喝得干干净净,转过身来,躬身向两位岛主道:"谢师父赐粥!"这才回入原来的行列。

群雄见张三、李四为了顾念与石破天结义的交情,竟然陪他同死,比之本就难逃大限的郑光芝和解文豹更是难了万倍,心下无不钦佩。

白自在寻思:"像这二人,才说得上一个'侠'字。倘若我的结义兄弟服了剧毒,我白自在能不能顾念金兰之义,陪他同死?"

· 543 ·

想到这一节，不由得大为踌躇。又想："我既然有这片刻犹豫，就算终于陪人同死，那'大侠士'三字头衔，已未免当之有愧。"

只听得张三说道："兄弟，这里有些客人好像不喜欢这腊八粥的味儿，你若爱喝，不妨多喝几碗。"石破天饿了半天，一碗稀粥本原是不足驱饥，心想反正已经喝了，多一碗少一碗也无多大分别，斜眼向身边席上瞧去。

附近席上数人见到他目光射来，忙端起粥碗，纷纷说道："这粥气味太浓，我喝不惯。小英雄随便请用，不必客气。"眼见石破天一双手接不了这许多碗粥，生怕张三反悔，失去良机，忙不迭的将粥碗放到石破天桌上。石破天道："多谢！"一口气又喝了两碗。

龙岛主微笑点头，说道："这位解英雄说得不错，地图上这座无名荒岛，便是眼前各位处身所在的侠客岛了。不过侠客岛之名，是我和木兄弟到了岛上之后，这才给安上的。那倒也不是我二人狂妄僭越，自居侠客。其中另有缘故，各位待会便知。我们依着图中所示，在岛上寻找了十八天，终于找到了武功秘诀的所在。原来那是一首古诗的图解，含义极是深奥繁复。我二人大喜之下，便即按图解修习。

"唉！岂不知福兮祸所倚，我二人修习数月之后，忽对这图解中所示武功生了歧见，我说该当如此练，木兄弟却说我想法错了，须得那样练。二人争辩数日，始终难以说服对方，当下约定各练各的，练成之后再来印证，且看到底谁错。练了大半年后，我二人动手拆解，只拆得数招，二人都不禁骇然，原来……原来……"

他说到这里，神色黯然，住口不言。木岛主叹了一口长气，也大有郁郁之意。过了好一会，龙岛主才又道："原来我二人都练错了！"

群雄听了，心头都是一震，均想他二人的徒弟张三、李四武功已如此了得，他二人自然更是出神入化，深不可测，所修习的当然不会是寻常拳脚，必是最高深的内功，这内功一练错，小则走火入魔，重伤残废，大则立时毙命，最是要紧不过。

只听龙岛主道："我二人发觉不对，立时停手，相互辩难剖析，钻研其中道理。也是我二人资质太差，而图解中所示的功夫又太深奥，以致再钻研了几个月，仍是疑难不解。恰在此时，有一艘海盗船飘流到岛上，我兄弟二人将三名盗魁杀了，对余众分别审讯，作恶多端的一一处死，其余受人裹胁之徒便留在岛上。我二人商议，所以钻研不通这份古诗图解，多半在于我二人多年练武，先入为主，以致把练功的路子都想错了，不如收几名弟子，让他们来想想。于是我二人从盗伙之中，选了六名识字较多、秉性聪颖而武功低微之人，分别收为徒弟，也不传他们内功，只是指点了一些拳术剑法，便要他们去参研图解。

"哪知我的三名徒儿和木兄弟的三名徒儿参研得固然各不相同，甚而同是我收的徒儿之间，三人的想法也是大相径庭，木兄弟的三名徒儿亦复如此。我二人再仔细商量，这份图解是从李太白的一首古诗而来，我们是粗鲁武人，不过略通文墨，终不及通儒学者之能精通诗理，看来若非文武双全之士，难以真正解得明白。于是我和木兄弟分入中原，以一年为期，各收四名弟子，收的或是满腹诗书的儒生，或是诗才敏捷的名士。"

他伸手向身穿黄衣和青衣的七八名弟子一指，说道："不瞒诸位说，这几名弟子若去应考，中进士、点翰林是易如反掌。他们初时来到侠客岛，未必皆是甘心情愿，但学了武功，又去研习图解，却个个死心塌地的留了下来，都觉得学武练功远胜于读书做官。"

群雄听他说："学武练功远胜于读书做官。"均觉大获我心，许多人都点头称是。

龙岛主又道："可是这八名士人出身的弟子一经参研图解，各人的见地却又各自不同，非但不能对我与木兄弟有所启发，议论纷纭，反而让我二人越来越胡涂了。

"我们无法可施，大是烦恼，若说弃之而去，却又无论如何狠不起心。有一日，木兄弟道：'当今之世，说到武学之精博，无过于少林高僧妙谛大师，咱们何不请他老人家前来指教一番？'我道：'妙谛大师隐居十余年，早已不问世事，就只怕请他不到。'木兄弟道：'我们何不抄录一两张图解，送到少林寺去请他老人家过目？倘若妙谛大师置之不理，只怕这图解也未必有如何了不起的地方。咱们兄弟也就不必再去理会这劳什子了。'我道：'此计大妙，咱们不妨再录一份，送到武当山愚茶道长那里。少林、武当两派的武功各擅胜场，这两位高人定有卓见。'

"当下我二人将这图解中的第一图照式绘了，图旁的小字注解也抄得一字不漏，亲自送到少林寺去。不瞒各位说，我二人初时发现这份古诗图解，略加参研后便大喜若狂，只道但须按图修习，我二人的武功当世再无第三人可以及得上。但越是修习，越是疑难不解，待得决意去少林寺之时，先前那秘籍自珍、坚不示人的心情，早已消得干干净净，只要有人能将我二人心中的疑团死结代为解开，纵使将这份图解公诸天下，亦不足惜了。

"到得少林寺后，我和木兄弟将图解的第一式封在信封之中，请知客僧递交妙谛大师。知客僧初时不肯，说道妙谛大师闭关多年，早已与外人不通音问。我二人便各取一个蒲团坐了，堵住了少林寺的大门，直坐了七日七夜，不令寺中僧人出入。知客僧无奈，才将那信递了进去。"

群雄均想："他说得轻描淡写，但要将少林寺大门堵住七日七夜，当真谈何容易？其间不知经过了多少场龙争虎斗。少林群僧定是无法将他二人逐走，这才被迫传信。"

龙岛主续道："那知客僧接过信封，我们便即站起身来，离了少林寺,到少室山山脚等候。等不到半个时辰,妙谛大师便即赶到,只问:'在何处?'木兄弟道:'还得去请一个人。'妙谛大师道:'不错,要请愚茶!'

"三人来到武当山上,妙谛大师说道:'我是少林寺妙谛,要见愚茶。'不等通报,直闯进内。想少林寺妙谛大师是何等名声,武当弟子谁也不敢拦阻。我二人跟随其后。妙谛大师走到愚茶道长清修的苦茶斋中,拉开架式,将图解第一式中的诸般姿式演了一遍,一言不发,转身便走。愚茶道长又惊又喜,也不多问,便一齐来到侠客岛上。

"妙谛大师娴熟少林诸般绝艺,愚茶道长剑法通神,那是武林中众所公认的两位顶尖儿人物。他二位一到岛上,便去揣摩图解,第一个月中,他两位的想法尚是大同小异。第二个月时便已歧见丛生。到得第三个月,连他那两位早已淡泊自甘的世外高人,也因对图解所见不合,大起争执,甚至……甚至,唉!竟尔动起手来。"

群雄大是诧异,有的便问:"这两位高人比武较量,却是谁胜谁败?"

龙岛主道:"妙谛大师和愚茶道长各以从图解上参悟出来的功夫较量,拆到第五招上,两人所悟相同,登时会心一笑,罢手不斗,但到第六招上却又生了歧见。如此时斗时休,转瞬数月,两人参悟所得始终是相同者少而相异者多,然而到底谁是谁非,孰高孰低,却又难言。我和木兄弟详行计议,均觉这图解博大精深,以妙谛大师与愚茶道长如此修为的高人,尚且只能领悟其中一脔,看来若要通解全图,非集思广益不可。常言道得好:三个臭皮匠,抵个诸葛亮。咱们何不广邀天下奇材异能之士同来岛上,各竭心思,一齐参研?

"恰好其时岛上的'断肠蚀骨腐心草'开花,此草若再配以其他佐使之药,熬成热粥,服后于我辈练武之士大有补益,于是我二人派出使者,邀请当世名门大派的掌门人、各教教主、各帮帮主,来到敝岛喝碗腊八粥,喝过粥后,再请他们去参研图解。"

他这番话,各人只听得面面相觑,将信将疑,人人脸上神色十分古怪。

过了好半晌,丁不四大声道:"如此说来,你们邀人来喝腊八粥,纯是一番好意了。"

龙岛主道:"全是好意,也不见得。我和木兄弟自有一片自私之心,只盼天下的武学好手群集此岛,能助我兄弟解开心中疑团,将武学之道发扬光大,推高一层。但若说对众位嘉宾意存加害,各位可是想得左了。"

丁不四冷笑道:"你这话岂非当面欺人?倘若只是邀人前来共同钻研武学,何以人家不来,你们就杀人家满门?天下哪有如此强凶霸道的请客法子?"

龙岛主点了点头,双掌一拍,道:"取赏善罚恶簿来!"便有八名弟子转入内堂,每人捧了一叠簿籍出来,每一叠都有两尺来高。龙岛主道:"分给各位来宾观看。"众弟子分取簿籍,送到诸人席上。每本簿册上都有黄笺注明某门某派某会。

丁不四拿过来一看,只见笺上写着"六合丁氏"四字,心中不由得一惊:"我兄弟是六合人氏,此事天下少有人知,侠客岛孤悬海外,消息可灵得很啊。"翻将开来,只见注明某年某月某日,丁不三在何处干了何事;某年某月某日,丁不四在何处又干了何事。虽然未能齐备,但自己二十年来的所作所为,凡是荦荦大者,簿中都有书明。

丁不四额上汗水涔涔而下,偷眼看旁人时,大都均是脸现狼狈尴尬之色,只有石破天自顾喝粥,不去理会摆在他面前那本注有"长乐帮"三字的簿册。他一字不识,全不知上面写的是什么东西。

· 548 ·

过了一顿饭时分,龙岛主道:"收了赏善罚恶簿。"群弟子分别将簿籍收回。

龙岛主微笑道:"我兄弟分遣下属,在江湖上打听讯息,并非胆敢刺探朋友们的隐私,只是得悉有这么一回子事,便记了下来。凡是给侠客岛剿灭的门派帮会,都是罪大恶极、天所不容之徒。我们虽不敢说替天行道,然而是非善恶,却也分得清清楚楚。在下与木兄弟均想,我们既住在这侠客岛上,所作所为,总须对得住这'侠客'两字才是。我们只恨侠客岛能为有限,不能尽诛普天下的恶徒。各位请仔细想一想,有哪一个名门正派或是行侠仗义的帮会,是因为不接邀请铜牌而给侠客岛诛灭了的?"

隔了半晌,无人置答。

龙岛主道:"因此上,我们所杀之人,其实无一不是罪有应得……"

白自在忽然插口道:"河北通州聂家拳聂老拳师聂立人,并无什么过恶,何以你们将他满门杀了?"

龙岛主抽出一本簿子,随手轻挥,说道:"威德先生请看。"那簿册缓缓向白自在飞了过去。白自在伸手欲接,不料那簿册突然间在空中微微一顿,猛地笔直坠落,在白自在中指外二尺之处跌向席上。

白自在急忙伸手一抄,才将簿册接住,不致落入席上粥碗之中,当场出丑。簿籍入手,颇有重甸甸之感,不由得心中暗惊:"此人将一本厚只数分的帐簿随手掷出,来势甚缓而力道极劲,远近如意,变幻莫测,实有传说中所谓'飞花攻敌、摘叶伤人'之能。以这般手劲发射暗器,又有谁闪避挡架得了?我自称'暗器第一',这四个字非摘下不可。"

只见簿面上写着"河北通州聂家拳"七字,打开簿子,第一行触目惊心,便是"庚申五月初二,聂宗台在沧州郝家庄奸杀二命,留书嫁祸于黑虎寨盗贼"，第二行书道："庚申十月十七，聂宗峰在济南府以小故击伤刘文质之长子，当夜杀刘家满门一十三人灭口。"聂宗台、聂宗峰都是聂老拳师的儿子，在江湖上颇有英侠之名，想不到暗中竟是无恶不作。

白自在沉吟道："这些事死无对证，也不知是真是假。在下不敢说二位岛主故意滥杀无辜，但侠客岛派出去的弟子误听人言，只怕也是有的。"

张三突然说道："威德先生既是不信，请你不妨再瞧瞧一件东西。"说着转身入内，随即回出，右手一扬，一本簿籍缓缓向白自在飞去，也是飞到他身前二尺之处，突然下落，手法与龙岛主一般无异。白自在已然有备，伸手抄起，入手的份量却比先前龙岛主掷簿时轻得多了，打了开来，却见是聂家的一本帐簿。

白自在少年时便和聂老拳师相稔，识得他的笔迹，见那帐簿确是聂老拳师亲笔所书，一笔笔都是银钱来往。其中一笔之上注以"可杀"两个朱字，这一笔帐是："初八，买周家村田八十三亩二分，价银七十两。"白自在心想："七十两银子买了八十多亩田，这田买得忒也便宜，其中定有威逼强买之情。"

又看下去，见另一笔帐上又写了"可杀"两个朱字，这一笔帐是："十五，收通州张县尊来银二千五百两。"心想："聂立人好好一个侠义道，为什么要收官府的钱财，那多半是勾结贪官污吏，欺压良善，做那伤天害理的勾当了。"

一路翻将下去，出现"可杀"二字的不下五六十处，情知这朱笔二字是张三或李四所批，不由得掩卷长叹，说道："知人知面不知心！这聂立人当真可杀。姓白的倘若早得几年见了这本帐簿，侠客岛就是对他手下留情，姓白的也要杀他全家。"说着站起身来，去到张三身前，双手捧着帐簿还了给他，说道："佩服，佩服！"

转头向龙木二岛主瞧去，景仰之情，油然而生，寻思："侠客岛门下高弟，不但武功卓绝，而且行事周密，主持公道。如何赏善我虽不知，但罚恶这等公正，赏善自也妥当。'赏善罚恶'四字，当真是名不虚传。我雪山派门下弟子人数虽多，却哪里有张三、李四这等人才？唉，'大宗师'三字，倘再加在白自在头上，宁不令人汗颜？"

龙岛主似是猜到了他心中的念头，微笑道："威德先生请坐。先生久居西域，对中原那批衣冠禽兽的所作所为，多有未知，原也怪先生不得。"白自在摇了摇头，回归己座。

丁不四大声道："如此说来，侠客岛过去数十年中杀人，都是那些人罪有应得；邀请武林同道前来，用意也只在共同参研武功？"

龙木二岛主同时点头，道："不错！"

丁不四又道："那么为什么将来到岛上的武林高手个个都害死了，竟令他们连尸骨也不得还乡？"龙岛主摇头道："丁先生此言差矣！道路传言，焉能尽信？"丁不四道："依龙岛主所说，那么这些武林高手，一个都没有死？哈哈，可笑啊可笑！"

龙岛主仰天大笑，也道："哈哈，可笑啊可笑！"

丁不四愕然问道："有什么可笑？"龙岛主笑道："丁先生是敝岛贵客。丁先生既说可笑，在下只有随声附和，也说可笑了。"

丁不四道："三十年中，来到侠客岛喝腊八粥的武林高手，没有三百，也有两百。龙岛主居然说他们尚都健在，岂非可笑？"

龙岛主道："凡人皆有寿数天年，大限既届，若非大罗金仙，焉得不死？只要并非侠客岛下手害死，也就是了。"

丁不四侧过头想了一会，道："那么在下向龙岛主打听一个人。有一个女子，名叫……名叫这个芳姑，听说二十年前来到了侠客岛上，此人可曾健在？"龙岛主道："这位女侠姓什么？多大年纪？是哪一个门派帮会的首脑？"丁不四道："姓什么……这可不知道了，本来是应该姓丁的……"

那蒙面女子突然尖声说道:"就是他的私生女儿。这姑娘可不跟爷姓,她跟娘姓,叫作梅芳姑。"丁不四脸上一红,道:"嘿嘿,姓梅就姓梅,用不着这般大惊小怪。她……她今年约莫四十岁……"那女子尖声道:"什么约莫四十岁?是三十九岁。"丁不四道:"好啦,好啦,是三十九岁。她也不是什么门派的掌门,更不是什么帮主教主,只不过她学的梅花拳,天下只有她一家,多半是请上侠客岛来了。"

木岛主摇头道:"梅花拳?没资格。"那蒙面女子尖声道:"梅花拳为什么没资格?我……我这不是收到了你们的邀宴铜牌?"木岛主摇头道:"不是梅花拳。"

龙岛主道:"梅女侠,我木兄弟说话简洁,不似我这等啰唆。他意思说,我们邀请你来侠客岛,不是为了梅女侠的家传梅花拳,而是在于你两年来新创的那套剑法。"

那姓梅女子奇道:"我的新创剑法,从来无人见过,你们又怎地知道?"她说话声音十分的尖锐刺耳,令人听了甚不舒服,话中含了惊奇之意,更是难听。

龙岛主微微一笑,向两名弟子各指一指。那两名弟子一个着黄衫、一个着青衫,立即踏上几步,躬身听令。龙岛主道:"你们将梅女侠新创的这套剑法试演一遍,有何不到之处,请梅女侠指正。"

两名弟子应道:"是。"走向倚壁而置的一张几旁。黄衫弟子在几上取过一柄铁剑,青衫弟子取过一条软鞭,向那姓梅女子躬身说道:"请梅女侠指教。"随即展开架式,纵横击刺,斗了起来。厅上群豪都是见闻广博之人,但黄衫弟子所使的这套剑法却是从所未见。

那女子不住口道:"这可奇了,这可奇了!你们几时偷看到的?"

石破天看了数招,心念一动:"这青衫人使的,可不是丁不四爷爷的金龙鞭法么？"果然听得丁不四大声叫了起来："喂，你创了这套剑法出来，针对我的金龙鞭法，那是什么用意？"那青衫弟子使的果然正是金龙鞭法，但一招一式，都被黄衫弟子的新奇剑法所克制。那蒙面女子冷笑数声，并不回答。

丁不四越看越怒，喝道："想凭这剑法抵挡我金龙鞭法，只怕还差着一点。"一句话刚出口，便见那黄衫弟子剑法一变，招招十分刁钻古怪，阴毒狠辣，简直有点下三滥味道，绝无丝毫名家风范。

丁不四叫道："胡闹，胡闹！那是什么剑法？呸，这是泼妇剑法。"心中却不由得暗暗吃惊："倘若真和她对敌，陡然间遇上这等下作打法，只怕便着了她的道儿。"然而这等阴毒招数究竟只能用于偷袭，不宜于正大光明的相斗，丁不四心下虽惊讶不止，但一面却也暗自欣喜："这种下流撒泼的招数倘若骤然向我施为，确然不易挡架，但既给我看过了一次，那就毫不足畏了。旁门左道之术，毕竟是可一而不可再。"

风良、高三娘子、吕正平、范一飞四人曾在丁不四手下吃过大苦头，眼见他这路金龙鞭法给对方层出不穷的怪招克制得缚手缚脚，都忍不住大声喝采。

丁不四怒道："叫什么好？"风良笑道："我是叫丁四爷子金龙鞭法的好！"高三娘子笑道："金龙鞭法妙极。气死我了，气死我了，气死我了！"连叫三声"气死我了"，学的便是那日丁不四在饭店中挑衅生事之时的口吻。

那青衫弟子一套金龙鞭法使了大半，突然挥鞭舞个圈子。黄衫弟子便即收招。青衫弟子将软鞭放回几上，空手又和黄衫弟子斗将起来。

看得数招，石破天"咦"的一声，说道："丁家擒拿手。"原来青衫弟子所使的，竟是丁不三的擒拿手，什么"凤尾手"、"虎

· 553 ·

爪手"、"玉女拈针"、"夜叉锁喉"等等招式,全是丁珰在长江船上曾经教过他的。丁不四更是恼怒,大声说道:"姓梅的,你冲着我兄弟而来,到底是什么用意?这……这……这不是太也莫名其妙么?"在他心中,自然知道那姓梅的女子处心积虑,要报复他对她姊姊始乱终弃的负心之罪。

眼见那黄衫弟子克制丁氏拳脚的剑法阴狠毒辣,什么撩阴挑腹、剜目戳臀,无所不至,但那青衫弟子尽也抵挡得住。突然之间,那黄衫弟子横剑下削,青衫弟子跃起闪避。黄衫弟子抛下手中铁剑,双手拦腰将青衫弟子抱住,一张口,咬住了他的咽喉。

丁不四惊呼:"啊哟!"这一口似乎便咬在他自己喉头一般。他一颗心怦怦乱跳,知道这一抱一咬,配合得太过巧妙,自己万万躲避不过。

青衫弟子放开双臂,和黄衫弟子同时躬身向丁不四及那蒙面女子道:"请丁老前辈、梅女侠指正。"再向龙木二岛主行礼,拾起铁剑,退入原来的行列。

姓梅的女子尖声说道:"你们暗中居然将我手创的剑法学去了七八成,倒也不容易得很的了。可是这么演了给他看过,那……那可……"

丁不四怒道:"这种功夫不登大雅之堂,乱七八糟,不成体统,有什么难学?"白自在插口道:"什么不成体统?你姓丁的倘若乍然相遇,手忙脚乱之下,身上十七八个窟窿也给人家刺穿了。"丁不四怒道:"你倒来试试。"白自在道:"总而言之,你不是梅女侠的敌手。她在你喉头咬这一口,你本领再强十倍,也决计避不了。"

姓梅的女子尖声道:"谁要你讨好了?我和史小翠比,却又如何?"白自在道:"差得远了。我夫人不在此处,我夫人的徒儿却到了侠客岛上,喂,孙女婿,你去跟她比比。"

石破天道："我看不必比了。"那姓梅女子问道："你是史小翠的徒儿？"石破天道："是。"那女子道："怎么你又是他的孙女婿？没上没下，乱七八糟，一窝子的狗杂种，是不是？"石破天道："是，我是狗杂种。"那女子一怔之下，忍不住尖声大笑。

木岛主道："够了！"虽只两个字，声音却十分威严。那姓梅女子一呆，登时止声。

龙岛主道："梅女侠这套剑法，平心而论，自不及丁家武功的精奥。不过梅女侠能自创新招，天资颖悟，这些招术中又有不少异想天开之处，因此我们邀请来到敝岛，盼能对那古诗的图解提出新见。至于梅花拳么，那是祖传之学，也还罢了。"

梅女侠道："如此说来，梅芳姑没来到侠客岛？"龙岛主摇头道："没有。"梅女侠颓然坐倒，喃喃的道："我姊姊……我姊姊临死之时，就是挂念她这个女儿……"

龙岛主向站在右侧第一名的黄衫弟子道："你给她查查。"

那弟子道："是。"转身入内，捧了几本簿子出来，翻了几页，伸手指着一行字，朗声读道："梅花拳掌门梅芳姑，生父姓丁，即丁……（他读到这里，含糊其词，人人均知他是免得丁不四难堪）……自幼随母学艺，十八岁上……其后隐居于豫西卢氏县东熊耳山之枯草岭。"

丁不四和梅女侠同时站起，齐声说道："她是在熊耳山中？你怎么知道？"

那弟子道："我本来不知，是簿上这么写的。"

丁不四道："连我也不知，这簿子上又怎知道？"

龙岛主朗声道："侠客岛不才，以维护武林正义为己任，赏善罚恶，秉公施行。武林朋友的所作所为，一动一静，我们自当详加记录，以凭查核。"

那姓梅女子道："原来如此。那么芳姑她……她是在熊耳山的

· 555 ·

枯草岭中……"凝目向丁不四瞧去。只见他脸有喜色,但随即神色黯然,长叹一声。那姓梅女子也轻轻叹息。两人均知,虽然获悉了梅芳姑的下落,今生今世却再也无法见她一面了。

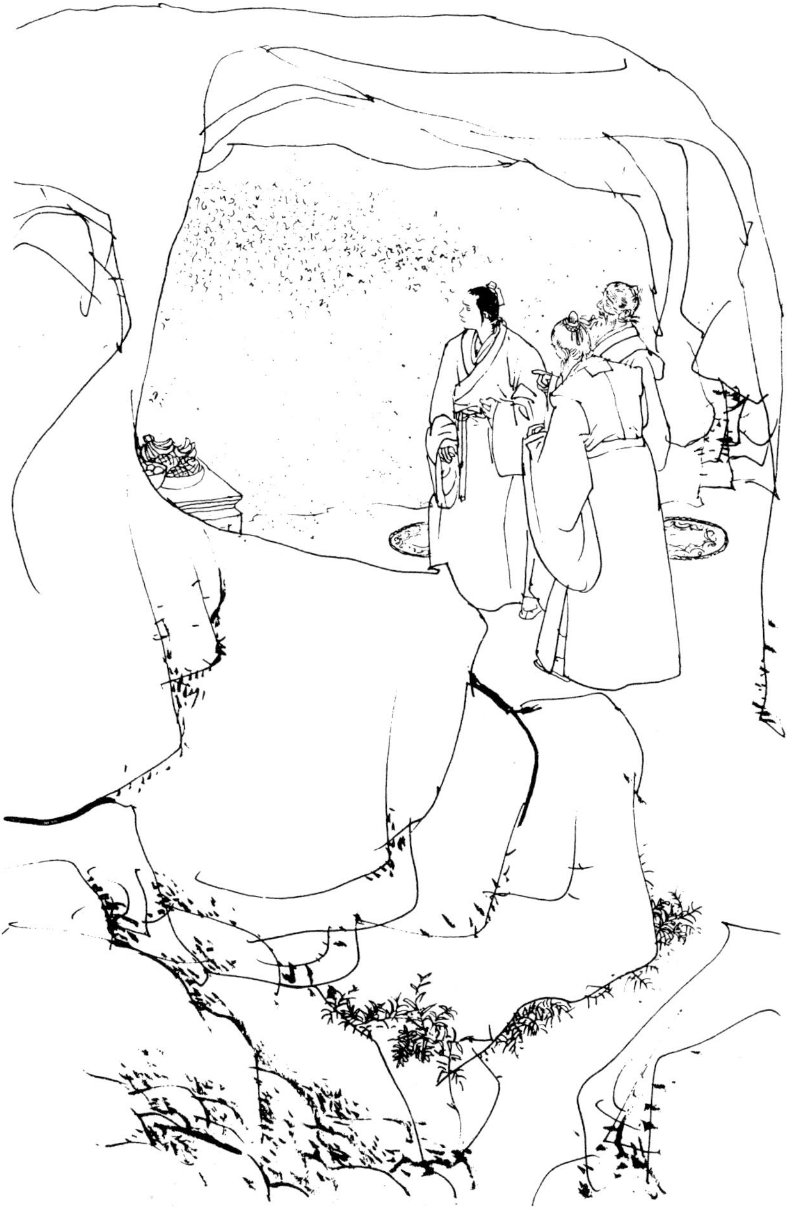

石破天转身向石壁瞧去,不由得骇然失色。只见石壁上一片片石屑正在慢慢跌落,满壁的蝌蚪文字也已七零八落。

二十
"侠客行"

龙岛主道:"众位心中尚有什么疑窦,便请直言。"

白自在道:"龙岛主说是邀我们来看古诗图解,那到底是什么东西?便请赐观如何?"

龙岛主和木岛主一齐站起。龙岛主道:"正要求教于各位高明博雅君子。"

四名弟子走上前来,抓住两块大屏风的边缘,向旁缓缓拉开,露出一条长长的甬道。龙木二岛主齐声道:"请!"当先领路。

群雄均想:"这甬道之内,定是布满了杀人机关。"不由得都是脸上变色。白自在道:"孙女婿,咱爷儿俩打头阵。"石破天道:"是!"白自在携着他手,当先而行,口中哈哈大笑,笑声之中却不免有些颤抖。余人料想在劫难逃,一个个的跟随在后。有十余人坐在桌旁始终不动,侠客岛上的众弟子侍仆却也不加理会。

白自在等行出十余丈,来到一道石门之前,门上刻着三个斗大古隶:"侠客行"。

一名黄衫弟子上前推开石门,说道:"洞内有二十四座石室,各位可请随意来去观看,看得厌了,可到洞外散心。一应饮食,各石室中均有置备,各位随意取用,不必客气。"

丁不四冷笑道:"一切都是随意,可客气得很啊。就是不能

· 559 ·

'随意离岛'，是不是？"

龙岛主哈哈大笑，说道："丁先生何出此言？各位来到侠客岛是出于自愿，若要离去，又有谁敢强留？海滩边大船小船一应俱全，各位何时意欲归去，尽可自便。"

群雄一怔，没想到侠客岛竟然如此大方，去留任意，当下好几个人齐声问道："我们现下就要去了，可不可以？"龙岛主道："自然可以啊，各位当我和木兄弟是什么人了？我们待客不周，已感惭愧，岂敢强留嘉宾？"群雄心下一宽，均想："既是如此，待看了那古诗图解是什么东西，便即离去。他说过不强留宾客，以他的身份，总不能说过了话不算。"

当下各人络绎走进石室，只见东面是块打磨光滑的大石壁，石壁旁点燃着八根大火把，照耀明亮。壁上刻得有图有字。石室中已有十多人，有的注目凝思，有的打坐练功，有的闭着双目喃喃自语，更有三四人在大声争辩。

白自在陡然见到一人，向他打量片刻，惊道："温三兄，你……你……你在这里？"

这个不住在石室中打圈的黑衫老者温仁厚，是山东八仙剑的掌门，和白自在交情着实不浅。然而他见到白自在时并不如何惊喜，只淡淡一笑，说道："怎么到今日才来？"

白自在道："十年前我听说你被侠客岛邀来喝腊八粥，只道你……只道你早就仙去了，曾大哭了几场，哪知道……"

温仁厚道："我好端端在这里研习上乘武功，怎么就会死了？可惜，可惜你来得迟了。你瞧，这第一句'赵客缦胡缨'，其中对这个'胡'字的注解说：'胡者，西域之人也。《新唐书·承乾传》云：数百人习音声学胡人，椎髻剪彩为舞衣……'"一面说，一面指着石壁上的小字注解，读给白自在听。

白自在乍逢良友，心下甚喜，既急欲询问别来种切，又要打听岛上情状，问道："温三兄，这十年来你起居如何？怎地也不带个信到山东家中？"

温仁厚瞪目道："你说什么？这'侠客行'的古诗图解，包蕴古往今来最最博大精深的武学秘奥，咱们竭尽心智，尚自不能参悟其中十之一二，哪里还能分心去理会世上俗事？你看图中此人，绝非燕赵悲歌慷慨的豪杰之士，却何以称之为'赵客'？要解通这一句，自非先明白这个重要关键不可。"

白自在转头看壁上绘的果是个青年书生，左手执扇，右手飞掌，神态甚是优雅潇洒。

温仁厚道："白兄，我最近揣摩而得，图中人儒雅风流，本该是阴柔之象，注解中却说：'须从威猛刚硬处着手'，那当然说的是阴柔为体、阳刚为用，这倒不难明白。但如何为'体'，如何为'用'，中间实有极大的学问。"

白自在点头道："不错。温兄，这是我的孙女婿，你瞧他人品还过得去罢？小子，过来见过温三爷爷。"

石破天走近，向温仁厚跪倒磕头，叫了声："温三爷爷。"温仁厚道："好，好！"但正眼也没向他瞧上一眼，左手学着图中人的姿式，右手突然发掌，呼的一声，直击出去，说道："左阴右阳，多半是这个道理了。"石破天心道："这温三爷爷的掌力好生了得。"

白自在诵读壁上所刻注解："庄子说剑篇云：'太子曰：吾王所见剑士，皆蓬头突鬓，垂冠，缦胡之缨，短后之衣。'司马注云：'缦胡之缨，谓粗缨无文理也。'温兄，'缦胡'二字应当连在一起解释，'缦胡'就是粗糙简陋，'缦胡缨'是说他头上所戴之缨并不精致，并非说他戴了胡人之缨。这个'胡'字，是胡里胡涂之胡，非西域胡人之胡。"

温仁厚摇头道："不然，你看下一句注解：'左思魏都赋云：

缦胡之缨。注：铣曰，缦胡，武士缨名。'这是一种武士所戴之缨，可以粗陋，也可精致。前几年我曾向凉州果毅门的掌门人康昆请教过，他是西域胡人，于胡人之事是无所不知的。他说胡人武士冠上有缨，那形状是这样的……"说着蹲了下来，用手指在地下画图示形。

石破天听他二人议论不休，自己全然不懂，石壁上的注解又一字不识，听了半天，全无趣味，当下信步来到第二间石室中。一进门便见剑气纵横，有七对人各使长剑，正在较量，剑刃撞击，铮铮不绝。这些人所使剑法似乎各不相同，但变幻奇巧，显然均极精奥。

只见两人拆了数招，便即罢斗，一个白须老者说道："老弟，你刚才这一剑设想虽奇，但你要记得，这一路剑法的总纲，乃是'吴钩霜雪明'五字。吴钩者，弯刀也，出剑之时，总须念念不忘'弯刀'二字，否则不免失了本意。以刀法运剑，那并不难，但当使直剑如弯刀，直中有曲，曲中有直，方是'吴钩霜雪明'这五个字的宗旨。"

另一个黑须老者摇头道："大哥，你却忘了另一个要点。你瞧壁上的注解说：鲍照乐府：'锦带佩吴钩'，又李贺诗云：'男儿何不带吴钩'。这个'佩'字，这个'带'字，才是诗中最要紧的关键所在。吴钩虽是弯刀，却是佩带在身，并非拿出来使用。那是说剑法之中当隐含吴钩之势，圆转如意，却不是真的弯曲。"那白须老者道："然而不然。'吴钩霜雪明'，精光闪亮，就非入鞘之吴钩，利器佩带在身而不入鞘，焉有是理？"

石破天不再听二人争执，走到另外二人身边，只见那二人斗得极快，一个剑招凌厉，着着进攻，另一个却是以长剑不住划着圆圈，将对方剑招尽数挡开。骤然间铮的一声响，双剑齐断，两人同时向后跃开。

那身材魁梧的黑脸汉子道："这壁上的注解说道：白居易诗

云：'勿轻直折剑，犹胜曲全钩'。可见我这直折之剑，方合石壁注文原意。"

另一个是个老道，石破天认得他便是上清观的掌门人天虚道人，是石庄主夫妇的师兄。石破天心下凛凛，生怕他见了自己便会生气，哪知他竟似没见到自己，手中拿着半截断剑，只是摇头，说道："'吴钩霜雪明'是主，'犹胜曲全钩'是宾。喧宾夺主，必非正道。"

石破天听他二人又宾又主的争了半天，自己一点不懂，举目又去瞧西首一男一女比剑。

这男女两人出招十分缓慢，每出一招，总是比来比去，有时男的侧头凝思半晌，有时女的将一招剑招使了八九遍犹自不休，显然二人不是夫妇，便是兄妹，又或是同门，相互情谊极深，正在齐心合力的钻研，绝无半句争执。

石破天心想："跟这二人学学，多半可以学到些精妙剑法。"慢慢的走将过去。

只见那男子凝神运气，挺剑斜刺，刺到半途，便即收回，摇了摇头，神情甚是沮丧，叹了口气，道："总是不对。"

那女子安慰他道："远哥，比之五个月前，这一招可大有进境了。咱们再想想这一条注解：'吴钩者，吴王阖庐之宝刀也。'为什么吴王阖庐的宝刀，与别人的宝刀就有不同？"那男子收起长剑，诵读壁上注解道："'吴越春秋云：阖庐既宝莫邪，复命于国中作金钩，令曰：能为善吴钩者，赏之百金。吴作钩者甚众。而有人贪王之重赏也，杀其二子，以血衅金，遂成二钩，献于阖庐。'倩妹，这故事甚是残忍，为了吴王百金之赏，竟然杀死了自己的两个儿子。"那女子道："我猜想这'残忍'二字，多半是这一招的要诀，须当下手不留余地，纵然是亲生儿子，也要杀了。否则壁上的注释文字，何以特地注明这一节。"

石破天见这女子不过四十来岁年纪，容貌甚是清秀，但说到杀害亲子之时，竟是全无凄恻之心，不愿再听下去。举目向石壁瞧去，只见壁上密密麻麻的刻满了字，但见千百文字之中，有些笔划宛然便是一把长剑，共有二三十把。

这些剑形或横或直，或撇或捺，在识字之人眼中，只是一个字中的一笔，但石破天既不识字，见到的却是一把把长长短短的剑，有的剑尖朝上，有的向下，有的斜起欲飞，有的横掠欲堕，石破天一把剑一把剑的瞧将下来，瞧到第十二柄剑时，突然间右肩"巨骨穴"间一热，有一股热气蠢蠢欲动，再看第十三柄剑时，热气顺着经脉，到了"五里穴"中，再看第十四柄剑时，热气跟着到了"曲池穴"中。热气越来越盛，从丹田中不断涌将上来。

石破天暗自奇怪："我自从练了木偶身上的经脉图之后，内力大盛，但从不像今日这般劲急，肚子里好似火烧一般，只怕是那腊八粥的毒性发作了。"

他不由得有些害怕，再看石壁上所绘剑形，内力便自行按着经脉运行，腹中热气缓缓散之于周身穴道，当下自第一柄剑从头看起，顺着剑形而观，心内存想，内力流动不息，如川之行。从第一柄剑看到第二十四柄时，内力也自"迎香穴"而至"商阳穴"运行了一周。他暗自寻思："原来这些剑形与内力的修习有关，只可惜我不识得壁上文字，否则依法修习，倒可学到一套剑法。是了，白爷爷尚在第一室中，我去请他解给我听。"

于是回到第一室中，只见白自在和温仁厚二人手中各执一柄木剑，拆几招，辩一阵，又指着石壁上文字，各持己见，互指对方的谬误。

石破天拉拉白自在的衣袖，问道："爷爷，那些字说些什么？"

白自在解了几句。温仁厚插口道："错了，错了！白兄，你武功虽高，但我在此间已有十年，难道这十年功夫都是白费的？

总有些你没领会到的心得罢?"白自在道:"武学犹如佛家的禅宗,十年苦参,说不定还不及一夕顿悟。我以为这一句的意思是这样……"温仁厚连连摇头,道:"大谬不然。"

石破天听得二人争辩不休,心想:"壁上文字的注解如此难法,刚才龙岛主说,他们邀请了无数高手、许多极有学问的人来商量,几十年来,仍是弄不明白。我只字不识,何必去跟他们一同伤脑筋?"

在石室中信步来去,只听得东一簇、西一堆的人个个在议论纷纭,各抒己见,要找个人来闲谈几句也不可得,独自甚是无聊,又去观看石壁上的图形。

他在第二室中观看二十四柄剑形,发觉长剑的方位指向,与体内经脉暗合,这第一图中却只一个青年书生,并无其他图形。看了片刻,觉得图中人右袖挥出之势甚是飘逸好看,不禁多看了一会,突然间只觉得右胁下"渊腋穴"上一动,一道热线沿着"足少阳胆经",向着"日月"、"京门"二穴行去。

他心中一喜,再细看图形,见构成图中人身上衣折、面容、扇子的线条,一笔笔均有贯串之意,当下顺着气势一路观将下来,果然自己体内的内息也依照线路运行。寻思:"图画的笔法与体内经脉相合,想来这是最粗浅的道理,这里人人皆知。只是那些高深武学我无法领会,左右无事,便如当年照着木偶身上线路练功一般,在这里练些粗浅功夫玩玩,等白爷爷领会了上乘武学,咱们便可一起回去啦。"

当下寻到了图中笔法的源头,依势练了起来。这图形的笔法与世上书画大不相同,笔划顺逆颇异常法,好在他从来没学过写字,自不知不论写字画图,每一笔都该自上而下、自左而右,虽然勾挑是自下而上,曲撇是自右而左,然而均系斜行而非直笔。这图形中却是自下而上、自右向左的直笔甚多,与书画笔意往往截然相反,拗拙非凡。他可丝毫不以为怪，照样习练。换作一个学写过几十天字的蒙童，便决计不会顺着如此的笔路存想了。

图中笔画上下倒顺，共有八十一笔。石破天练了三十余笔后，觉得腹中饥饿，见石室四角几上摆满面点茶水，便过去吃喝一阵，到外边厕所中小解了，回来又依着笔路照练。

石室中灯火明亮，他倦了便倚壁而睡，饿了伸手便取糕饼而食，也不知过了多少时候，已将第一图中的八十一笔内功记得纯熟，去寻白自在时，已然不在室中。

石破天微感惊慌，叫道："爷爷，爷爷！"奔到第二室中，一眼便见白自在手持木剑，在和一位童颜鹤发的老道斗剑。两人剑法似乎都甚钝拙，但双剑上发出嗤嗤声响，乃是各以上乘内力注入了剑招之中。只听得呼一声大响，白自在手中木剑脱手飞出，那老道手中的木剑却也断为两截。两人同时退开两步。

那老道微微一笑，说道："威德先生，你天授神力，老道甘拜下风。然而咱们比的是剑法，可不是比内力。"白自在道："愚茶道长，你剑法比我高明，我是佩服的。但这是你武当派世传的武学，却不是石壁上剑法的本意。"愚茶道人敛起笑容，点了点头，道："依你说却是如何？"白自在道："这一句'吴钩霜雪明'这个'明'字，大有道理……"

石破天走到白自在身畔，说道："爷爷，咱们回去了，好不好？"白自在奇道："你说什么？"石破天道："这里龙岛主说，咱们什么时候想走，随时可以离去。海滩边有许多船只，咱们可以走了。"白自在怒道："胡说八道！为什么这样心急？"

石破天见他发怒，心下有些害怕，道："婆婆在那边等你呢，她说只等到三月初八。倘若三月初八还不见你回去，她便要投海自尽。"白自在一怔，道："三月初八？咱们是腊月初八到的，还只过了两三天，日子挺长着呢，又怕什么？慢慢再回去好了。"

石破天挂念着阿绣,回想到那日她站在海滩之上送别,神色忧愁,情切关心,恨不得插翅便飞了回去,但见白自在全心全意沉浸在这石壁的武学之中,实无丝毫去意,总不能舍他自回,当下不敢再说,信步走到第三座石室之中。

一踏进石室,便觉风声劲急,却是三个劲装老者展开轻功,正在迅速异常的奔行。这三人奔得快极,只带得满室生风。三人脚下追逐奔跑,口中却在不停说话,而语气甚是平静,足见内功修为都是甚高,竟不因疾驰而令呼吸急促。

只听第一个老者道:"这一首《侠客行》乃大诗人李白所作。但李白是诗仙,却不是剑仙,何以短短一首二十四句的诗中,却含有武学至理?"第二人道:"创制这套武功的才是一位震古烁今、不可企及的武学大宗师。他老人家只是借用了李白这首诗,来抒写他的神奇武功。咱们不可太钻牛角尖,拘泥于李白这首《侠客行》的诗意。"第三人道:"纪兄之言虽极有理,但这句'银鞍照白马',若是离开了李白的诗意,便不可索解。"第一个老者道:"是啊。不但如此,我以为还得和第四室中那句'飒沓如流星'连在一起,方为正解。解释诗文固不可断章取义,咱们研讨武学,也不能断章取义才是。"

石破天暗自奇怪,他三人商讨武功,为何不坐下来慢慢谈论,却如此足不停步的你追我赶?但片刻之间便即明白了。只听那第二个老者道:"你既自负于这两句诗所悟比我为多,为何用到轻功之上,却也不过尔尔,始终追我不上?"第一个老者笑道:"难道你又追得我上了?"只见三人越奔越急,衣襟带风,连成了一个圆圈,但三人相互间距离始终不变,显是三人功力相若,谁也不能稍有超越。

石破天看了一会,转头去看壁上所刻图形,见画的是一匹骏马,昂首奔行,脚下云气弥漫,便如是在天空飞行一般。他照着先前法子,依着那马的去势存想,内息却毫无动静,心想:"这幅图中的功夫,和第一二室中的又自不同。"

再细看马足下的云气,只见一团团云雾似乎在不断向前推涌,直如意欲破壁飞出,他看得片刻,内息翻涌,不由自主的拔足便奔。他绕了一个圈子,向石壁上的云气瞧了一眼,内息推动,又绕了一个圈,只是他没学过轻功,足步踉跄,姿式歪歪斜斜的十分拙劣,奔行又远不如那三个老者迅速。三个老者每绕七八个圈子,他才绕了一个圈子。

耳边厢隐隐听得三个老者出言讥嘲:"哪里来的少年,竟也来学咱们一般奔跑?哈哈,这算什么样子?""这般的轻功,居然也想来钻研石壁上的武功?嘿嘿!""人家醉八仙的醉步,那也是自有规范的高明武功,这个小兄弟的醉九仙,可太也滑稽了。"

石破天面红过耳,停下步来,但向石壁看了一会,不由自主的又奔跑起来。转了八九个圈子之后,全神贯注的记忆壁上云气,那三个老者的讥笑已一句也没听进耳中。

也不知奔了多少圈子,待得将一团团云气的形状记在心里,停下步来,那三个老者已不知去向,身边却另有四人,手持兵刃,模仿壁上飞马的姿式,正在互相击刺。

这四人出剑狠辣,口中都是念念有词,诵读石壁上的口诀注解。一人道:"银光灿烂,鞍自平稳。"另一人道:"'照'者居高而临下,'白'则皎洁而渊深。"又一人道:"天马行空,瞬息万里。"第四人道:"李商隐文:'手为天马,心绘国图。'韵府:'道家以手为天马',原来天马是手,并非真的是马。"

石破天心想:"这些口诀甚是深奥,我是弄不明白的。他们在这里练剑,少则十年,多则三十年。我怎能等这么久?反正没时候多待,随便瞧瞧,也就是了。"

·568·

当下走到第四室中,壁上绘的是"飒沓如流星"那一句的图谱,他自去参悟修习。

《侠客行》一诗共二十四句,即有二十四间石室图解。他游行诸室,不识壁上文字,只从图画中去修习内功武术。那第五句"十步杀一人",第十句"脱剑膝前横",第十七句"救赵挥金锤",每一句都是一套剑法。第六句"千里不留行",第七句"事了拂衣去",第八句"深藏身与名",每一句都是一套轻身功夫;第九句"闲过信陵饮",第十四句"五岳倒为轻",第二十一句"纵死侠骨香",则各是一套拳掌之法。第十三句"三杯吐然诺",第十六句"意气素霓生",第二十句"烜赫大梁城",则是吐纳呼吸的内功。

他有时学得极快,一天内学了两三套,有时却连续十七八天都未学全一套。一经潜心武学,浑忘了时光流转,也不知过了多少日子,终于修毕了二十三间石室中壁上的图谱。

他每学完一幅图谱,心神宁静下来,便去催促白自在回去。但白自在对石壁上武学所知渐多,越来越是沉迷,一见石破天过来催请,便即破口大骂,说他扰乱心神,耽误了钻研功夫,到后来更是挥拳便打,不许他近身说话。

石破天无奈,去和范一飞、高三娘子等商量,不料这些人也一般的如痴如狂,全心都沉浸在石壁武学之中,拉着他相告,这一句的诀窍在何处,那一句的注释又怎么。

石破天惕然心惊:"龙木二岛主邀请武林高人前来参研武学,本是任由他们自归,但三十年来竟没一人离岛,足见这石壁上的武学迷人极深。幸好我武功既低,又不识字,决不会像他们那样留恋不去。"因此范一飞他们一番好意,要将石壁上的文字解给他听,他却只听得几句便即走开,再也不敢回头,把听到的说话赶快忘

·569·

记，想也不敢去想。

屈指计算，到侠客岛后已逾两个半月，再过得数天，非动身回去不可，心想二十四座石室我已看过了二十三座，再到最后一座去看上一两日，图形若是太难，便来不及学了，要是爷爷一定不肯走，自己只有先回去，将岛上情形告知史婆婆等众人，免得他们放心不下。好在任由爷爷留岛钻研武功，那也是绝无凶险之事。当下走到第二十四室之中。

走进室门，只见龙岛主和木岛主盘膝坐在锦垫之上，面对石壁，凝神苦思。

石破天对这二人心存敬畏，不敢走近，远远站着，举目向石壁瞧去，一看之下，微感失望，原来二十三座石室壁上均有图形，这最后一室却仅刻文字，并无图画。

他想："这里没有图画，没什么好看，我去跟爷爷说，我今天便回去了。"想到数日后便可和阿绣、石清、闵柔等人见面，心中说不出的欢喜，当即跪倒，向两位岛主拜了几拜，说道："多承二位岛主款待，又让我见识石壁上的武功，十分感谢。小人今日告辞。"

龙木二岛主浑不理睬，只是凝望着石壁出神，于他的说话跪拜似乎全然不闻不见。石破天知道修习高深武功之时，人人如此全神贯注，倒也不以为忤。顺着二人目光又向石壁瞧了一眼，突然之间，只觉壁上那些文字一个个似在盘旋飞舞，不由得感到一阵晕眩。

他定了定神，再看这些字迹时，脑中又是一阵晕眩。他转开目光，心想："这些字怎地如此古怪，看上一眼，便会头晕？"好奇心起，注目又看，只见字迹的一笔一划似乎都变成了一条条蝌蚪，在壁上蠕蠕欲动，但若凝目只看一笔，这蝌蚪却又不动了。

他幼时独居荒山，每逢春日，常在山溪中捉了许多蝌蚪，养在峰上积水而成的小池中，看它们生脚脱尾，变成青蛙，跳出池塘，阁阁之声吵得满山皆响，解除了不少寂寞。此时便如重逢儿时的游伴，欣喜之下，细看一条条蝌蚪的情状。只见无数蝌蚪或上窜，或下跃，姿态各不相同，甚是有趣。

他看了良久，陡觉背心"至阳穴"上内息一跳，心想："原来这些蝌蚪看似乱钻乱游，其实还是和内息有关。"看另一条蝌蚪时，背心"悬枢穴"上又是一跳，然而从"至阳穴"至"悬枢穴"的一条内息却串连不起来；转目去看第三条蝌蚪，内息却全无动静。

忽听得身旁一个冷冷的声音说道："石帮主注目'太玄经'，原来是位精通蝌蚪文的大方家。"石破天转过头来，见木岛主一双照耀如电的目光正瞧着自己，不由得脸上一热，忙道："小人一个字也不识，只是瞧着这些小蝌蚪十分好玩，便多看了一会。"

木岛主点头道："这就是了。这部'太玄经'以古蝌蚪文写成，我本来正自奇怪，石帮主年纪轻轻，居然有此奇才，识得这种古奥文字。"石破天讪讪的道："那我不看了，不敢打扰两位岛主。"木岛主道："你不用去，尽管在这里看便是，也打扰不了咱们。"说着闭上了双目。

石破天待要走开，却想如此便即离去，只怕木岛主要不高兴，再瞧上片刻，然后出去便了。转头再看壁上的蝌蚪时，小腹上的"中注穴"突然剧烈一跳，不禁全身为之震动，寻思："这些小蝌蚪当真奇怪，还没变成青蛙，就能这么大跳而特跳。"不由得童心大盛，一条条蝌蚪的瞧去，遇到身上穴道猛烈跃动，觉得甚是好玩。

壁上所绘小蝌蚪成千成万，有时碰巧，两处穴道的内息连在一起，便觉全身舒畅。他看得兴发，早忘了木岛主的言语，自行找寻合适的蝌蚪，将各处穴道中的内息串连起来。

但壁上蝌蚪不计其数，要将全身数百处穴道串成一条内息，那是谈何容易？石室之中不见天日，惟有灯火，自是不知日夜，只是腹饥便去吃面，吃了八九餐后，串连的穴道渐多。

但这些小蝌蚪似乎一条条的都移到了体内经脉穴道之中，又像变成了一只只小青蛙，在他四肢百骸间到处跳跃。他又觉有趣，又是害怕，只有将几处穴道连了起来，其中内息的动荡跳跃才稍为平息，然而一穴方平，一穴又动，他犹似着迷中魔一般，只是凝视石壁上的文字，直到倦累不堪，这才倚墙而睡，醒转之后，目光又被壁上千千万万小蝌蚪吸了过去。

如此痴痴迷迷的饥了便吃，倦了便睡，余下来的时光只是瞧着那些小蝌蚪，有时见到龙木二岛主投向自己的目光甚是奇异，心中羞愧之念也是一转即过，随即不复留意。

也不知是哪一天上，突然之间，猛觉内息汹涌澎湃，顷刻间冲破了七八个窒滞之处，竟如一条大川般急速流动起来，自丹田而至头顶，自头顶又至丹田，越流越快。他惊惶失措，一时之间没了主意，不知如何是好，只觉四肢百骸之中都是无可发泄的力气，顺手便将"五岳倒为轻"这套掌法使将出来。

掌法使完，精力愈盛，右手虚执空剑，便使"十步杀一人"的剑法，手中虽然无剑，剑招却源源而出。

"十步杀一人"的剑法尚未使完，全身肌肤如欲胀裂，内息不由自主的依着"赵客缦胡缨"那套经脉运行图谱转动，同时手舞足蹈，似是大欢喜，又似大苦恼。"赵客缦胡缨"既毕，接下去便是"吴钩霜雪明"，他更不思索，石壁上的图谱一幅幅在脑海中自然涌出，自"银鞍照白马"直到第二十三句"谁能书阁下"，一气呵成的使了出来，其时剑法、掌法、内功、轻功，尽皆合而为一，早已分不出是掌是剑。

待得"谁能书阁下"这套功夫演完，只觉气息逆转，便自第二十二句"不惭世上英"倒使上去，直练至第一句"赵客缦胡缨"。他情不自禁的纵声长啸，霎时之间，谢烟客所传的炎炎功，自木偶

· 572 ·

体上所学的内功,从雪山派群弟子练剑时所见到的雪山剑法,丁珰所授的擒拿法,石清夫妇所授的上清观剑法,丁不四所授的诸般拳法掌法,史婆婆所授的金乌刀法,都纷至沓来,涌向心头。他随手挥舞,已是不按次序,但觉不论是"将炙啖朱亥"也好,是"脱剑膝前横"也好,皆能随心所欲,既不必存想内息,亦不须记忆招数,石壁上的千百种招式,自然而然的从心中传向手足。

他越演越是心欢,忍不住哈哈大笑,叫道:"妙极!"

忽听得两人齐声喝采:"果然妙极!"

石破天一惊,停手收招,只见龙岛主和木岛主各站在室角之中,满脸惊喜的望着他。石破天忙道:"小人胡闹,两位莫怪。"心想:"这番可糟糕了。我在这里乱动乱叫,可打搅了两位岛主用功。"不由得甚是惶恐。

只见两位岛主满头大汗淋漓,全身衣衫尽湿,站身之处的屋角落中也尽是水渍。

龙岛主道:"石帮主天纵奇才,可喜可贺,受我一拜。"说着便拜将下去。木岛主跟着拜倒。

石破天大惊,急忙跪倒,连连磕头,只磕得咚咚有声,说道:"两位如此……这个……客气,这……这可折杀小人了。"

龙岛主道:"石帮主……请……请起……"

石破天站起身来,只见龙岛主欲待站直身子,忽然晃了两晃,坐倒在地。木岛主双手据地,也是站不起来。石破天惊道:"两位怎么了?"忙过去扶着龙岛主坐好,又将木岛主扶起。龙岛主摇了摇头,脸露微笑,闭目运气。木岛主双手合什,也自行功。

石破天不敢打扰,瞧瞧龙岛主,又瞧瞧木岛主,心中惊疑不定。过了良久,木岛主呼了一口长气,一跃而起,过去抱住了龙岛主。两人搂抱在一起,纵声大笑,显是欢喜无限。

石破天不知他二人为什么这般开心,只有陪着傻笑,但料想决不会是坏事，心中大为宽慰。

龙岛主扶着石壁，慢慢站直，说道："石帮主，我兄弟闷在心中数十年的大疑团，得你今日解破，我兄弟实是感激不尽。"石破天道："我怎地……怎地解破了？"龙岛主微笑道："石帮主何必如此谦光？你参透了这首'侠客行'的石壁图谱，不但是当世武林中的第一人。除了当年在石壁上雕写图谱的那位前辈之外，只怕古往今来，也极少有人及得上你。"

石破天甚是惶恐，连说："小人不敢，小人不敢。"

龙岛主道："这石壁上的蝌蚪古文，在下与木兄弟所识得的还不到一成，不知石帮主肯赐予指教么？"

石破天瞧瞧龙岛主，又瞧瞧木岛主，见二人脸色诚恳，却又带着几分患得患失之情，似乎怕自己不肯吐露秘奥，忙道："我跟两位说知便是。我看这条蝌蚪，'中注穴'中便有跳动；再看这条蝌蚪，'太赫穴'便大跳了一下……"他指着一条条蝌蚪，解释给二人听。他说了一会，见龙木二人神色迷惘，似乎全然不明，问道："我说错了么？"

龙岛主道："原来……原来……石帮主看的是一条条……一条条那个蝌蚪，不是看一个个字，那么石帮主如何能通解全篇'太玄经'？"

石破天脸上一红，道："小人自幼没读过书，当真是一字不识，惭愧得紧。"

龙木二岛主一齐跳了起来，同声问道："你不识字？"

石破天摇头道："不识字。我……我回去之后，定要阿绣教我识字，否则人人都识字，我却不识得，给人笑话，多不好意思。"

龙木二岛主见他脸上一片淳朴真诚，绝无狡黠之意，实是不由得不信。龙岛主只觉脑海中一团混乱，扶住了石壁，问道："你既不识字，那么自第一室至第二十三室，壁上这许许多多注释，却是谁解给你听的？"

石破天道："没人解给我听。白爷爷解了几句，关东那位范大爷解了几句，我也不懂，没听下去。我……我只是瞧着图形，胡思乱想，忽然之间，图上的云头或是小剑什么的，就和身体内的热气连在一起了。"

木岛主道："你不识字，却能解通图谱，这……这如何能够？"龙岛主道："难道冥冥中真有天意？还是这位石帮主真有天纵奇才？"

木岛主突然一顿足，叫道："我懂了，我懂了。大哥，原来如此！"龙岛主一呆，登时也明白了。他二人共处数十年，修为相若，功力亦复相若，只是木岛主沉默寡言，比龙岛主少了一分外务，因此悟到其中关窍之时，便比他早了片刻。两人四手相握，脸上神色又是凄楚，又是苦涩，又带了三分欢喜。

龙岛主转头向石破天道："石帮主，幸亏你不识字，才得解破这个大疑团，令我兄弟死得瞑目，不致抱恨而终。"

石破天搔了搔头，问道："什么……什么死得瞑目？"

龙岛主轻轻叹了口气，说道："原来这许许多多注释文字，每一句都在故意导人误入歧途。可是参研图谱之人，又有哪一个肯不去钻研注解？"石破天奇道："岛主你说那许多字都是没用的？"龙岛主道："非但无用，而且大大有害。倘若没有这些注解，我二人的无数心血，又何至尽数虚耗，数十年苦苦思索，多少总该有些进益罢。"

木岛主喟然道："原来这篇'太玄经'也不是真的蝌蚪文，只不过……只不过是一些经脉穴道的线路方位而已。唉，四十年的光阴，四十年的光阴！"龙岛主道："白首太玄经！兄弟，你的头发也真是雪白了！"木岛主向龙岛主头上瞧了一眼，"嘿"的一声。他虽不说话，三人心中无不明白，他意思是说："你的头发何尝不

· 575 ·

白？"

龙木二岛主相对长叹，突然之间，显得苍老异常，更无半分当日腊八宴中的神采威严。

石破天仍是大惑不解，又问："他在石壁上故意写上这许多字，教人走上错路，那是为了什么？"

龙岛主摇头道："到底是什么居心，那就难说得很了。这位武林前辈或许不愿后人得之太易，又或者这些注释是后来另外有人加上去的。这往昔之事，谁也不知道的了。"木岛主道："或许这位武林前辈不喜读书人，故意布下圈套，好令像石帮主这样不识字的忠厚老实之人得益。"龙岛主叹道："这位前辈用心深刻，又有谁推想得出？"

石破天见他二人神情倦怠，意兴萧索，心下好大的过意不去，说道："二位岛主，倘若我学到的功夫确实有用，自当尽数向两位说知。咱们这就去第一座石室之中，我一一说来，我……我……我决不敢有丝毫隐瞒。"

龙岛主苦笑摇头，道："小兄弟的好意，我二人心领了。小兄弟宅心仁厚，该受此益，日后领袖武林群伦，造福苍生，自非鲜浅。我二人这一番心血也不算白费了。"木岛主道："正是，图谱之谜既已解破，我二人心愿已了。是小兄弟练成，还是我二人练成，那也都是一样。"

石破天求恳道："那么我把这些小蝌蚪详详细细说给两位听，好不好？"

龙岛主凄然一笑，说道："神功既得传人，这壁上的图谱也该功成身退了。小兄弟，你再瞧瞧。"

石破天转身向石壁瞧去，不由得骇然失色。只见石壁上一片片石屑正在慢慢跌落，满壁的蝌蚪文字也已七零八落，只剩下七八成。他大惊之下，道："怎……怎么会这样？"

龙岛主道："小兄弟适才……"木岛主道："此事慢慢再说，咱们且去聚会众人，宣布此事如何？"龙岛主登时会意，道："甚好，甚好。石帮主，请。"

石破天不敢先行，跟在龙木二岛主之后，从石室中出来。龙岛主传讯邀请众宾，召集弟子，同赴大厅聚会。

原来石破天解悟石壁上神功之后，情不自禁的试演。龙木二岛主一见之下大为惊异，龙岛主当即上前出掌相邀。其时石破天犹似着魔中邪，一觉有人来袭，自然而然的还掌相应，数招之后，龙岛主便觉难以抵挡，木岛主当即上前夹击。他二人的武功，当世已找不出第三个人来，可是二人联手，仍是敌不住石破天新悟的神妙武功。本来二人若是立即收招，石破天自然而然的也会住手，但二人均要试一试这壁上武功到底有多大威力，四掌翻飞，越打越紧。他二人掌势越盛，石破天的反击也是越强，三个人的掌风掌力撞向石壁，竟将石壁的浮面都震得酥了。单是龙木二岛主的掌力，便能销毁石壁，何况石破天内力本来极强，再加上新得的功力，三人的掌力都是武学中的巅峰功夫，锋芒不显，是以石壁虽毁，却并非立时破碎，而是慢慢的酥解跌落。

木岛主知道石破天试功之时便如在睡梦中一般，于外界事物全不知晓，因此阻止龙岛主再说下去，免得石破天为了无意中损坏石壁而心中难过；再说石壁之损，本是因他二人出手邀掌而起，其过在己而不在彼。

三人来到厅中坐定，众宾客和诸弟子陆续到来。龙岛主传令灭去各处石室中的灯火，以免有人贪于钻研功夫，不肯前来聚会。

众宾客纷纷入座。过去三十年中来到侠客岛上的武林首领，除因已寿终逝世之外，都已聚集大厅。三十年来，这些人朝夕在二十四间石室中来来去去，却从未如此这般相聚一堂。

龙岛主命大弟子查点人数，得悉众宾俱至，并无遗漏，便低声向那弟子吩咐了几句。那弟子神色愕然，大有惊异之态。木岛主也向本门的大弟子低声吩咐几句。两名大弟子听得师父都这么说，又再请示好一会，这才奉命，率领十余名师弟出厅办事。

龙岛主走到石破天身旁，低声道："小兄弟，适才石室中的事情，你千万不可向旁人说起。就算是你最亲近之人，也不能让他得知你已解明石壁上的武功秘奥，否则你一生之中将有无穷祸患，无穷烦恼。"石破天应道："是，谨遵岛主吩咐。"龙岛主又道："常言道：慢藏海盗。你身负绝世神功，若是有人得悉，武林中不免有人因羡生妒，因妒生恨，或求你传授指点，或迫你吐露秘密，倘若所求不遂，就会千方百计的来加害于你。你武功虽高，但忠厚老实，实是防不胜防。因此这件事说什么也不能泄露了。"石破天应道："是，多谢岛主指明，晚辈感激不尽。"

龙岛主握着他手，低声道："可惜我和木兄弟不能见你大展奇才，扬威江湖了。"木岛主似是知道他两人说些什么，转头瞧着石破天，神色间也是充满关注与惋惜之意。石破天心想："这两位岛主待我这样好，我回去见了阿绣之后，定要同她再来岛上，拜会他二位老人家。"

龙岛主向他嘱咐已毕，这才归座，向群雄说道："众位朋友，咱们在这岛上相聚，总算是一番缘法。时至今日，大伙儿缘份已尽，这可要分手了。"

群雄一听之下，大为骇异，纷纷相询："为什么？""岛上出了什么事？""两位岛主有何见教？""两位岛主要离岛远行吗？"

众人喧杂相问声中，突然后面传来轰隆隆、轰隆隆一阵阵有如雷响的爆炸之声。群雄立时住口，不知岛上出了什么奇变。

龙岛主道："各位，咱们在此相聚，只盼能解破这首'侠客行'武学图解的秘奥，可惜时不我予，这座侠客岛转眼便要陆沉了。"

群雄大惊，纷问："为什么？""是地震么？""火山爆发？""岛主如何得知？"

龙岛主道："适才我和木兄弟发现本岛中心即将有火山喷发，这一发作，全岛立时化为火海。此刻雷声隐隐，大害将作，各位急速离去罢。"

群雄将信将疑，都是拿不定主意。大多数人贪恋石壁上的武功，宁可冒丧生之险，也不肯就此离去。

龙岛主道："各位若是不信，不妨去石室一观，各室俱已震坍，石壁已毁，便是地震不起，火山不喷，留在此间也无事可为了。"

群雄听得石壁已毁，无不大惊，纷纷抢出大厅，向厅后石室中奔去。

石破天也随着众人同去，只见各间石室果然俱已震得倒塌，壁上图谱尽皆损毁。石破天知是龙木二岛主命弟子故意毁去，心中好生过意不去，寻思："都是我不好，闯出这等的大祸来。"

早有人瞧出情形不对，石室之毁显是出于人为，并非地震使然，振臂高呼，又群相奔回大厅，要向龙木二岛主质问。刚到厅口，便听得哀声大作，群雄惊异更甚，只见龙木二岛主闭目而坐，群弟子围绕在二人身周，俯伏在地，放声痛哭。

石破天吓得一颗心似欲从腔中跳了出来，排众而前，叫道："龙岛主、木岛主，你……你们怎么了？"只见二人容色僵滞，原来已然逝世。石破天回头向张三、李四问道："两位岛主本来好端端地，怎么……怎么便死了？"张三呜咽道："两位师父逝世之时，说道他二人大愿得偿，虽离人世，心中却是……却是十分平安。"

石破天心中难过，不禁哭出声来。他不知龙木二岛主突然去世，一来年寿本高，得知图谱的秘奥之后，于世上更无萦怀之事；二来更因石室中一番试掌，石破天内力源源不绝，龙木二岛主竭力抵御，终于到了油尽灯枯之境。他若知二位岛主之死与自己实有莫大干系，更要深自咎责、伤心无已了。

那身穿黄衫的大弟子拭了眼泪，朗声说道："众位嘉宾，我等恩师去世之前，遗命请各位急速离岛。各位以前所得的'赏善罚恶'铜牌，日后或仍有用，请勿随意丢弃。他日各位若有为难之事，持牌到南海之滨的小渔村中相洽，我等兄弟或可相助一臂之力。"

群雄失望之余，都不禁又是一喜，均想："侠客岛群弟子武功何等厉害，有他们出手相助，纵有天大的祸患，也担当得起。"

那身穿青衫的大弟子说道："海边船只已备，各位便请动程。"当下群雄纷纷向龙木二岛主的遗体下拜作别。

张三、李四拉着石破天的手。张三说道："兄弟，你这就去罢，日后我们当来探你。"

石破天和二人别过，随着白自在、范一飞、高三娘子、天虚道人等一干人来到海边，上了海船。此番回去，所乘的均是大海船，只三四艘船，便将群雄都载走了，拔锚解缆，扬帆离岛。

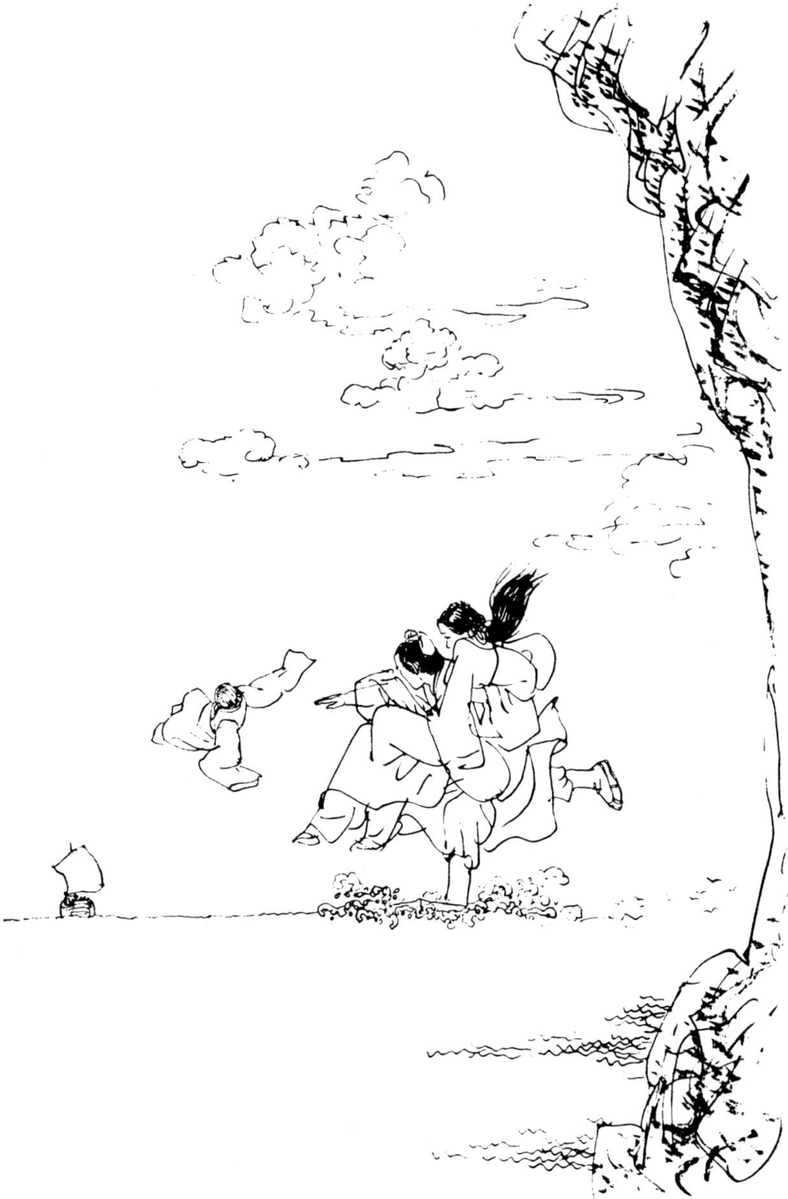

石破天将阿绣拦腰抱住,右掌急探,在史婆婆背上一托一带,借力转力,史婆婆的身子便稳稳向海船中飞去。

二十一

"我是谁?"

在侠客岛上住过十年以上之人,对图谱沉迷已深,于石壁之毁,无不痛惜。更有人自怨自艾,深悔何不及早抄录摹写下来。海船中自撞其头者有之,自捶其胸者有之。但新来的诸人想到居然能生还故土,却是欣慰之情远胜于惋惜了。

眼见侠客岛渐渐模糊,石破天突然想起一事,不由得汗流浃背,顿足叫道:"糟糕,糟糕!爷爷,今……今天是几……几月初……初几啊?"

白自在一惊,大叫:"啊哟!"根根胡子不绝颤动,道:"我……我不……不知道,今……今天是几月初……初几?"

丁不四坐在船舱的另一角中,问道:"什么几月初几?"

石破天问道:"丁四爷爷,你记不记得,咱们到侠客岛来,已有几天了?"丁不四道:"一百天也好,两百天也好,谁记得了?"

石破天大急,几乎要流出眼泪来,向高三娘子道:"咱们是腊月初八到的,此刻是三月里了罢?"高三娘子屈指计算,道:"咱们在岛上过了一百一十五日。今天不是四月初五,便是四月初六。"

石破天和白自在齐声惊呼:"是四月?"高三娘子道:"自然是四月了!"

白自在捶胸大叫:"苦也,苦也!"

丁不四哈哈大笑，道："甜也，甜也！"

石破天怒道："丁四爷爷，婆婆说过，倘若三月初八不见白爷爷回去，她便投海而死，你……你又有什么好笑？阿绣……阿绣也说要投海……"丁不四一呆，道："她说在三月初八投海？今……今日已是四月……"石破天哭道："是啊，那……那怎么办？"

丁不四怒道："小翠在三月初八投海，此刻已死了二十几天啦，还有什么法子？她脾气多硬，说过是三月初八跳海，初七不行，初九也不行，三月初八便是三月初八！白自在，他妈的你这老畜生，你……你为什么不早早回去？你这狗养的老贼！"

白自在不住捶胸，叫道："不错，我是老混蛋，我是老贼。"丁不四又骂道："你这狗杂种，该死的狗杂种，为什么不早些回去？"石破天哭道："不错，我当真该死。"

突然一个尖锐的女子声音说道："史小翠死也好，活也好，又关你什么事了？凭什么要你来骂人？"

说话的正是那姓梅的蒙脸女子。丁不四一听，这才不敢再骂下去，但兀自唠叨不绝。

白自在却怪起石破天来："你既知婆婆三月初八要投海，怎地不早跟我说？你这小混蛋太也胡涂，我……我扭断你的脖子。"石破天伤心欲绝，不愿置辩，任由他抱怨责骂。

其时南风大作，海船起了三张帆，航行甚速。白自在疯疯癫癫，只是痛骂石破天。丁不四却不住和他们斗口，两人几次要动手相打，都被船中旁人劝开。

到第三天傍晚，远远望见海天相接处有条黑线，众人瞧见了南海之滨的陆地，都欢呼起来。白自在却双眼发直，尽瞧着海中碧波，似要寻找史婆婆和阿绣的尸首。

座船越驶越近，石破天极目望去，依稀见到岸上情景，宛然便

·584·

和自己离开时一般无异，海滩上是一排排棕榈，右首悬崖凸出海中，崖边三棵椰树，便如三个瘦长的人影。他想起四个月前离此之时，史婆婆和阿绣站在海边相送，今日自己无恙归来，师父和阿绣却早已葬身鱼腹，尸骨无存了，想到此处，不由得泪水潸潸而下，望出来时已是一片模糊。

海船不住向岸边驶去，忽然间一声呼叫，从悬崖上传了过来，众人齐向崖上望去，只见两个人影，一灰一白，从崖上双双跃向海中。

石破天遥见跃海之人正是史婆婆和阿绣，这一下惊喜交集，实是非同小可，其时千钧一发，哪里还顾到去想何以她二人居然未死？随手提起一块船板，用力向二人落海之处掷将过去，跟着双膝一弯，全身力道都聚到了足底，拚命撑出，身子便如箭离弦，激射而出。

他在侠客岛上所学到的高深内功，登时在这一撑一跃中使了出来。眼见船板落海着水，自己落足处和船板还差着几尺，左足凌空向前跨了一大步，已踏上了船板。当真是说时迟，那时快，他左足踏上船板，阿绣的身子便从他身旁急堕。石破天左臂伸出，将她拦腰抱住。两人的身重再加上这一堕之势，石破天双腿向海中直沉下去，眼见史婆婆又在左侧跌落，当下右掌急探，在她背上一托一带，借力转力，使出石壁上"银鞍照白马"中的功夫，史婆婆的身子便稳稳向海船中飞去。

船上众人齐声大呼。白自在和丁不四早已抢到船头，眼见史婆婆飞到，两人同时伸手去接。白自在喝道："让开！"左掌向丁不四拍出。丁不四欲待回手，不料那蒙面女子伸掌疾推，手法甚是怪异，噗咚一声，丁不四登时跌入海中。

便在此时，白自在已将史婆婆接住，没想到这一飞之势中，包含着石破天雄浑之极的内力，白自在站立不定，退了一步，喀喇一

· 585 ·

声,双足将甲板踏破了一个大洞,跟着坐倒,却仍将史婆婆抱在怀中,牢牢不放。

石破天抱着阿绣,借着船板的浮力,淌到船边,跃上甲板。

丁不四幸好识得水性,一面划水,一面破口大骂。船上水手抛下绳索,将他吊了上来。众人七张八嘴,乱成一团。丁不四全身湿淋淋地,呆呆的瞧着那蒙面女子,突然叫道:"你……你不是她妹子,你就是她,就是她自己!"

那蒙面女子只是冷笑,阴森森的道:"你胆子这样大,当着我面,竟敢去抱史小翠!"丁不四嚷道:"你……你自己就是!你推我落海这一招……这招'飞来奇峰',天下就只你一人会使。"

那女子道:"你知道就好。"一伸手,揭去面幕,露出一张满是皱纹的脸来,只是肤色极白,想是面幕遮得久了,不见日光之故。

丁不四道:"文馨,文馨,果然是你!你……你怎么骗我说已经死了?"

这蒙面女子姓梅,名叫梅文馨,是丁不四昔年的情人。两人生了一个女儿,便是梅芳姑。但丁不四苦恋史小翠,中途将梅文馨遗弃,事隔数十年,竟又重逢。

梅文馨左手一探,扭住了丁不四的耳朵,尖声道:"你只盼我早已死了,这才快活,是不是?"丁不四内心有愧,不敢挣扎,苦笑道:"快放手!众英雄在此,有什么好看?"梅文馨道:"我偏要你不好看!我的芳姑呢?还我来!"丁不四道:"快放手!龙岛主查到她在熊耳山枯草岭,咱们这就找她去。"梅文馨道:"找到孩子,我才放你,若是找不到,把你两只耳朵都撕了下来!"

吵闹声中,海船已然靠岸。石清夫妇、白万剑与雪山派的成自学等一干人都迎了上来,眼见白自在、石破天无恙归来,史婆婆和阿绣投海得救,都是欢喜不尽。只有成自学、齐自勉、梁自进三人心下失望,却也只得强装笑脸,趋前道贺。

船上众家英雄都是归心似箭，双脚一踏上陆地，便纷纷散去。范一飞、吕正平、风良、高三娘子四人别过石破天，自回辽东。

白万剑对父亲道："爹，妈早在说，等到你三月初八再不见你回来，便要投海自尽。今日正是三月初八，我加意防范，哪知道妈竟突然出手，点了我的穴道。谢天谢地，你若迟得半天回来，那就见不到妈妈了。"白自在奇道："什么？你说今日是三月初八？"

白万剑道："是啊，今日是初八。"白自在又问一句："三月初八？"白万剑点头道："是三月初八。"白自在伸手不住搔头，道："我们腊月初八到侠客岛，在岛上耽了一百多天，怎地今日仍是三月初八？"白万剑道："你老人家忘了，今年闰二月，有两个二月。"

此言一出，白自在恍然大悟，抱住了石破天，道："好小子，你怎么不早说？哈哈，哈哈！这闰二月，当真是闰得好！"石破天问道："什么叫闰二月？为什么有两个二月？"白自在笑道："你管他有两个二月也好，有三个二月也好，只要老婆没死，便有一百个二月也不相干！"众人都放声大笑。

白自在一转头，问道："咦，丁不四那老贼呢，怎地溜得不知去向了？"史婆婆笑道："你管他干什么？梅文馨扭了他耳朵，去找他们的女儿梅芳姑啦！"

"梅芳姑"三字一出口，石清、闵柔二人脸色陡变，齐声问道："你说是梅芳姑？到什么地方去找？"

史婆婆道："刚才我在船中听那姓梅的女子说，他们要到熊耳山枯草岭，去找他们的私生女儿梅芳姑。"

闵柔颤声道："谢天谢地，终于……终于打听到了这女子的下落！师哥，咱们……咱们赶着便去。"石清点头道："是。"二人当即向白自在等人作别。

白自在嚷道："大伙儿热热闹闹的，最少也得聚上十天半月，谁也不许走。"

　　石清道："白老伯有所不知，这个梅芳姑，便是侄儿夫妇的杀子大仇人。我们东打听，西寻访，在江湖上找了她一十八年，得不到半点音讯，今日既然得知，便须急速赶去，迟得一步，只怕又给她躲了起来。"

　　白自在拍腿叹道："这女子杀死了你们的儿子？岂有此理，不错，非去将她碎尸万段不可。你的事就是我的事，去去去，大家一起去。石老弟，有丁不四那老儿护着那个女贼，梅文馨这老太婆家传的'梅花拳'也颇为厉害，你也得带些帮手，才能报得此仇。"白自在与史婆婆、阿绣劫后重逢，心情奇佳，此时任何人求他什么事，他都会一口答允。

　　石清、闵柔心想梅芳姑有丁不四和梅文馨撑腰，此仇确是难报，难得白自在仗义相助，当真是求之不得。上清观的掌门人天虚道人坐在另一艘海船之中，尚未抵达，石清夫妇报仇心切，不及等他，便即启程。

　　石破天自是随着众人一同前往。

　　不一日，一行人已到熊耳山。那熊耳山方圆数百里，不知枯草岭是在何处。众人找了数日，全无踪影。

　　白自在老大的不耐烦，怪石清道："石老弟，你玄素双剑是江南剑术名家，武功虽然及不上我老人家，也已不是泛泛之辈，怎地会连个儿子也保不住，让那女贼杀了？那女贼又跟你有什么仇怨，却要杀你儿子？"

　　石清叹了口气，道："此事也是前世的冤孽，一时不知如何说起。"

　　闵柔忽道："师哥，你……你会不会故意引大伙儿走错路？你若是真的不想去杀她为坚儿报仇……我……我……"说到这里，泪珠儿已点点洒向胸襟。

白自在奇道:"为什么又不想去杀她了?啊哟,不好!石老弟,这个女贼相貌很美,从前跟你有些不清不白,是不是?"石清脸上一红,道:"白老伯说笑了。"白自在向他瞪视半响,道:"一定如此!这女贼吃醋,因此下毒手杀了闵女侠跟你生的儿子!"白自在逢到自己的事脑筋极不清楚,推测别人的事倒是一猜便中。

石清无言可答。闵柔道:"白老伯,倒不是我师哥跟她有什么暧昧,那……那姓梅的女子单相思,由妒生恨,迁怒到孩子身上,我……我那苦命的孩儿……"

突然之间,石破天大叫一声:"咦!"脸上神色十分古怪,又道:"怎么……怎么在这里?"拔足向左首一座山岭飞奔而上。原来他蓦地里发觉这山岭的一草一木都十分熟悉,竟是他自幼长大之地,只是当年他从山岭的另一边下来,因此一直未曾看出。

他此刻的轻功何等了得,转瞬间便上了山岭,绕过一片林子,到了几间草屋之前。只听得狗吠声响,一条黄狗从屋中奔将出来,扑向他的肩头。石破天一把搂住,喜叫:"阿黄,阿黄!你回来了。我妈妈呢?"大叫:"妈妈,妈妈!"

只见草屋中走出三个人来,中间一个女子面容奇丑,正是石破天的母亲,两旁一个是丁不四,一个是梅文馨。

石破天喜叫:"妈!"抱着阿黄,走到她的身前。

那女子冷冷的道:"你到哪里去啦?"

石破天道:"我……"忽听得闵柔的声音在背后说道:"梅芳姑,你化装易容,难道便瞒得过我了?你便是逃到天涯……天……涯……我……我……"石破天大惊,跃身闪开,道:"石夫人,你……你弄错了,她是我妈妈,不是杀你儿子的仇人。"

石清奇道:"这女人是你的妈妈?"石破天道:"是啊。我自小和妈妈在一起，就是……就是那一天，我妈妈不见了，我等了几天不见她回来，到处去找她，越找越远，迷了路不能回来。阿黄也不见了。你瞧，这不是阿黄吗？"他抱着黄狗，十分欢喜。

石清转向那丑脸女子，说道："芳姑，既然你自己也有了儿子，当年又何必来杀害我的孩儿？"他语声虽然平静，但人人均听得出，话中实是充满了苦涩之意。

那丑脸女子正是梅芳姑。她冷冷一笑，目光中充满了怨恨，说道："我爱杀谁，便杀了谁，你……你又管得着么？"

石破天道："妈，石庄主、石夫人的孩子，当真是你杀死的么？那……那为什么？"

梅芳姑冷笑道："我爱杀谁，便杀了谁，又有什么道理？"

闵柔缓缓抽出长剑，向石清道："师哥，我也不用你为难，你站在一旁罢。我若是杀不了她，也不用你出手相帮。"

石清皱起了眉头，神情甚是苦恼。

白自在道："丁老四，咱们话说在先，你夫妻若是乖乖的站在一旁，大家都乖乖的站在一旁。你二人倘若要动手助你们的宝贝女儿，石老弟请我白自在夫妻到熊耳山来，也不是叫我们来瞧热闹的。"

丁不四见对方人多，突然灵机一动，道："好，一言为定，咱们大家都不出手。你们这边是石庄主夫妇，他们这边是母子二人。双方各是一男一女，大家见个胜败便是。"他和石破天动过几次手，知道这少年武功远在石清夫妇之上，有他相助，梅芳姑决计不会落败。

闵柔向石破天瞧了一眼，道："小兄弟，你是不许我报仇了，是不是？"

石破天道："我……我……石夫人……我……"突然双膝跪倒，叫道："我跟你磕头，石夫人，你良心最好的，请你别害我妈妈。"说着连连磕头,咚咚有声。

梅芳姑厉声喝道:"狗杂种,站起来,谁要你为我向这贱人求情?"

闵柔突然心念一动,问道:"你为什么这样叫他?他……他是你亲生的儿子啊。莫非……莫非……"转头向石清道:"师哥,这位小兄弟的相貌和玉儿十分相像,莫非是你和梅小姐生的?"她虽身当此境,说话仍是斯斯文文。

石清连忙摇头,道:"不是,不是,哪有此事?"

白自在哈哈大笑,说道:"石老弟,你也不用赖了,当然是你跟她生的儿子,否则天下哪有一个女子,会把自己的儿子叫作'狗杂种'?这位梅姑娘心中好恨你啊。"

闵柔弯下腰去,将手中长剑放在地下,道:"你们三人团圆相聚,我……我要去了。"说着转过身去,缓缓走开。

石清大急,一把拉住她的手臂,厉声道:"师妹,你若有疑我之意,我便先将这贱人杀了,明我心迹。"闵柔苦笑道:"这孩子不但和玉儿一模一样,跟你也像得很啊。"

石清长剑挺出,便向梅芳姑刺了过去。哪知梅芳姑并不闪避,挺胸就戮。眼见这一剑便要刺入她胸中,石破天伸指弹去,铮的一声,将石清的长剑震成两截。

梅芳姑惨然笑道:"好,石清,你要杀我,是不是?"

石清道:"不错!芳姑,我明明白白的再跟你说一遍,在这世上,我石清心中便只闵柔一人。我石清一生一世,从未有过第二个女人。你心中若是对我好,那也只是害了我。这话在二十二年前我曾跟你说过,今日仍是这样几句话。"他说到这里,声转柔和,说道:"芳姑,你儿子已这般大了。这位小兄弟为人正直,武功卓绝,数年之内,便当名动江湖,为武林中数一数二的人物。他爹爹到底是谁?你怎地不跟他明言?"

石破天道:"是啊,妈,我爹爹到底是谁?我……我姓什么?你跟我说,为什么你一直叫我'狗杂种'?"

梅芳姑惨然笑道:"你爹爹到底是谁,天下便只我一人知道。"转头向石清道:"石清,我早知你心中便只闵柔一人,当年我自毁容貌,便是为此。"

石清喃喃的道:"你自毁容貌,却又何苦?"

梅芳姑道:"当年我的容貌,和闵柔到底谁美?"

石清伸手握住了妻子的手掌,踌躇半晌,道:"二十年前,你是武林中出名的美女,内子容貌虽然不恶,却不及你。"

梅芳姑微微一笑,哼了一声。

丁不四却道:"是啊,石清你这小子可太也不识好歹了,明知我的芳姑相貌美丽,无人能比,何以你又不爱她?"

石清不答,只是紧紧握住妻子的手掌,似乎生怕她心中着恼,又再离去。

梅芳姑又问:"当年我的武功和闵柔相比,是谁高强?"

石清道:"你梅家拳家传的武学,又兼学了许多希奇古怪的武功……"丁不四插口道:"什么希奇古怪?那是你丁四爷爷得意的功夫,你自己不识,便少见多怪,见到骆驼说是马背肿!"石清道:"不错,你武功兼修丁梅二家之所长,当时内子未得上清观剑学的真谛,自是逊你一筹。"

梅芳姑又问:"然则文学一途,又是谁高?"

石清道:"你会做诗填词,咱夫妇识字也是有限,如何比得上你!"

石破天心下暗暗奇怪:"原来妈妈文才武功什么都强,怎么一点也不教我?"

梅芳姑冷笑道:"想来针线之巧,烹饪之精,我是不及这位闵家妹子了。"

石清仍是摇头，道："内子一不会补衣，二不会裁衫，连炒鸡蛋也炒不好，如何及得上你千伶百俐的手段？"

梅芳姑厉声道："那么为什么你一见我面，始终冷冰冰的没半分好颜色，和你那闵师妹在一起，却是有说有笑？为什么……为什么……"说到这里，声音发颤，甚是激动，脸上却仍是木然，肌肉都不稍动。

石清缓缓道："梅姑娘，我不知道。你样样比我闵师妹强，不但比她强，比我也强。我和你在一起，自惭形秽，配不上你。"

梅芳姑出神半晌，大叫一声，奔入了草房之中。梅文馨和丁不四跟着奔进。

闵柔将头靠在石清胸口，柔声道："师哥，梅姑娘是个苦命人，她虽杀了我们的孩儿，我……我还是比她快活得多，我知道你心中从来就只我一个，咱们走罢，这仇不用报了。"石清道："这仇不用报了？"闵柔凄然道："便杀了她，咱们的坚儿也活不转来啦。"

忽听得丁不四大叫："芳姑，你怎么寻了短见？我去和这姓石的拼命！"石清等都是大吃一惊。

只见梅文馨抱着芳姑的身子，走将出来。芳姑左臂上袖子捋得高高地，露出她雪白娇嫩的皮肤，臂上一点猩红，却是处子的守宫砂。梅文馨尖声道："芳姑守身如玉，至今仍是处子，这狗杂种自然不是她生的。"

众人的眼光一齐都向石破天射去，人人心中充满了疑窦："梅芳姑是处女之身，自然不会是他母亲。那么他母亲是谁？父亲是谁？梅芳姑为什么要自认是他母亲？"

石清和闵柔均想："难道梅芳姑当年将坚儿掳去，并未杀他？后来她送来的那具童尸脸上血肉模糊，虽然穿着坚儿的衣服，其实不是坚儿？这小兄弟如果不是坚儿，她何以叫他狗杂种？何以他和玉儿这般相像？"

石破天自是更加一片迷茫："我爹爹是谁？我妈妈是谁？我自己又是谁？"

梅芳姑既然自尽，这许许多多疑问，那是谁也无法回答了。

（全书完）

后 记

由于两个人相貌相似，因而引起种种误会，这种古老的传奇故事，决不能成为小说的坚实结构。虽然莎士比亚也曾一再使用孪生兄弟、孪生姊妹的题材，但那些作品都不是他最好的戏剧。在《侠客行》这部小说中，我所想写的，主要是石清夫妇爱怜儿子的感情，所以石破天和石中玉相貌相似，并不是重心之所在。

一九七五年冬天，在《明报月刊》十周年的纪念稿《明月十年共此时》中，我曾引过石清在庙中向佛像祷祝的一段话。此番重校旧稿，眼泪又滴湿了这段文字。

各种牵强附会的注释，往往会损害原作者的本意，反而造成严重障碍。《侠客行》写于十二年之前，于此意有所发挥。近来多读佛经，于此更深有所感。大乘般若经以及龙树的中观之学，都极力破斥烦琐的名相戏论，认为各种知识见解，徒然令修学者心中产生虚妄念头，有碍见道，因此强调"无着"、"无住"、"无作"、"无愿"。邪见固然不可有，正见亦不可有。《金刚经》云："凡所有相，皆是虚妄"，"法尚应舍，何况非法"，"如来所说法，皆不可取，不可说，非法、非非法"，皆是此义。写《侠客行》时，于佛经全无认识之可言，《金刚经》也是在去年十一月间才开始诵读全经，对般若学和中观的修学，更是今年春夏间之事。此中因缘，殊不可解。

一九七七·七

越女劍

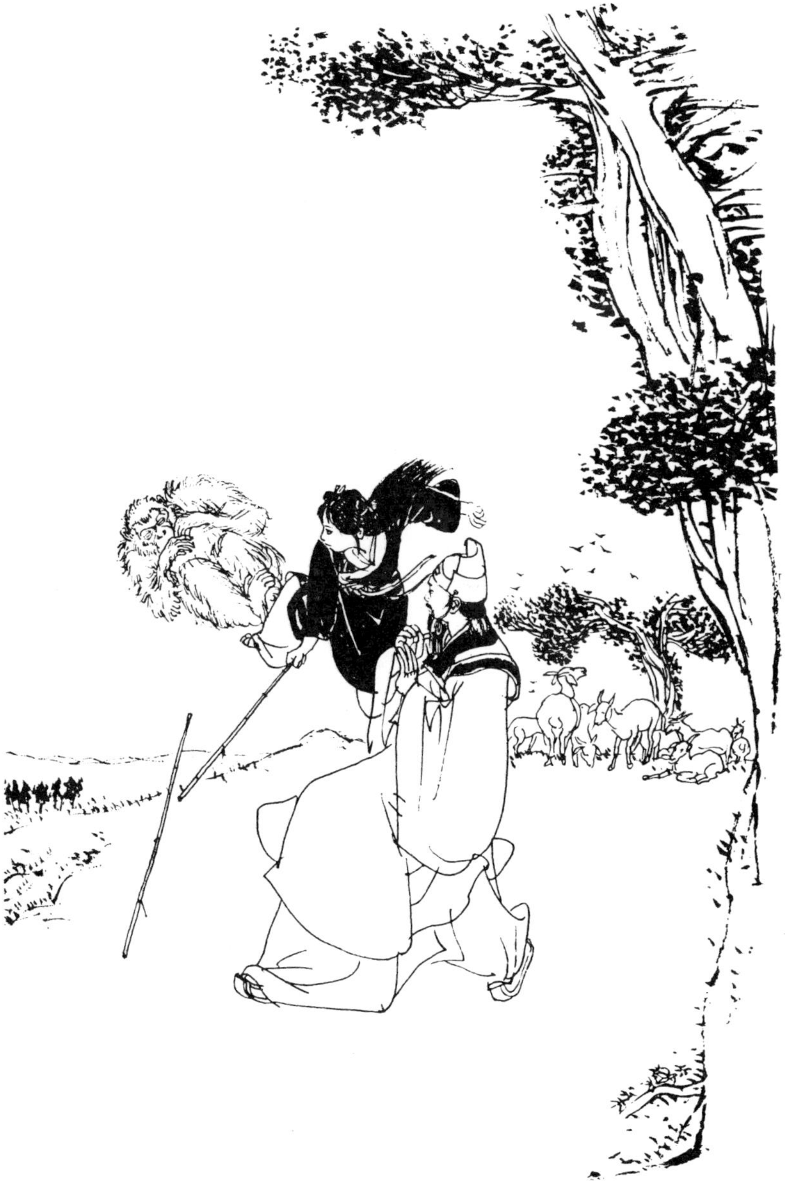

阿青横棒挥出，白猿的竹棒落地。白猿一声长啸，跃上树梢，接连几个纵跃，已窜出十数丈外，但听得啸声凄厉，渐渐远去。

"请!""请!"

两名剑士各自倒转剑尖,右手握剑柄,左手搭于右手手背,躬身行礼。

两人身子尚未站直,突然间白光闪动,跟着铮的一声响,双剑相交,两人各退一步。旁观众人都是"咦"的一声轻呼。

青衣剑士连劈三剑,锦衫剑士一一格开。青衣剑士一声叱喝,长剑从左上角直划而下,势劲力急。锦衫剑士身手矫捷,向后跃开,避过了这剑。他左足刚着地,身子跟着弹起,刷刷两剑,向对手攻去。青衣剑士凝立不动,嘴角边微微冷笑,长剑轻摆,挡开来剑。

锦衫剑士突然发足疾奔,绕着青衣剑士的溜溜的转动,脚下越来越快。青衣剑士凝视敌手长剑剑尖,敌剑一动,便挥剑击落。锦衫剑士忽而左转,忽而右转,身法变幻不定。青衣剑士给他转得脑子微感晕眩,喝道:"你是比剑,还是逃命?"刷刷两剑,直削过去。但锦衫剑士奔转甚急,剑到之时,人已离开,敌剑剑锋总是和他身子差了尺许。

青衣剑士回剑侧身,右腿微蹲,锦衫剑士看出破绽,挺剑向他左肩疾刺。不料青衣剑士这一蹲乃是诱招,长剑突然圈转,直取敌人咽喉,势道劲急无伦。锦衫剑士大骇之下,长剑脱手,向敌人心窝激射过去。这是无可奈何中同归于尽的打法,敌人若是继续进击,心窝必定中剑。当此情势,对方自须收剑挡格,自己便可摆脱这无可挽救的绝境。

不料青衣剑士竟不挡架闪避,手腕抖动,噗的一声,剑尖刺入了锦衫剑士的咽喉。跟着当的一响,掷来的长剑刺中了他胸膛,长剑落地。青衣剑士嘿嘿一笑,收剑退立,原来他衣内胸口藏着一面护心铁镜,剑尖虽是刺中,却是丝毫无伤。那锦衫剑士喉头鲜血激喷,身子在地下不住扭曲。当下便有从者过来抬开尸首,抹去地下血迹。

青衣剑士还剑入鞘,跨前两步,躬身向北首高坐于锦披大椅中的一位王者行礼。

那王者身披紫袍,形貌拙异,头颈甚长,嘴尖如鸟,微微一笑,嘶声道:"壮士剑法精妙,赐金十斤。"青衣剑士右膝跪下,躬身说道:"谢赏!"那王者左手一挥,他右首一名高高瘦瘦、四十来岁的官员喝道:"吴越剑士,二次比试!"

东首锦衫剑士队中走出一条身材魁梧的汉子,手提大剑。这剑长逾五尺,剑身极厚,显然份量甚重。西首走出一名青衣剑士,中等身材,脸上尽是剑疤,东一道、西一道,少说也有十二三道,一张脸已无复人形,足见身经百战,不知已和人比过多少次剑了。二人先向王者屈膝致敬,然后转过身来,相向而立,躬身行礼。

青衣剑士站直身子,脸露狞笑。他一张脸本已十分丑陋,这么一笑,更显得说不出的难看。锦衫剑士见了他如鬼似魅的模样,不由得机伶伶打个冷战,波的一声,吐了口长气,慢慢伸过左手,搭住剑柄。

青衣剑士突然一声狂叫,声如狼嗥,挺剑向对手急刺过去。锦衫剑士也是纵声大喝,提起大剑,对着他当头劈落。青衣剑士斜身闪开,长剑自左而右横削过去。那锦衫剑士双手使剑,一柄大剑舞得呼呼作响。这大剑少说也有五十来斤重,但他招数仍是迅捷之极。

两人一搭上手,顷刻间拆了三十来招,青衣剑士被他沉重的剑力压得不住倒退。站在大殿西首的五十余名锦衫剑士人人脸有喜色,眼见这场比试是赢定了。

只听得锦衫剑士一声大喝,声若雷震,大剑横扫过去。青衣剑士避无可避,提长剑奋力挡格。当的一声响,双剑相交,半截大剑飞了出去,原来青衣剑士手中长剑锋利无比,竟将大剑斩为两截,那利剑跟着直划而下,将锦衫剑士自咽喉而至小腹,划了一道两尺来长的口子。锦衫剑士连声狂吼,扑倒在地。青衣剑士向地下魁梧的身形凝视片刻,这才还剑入鞘,屈膝向王者行礼,脸上掩不住得意之色。

王者身旁一位官员道:"壮士剑利术精,大王赐金十斤。"青衣剑士称谢退开。

西首一列排着八名青衣剑士,与对面五十余名锦衫剑士相比,众寡之数甚是悬殊。

那官员缓缓说道:"吴越剑士,三次比剑!"两队剑士队中各走出一人,向王者行礼后相向而立。突然间青光耀眼,众人均觉寒气袭体。但见那青衣剑士手中一柄三尺长剑不住颤动,便如一根闪闪发出丝光的缎带。那官员赞道:"好剑!"青衣剑士微微躬身为礼,谢他称赞。那官员道:"单打独斗已看了两场,这次两个对两个!"

锦衫剑士队中一人应声而出,拔剑出鞘。那剑明亮如秋水,也是一口利器。青衣剑士队中又出来一人。四人向王者行过礼后,相互行礼,跟着剑光闪烁,斗了起来。这二对二的比剑,同伙剑士互相照应配合。数合之后,嗤的一声,一名锦衫剑士手中长剑竟被敌手削断。这人极是悍勇,提着半截断剑,飞身向敌人扑去。那青衣剑士长剑闪处,嗤的一声响,将他右臂齐肩削落,跟着补上一剑,刺中他的心窝。

另外二人兀自缠斗不休,得胜的青衣剑士窥伺在旁,突然间长剑递出,嗤的一声,又将锦衫剑士手中长剑削断。另一人长剑中宫直进,自敌手胸膛贯入,背心穿出。

那王者呵呵大笑,拍手说道:"好剑,好剑法!赏酒,赏金!咱们再来瞧一场四个对四个的比试。"

两边队中各出四人,行过礼后,出剑相斗。锦衫剑士连输三场,死了四人,这时下场的四人狠命相扑,说什么也要赢回一场。只见两名青衣剑士分从左右夹击一名锦衫剑士。余下三名锦衫剑士上前邀战,却给两名青衣剑士挺剑挡住。这两名青衣剑士取的纯是守势,招数严密,竟一招也不还击,却令三名锦衫剑士无法过去相援同伴,余下两名青衣剑士以二对一,十余招间便将对手杀死,跟着便攻向另一名锦衫剑士。先前两名青衣剑士仍使旧法,只守不攻,挡住两名锦衫剑士,让同伴以二对一,杀死敌手。

旁观的锦衫剑士眼见同伴只剩下二人,胜负之数已定,都大声鼓噪起来,纷纷拔剑,便欲一拥而上,将八名青衣剑士乱剑分尸。

那官员朗声道:"学剑之士,当守剑道!"他神色语气之中有一股凛然之威,一众锦衫剑士立时都静了下来。

这时众人都已看得分明,四名青衣剑士的剑法截然不同,二人的守招严密无比,另二人的攻招却是凌厉狠辣,分头合击,守者缠住敌手,只剩下一人,让攻者以众凌寡,逐一蚕食杀戮。以此法迎敌,纵然对方武功较高,青衣剑士一方也必操胜算。别说四人对四人,即使是四人对六人甚或八人,也能取胜。那二名守者的剑招施展开来,便如是一道剑网,纯取守势,要挡住五六人实是绰绰有余。

这时场中两名青衣剑士仍以守势缠住了一名锦衫剑士,另外两名青衣剑士快剑攻击,杀死第三名锦衫剑士后,转而向第四名敌手相攻。取守势的两名青衣剑士向左右分开,在旁掠阵。余下一名锦衫剑士虽见败局已成,却不肯弃剑投降,仍是奋力应战。突然间四名青衣剑士齐声大喝,四剑并出,分从前后左右,一齐刺在锦衫剑士的身上。

锦衫剑士身中四剑,立时毙命,只见他双目圆睁,嘴巴也是张得大大的。四名青衣剑士同时拔剑,四人抬起左脚,将长剑剑刃在鞋底一拖,抹去了剑上的血渍,刷的一声,还剑入鞘。这几下动作干净利落,固不待言,最难得的是齐整之极,同时抬脚,同时拖剑,回剑入鞘却只发出一下声响。

那王者呵呵大笑,鼓掌道:"好剑法,好剑法!上国剑士名扬天下,可教我们今日大开眼界了。四位剑士各赐金十斤。"四名青衣剑士一齐躬身谢赏。四人这么一弯腰,四个脑袋摆成一道直线,不见有丝毫高低,实不知花了多少功夫才练得如此划一。

一名青衣剑士转过身去,捧起一只金漆长匣,走上几步,说道:"敝国君王多谢大王厚礼,命臣奉上宝剑一口还答。此剑乃敝国新铸,谨供大王玩赏。"

那王者笑道:"多谢了。范大夫,接过来看看。"

那王者是越王勾践。那官员是越国大夫范蠡。锦衫剑士是越王宫中的卫士,八名青衣剑士则是吴王夫差派来送礼的使者。越王昔日为夫差所败,卧薪尝胆,欲报此仇,面子上对吴王十分恭顺,暗中却日夜不停的训练士卒,俟机攻吴。他为了试探吴国军力,连出卫士中的高手和吴国剑士比剑,不料一战之下,八名越国好手尽数被歼。勾践又惊又怒,脸上却不动声色,显得对吴国剑士的剑法欢喜赞叹,衷心钦服。

范蠡走上几步,接过了金漆长匣,只觉轻飘飘地,匣中有如无物,当下打开了匣盖。旁边众人没见到匣中装有何物,却见范蠡的脸上陡然间罩上了一层青色薄雾,都是"哦"的一声,甚感惊讶。

当真是剑气映面,发眉俱碧。

范蠡托着漆匣,走到越王身前,躬身道:"大王请看!"勾践见匣中铺以锦缎,放着一柄三尺长剑,剑身极薄,刃上宝光流动,变幻不定,不由得赞道:"好剑!"握住剑柄,提了起来,只见剑刃不住颤动,似乎只须轻轻一抖,便能折断,心想:"此剑如此单薄,只堪观赏,并无实用。"

那为首的青衣剑士从怀中取出一块轻纱,向上抛起,说道:"请大王平伸剑刃,剑锋向上,待纱落在剑上,便见此剑与众不同。"眼见一块轻纱从半空中飘飘扬扬的落将下来,越王平剑伸出,轻纱落在剑上,不料下落之势并不止歇,轻纱竟已分成两块,缓缓落地。原来这剑已将轻纱划而为二,剑刃之利,实是匪夷所思。殿上殿下,采声雷动。

青衣剑士说道:"此剑虽薄,但与沉重兵器相碰,亦不折断。"

勾践道:"范大夫,拿去试来。"范蠡道:"是!"双手托上剑匣,让勾践将剑放入匣中,倒退数步,转身走到一名锦衫剑士面前,取剑出匣,说道:"拔剑!咱们试试!"

那锦衫剑士躬身行礼,拔出佩剑,举在空中,不敢下击。范蠡叫道:"劈下!"锦衫剑士道:"是!"挥剑劈下,落剑处却在范蠡身前一尺。范蠡提剑向上一撩,嗤的一声轻响,锦衫剑士手中的长剑已断为两截。半截断剑落下,眼见便要碰到范蠡身上,范蠡轻轻一跃避开。众人又是一声采,却不知是称赞剑利,还是赞范大夫身手敏捷。

范蠡将剑放回匣中,躬身放在越王脚边。

勾践说道:"上国剑士,请赴别座饮宴领赏。"八名青衣剑士行礼下殿。勾践手一挥,锦衫剑士和殿上侍从也均退下,只除下范蠡一人。

勾践瞧瞧脚边长剑,又瞧瞧满地鲜血,只是出神,过了半晌,道:"怎样?"

范蠡道:"吴国武士剑术,未必尽如这八人之精,吴国武士所用兵刃,未必尽如此剑之利。但观此一端,足见其余。最令人心忧的是,吴国武士群战之术,妙用孙武子兵法,臣以为当今之世,实乃无敌于天下。"勾践沉吟道:"夫差派这八人来送宝剑,大夫你看是何用意?"范蠡道:"那是要咱们知难而退,不可起侵吴报仇之心。"

勾践大怒,一弯身,从匣中抓起宝剑,回手一挥,嚓的一声响,将坐椅平平整整的切去了一截,大声道:"便有千难万难,勾践也决不知难而退。终有一日,我要擒住夫差,便用此剑将他脑袋砍了下来!"说着又是一剑,将一张檀木椅子一劈为二。

范蠡躬身道:"恭喜大王,贺喜大王!"勾践愕然道:"眼见吴国剑士如此了得,又有什么喜可贺?"范蠡道:"大王说道便有千难万难,也决不知难而退。大王既有此决心,大事必成。眼前这难事,还须请文大夫共同商议。"勾践道:"好,你去传文大夫来。"

范蠡走下殿去,命宫监去传大夫文种,自行站在宫门之侧相候。过不多时,文种飞马赶到,与范蠡并肩入宫。

范蠡本是楚国宛人,为人倜傥,不拘小节,所作所为,往往出人意表,当地人士都叫他"范疯子"。文种来到宛地做县令,听到范蠡的名字,便派部属去拜访。那部属见了范蠡,回来说道:"这人是本地出名的疯子,行事乱七八糟。"文种笑道:"一个人有与众不同的行为,凡人必笑他胡闹;他有高明独特的见解,庸人自必骂他胡涂。你们又怎能明白范先生呢?"便亲自前去拜访。范蠡避而不见,但料到他必定去而复来,向兄长借了衣冠,穿戴整齐。果然过了几个时辰,文种又再到来。两人相见之后,长谈王霸之道,

· 607 ·

投机之极，当真是相见恨晚。

两人都觉中原诸国暮气沉沉，楚国邦大而乱，眼前霸兆是在东南。于是文种辞去官位，与范蠡同往吴国。其时吴王正重用伍子胥，言听计从，国势好生兴旺。

文种和范蠡在吴国京城姑苏住了数月，眼见伍子胥的种种兴革措施确是才识卓越，自己未必能胜得他过。两人一商量，以越国和吴国邻近，风俗相似，虽然地域较小，却也大可一显身手，于是来到越国。勾践接见之下，于二人议论才具颇为赏识，均拜为大夫之职。

后来勾践不听文种、范蠡劝谏，兴兵和吴国交战，以石买为将，在钱塘江边一战大败，勾践在会稽山被围，几乎亡国殒身。勾践在危急之中用文种、范蠡之计，买通了吴王身边的奸臣太宰伯嚭，替越王陈说。吴王夫差不听伍子胥的忠谏，答允与越国讲和，将勾践带到吴国，后来又放他归国。其后勾践卧薪尝胆，决定复仇，采用了文种的灭吴九术。

那九术第一是尊天地，事鬼神，令越王有必胜之心。第二是赠送吴王大量财币，既使他习于奢侈，又去其防越之意。第三是先向吴国借粮，再以蒸过的大谷归还，吴王见谷大，发给农民当谷种，结果稻不生长，吴国大饥。第四是赠送美女西施和郑旦，使吴王迷恋美色，不理政事。第五是赠送巧匠，引诱吴王大起宫室高台，耗其财力民力。第六是贿赂吴王左右的奸臣，使之败坏朝政。第七是离间吴王的忠臣，终于迫得伍子胥自杀。第八是积蓄粮草，充实国家财力。第九是铸造武器，训练士卒，待机攻吴。

八术都已成功，最后的第九术却在这时遇上了重大困难。眼见吴王派来剑士八人，所显示的兵刃之利、剑术之精，实非越国武士所能匹敌。

范蠡将适才比剑的情形告知了文种。文种皱眉道:"范贤弟,吴国剑士剑利术精,固是大患,而他们在群斗之时,善用孙武子遗法,更是难破难当。"范蠡道:"正是,当年孙武子辅佐吴王,统兵破楚,攻入郢都,用兵如神,天下无敌。虽齐晋大国,亦畏其锋。他兵法有言道:'我专为一,敌分为十,是以十攻其一也,则我众而敌寡。能以众击寡者,则吾之所与战者,约矣。'吴士四人与我越士四人相斗,吴士以二人专攻一人,以众击寡,战无不胜。"

言谈之间,二人到了越王面前,只见勾践手中提着那柄其薄如纸的利剑,兀自出神。

过了良久,勾践抬起头来,说道:"文大夫,当年吴国有干将莫邪夫妇,善于铸剑。我越国有良工欧冶子,铸剑之术,亦不下于彼。此时干将、莫邪、欧冶子均已不在人世。吴国有这等铸剑高手,难道我越国自欧冶子一死,就此后继无人吗?"文种道:"臣闻欧冶子传有弟子二人,一名风胡子,一名薛烛。风胡子在楚,薛烛尚在越国。"勾践大喜,道:"大夫速召薛烛前来,再遣人入楚,以重金聘请风胡子来越。"文种遵命而退。

次日清晨,文种回报已遣人赴楚,薛烛则已宣到。

勾践召见薛烛,说道:"你师父欧冶子曾奉先王之命,铸剑五口。这五口宝剑的优劣,你倒说来听听。"薛烛磕头道:"小人曾听先师言道,先师为先王铸剑五口,大剑三、小剑二,一曰湛卢,二曰纯钧,三曰胜邪,四曰鱼肠,五曰巨阙。至今湛卢在楚,胜邪、鱼肠在吴,纯钧、巨阙二剑则在大王宫中。"勾践道:"正是。"

原来当年勾践之父越王允常铸成五剑后,吴王得讯,便来相求。允常畏吴之强,只得以湛卢、胜邪、鱼肠三剑相献。后来吴王阖庐以鱼肠剑遣专诸刺杀王僚。湛卢剑落入水中,后为楚王所得,秦王闻之，求而不得，兴师击楚，楚王始终不与。"

薛烛禀道："先师曾言，五剑之中，胜邪最上，纯钩、湛卢二剑其次，鱼肠又次之，巨阙居末。铸巨阙之时，金锡和铜而离，因此此剑只是利剑，而非宝剑。"勾践道："然则我纯钩、巨阙二剑，不敌吴王之胜邪、鱼肠二剑了？"薛烛道："小人死罪，恕小人直言。"勾践抬头不语，从薛烛这句话中，已知越国二剑自非吴国二剑之敌。

范蠡说道："你既得传尊师之术，可即开炉铸剑。铸将几口宝剑出来，未必便及不上吴国的宝剑。"薛烛道："回禀大夫：小人已不能铸剑了。"范蠡道："却是为何？"薛烛伸出手来，只见他双手的拇指食指俱已不见，只剩下六根手指。薛烛黯然道："铸剑之劲，全仗拇指食指。小人苟延残喘，早已成为废人。"

勾践奇道："你这四根手指，是给仇家割去的么？"薛烛道："不是仇家，是给小人的师兄割去的。"勾践更加奇怪，道："你的师兄，那不是风胡子么？他为什么要割你手指？啊，一定是你铸剑之术胜过师兄，他心怀妒忌，断你手指，教你再也不能铸剑。"勾践自加推测，薛烛不便说他猜错，只有默然不语。

勾践道："寡人本要派人到楚国去召风胡子来。他怕你报仇，或许不敢回来。"薛烛道："大王明鉴，风师兄目下是在吴国，不在楚国。"勾践微微一惊，说道："他……他在吴国，在吴国干什么？"

薛烛道："三年之前，风师兄来到小人家中，取出宝剑一口，给小人观看。小人一见之下，登时大惊，原来这口宝剑，乃先师欧冶子为楚国所铸，名曰工布，剑身上文如流水，自柄至尖，连绵不断。小人曾听先师说过，一见便知。当年先师为楚王铸剑三口，一曰龙渊、二曰泰阿、三曰工布。楚王宝爱异常，岂知竟为师哥所得。"

勾践道："想必是楚王赐给你师兄了。"

薛烛道："若说是楚王所赐，原也不错，只不过是转了两次手。风师兄言道，吴师破楚之后，伍子胥发楚平王之棺，鞭其遗尸，在楚王墓中得此宝剑。后来回吴之后，听到风师兄的名字，便叫人将剑送去楚国给他，说道此是先师遗泽，该由风师兄承受。"

勾践又是一惊，沉吟道："伍子胥居然舍得此剑，此人真乃英雄，真乃英雄也！"突然间哈哈大笑，说道："幸好夫差中我之计，已逼得此人自杀，哈哈，哈哈！"

勾践长笑之时，谁都不敢作声。他笑了好一会，才问："伍子胥将工布宝剑赠你师兄，要办什么事？"薛烛道："风师兄言道，当时伍子胥只说仰慕先师，别无所求。风师兄得到此剑后，心下感激，寻思伍将军是吴国上卿，赠我希世之珍，岂可不去当面叩谢？于是便去到吴国，向伍将军致谢。伍将军待以上宾之礼，替风师兄置下房舍，招待得极是客气。"勾践道："伍子胥叫人为他卖命，用的总是这套手段，当年叫专诸刺王僚，便是如此。"

薛烛道："大王料事如神。但风师兄不懂得伍子胥的阴谋，受他如此厚待，心下过意不去，一再请问，有何用己之处。伍子胥总说：'阁下枉驾过吴，乃是吴国嘉宾，岂敢劳动尊驾？'"勾践骂道："老奸巨猾，以退为进！"薛烛道："大王明见万里。风师兄终于对伍子胥说，他别无所长，只会铸剑，承蒙如此厚待，当铸造几口希世的宝剑相赠。"

勾践伸手在大腿上一拍，道："着了道儿啦！"薛烛道："那伍子胥却说，吴国宝剑已多，也不必再铸了。而且铸剑极耗心力，当年干将莫邪铸剑不成，莫邪自身投入剑炉，宝剑方成。这种惨事，万万不可再行。"勾践奇道："他当真不要风胡子铸剑？那可奇了。"薛烛道："当时风师兄也觉奇怪。一日伍子胥又到宾馆来和风师兄闲谈，说起吴国与北方齐晋两国争霸，吴士勇悍，时占上

·611·

风,便是车战之术有所不及,若与之以徒兵步战,所用剑戟却又不够锋锐。风师兄便与之谈论铸造剑戟之法。原来伍子胥所要铸的,不是一口两口宝剑,而是千口万口利剑。"

勾践登时省悟,忍不住"啊哟"一声,转眼向文种、范蠡二人瞧去。只见文种满脸焦虑之色,范蠡却是呆呆出神,问道:"范大夫,你以为如何?"范蠡道:"伍子胥虽然诡计多端,别说此人已死,就算仍在世上,也终究逃不脱大王的掌心。"

勾践笑道:"嘿嘿,只怕寡人不是伍子胥的对手。"范蠡道:"伍子胥已被大王巧计除去,难道他还能奈何我越国吗?"勾践呵呵大笑,道:"这话倒也不错。薛烛,你师兄听了伍子胥之言,便助他铸造利剑了?"薛烛道:"正是。风师哥当下便随着伍子胥,来到莫干山上的铸剑房,只见有一千余名剑匠正在铸剑,只是其法未见尽善,于是风师兄逐一点拨,此后吴剑锋利,诸国莫及。"勾践点头道:"原来如此。"

薛烛道:"铸得一年,风师哥劳瘁过度,精力不支,便向伍子胥说起小人名字。伍子胥备下礼物,要风师哥来召小人前往吴国,相助风师哥铸剑。小人心想吴越世仇,吴国铸了利剑,固能杀齐人晋人,也能杀我越人,便劝风师哥休得再回吴国。"勾践道:"是啊,你这人甚有见识。"

薛烛磕头道:"多谢大王奖勉。可是风师哥不听小人之劝,当晚他睡在小人家中,半夜之中,他突然以利剑架在小人颈中,再砍去了小人四根手指,好教小人从此成为废人。"

勾践大怒,厉声说道:"下次捉到风胡子,定将他斩成肉酱。"

文种道:"薛先生,你自己虽不能铸剑,但指点剑匠,咱们也能铸成千口万口利剑。"薛烛道:"回禀文大夫:铸剑之铁,吴越均有,唯精铜在越,良锡在吴。"

范蠡道:"伍子胥早已派兵守住锡山,不许百姓采锡,是不是?"薛烛脸现惊异之色,道:"范大夫,原来你早知道了。"范蠡微笑道:"我只是猜测而已。现下伍子胥已死,他的遗命吴人未必遵守。高价收购,要得良锡也是不难。"

勾践道:"然而远水救不着近火,待得采铜、炼锡、造炉、铸剑,铸得不好又要从头来起,少说也是两三年的事。如果夫差活不到这么久,岂不成终生之恨?"

文种、范蠡同时躬身道:"是。臣等当再思良策。"

范蠡退出宫来,寻思:"大王等不得两三年,我是连多等一日一夜,也是……"想到这里,胸口一阵隐隐发痛,脑海中立刻出现了那个惊世绝艳的丽影。

那是浣纱溪畔的西施。是自己亲去访寻来的天下无双美女夷光,将越国山水灵气集于一身的娇娃夷光,自己却亲身将她送入了吴宫。

从会稽到姑苏的路程很短,只不过是几天的水程,但便在这短短的几天之中,两人情根深种,再也难分难舍。西施皎洁的脸庞上,垂着两颗珍珠一般的泪珠,声音像若耶溪中温柔的流水:"少伯,你答应我,一定要接我回来,越快越好,我日日夜夜的在等着你。你再说一遍,你永远永远不会忘了我。"

越国的仇非报不可,那是可以等的。但夷光在夫差的怀抱之中,妒忌和苦恼在咬啮着他的心。必须尽快大批铸造利剑,比吴国剑士所用利剑更加锋锐……

他在街上漫步,十八名卫士远远在后面跟着。

突然间长街西首传来一阵吴歌合唱:"我剑利兮敌丧胆,我剑捷兮敌无首……"

八名身穿青衣的汉子,手臂挽着手臂,放喉高歌,旁若无人的大踏步过来。行人都避在一旁。那正是昨日在越宫中大获全胜的吴国剑士，显然是喝了酒，在长街上横冲直撞。

范蠡皱起了眉头，愤怒迅速在胸口升起。

八名吴国剑士走到了范蠡身前。为首一人醉眼惺忪，斜睨着他，说道："你……你是范大夫……哈哈，哈哈，哈哈！"范蠡的两名卫士抢了上来，挡在范蠡身前，喝道："不得无礼，闪开了！"八名剑士纵声大笑，学着他们的音调，笑道："不得无礼，闪开了！"两名卫士抽出长剑，喝道："大王有命，冲撞大夫者斩！"

为首的吴国剑士身子摇摇晃晃，说道："斩你，还是斩我？"

范蠡心想："这是吴国使臣，虽然无礼，不能跟他们动手。"正要说："让他过去！"突然间白光闪动，两名卫士齐声惨呼，跟着当当两声响，两人右手手掌随着所握长剑都已掉在地下。那为首的吴国剑士缓缓还剑入鞘，满脸傲色。

范蠡手下的十六名卫士一齐拔剑出鞘，团团将八名吴国剑士围住。

为首的吴士仰天大笑，说道："我们从姑苏来到会稽，原是不想再活着回去，且看你越国要动用多少军马，来杀我吴国八名剑士。"说到最后一个"士"字时，一声长啸，八人同时执剑在手，背靠背的站在一起。

范蠡心想："小不忍则乱大谋，眼下我国准备未周，不能杀了这八名吴士，致与夫差起衅。"喝道："这八位是上国使者，大家不得无礼，退开了！"说着让在道旁。他手下卫士都是怒气填膺，眼中如要喷出火来，只是大夫有令，不敢违抗，当即也都让在街边。

八名吴士哈哈大笑，齐声高歌："我剑利兮敌丧胆，我剑捷兮敌无首！"

忽听得咩咩羊叫，一个身穿浅绿衫子的少女赶着十几头山羊，从长街东端走来。这群山羊来到吴士之前，便从他们身边绕过，一名吴士兴犹未尽，长剑一挥，将一头山羊从头至臀，剖为两半，便如是划定了线仔细切开一般，连鼻子也是一分为二，两只羊身分倒左右，剑术之精，实是骇人听闻。七名吴士大声喝采。范蠡心中也忍不住叫一声："好剑法！"

那少女手中竹棒连挥，将余下的十几头山羊赶到身后，说道："你为什么杀我山羊？"声音又娇嫩，又清脆，也含有几分愤怒。

那杀羊吴士将溅着羊血的长剑在空中连连虚劈，笑道："小姑娘，我要将你也这样劈为两半！"

范蠡叫道："姑娘，你快过来，他们喝醉了酒。"

那少女道："就算喝醉了酒，也不能随便欺侮人。"

那吴国剑士举剑在她头顶绕了几个圈子，笑道："我本想将你这小脑袋瓜儿割了下来，只是瞧你这么漂亮，可当真舍不得。"七名吴士一齐哈哈大笑。

范蠡见这少女一张瓜子脸，睫长眼大，皮肤白晰，容貌甚是秀丽，身材苗条，弱质纤纤，心下不忍，又叫："姑娘，快过来！"那少女转头应声道："是了！"

那吴国剑士长剑探出，去割她腰带，笑道："那也……"只说得两个字，那少女手中竹棒一抖，戳在他手腕之上。那剑士只觉腕上一阵剧痛，呛啷一声，长剑落地。那少女竹棒挑起，碧影微闪，已刺入他左眼之中。那剑士大叫一声，双手捧住了眼睛，连声狂吼。

这少女这两下轻轻巧巧的刺出，戳腕伤目，行若无事，不知如何，那吴国剑士竟是避让不过。余下七名吴士大吃一惊，一名身材魁梧的吴士提起长剑，剑尖也往少女左眼刺去。剑招嗤嗤有声，足见这一剑劲力十足。

那少女更不避让，竹棒刺出，后发先至，噗的一声，刺中了那吴士的右肩。那吴士这一剑之劲立时卸了。那少女竹棒挺出，已刺入了他右眼之中。那人杀猪般的大噪,双拳乱挥乱打,眼中鲜血淋淋而下,神情甚是可怖。

这少女以四招戳瞎两名吴国剑士的眼睛,人人眼见她只是随手挥刺,对手便即受伤,无不耸然动容。六名吴国剑士又惊又怒,各举长剑,将那少女围在垓心。

范蠡略通剑术,眼见这少女不过十六七岁年纪,只用一根竹棒便戳瞎了两名吴国高手的眼睛,手法如何虽然看不清楚,但显是极上乘的剑法,不由得又惊又喜,待见六名剑士各挺兵刃围住了她,心想她剑术再精,一个少女终是难敌六名高手,当即朗声说道:"吴国众位剑士,六个打一个,不怕坏了吴国的名声?倘若以多为胜,嘿嘿!"双手一拍,十六名越国卫士立即挺剑散开,围住了吴国剑士。

那少女冷笑道:"六个打一个,也未必会赢!"左手微举,右手中的竹棒已向一名吴士眼中戳去。那人举剑挡格,那少女早已兜转竹棒,戳向另一名吴士胸口。便在此时,三名吴士的长剑齐向那少女身上刺到。那少女身法灵巧之极,一转一侧,将来剑尽数避开,噗的一声,挺棒戳中左首一名吴士的手腕。那人五指不由自主的松了,长剑落地。

十六名越国卫士本欲上前自外夹击,但其时吴国剑士长剑使开,已然幻成一道剑网,青光闪烁,那些越国卫士如何欺得近身?

却见那少女在剑网之中飘忽来去,浅绿色布衫的衣袖和带子飞扬开来,好看已极,但听得"啊哟"、呛啷之声不断,吴国众剑士长剑一柄柄落地,一个个的退开,有的举手按眼,有的蹲在地下,每一人都被刺瞎了一只眼睛,或伤左目,或损右目。

那少女收棒而立,娇声道:"你们杀了我羊儿,赔是不赔?"

八名吴国剑士又是惊骇,又是愤怒,有的大声咆哮,有的全身发抖。这八人原是极为勇悍的武士,即使给人砍去了双手双足,也不会害怕示弱,但此刻突然之间为一个牧羊少女所败,实在摸不着半点头脑,震骇之下,心中都是一团混乱。

那少女道:"你们不赔我羊儿,我连你们另一只眼睛也戳瞎了。"八剑士一听,不约而同的都退了一步。

范蠡叫道:"这位姑娘,我赔你一百只羊,这八个人便放他们去罢!"那少女向他微微一笑,道:"你这人很好,我也不要一百只羊,只要一只就够了。"

范蠡向卫士道:"护送上国使者回宾馆休息,请医生医治伤目。"众卫士答应了,派出八人,挺剑押送。八名吴士手无兵刃,便如打败了的公鸡,垂头丧气的走开。

范蠡走上几步,问道:"姑娘尊姓?"那少女道:"你说什么?"范蠡道:"姑娘姓什么?"那少女道:"我叫阿青,你叫什么?"

范蠡微微一笑,心想:"乡下姑娘,不懂礼法,只不知她如何学会了这一身出神入化的剑术。只须问到她的师父是谁,再请她师父来教练越士,何愁吴国不破?"想到和西施重逢的时刻指日可期,不由得心口登时感到一阵热烘烘的暖意,说道:"我叫范蠡。姑娘,请你到我家吃饭去。"阿青道:"我不去,我要赶羊去吃草。"范蠡道:"我家里有大好的草地,你赶羊去吃,我再赔你十头肥羊。"

阿青拍手笑道:"你家里有大草地吗?那好极了。不过我不要你赔羊,我这羊儿又不是你杀的。"她蹲下地来,抚摸被割成了两爿的羊身,凄然道:"好老白,乖老白,人家杀死了你,我……我可救你不活了。"

范蠡吩咐卫士道:"把老白的两爿身子缝了起来,去埋在姑娘屋子的旁边。"

阿青站起身来,面颊上有两滴泪珠,眼中却透出喜悦的光芒,说道："范蠡，你……你不许他们把老白吃了？"范蠡道："自然不许。那是你的好老白，乖老白，谁都不许吃。"阿青叹了口气，道："你真好。我最恨人家拿我的羊儿去宰来吃了，不过妈说，羊儿不卖给人家，我们就没钱买米。"范蠡道："打从今儿起，我时时叫人送米送布给你妈，你养的羊儿，一只也不用卖。"阿青大喜，一把抱住范蠡，叫道："你真是个好人。"

众卫士见她天真烂漫，既直呼范蠡之名，又当街抱住了他，无不好笑，都转过了头，不敢笑出声来。

范蠡挽住了她的手，似乎生怕这是个天上下凡的仙女，一转身便不见了，在十几头山羊的咩咩声中，和她并肩缓步，同回府中。

阿青赶着羊走进范蠡的大夫第，惊道："你这屋子真大，一个人住得了吗？"范蠡微微一笑，说道："我正嫌屋子太大，回头请你妈和你一起来住好不好？你家里还有什么人？"阿青道："就是我妈和我两个人，不知道我妈肯不肯来。我妈叫我别跟男人多说话。不过你是好人，不会害我们的。"

范蠡要阿青将羊群赶入花园之中，命婢仆取出糕饼点心，在花园的凉亭中殷勤款待。众仆役见羊群将花园中的牡丹、芍药、芝兰、玫瑰种种名花异卉大口咬嚼，而范蠡却笑吟吟的瞧着，无不骇异。

阿青喝茶吃饼，很是高兴。范蠡跟她闲谈半天，觉她言语幼稚，于世务全然不懂，终于问道："阿青姑娘，教你剑术的那位师父是谁？"

阿青睁着一双明澈的大眼，道："什么剑术？我没有师父啊。"范蠡道："你用一根竹棒戳瞎了八个坏人的眼睛，这本事就是剑术了，那是谁教你的？"阿青摇头道："没有人教我，我自己会的。"范蠡见她神情坦率，实无丝毫作伪之态，心下暗异："难道当真是天降异人？"说道："你从小就会玩这竹棒？"

· 618 ·

阿青道："本来是不会的，我十三岁那年，白公公来骑羊儿玩，我不许他骑，用竹棒赶他。他也拿了根竹棒来打我，我就和他对打。起初他总是打到我，我打不着他。我们天天这样打着玩，近来我总是打到他，戳得他很痛，他可戳我不到。他也不大来跟我玩了。"

范蠡又惊又喜，道："白公公住在哪里？你带我去找他好不好？"阿青道："他住在山里，找他不到的。只有他来找我，我从来没去找过他。"范蠡道："我想见见他，有没有法子？"阿青沉吟道："嗯，你跟我一起去牧羊，咱们到山边等他。就是不知道他什么时候会来。"叹了口气道："近来好久没见到他啦！"

范蠡心想："为了越国和夷光，跟她去牧羊却又怎地？"便道："好啊，我就陪你去牧羊，等那位白公公。"寻思："这阿青姑娘的剑术，自然是那位山中老人白公公所教的了。料想白公公见她年幼天真，便装作用竹棒跟她闹着玩。他能令一个乡下姑娘学到如此神妙的剑术，请他去教练越国武士，破吴必矣！"

请阿青在府中吃了饭后，便跟随她同到郊外的山野去牧羊。他手下部属不明其理，均感骇怪。一连数日，范蠡手执竹棒，和阿青在山野间牧羊唱歌，等候白公公到来。

第五日上，文种来到范府拜访，见范府掾吏面有忧色，问道："范大夫多日不见，大王颇为挂念，命我前来探望，莫非范大夫身子不适么？"那掾吏道："回禀文大夫：范大夫身子并无不适，只是……只是……"文种道："只是怎样？"那掾吏道："文大夫是范大夫的好友，我们下吏不敢说的话，文大夫不妨去劝劝他。"文种更是奇怪，问道："范大夫有什么事？"那掾吏道："范大夫迷上了那个……那个会使竹棒的乡下姑娘，每天一早便陪着她去牧羊，不许卫士们跟随保护，直到天黑才回来。小吏有公务请示，也不敢前去打扰。"

文种哈哈大笑，心想："范贤弟在楚国之时，楚人都叫他范疯子。他行事与众不同，原非俗人所能明白。"

这时范蠡正坐在山坡草地上，讲述楚国湘妃和山鬼的故事。阿青坐在他身畔凝神倾听，一双明亮的眼睛，目不转瞬的瞧着他，忽然问道："那湘妃真是这样好么？"

范蠡轻轻说道："她的眼睛比这溪水还要明亮，还要清澈……"阿青道："她眼睛里有鱼游么？"范蠡道："她的皮肤比天上的白云还要柔和，还要温软……"阿青道："难道也有小鸟在云里飞吗？"范蠡道："她的嘴唇比这朵小红花的花瓣还要娇嫩，还要鲜艳，她的嘴唇湿湿的，比花瓣上的露水还要晶莹。湘妃站在水边，倒影映在清澈的湘江里，江边的鲜花羞惭得都枯萎了，鱼儿不敢在江里游，生怕弄乱了她美丽的倒影。她白雪一般的手伸到湘江里，柔和得好像要溶在水里一样……"

阿青道："范蠡，你见过她的是不是？为什么说得这样仔细？"

范蠡轻轻叹了口气，说道："我见过她的，我瞧得非常非常仔细。"

他说的是西施，不是湘妃。

他抬头向着北方，眼光飘过了一条波浪滔滔的大江，这美丽的女郎是在姑苏城中吴王宫里，她这时候在做什么？是在陪伴吴王么？是在想着我么？

阿青道："范蠡！你的胡子很奇怪，给我摸一摸行不行？"

范蠡想：她是在哭泣呢，还是在笑？

阿青说："范蠡，你的胡子中有两根是白色的，真有趣，像是我羊儿的毛一样！"

范蠡想：分手的那天，她伏在我肩上哭泣，泪水湿透了我半边衣衫,这件衫子我永远不洗,她的泪痕之中,又加上了我的眼泪。

阿青说:"范蠡,我想拔你一根胡子来玩,好不好?我轻轻的拔,不会弄痛你的。"

范蠡想:她说最爱坐了船在江里湖里慢慢的顺水漂流,等我将她夺回来之后,我大夫也不做了,便是整天和她坐了船,在江里湖里漂游,这么漂游一辈子。

突然之间,颏下微微一痛,阿青已拔下了他一根胡子,只听得她在格格娇笑,蓦地里笑声中断,听得她喝道:"你又来了!"

绿影闪动,阿青已激射而出,只见一团绿影、一团白影已迅捷无伦的缠斗在一起。

范蠡大喜:"白公公到了!"眼见两人斗得一会,身法渐渐缓了下来,他忍不住"啊"的一声叫了出来。

和阿青相斗的竟然不是人,而是一头白猿。

这白猿也拿着一根竹棒,和阿青手中竹棒纵横挥舞的对打。这白猿出棒招数巧妙,劲道凌厉,竹棒刺出时带着呼呼风声,但每一棒刺来,总是给阿青拆解开去,随即以巧妙之极的招数还击过去。

数日前阿青与吴国剑士在长街相斗,一棒便戳瞎一名吴国剑士的眼睛,每次出棒都一式一样,直至此刻,范蠡方见到阿青剑术之精。他于剑术虽然所学不多,但常去临观越国剑士练剑,剑法优劣一眼便能分别。当日吴越剑士相斗,他已看得拚舌不下,此时见到阿青和白猿斗剑,手中所持虽然均是竹棒,但招法之精奇,吴越剑士相形之下,直如儿戏一般。

白猿的竹棒越使越快,阿青却时时凝立不动,偶尔一棒刺出,便如电光急闪,逼得白猿接连倒退。

阿青将白猿逼退三步,随即收棒而立。那白猿双手持棒,身子飞起,挟着一股劲风,向阿青疾刺过来。范蠡见到这般猛恶的情势,不由得大惊,叫道:"小心!"却见阿青横棒挥出,拍拍两声轻响，白猿的竹棒已掉在地下。

白猿一声长啸，跃上树梢，接连几个纵跃，已窜出数十丈外，但听得啸声凄厉，渐渐远去。山谷间猿啸回声，良久不绝。

阿青回过身来，叹了口气，道："白公公断了两条手臂，再也不肯来跟我玩了。"范蠡道："你打断了它两条手臂？"阿青点头道："今天白公公凶得很，一连三次，要扑过来刺死你。"范蠡惊道："它……它要刺死我？为什么？"阿青摇了摇头，道："我不知道。"范蠡暗暗心惊："若不是阿青挡住了它，这白猿要刺死我当真是不费吹灰之力。"

第二天早晨，在越王的剑室之中，阿青手持一根竹棒，面对着越国二十名第一流剑手。范蠡知道阿青不会教人如何使剑，只有让越国剑士模仿她的剑法。

但没一个越国剑士能挡到她的三招。

阿青竹棒一动，对手若不是手腕被戳，长剑脱手，便是要害中棒，委顿在地。

第二天，三十名剑士败在她的棒下。第三天，又是三十名剑士在她一根短竹棒下腕折臂断，狼狈败退。

到第四天上，范蠡再要找她去会斗越国剑士时，阿青已失了踪影，寻到她的家里，只余下一间空屋，十几头山羊。范蠡派遣数百名部属在会稽城内城外、荒山野岭中去找寻，再也觅不到这个小姑娘的踪迹。

八十名越国剑士没学到阿青的一招剑法，但他们已亲眼见到了神剑的影子。每个人都知道了，世间确有这样神奇的剑法。八十人将一丝一忽勉强捉摸到的剑法影子传授给了旁人，单是这一丝一忽的神剑影子，越国武士的剑法便已无敌于天下。

范蠡命薛烛督率良工，铸成了千千万万口利剑。

三年之后，勾践兴兵伐吴，战于五湖之畔。越军五千人持长剑而前，吴兵逆击。两军交锋，越兵长剑闪烁，吴兵当者披靡，吴师大败。

吴王夫差退到余杭山。越兵追击，二次交战，吴兵始终挡不住越兵的快剑。夫差兵败自杀。越军攻入吴国的都城姑苏。

范蠡亲领长剑手一千，直冲到吴王的馆娃宫。那是西施所住的地方。他带了几名卫士，奔进宫去，叫道："夷光，夷光！"

他奔过一道长廊，脚步声发出清朗的回声，长廊下面是空的。西施脚步轻盈，每一步都像是弹琴鼓瑟那样，有美妙的音乐节拍。夫差建了这道长廊，好听她奏着音乐般的脚步声。

在长廊彼端，音乐般的脚步声响了起来，像欢乐的锦瑟，像清和的瑶琴，一个轻柔的声音在说："少伯，真的是你么？"

范蠡胸口热血上涌，说道："是我，是我！我来接你了。"他听得自己的声音嘶嗄，好像是别人在说话，好像是很远很远的声音。他跟跟跄跄的奔过去。

长廊上乐声繁音促节，一个柔软的身子扑入了他怀里。

春夜溶溶。花香从园中透过帘子，飘进馆娃宫。范蠡和西施在倾诉着别来的相思。

忽然间寂静之中传来了几声咩咩的羊叫。

范蠡微笑道："你还是忘不了故乡的风光，在宫室之中也养了山羊吗？"

西施笑着摇了摇头，她有些奇怪，怎么会有羊叫？然而在心爱之人的面前，除了温柔的爱念，任何其他的念头都不会在心中停留长久。她慢慢伸手出去，握住了范蠡的左手。炽热的血同时在两人脉管中迅速流动。

突然间，一个女子声音在静夜中响起："范蠡！你叫你的西施出来，我要杀了她！"

范蠡陡地站起身来。西施感到他的手掌忽然间变得冰冷。范蠡认得这是阿青的声音。她的呼声越过馆娃宫的高墙，飘了进来。

"范蠡，范蠡，我要杀你的西施，她逃不了的。我一定要杀你的西施。"

范蠡又是惊恐，又是迷惑："她为什么要杀夷光？夷光可从来没得罪过她！"蓦地里心中一亮，霎时之间都明白了："她并不真是个不懂事的乡下姑娘，她一直在喜欢我。"

迷惘已去，惊恐更甚。

范蠡一生临大事，决大疑，不知经历过多少风险，当年在会稽山被吴军围困，粮尽援绝之时，也不及此刻的惧怕。西施感到他手掌中湿腻腻的都是冷汗，觉到他的手掌在发抖。

如果阿青要杀的是他自己，范蠡不会害怕的，然而她要杀的是西施。

"范蠡，范蠡！我要杀了你的西施，她逃不了的！"

阿青的声音忽东忽西，在宫墙外传进来。

范蠡定了定神，说道："我要去见见这人。"轻轻放脱了西施的手，快步向宫门走去。

十八名卫士跟随在他身后。阿青的呼声人人都听见了，耳听得她在宫外直呼破吴英雄范大夫之名，大家都感到十分诧异。

范蠡走到宫门之外，月光铺地，一眼望去，不见有人，朗声说道："阿青姑娘，请你过来，我有话说。"四下里寂静无声。范蠡又道："阿青姑娘，多时不见，你可好么？"可是仍然不闻回答。范蠡等了良久，始终不见阿青现身。

他低声嘱咐卫士，立即调来一千名甲士、一千名剑士，在馆娃宫前后守卫。

他回到西施面前，坐了下来，握住她的双手，一句话也不说。从宫门外回到西施身畔，他心中已转过了无数念头："令一个宫女假装夷光，让阿青杀了她？我和夷光化装成为越国甲士，逃出吴宫，从此隐姓埋名？阿青来时，我在她面前自杀，求她饶了夷光？调二千名弓箭手守住宫门，阿青若是硬闯，那便万箭齐发，射死了她？"但每一个计策都有破绽。阿青于越国有大功，也不忍将她杀死。他怔怔的瞧着西施，心头忽然感到一阵温暖："我二人就这样一起死了，那也好得很。我二人在临死之前，终于是聚在一起了。"

　　时光缓缓流过。西施觉到范蠡的手掌温暖了。他不再害怕，脸上露出了笑容。

　　破晓的日光从窗中照射进来。

　　蓦地里宫门外响起了一阵吆喝声，跟着呛啷啷、呛啷啷响声不绝，那是兵刃落地之声。这声音从宫门外直响进来，便如一条极长的长蛇，飞快的游来，长廊上也响起了兵刃落地的声音。一千名甲士和一千名剑士阻挡不了阿青。

　　只听得阿青叫道："范蠡，你在哪里？"

　　范蠡向西施瞧了一眼，朗声道："阿青，我在这里。"

　　"里"字的声音甫绝，嗤的一声响，门帷从中裂开，一个绿衫人飞了进来，正是阿青。她右手竹棒的尖端指住了西施的心口。

　　她凝视着西施的容光，阿青脸上的杀气渐渐消失，变成了失望和沮丧，再变成了惊奇、羡慕，变成了崇敬，喃喃的说："天……天下竟有这……这样的美女！范蠡，她……她比你说的还……还要美！"纤腰扭处，一声清啸，已然破窗而出。

　　清啸迅捷之极的远去，渐远渐轻，余音袅袅，良久不绝。

　　数十名卫士急步奔到门外。卫士长躬身道："大夫无恙？"范蠡摆了摆手，众卫士退了下去。范蠡握着西施的手，道："咱们换上庶民的衣衫,我和你到太湖划船去,再也不回来了。"

西施眼中闪出无比快乐的光芒,忽然之间,微微蹙起了眉头,伸手捧着心口。阿青这一棒虽然没戳中她,但棒端发出的劲气已刺伤了她心口。

两千年来人们都知道,"西子捧心"是人间最美丽的形象。

卅三剑客图

卅三劍客圖

藍弓子為任渭長
壺叟蔡容莊雕刻
咸豐丙辰夏

趙處女一
處女如心之狙

虬髯客二

负心可畏非公世界

繩技三

繩何來債無臺

車中女子四
計甚驚怕不求仕罷

汝州僧五
五九腦後飛。白不

京西老人六
風雷電板一片

蘭陵老人七君剝膚尹割鬚

盧生八術不得七首刼

聶隱孃九

精、空、宜淬鏡終

荆十三娘十
慕中立貌諸葛

紅綫十一

牀頭金合懺除宿孽

正敬宏僕十二
琵琶繡囊一田膨郎

崑崙磨勒十三
崔家臣月下人

四明頭陀十四
道士不學頭陀無著

丁秀才
十五
雪晚來
飲一杯

緻鐵女十六
懷橘奇求珠宜

宣慈寺門子十七

箠何必妙批頰

李龜壽十六
嘻刺客馬花鵲

賈人妻十九
為夫婦俠為子母酷

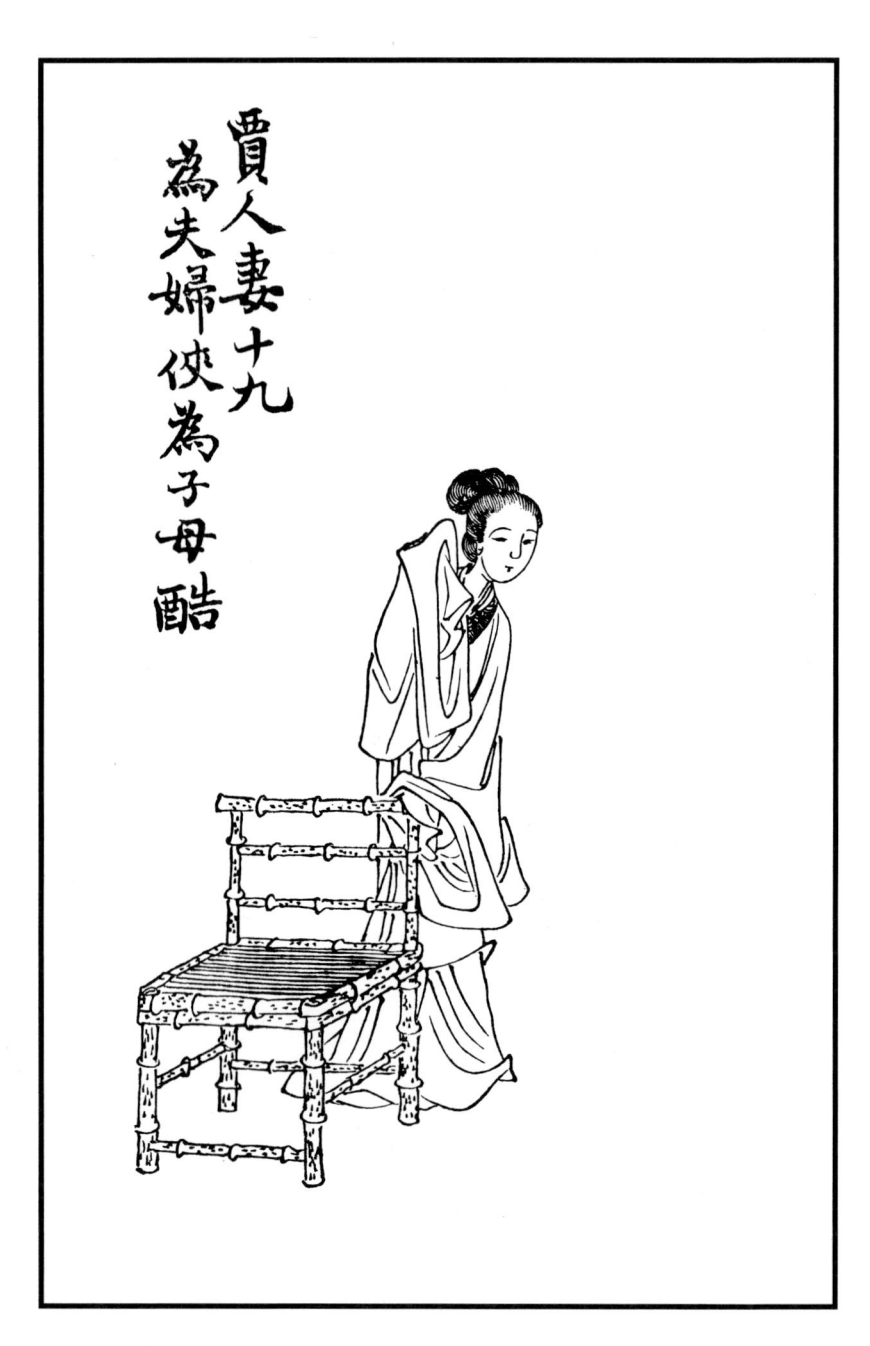

維揚河街上叟二十
不殺用之令君
妻歸

寺行者三十一
休打鐘皮囊中

李勝二十二

殺而不武剋使知懼

張忠定二十三

此老不死諸君自崖

秀州刺客二十四
未可留乃苗劉

張訓妻二十五
婢何鼻欸無謂

潘展二十六
自稱野客依鄭匡國

洪州書生二十七
吾不能容書生心胸

義俠二十八
殺君負心為君報恩

青巾者二十九

公真豪俊我知命

淄川道士三十
髑髏儘瘞劍仙如斯

侠妇人三十一
黄金何劳不如衲袍

解洵婦三十二
去何害妬可怪

角巾道人三十三
足一醉無罣礙

旧小说有插图和绣像，是我国向来的传统。

我很喜欢读旧小说，也喜欢小说中的插图。可惜一般插图的美术水准，与小说的文学水准差得实在太远。这些插图都是木版画，是雕刻在木版上再印出来的，往往画得既粗俗，刻得又简陋，只有极少数的例外。

我国版画有很悠久的历史。最古的版画作品，是汉代的肖形印，在印章上刻了龙虎禽鸟等等图印，印在绢上纸上，成为精美巧丽的图形。版画成长于隋唐时的佛画，盛于宋元，到明末而登峰造极，最大的艺术家是陈洪绶（老莲）。清代版画普遍发展，年画盛行于民间。咸丰年间的任渭长，一般认为是我国传统版画最后的一位大师。以后的版画受到西方美术的影响，和我国传统的风格是颇为不同了。

我手边有一部任渭长画的版画集《卅三剑客图》，共有三十三个剑客的图形，人物的造型十分生动。偶有空闲，翻阅数页，很触发一些想像，常常引起一个念头："最好能给每一幅图'插'一篇短篇小说。"惯例总是画家替小说家绘插图，古今中外，似乎从未有一个写小说的人替一系列的绘画插写小说。

由于读书不多，这三十三个剑客的故事我知道得不全。但反正是写小说，不知道原来出典的，不妨任意创造一个故事。

可是连写三十三个剑侠故事的心愿，永远也完成不了的。写了第一篇《越女剑》后，第二篇《虬髯客》的小说就写不下去了。写叙述文比写小说不费力得多，于是改用平铺直叙的方式，介绍原来的故事。

其中《虬髯客》、《聂隐娘》、《红线》、《昆仑奴》四个故事众所周知，不再详细叙述，同时原文的文笔极好，我没有能力译成同样简洁明丽的语体文，所以附录了原文。比较生僻的故事则将原文内容全部写了出来。

这些短文写于一九七〇年一月和二月，是为《明报晚报》创刊最初两个月所作。

一　赵处女

江苏与浙江到宋朝时已渐渐成为中国的经济与文化中心，苏州、杭州成为出产文人和美女的地方。但在春秋战国时期，吴人和越人却是勇决剽悍的象征。那样的轻视生死，追求生命中最后一刹那的光采，和现代一般中国人的性格相去是这么遥远，和现代苏浙人士的机智柔和更是两个极端。在那时候，吴人越人血管中所流动的，是原始的、犷野的热血。

吴越的文化是外来的。伍子胥、文种、范蠡都来自西方的楚国。勾践的另一个重要谋士计然来自北方的晋国。只有西施本色的美丽，才原来就属于浣纱溪那清澈的溪水。所以，教导越人剑法的那个处女，虽然住在绍兴以南的南林，《剑侠传》中却说她来自赵国，称她为"赵处女"。

但一般书籍中都称她为"越女"。

《吴越春秋》中有这样的记载：

"其时越王又问相国范蠡曰：'孤有报复之谋，水战则乘舟，陆行则乘舆。舆舟之利，顿于兵弩。今子为寡人谋事，莫不谬者乎？'范蠡对曰：'臣闻古之圣人，莫不习战用兵。然行阵、队伍、军鼓之事，吉凶决在其工。今闻越有处女，出于南林，国人称善。愿王请之，立可见。'越王乃使使聘之，问以剑戟之术。

"处女将北见于王，道逢一翁，自称曰'袁公'，问于处女曰：'吾闻子善剑，愿一见之。'女曰：'妾不敢多所隐，惟公试

·665·

之。'于是袁公即杖箖箊（竹名）竹，竹枝上颉桥（向上劲挑），未堕地（'未'应作'末'，竹梢折而跌落），女即捷末（'捷'应作'接'，接住竹梢）。袁公则飞上树，变为白猿，遂别去。

"见越王。越王问曰：'夫剑之道如何？'女曰：'妾生深林之中，长于无人之野，无道不习，不达诸侯，窃好击剑之道，诵之不休。妾非受于人也，而忽自有之。'越王曰：'其道如何？'女曰：'其道甚微而易，其意甚幽而深。道有门户，亦有阴阳。开门闭户，阴衰阳兴。凡手战之道，内实精神，外示安仪。见之似好妇，夺之似惧虎（看上去好像温柔的女子，一受攻击，立刻便如受到威胁的猛虎那样，作出迅速强烈的反应）。布形候气，与神俱往。杳之若日，偏如腾兔，追形逐影，光若彷彿，呼吸往来，不及法禁，纵横逆顺，直复不闻。斯道者，一人当百，百人当万。王欲试之，其验即见。'越王即加女号，号曰'越女'。乃命五板之堕（'堕'应作'队'）长高（'高'是人名，高队长）习之教军士，当世莫胜越女之剑。"

《吴越春秋》的作者是东汉时的赵晔，他是绍兴人，因此书中记载多抑吴而扬越。元朝的徐天祜为此书作了考证和注解，他说赵晔"去古未甚远，晔又山阴人，故综述视他书纪二国事为详。"

书中所记叙越女综论剑术的言语，的确是最上乘的武学，恐怕是全世界最古的"搏击原理"，即使是今日的西洋剑术和拳击，也未见得能超越她所说的根本原则："内动外静，后发先至；全神贯注，反应迅捷；变化多端，出敌不意。"

《艺文类聚》引述这段文字时略有变化："（袁）公即挽林内之竹似枯槁，末折堕地。女接取其末。袁公操其本而刺处女。处女应，即入之。三入，因举杖击袁公。袁公则飞上树，化为白猿。"

叙述袁公手折生竹，如断枯木。处女以竹枝的末梢和袁公的竹杆相斗，守了三招之后还击一招。袁公不敌，飞身上树而遁。其中有了击刺的过程。

《剑侠传》则说:"袁公即挽林杪之竹似桔槔,末折地,女接其末。公操其本而刺女。女因举杖击之。公即上树,化为白猿。"

"桔槔"是井上汲水的滑车,当是从《吴越春秋》中"颉桥"两字化出来的,形容袁公使动竹枝时的灵动。

《东周列国志演义》第八十一回写这故事,文字更加明白了些:

"老翁即挽林内之竹,如摘腐草,欲以刺处女。竹折,末堕于地。处女即接取竹末,还刺老翁。老翁忽飞上树,化为白猿,长啸一声而去。使者异之。

"处女见越王。越王赐坐,问以击刺之道。处女曰:'内实精神,外示安佚。见之如妇,夺之似虎。布形候气,与神俱往。捷若腾兔,追形还影,纵横往来,目不及瞬。得吾道者,一人当百,百人当万。大王不信,愿得试之。'越王命勇士百人,攒戟以刺处女。处女连接其戟而投之。越王乃服,使教习军士。军士受其教者三千人。岁余,处女辞归南林。越王再使人请之,已不在矣。"

这故事明明说白猿与处女比剑,但后人的诗文却常说白猿学剑,或学剑于白猿。庾信的《宇文盛墓志》中有两句说:"授图黄石,不无师表之心,学剑白猿,遂得风云之志。"杜牧之有两句诗说:"授图黄石老,学剑白猿翁。"所以我在《越女剑》的小说中,也写越女阿青的剑法最初从白猿处学来。

我在《越女剑》小说中,提到了薛烛和风胡子,这两人在《越绝书》第十三卷《外传·记宝剑》一篇中有载。

篇末记载:楚王问风胡子,宝剑的威力为什么这样强大:"楚王于是大悦,曰:'此剑威耶?寡人力耶?'风胡子对曰:'剑之威也,因大王之神。'楚王曰:'夫剑,铁耳,固能有精神若此乎?'风胡子对曰:'时各有使然。轩辕、神农、赫胥之时,以石为兵,断树木为宫室,死而龙臧,夫神圣主使然。至黄帝之时,以

· 667 ·

玉为兵，以伐树木为宫室、凿地。夫玉亦神物也，又遇圣主使然，死而龙臧。禹穴之时，以铜为兵，以凿伊阙，通龙门，决江导河，东注于东海，天下通平，治为宫室，岂非圣主之力哉？当此之时，作铁兵，威服三军，天下闻之，莫敢不服，此亦铁兵之神，大王有圣德。'楚王曰：'寡人闻命矣！'"

《越绝书》作于汉代。这一段文字叙述兵器用具的演进，自旧石器、新石器、铜器而铁器，与近代历史家的考证相合，颇饶兴味。风胡子将兵刃之所以具有无比威力，归结到"大王有圣德"五字上，楚王自然要点头称善。拍马屁的手法，古今同例，两千余年来似乎也没有多少新的花样变出来。

处女是最安静斯文的人（当然不是现代着迷你裙、跳新潮舞的处女），而猿猴是最活跃的动物。《吴越春秋》这故事以处女和白猿作对比，而让处女打败了白猿，是一个很有意味的设想，也是我国哲学"以静制动"观念的表现。孙子兵法云："是故始如处女，敌人开户，后如脱兔，敌不及拒。"拿处女和奔跃的兔子相对比。或者说：开始故意示弱，令敌人松懈，不加防备，然后突然发动闪电攻击。

白猿会使剑，在唐人传奇《补江总白猿传》中也有描写，说大白猿"遍身长毛，长数寸。所居常读木简，字若符篆，了不可识；已，则置石磴下。晴昼或舞双剑，环身电飞，光圆若月。"

旧小说《绿野仙踪》中，仙人冷于冰的大弟子是头白猿，舞双剑。还珠楼主的《蜀山剑侠传》中，连续写了好几头会武功的白猿，女主角李英琼的大弟子就是一头白猿。

二　虬髯客

《虬髯客传》一文虎虎有生气，或者可以说是我国武侠小说的鼻祖。我一直很喜爱这篇文章。高中一年级那年，在浙江丽水碧湖就读，曾写过一篇《虬髯客传的考证和欣赏》，登在学校的壁报上。明报总经理沈宝新兄和我那时是同班同学，不知他还记得这篇旧文否？当时学校图书馆中书籍无多，自己又幼稚无识，所谓"考证"，只是胡说八道而已，主要考证该传的作者是杜光庭还是张说，因为典籍所传，有此两说，结论是杜光庭说证据较多。其时教高中三年级国文的老师钱南扬先生是研究元曲的名家，居然对此文颇加赞扬。小孩子学写文章得老师赞好，自然深以为喜。二十余年来，每翻到《虬髯客传》，往往又重读一遍。

这篇传奇为现代的武侠小说开了许多道路。有历史的背景而又不完全依照历史；有男女青年的恋爱；男的是豪杰，而女的是美人（"乃十八九佳丽人也"）；有深夜的化装逃亡；有权相的追捕；有小客栈的借宿和奇遇；有意气相投的一见如故；有寻仇十年而终于食其心肝的虬髯汉子；有神秘而见识高超的道人；有酒楼上的约会和坊曲小宅中的密谋大事；有大量财富和慷慨的赠送；有神气清朗、顾盼炜如的少年英雄；有帝王和公卿；有驴子、马匹、匕首和人头；有弈棋和盛筵；有海船千艘甲兵十万的大战；有兵法的传授……所有这一切，在当代的武侠小说中，我们不是常常读到吗？这许多事情或实叙或虚写，所用笔墨却只不过两千字。每一个人物,每一件事,都写得生动有致。艺术手腕的精炼真是惊人。当代武侠小说用到数十万字,也未必能达到这样的境界。

红拂女张氏是位长头发姑娘,传中说到和虬髯客邂逅的情形:"张氏以发长委地,立梳床前。公方刷马。忽有一人,中形,赤髯而虬,乘蹇驴而来,投革囊于炉前,取枕欹卧,看张梳头。公怒甚,未决,犹亲刷马。张熟视其面,一手握发,一手映身摇示公,令勿怒,急急梳头毕,裣衽前问其姓。"真是雄奇瑰丽,不可方物。

虬髯客的革囊中有一个人头,他说:"此人天下负心者,衔之十年,今始获之,吾憾释矣。"这个负心的人到底做了什么事而使虬髯客如此痛恨,似可铺叙成为一篇短篇小说。我又曾想,可以用一些心理学上的材料,描写虬髯客对于长头发的美貌少女有特别偏爱。很明显,虬髯客对李靖的眷顾,完全是起因于对红拂女的喜爱,只是英雄豪杰义气为重,压抑心中的情意而已。由于爱屋及乌,于是尽量帮助李靖,其实真正的出发点,还是在爱护红拂女。我国传统的观念认为,爱上别人的妻子是不应该的,正面人物决计不可有这种心理,然而写现代小说,非但不必有这种顾忌,反应去努力发掘人物的内心世界。

但《虬髯客传》实在写得太好,不提负心的人如何负心,留下了丰富的想像余地;虬髯客对红拂女的情意表现得十分隐晦,也自有他可爱的地方。再加铺叙,未免是蛇足了。

杜光庭是浙江缙云人,是个道士,学道于五台山,在唐朝为内供奉,后来入蜀,在王建朝中做金紫光禄大夫、谏议大夫的官。王建死后,在后主朝中被封为传真天师、崇真观大学士,后来退休,隐居青城山,号东瀛子,到八十五岁才死,著作甚多。

据正史,李靖是隋朝大将韩擒虎的外甥,祖父和父亲都是隋朝大官,和杨素向来熟识。杨素很重视他的才能,常指着自己的椅子说:"这张椅子将来总是你坐的。"《旧唐书》说他"姿貌瑰伟"，可见是个美少年。

《新唐书·李靖传》中说："世言靖精风角鸟占、云禨孤虚之术，为善用兵。是不然。特以临机果，料敌明，根于忠智而已。俗人传著，怪诡禨祥，皆不足信。"李靖南平萧铣、辅公祏，北破突厥，西定吐谷浑，于唐武功第一，在当时便有种种传闻，说他精通异术。

唐人传奇《李卫公别传》中写李靖代龙王施雨，褚人获的《隋唐演义》中引用了这故事，《说唐》更把李靖写成是个会腾云驾雾的神仙。"风尘三侠"的故事，后世有不少人写过，更是画家所爱用的题材。根据这故事而作成戏曲的，明代张凤翼和张太和都有《红拂记》，凌蒙初有《虬髯翁》。但后人的铺演，都写不出原作的神韵。

郑振铎在《中国文学史》中认为陈忱《后水浒传》写李俊等到海外为王，是受了《虬髯客传》的影响，颇有见地。然而他说《虬髯客传》"是一篇荒唐不经的道士气息很重的传奇文"，以"荒唐不经"四字来评论这"唐代第一篇短篇小说"（胡适的意见），读文学而去注重故事的是否真实，完全不珍视它的文学价值，也未免有些"荒唐不经"了。

历史上的名将当然总是胜多败少，但李靖一生似乎从未打过败仗，那确是古今中外极罕有的事。可是他一生之中，也遇过三次大险。

第一次，他还在隋朝做小官，发觉李渊有造反的迹象，便要到江都去向隋炀帝告发，因道路不通而止。李渊取得长安后，捉住了李靖要斩。李靖大叫："公起义兵，本为天下除暴乱，不欲就大事而以私怨斩壮士乎？"李渊觉得他言词很有气概，李世民又代为说项，于是饶了他。这是正史上所记载李靖结识、追随李世民的开始。

李渊做皇帝后，派李靖攻萧铣，因兵少而无进展。李渊还记着他当年要告发自己造反的旧怨，暗下命令，叫峡州都督许绍杀了他。许绍知道李靖有才能，极力代为求情。不久，李靖以八百兵大破冉肇则,俘虏五千余人。李渊大喜,对众公卿说:"使功不如使过,这一次做对了。"有功的人恃功而骄,往往误事,而存心赎罪之人,小心谨慎,全力以赴,成功的机会反大,那便是所谓"使功不如使过"。李渊于是亲笔写了一封敕书给李靖,说:"既往不咎,旧事吾久忘之矣!"其实说"久忘之矣",毕竟还是不忘,只不过郑重声明以后不再计较而已,所以在慰劳他的文书中说:"卿竭诚尽力,功效特彰,远览至诚,极以嘉赏。勿忧富贵也!"

但最危险的一次,还是在他大破突厥之后。突厥是唐朝的大敌,武力十分强盛。李渊初起兵时,不得不向之称臣,唐朝君臣都引为奇耻大辱。李世民削平群雄,统一天下,突厥却一再来犯,有一次一直攻到京城之外的渭水边,李世民只得干冒大险,亲自出马与之结盟。李靖居然将之打得一蹶不振,全国上下的兴奋可想而知。当时太宗大喜之下,大赦天下,下旨遍赐百姓酒肉,全国狂欢五日。(突厥人后来逐渐西迁,在西方建立了土耳其帝国。李靖这一个大胜仗,对于欧洲历史都有极重大影响。我在记土耳其之游的《忧郁的突厥武士们》一文中曾有谈到。)

李靖立下这样的大功,班师回朝,哪知御史大夫立即就弹劾他,罪名是:"军无纲纪,致令虏中奇宝,散于乱兵之手。"这实在是个莫名其妙的罪名。太宗却对李靖大加责备。李靖很是聪明,知道自己立功太大,皇帝内心一定不喜欢,御史大夫的弹劾,不过是揣摩了皇帝的心理来跟自己过不去而已,当下并不声辩,只是连连磕头,狠狠的自我批评一番。唐太宗这才高兴了,说:"隋将史万岁破达头可汗,有功不赏,反而因罪被杀。朕则不然,当赦公之罪,录公之勋。"于是加官颁赏。

后来李靖继续立功,但明白"功高震主"的道理,从来不敢揽权。《旧唐书》说:"靖性沉厚,每与时宰参议,恂恂然似不能言。"又说他:"临戎出师,凛然威断;位重能避,功成益谦。"

所以直到七十九岁老死,并没被皇帝斗倒斗垮。《旧唐书》论二李(卫国公李靖、英国公李勣),赞曰:"功以懋赏,震主则危。辞禄避位,除猜破疑。功定华夷,志怀忠义。白首平戎,贤哉英卫。"

唐人韦端符《卫公故物记》一文,记载在李靖的后裔处见到李靖遗留的一些故物,有李世民的赐书二十通,其中有几封诏书是李靖病重时的慰问信。一封中说:"有昼夜视公病大老妪,令一人来,吾欲熟知起居状。"(派一名日夜照料你病的老看护来,我要亲自问她,好详细知道你病势如何。)可见李世民直到李靖逝世,始终对他极好,诏书中称之为"公",甚有礼貌。

研究中国历史上这些大人物的心理和个性,是一件很有趣味的事。千百年来物质生活虽然改变极大,但人的心理、对权力之争夺和保持的种种方法,还是极少有什么改变。

附录 虬髯客传

隋炀帝之幸江都也,命司空杨素守西京。素骄贵,又以时乱,天下之权重望崇者,莫我若也,奢贵自奉,礼异人臣。每公卿入言,宾客上谒,未尝不踞床而见,令美人捧出,侍婢罗列,颇僭于上,末年愈甚,无复知所负荷,有扶危持颠之心。一日,卫公李靖以布衣上谒,献奇策。素亦踞见。公前揖曰:"天下方乱,英雄竞起。公为帝室重臣,须以收罗豪杰为心,不宜踞见宾客。"素敛容而起,谢公,与语,大悦,收其策而退。

当公之骋辩也,一妓有殊色,执红拂,立于前,独目公。公既去,而执拂者临轩,指吏曰:"问去者处士第几?住何处?"公具以对。妓诵而去。

公归逆旅。其夜五更初,忽闻叩门而声低者,公起问焉。乃紫衣带帽人,杖揭一囊。公问谁?曰:"妾,杨家之红拂妓也。"

公遽延入。脱衣去帽，乃十八九佳丽人也。素面华衣而拜。公惊答拜。曰："妾侍杨司空久，阅天下之人多矣，无如公者。丝萝非独生，愿托乔木，故来奔耳。"公曰："杨司空权重京师，如何？"曰："彼尸居余气，不足畏也。诸妓知其无成，去者众矣。彼亦不甚逐也。计之详矣。幸无疑焉。"问其姓，曰："张。"问其伯仲之次。曰："最长。"观其肌肤仪状、言词气性，真天人也。公不自意获之，愈喜愈惧，瞬息万虑不安。而窥户者无停履。数日，亦闻追讨之声，意亦非峻。乃雄服乘马，排闼而去。

将归太原。行次灵石旅舍，既设床，炉中烹肉且熟。张氏以发长委地，立梳床前。公方刷马，忽有一人，中形，赤髯如虬，乘蹇驴而来。投革囊于炉前，取枕欹卧，看张梳头。公怒甚，未决，犹亲刷马。张熟视其面，一手握发，一手映身摇示公，令勿怒。急急梳头毕。敛衽前问其姓。卧客答曰："姓张。"对曰："妾亦姓张。合是妹。"遽拜之。问第几。曰："第三。"问妹第几。曰："最长。"遂喜曰："今夕幸逢一妹。"张氏遥呼："李郎且来见三兄！"公骤礼之。遂环坐。曰："煮者何肉？"曰："羊肉，计已熟矣。"客曰："饥。"公出市胡饼。客抽腰间匕首，切肉共食。食竟，余肉乱切送驴前食之，甚速。

客曰："观李郎之行，贫士也。何以致斯异人？"曰："靖虽贫，亦有心者焉。他人见问，故不言，兄之问，则不隐耳。"具言其由。曰："然则将何之？"曰："将避地太原。"曰："然。吾故非君所致也。"曰："有酒乎？"曰："主人西，则酒肆也。"公取酒一斗。既巡，客曰："吾有少下酒物，李郎能同之乎？"曰："不敢。"于是开革囊，取一人头并心肝。却头囊中，以匕首切心肝，共食之。曰："此人天下负心者，衔之十年，今始获之。吾憾释矣。"又曰："观李郎仪形器宇，真丈夫也。亦闻太原有异人乎？"曰："尝识一人，愚谓之真人也。其余，将帅而已。"

曰："何姓？"曰："靖之同姓。"曰："年几？"曰："仅二十。"曰："今何为？"曰："州将之子。"曰："似矣。亦须见之。李郎能致吾一见乎？"曰："靖之友刘文静者，与之狎。因文静见之可也。然兄何为？"曰："望气者言太原有奇气，使吾访之。李郎明发，何日到太原？"靖计之日。曰："期达之明日，日方曙，候我于汾阳桥。"言讫，乘驴而去，其行若飞，回顾已失。

公与张氏且惊且喜，久之，曰："烈士不欺人。固无畏。"促鞭而行。

及期，入太原。果复相见。大喜，偕诣刘氏。诈谓文静曰："有善相者思见郎君，请迎之。"文静素奇其人，一旦闻有客善相，遽致使迎之。使回而至，不衫不履，裼裘而来，神气扬扬，貌与常异。虬髯默然居末坐，见之心死，饮数杯，招靖曰："真天子也！"公以告刘，刘益喜，自负。既出，而虬髯曰："吾得十八九矣。然须道兄见之。李郎宜与一妹复入京。某日午时，访我于马行东酒楼，楼下有此驴及瘦驴，即我与道兄俱在其上矣。到即登焉。"又别而去，公与张氏复应之。

及期访焉，宛见二乘。揽衣登楼，虬髯与一道士方对饮，见公惊喜，召坐围饮，十数巡，曰："楼下柜中，有钱十万。择一深稳处安一妹。某日复会于汾阳桥。"

如期至，即道士与虬髯已到矣。俱谒文静。时方弈棋，揖而话心焉。文静飞书迎文皇看棋。道士对弈，虬髯与公傍侍焉。俄而文皇到来，精采惊人，长揖而坐。神气清朗，满坐风生，顾盼炜如也。道士一见惨然，下棋子曰："此局全输矣！于此失却局哉！救无路矣！复奚言！"罢弈而请去。既出，谓虬髯曰："此世界非公世界。他方可也。勉之，勿以为念。"因共入京。虬髯曰："计李郎之程，某日方到。到之明日，可与一妹同诣某坊曲小宅相访。李郎相从一妹，悬然如磬。欲令新妇祗谒，兼议从容，无前却也。"

言毕，吁嘘而去。

公策马而归。即到京，遂与张氏同往。至一小板门，扣之，有应者，拜曰："三郎令候李郎、一娘子久矣。"延入重门，门愈壮丽。婢四十人，罗列廷前。奴二十人，引公入东厅。厅之陈设，穷极珍异，巾箱、妆奁、冠镜、首饰之盛，非人间之物。巾栉妆饰毕，请更衣，衣又珍异。既毕，传云："三郎来！"乃虬髯纱帽裼裘而来，亦有龙虎之状，欢然相见。催其妻出拜，盖亦天人耳。遂延中堂，陈设盘筵之盛，虽王公家不侔也。

四人对馔讫，陈女乐二十人，列奏于前，若从天降，非人间之曲。食毕，行酒。家人自堂东舁出二十床，各以锦绣帕覆之。既陈，尽去其帕，乃文簿钥匙耳。虬髯曰："此尽宝货泉贝之数。吾之所有，悉以充赠。何者？欲以此世界求事，当或龙战三二十载，建少功业。今既有主，住亦何为？太原李氏，真英主也。三五年内，即当太平。李郎以奇特之才，辅清平之主，竭心尽善，必极人臣。一妹以天人之姿，蕴不世之艺，从夫之贵，以盛轩裳。非一妹不能识李郎，非李郎不能荣一妹。起陆之渐，际会如期，虎啸风生，龙腾云萃，固非偶然也。持余之赠，以佐真主，赞功业也，勉之哉！此后十年，当东南数千里外有异事，是吾得事之秋也。一妹与李郎可沥酒东南相贺。"因命家童列拜，曰："李郎一妹，是汝主也！"言讫，与其妻从一奴，乘马而去。数步，遂不复见。

公据其宅，乃为豪家，得以助文皇缔构之资，遂匡天下。

贞观十年，公以左仆射平章事。适东南蛮入奏曰："有海船千艘，甲兵十万，入扶余国，杀其主自立。国已定矣。"公心知虬髯得事也。归告张氏，具衣拜贺，沥酒东南祝拜之。

乃知真人之兴也，非英雄所冀。况非英雄者乎？人臣之谬思乱者，乃螳臂之拒走轮耳。我皇家垂福万叶，岂虚然哉。或曰："卫公之兵法，半乃虬髯所传耳。"

三　绳技

这部版画集画刻俱精，取材却殊不可恭维。三十三个人物之中，有许多根本不是"剑客"，只不过是异人而已，例如本节玩绳技的男子。

"绳技"的故事出唐人皇甫氏所作《源化记》中的"嘉兴绳技"。

唐朝开元年间，天下升平，风流天子唐明皇常常下令赐百姓酒食，举行嘉年华会（史书上称为"酺"，习惯上常常是"大酺五日"）。这一年又举行了，浙江嘉兴的县司和监司比赛节目的精采，双方全力以赴。监司通令各属，选拔良材。

各监狱官在狱中谈论："这次我们的节目若是输给了县司，监司一定要大发脾气。但只要我们能策划一个拿得出去的节目，就会得赏。"众人到处设法，想找些特别节目。

狱中有一个囚犯笑道："我倒有一桩本事，只可惜身在狱中，不能一献身手。"狱吏惊问："你有什么本事？"囚犯道："我会玩绳技。"狱吏便向狱官报告。狱官查问此人犯了什么罪。狱吏道："此人欠税未纳，别的也没什么。"狱官亲去查问，说："玩绳技嘛，许多人都会的，又有什么了不起？"囚犯道："我所会的与旁人略有不同。"狱官问："怎样？"囚犯道："众人玩的绳技，是将绳的两头系了起来，然后在绳上行走回旋。我却用一条手指粗细的长绳，并不系住，抛向空中，腾掷翻覆，有各种各样的变化。"

狱官又惊又喜,次日命狱吏将囚犯领到戏场。各种节目表演完毕之后,命此人演出绳技。此人捧了一团长绳,放在地上,将一头掷向空中,其劲如笔,初抛两三丈,后来加到四五丈,一条长绳直向天升,就像半空中有人拉住一般。观众大为惊异。这条绳越抛越高,竟达二十余丈,绳端没入云中。此人忽然向上攀援,身足离地,渐渐爬高,突然间长绳在空中荡出,此人便如一头大鸟,从旁边飞出,不知所踪,竟在众目睽睽之下逃走了。

这个嘉兴男子以长绳逃税,一定令全世界千千万万无计逃税之人十分羡慕。

这种绳技据说在印度尚有人会,言者凿凿。但英国人统治印度期间,曾出重赏征求,却也无人应征。

笔者曾向印度朋友 Sam Sekon 先生请教此事。他肯定的说:"印度有人会这技术。这是群众催眠术,是一门十分危险的魔术。如果观众之中有人精神力量极强,不受催眠,施术者自己往往会有生命危险。"

四　车中女子

　　唐朝开元年间，吴郡有一个举人到京城去应考求仕。到了长安后，在街坊闲步，忽见两个身穿麻布衣衫的少年迎面走来，向他恭恭敬敬的作揖行礼，但其实并非相识。举人以为他们认错了人，也不以为意。

　　过了几天，又遇到了。二人道："相公驾临，我们未尽地主之谊，今日正要前来奉请，此刻相逢，那是再好也没有了。"一面行礼，一面坚持相邀。举人虽甚觉疑怪，但见对方意诚，便跟了去。过了几条街，来到东市的一条胡同中，有临路店数间，一同进去，见舍宇颇为整齐。二人请他上坐，摆设酒席，甚是丰盛，席间相陪的尚有几名少年，都是二十余岁年纪，执礼甚恭，但时时出门观望，似是在等候贵客。一直等到午后，众人说道："来了，来了！"

　　只听得门外车声响动，一辆华贵的钿车直驶到堂前，车后有数少年跟随。车帷卷起，一个女子从车中出来，约十七八岁，容貌艳丽，头上簪花，戴满珠宝，穿着素色绸衫。两个少年拜伏在地，那女子不答。举人亦拜，女子还礼，请客人进内。女子居中向外而坐，请二人及举人入席。三人行礼后入座。又有十余名少年，都是衣服轻新，列坐于客人下首。

　　仆役再送上菜肴，极为精洁。酒过数巡，女子举杯向举人道："二君盛称尊驾，今日相逢，大是欣慰。听说尊驾身怀绝技，能让我们一饱眼福吗？"举人卑逊谦让，说道："自幼至长，唯习儒经，弦管歌曲，从未学过。"女子道："我所说的并非这些。相公请仔细想想有什么特别技能。"

举人沉思良久，说道："在下在学堂之时，少年顽皮，曾练习着了靴子上墙壁走路，可以走得数步。至于其余的戏耍玩乐，却实在都不会。"女子喜道："原是要请你表演这项绝技。"

举人于是出座，提气疾奔，冲上墙壁，行走数步，这才跃下。女子道："那也不容易得很了。"回顾座中诸少年，令各人献技。

诸少年俱向女子拜伏行礼，然后各献妙技。有的纵身行于壁上，有的手撮椽子，行于半空，各有轻身功夫，状如飞鸟。举人见所未见，拱手惊惧，不知所措。过不多时，女子起身，辞别出门。举人惊叹，回到寓所后，心神恍惚，不知那女人和众少年是何等样人。

过了数日，途中又遇到二人。二人问道："想借尊驾的坐骑一用，可以吗？"举人当即答允。

第二日，京城中传出消息，说皇宫失窃。官府掩捕盗贼，搜查甚紧，但只查到一匹驮负赃物的马匹，验问马主，终于将举人捉了去，送入内侍省勘问。衙役将他驱入一扇小门，用力在他背上一推。举人一个倒栽筋斗，跌入了一个数丈深的坑中，爬起身来，仰望屋顶，离坑约有七八丈，屋顶只开了一个尺许的小孔。

举人心中惶急，等了良久，见小孔中用绳缒了一钵饭菜下来。举人正饿得狠了，急忙取食。吃完后，长绳又将食钵吊了上去。

举人夜深不眠，心中忿甚，寻思无辜为人所害，此番只怕要毕命于此。正烦恼间，一抬头，忽见一物有如飞鸟，从小孔中跃入坑中，却是一人。这人以手拍拍他，说道："计甚惊怕。然某在，无虑也。（一定很受惊了罢？但有我呢，不用担心。）"听声音原来便是那个车中女子。只听她又道："我救你出去。"取出一匹绢

· 680 ·

来，一端缚住了他胸膊，另一端缚在她自己身上。那女子耸身腾上，带了那举人飞出宫城，直飞出离宫门数十里，这才跃下，说："相公且回故乡去，求仕之计，将来再说罢。"

举人徒步潜窜，乞食寄宿，终于回到吴地，但从此再也不敢到京城去求功名了。

这故事也出《源化记》，所描写的这个盗党，很有现代味道。首领是一个武功高强的美丽少女，下属都是衣着华丽的少年。这情形一般武侠小说都没写过。盗党居然大偷皇宫的财宝，可见厉害。盗党为什么要找上这个举人，很引发人的想像。似乎这个苏州举人年少英俊，又有上壁行走的轻功，为盗党所知，女首领便想邀他入伙，但一试他的功夫，却又平平无奇，于是打消了初意。向他借一匹马，只不过是故意陷害，让他先给官府捉去，再救他出来，他变成了越狱的犯人，就永远无法向官府告密了。

五　汝州僧

　　唐朝建中年间，士人韦生搬家到汝州去住，途中遇到一僧，并骑共行，言谈很是投机。傍晚时分，到了一条歧路口。僧人指着歧路道："过去数里，便是贫僧的寺院，郎君能枉顾吗？"韦生道："甚好。"于是命夫人及家口先行。僧人即指挥从者，命他们赶赴寺中，准备饮食，招待贵客。

　　行了十余里，还是没有到。韦生问及，那僧人指着一处林烟道："那里就是了。"待得到达该处，僧人却又领路前行。越走越远，天已昏黑。韦生心下起疑，他素善弹弓暗器之术，于是暗暗伸手到靴子中取出弹弓，左手握了十余枚铜丸，才责备僧人道："弟子预定克日赶到汝州，偶相邂逅，因图领教上人清论，这才勉从相邀。现下已行了二十余里，还是未到，不知何故？却要请教。"

　　那僧人笑道："不用心急，这就到了。"说着快步向前，行出百余步。韦生知他是盗，当下提起弹弓，呼的一声，射出一丸，正中僧人后脑。岂知僧人似乎并无知觉。韦生连珠弹发，五丸飞出，皆中其脑。僧人这才伸手摸了摸脑后中弹之处，缓缓的道："郎君莫恶作剧。"

　　韦生知道奈何他不得，也就不再发弹，心下甚是惊惧。又行良久，来到一处大庄院前，数十人手执火炬，迎了出来，执礼甚恭。

　　僧人肃请韦生入厅就坐，笑道："郎君勿忧。"转头问左右从人："是否已好好招待夫人？"又向韦生道："郎君请去见夫人罢,就在那一边。"韦生随着从人来到别厅,只见妻子和女儿都安然无恙,饮食供应极是丰富。三人知道身入险地,不由得相顾涕泣。韦生向妻子女儿安慰几句,又回去见那僧人。

僧人上前执韦生之手,说道:"贫僧原是大盗,本来的确想打你的主意,却不知郎君神弹,妙绝当世,若非贫僧,旁人亦难支持。现下别无他意,请勿见疑。适才所中郎君弹丸,幸未失却。"伸手一摸后脑,五颗弹丸都落了下来。

韦生见这僧人具此武功,心下更是栗然。不一会陈设酒筵,一张大桌上放了一头蒸熟的小牛,牛身上插了十余把明晃晃的锋利刀子,刀旁围了许多面饼。

僧人揖韦生就座,道:"贫僧有义弟数人,欲令谒见。"说着便有五六条大汉出来,列于阶下,都是身穿红衣,腰束巨带。僧人喝道:"拜郎君!"众大汉一齐行礼。韦生拱手还礼。僧人道:"郎君武功卓绝,世所罕有。你们若是遇到郎君,和他动手,立即便粉身碎骨了。"

食毕,僧人道:"贫僧为盗已久,现下年纪大了,决意洗手不干,可是不幸有一犬子,武艺胜过老僧,请郎君为老僧作个了断。"于是高声叫道:"飞飞出来,参见郎君!"后堂转出一名少年,碧衣长袖,身形极是瘦削,皮肉如腊,又黄又干。僧人道:"到后堂去侍奉郎君。"飞飞走后,僧人取出一柄长剑交给韦生,又将那五颗弹丸还给他,说道:"请郎君出全力杀了这孩子,免他为老僧之累。"言辞极为诚恳。当下引韦生走进一堂,那僧人退出门去,将门反锁了。

堂中四角都点了灯火。飞飞执一短鞭,当堂而立。韦生一弹发出,料想必中,岂知拍的一声,竟为飞飞短鞭击落,余劲不衰,嵌入梁中。飞飞展开轻功,登壁游走,捷若猿猴。韦生四弹续发,一一为飞飞击开,于是挺剑追刺。飞飞倏往倏来,奔行如电,有时欺

· 683 ·

到韦生身旁，相距不及一尺。韦生以长剑连断其鞭数节，始终伤不了他。

过了良久，僧人开门，问韦生道："郎君为老僧除了害吗？"韦生具以告知。老僧怅然，长叹一声，向飞飞凝视半晌，道："你决意要做大盗，连郎君也奈何你不得。唉，将来不知如何了局？"

当晚僧人和韦生畅论剑法暗器之学，直至天明。僧人送韦生直至路口，赠绢百匹，流泪而别。

这故事《太平广记》称出于《唐语林》，但段成式的《酉阳杂俎》有载，编于"盗侠"类，文中唯数字不同。

大盗老僧想洗手不干，却奈何不了自己儿子，想假手旁人杀了他，亦难如愿。这十六七岁的瘦削少年名字叫做飞飞，真是今日阿飞的老前辈了。

六　京西店老人

唐朝有个名叫韦行规的人，曾对人叙述他少年时所遇到的一件异事：

他年轻时有一次往京西游览，傍晚时分到了一所客店，眼看天色不早，但贪赶路程，还想继续前进。店前有个老人正在箍桶，对他说："客官不可赶夜路，这一带盗贼很多。"韦行规拍一拍腰间的弓箭，笑道："在下会弯弓射箭，小小毛贼，倒也不在我的心上。"那老人道："原来客官是位英雄，倒是老汉多言了。"

韦行规乘马驰了数十里，天已黑了，忽觉身后草中有人跃了出来，跟在马后。韦行规喝问："什么人？"对方不应，当即弯弓搭箭，连射数箭，此人却不退去。韦行规连珠箭发，始终伤他不得，一摸箭袋中箭已射尽，不禁大惧，驰马急奔。

片刻间风雷大作，韦行规纵身下马，倚大树而立，见空中电光闪闪，有白光数道，相互盘旋追逐，渐近树梢，忽觉半空中有物纷纷坠下，一看之下，却是一根根断截的树枝。断枝越坠越多，渐渐堆积齐膝。这般斩将下来，终于连脑袋也会给削去了，韦行规大惊战栗，抛下手中长弓，仰头向空中哀求乞命，跟着跪下拜倒。拜了几十拜后，电光渐高而灭，风雷亦息。

韦行规看那大树，只见枝干已被削尽，成为半截秃树，不禁骇然。再去牵坐骑时，却见马背鞍子行李都已失却，不敢再向前行，只得折回客店。见那老人仍在箍桶，韦行规知道遇到了异人，当即拜伏。

老人笑道："客官勿恃弓箭，须知剑术。"于是引到后院，见马鞍行李，都在一旁。老人笑道："你都取回罢，刚才不过试试你而已。"取出桶板一片，但见昨夜所射的羽箭，一一都插在板上。

韦行规大是敬服，请老人收他为徒，老人不许，但指点了一些击剑的要道，韦行规也学得了十之一二。

这故事出《酉阳杂俎》。

七 兰陵老人

唐时黎干做京兆尹（京城长安的市长），碰到大旱，设祭求雨，观者数千人。他带了衙役卫士到达时，众人纷纷让路，独有一名老人站在街头不避。黎干大怒，叫人捉了他来，当街杖背二十下。杖击其背时，声拍拍然，好像打在牛皮鼓上一般。那老人也不呼痛，杖毕，漫不在乎的扬长而去。

黎干心下惊异，命一名年老坊卒悄悄跟踪。一直跟他到了兰陵里之内，见他走进一道小门，只听他大声道："今天可给人欺侮得够了，快烧汤罢！"坊卒急忙奔回禀报。

黎干越想越怕，于是取过一件旧衣，罩在公服之上，和坊卒同到那老人的住处。

这时天已昏黑，坊卒先进去通报。黎干跟着进门，拜伏于地，说道："适才有眼不识泰山，得罪了丈人，该死之极。"老人惊起，问道："是谁引你来的？"黎干默察对方神色，知道能以理折服，缓缓的道："在下做京兆尹的官，如果不得百姓尊重，不免坏了规矩。丈人隐身于众人之中，非有慧眼，难识高明。倘若丈人为了日间之事而怪罪，未免不大公道，非义士之心也。"老人笑道："这倒是老夫的不是了。"于是拿了酒菜出来，摆在地下，席地而坐，和黎干及坊卒同饮。

夜深，谈到养生之术，言辞精奥。黎干又敬又惧。老人道："老夫有一小技，在大人面前献丑。"走进内堂，过了良久出来，已换了装束，身穿紫衣，发结红带，手持长剑短剑七口，舞于庭中。七剑奔跃挥霍，有如电光，时而直进，时而圆转，黎干看得眼也花了。有一口二尺余的短剑，剑锋时时刺到黎干的衣襟。黎干不禁全身战栗。老人舞了一顿饭时分，举手一抛，七剑飞了起来，同时插入地下，成北斗之形，说道："适才试一试黎君的胆气。"

黎干拜倒在地，道："今后性命，皆丈人所赐，请准许随侍左右。"老人道："君骨相中无道气，不能传我之术，以后再说罢。"作了个揖，便即入内。

黎干归去，气色如病，照镜子时才发觉胡须已被割落寸余。明日再去兰陵里寻访时，室中已无人了。（故事出《酉阳杂俎》）

八　卢生

　　如果你可以有两个愿望,那是什么?相信绝大多数人都会说:第一是长生不老,第二是用不完的钱。中国道家所修练的,主要就是这两种法术,一是长生术,二是黄白术。黄是黄金,白是白银。中国的方士们一向相信,可以将水银加药料烧炼而成黄金。西方中世纪的术士们长期来也在进行着相同的钻研,"炼金术"便是近代化学的祖先。炼金虽然没有成功,但对物质和元素的性质与变化,却是知识越来越丰富,终于累积发展而成为近代的化学。

　　中国道家讲究金丹大道。上乘的修士认为那是一种修心养性的气功。次一等人物希望炼成金丹之后点铁成金,或烧汞成金,用以救贫济世。下焉者则是希望大发横财,金银取用不绝。中国道家的影响所以始终不衰,自和长生术及黄金术这两种方术的引人入胜有重大关系。

　　如果再有第三个愿望,多半和"性"有关了。所以落于下乘的道家也有"房中术"。

　　皇帝和大官对黄白术不感兴趣,长生术却是一等一的大事。毛泽东最近屡次提到"吐故纳新"四字,这典故源出《庄子》,是后世道家长生术的基本观念之一,认为吐纳(呼吸)得法,可以寿同彭祖。

　　古代许多高明之士见解很卓越,但对金丹大道却深信不疑,李白便是其中之一。他有许多诗篇都提到对烧丹修炼之术的向往。唐朝皇帝或崇佛教，或好道术，皇帝姓李，便和李耳拉上了关系，所以唐代道家特别盛行。

《酉阳杂俎》中记载了一个卢生的故事。

唐代元和年间，江淮有个姓唐的人，学问相当不错而好道，到处游览名山，人家叫他唐山人。他自称会"缩锡"之术。所谓缩锡，当是将锡变为银子。锡和银的颜色相像，当时人们相信两者的性质有类似之处，将价钱便宜的锡凝缩而变为银子，自是一个极大的财源。许多人大为羡慕，要跟着他学。

唐山人出外游历，在楚州的客栈之中，遇到一个姓卢的书生，言谈之下，甚是投机。卢生也谈到炉火修炼的方术，又说他妈妈姓唐，于是便叫唐山人为舅舅。两人越谈越是高兴，当真相见恨晚。唐山人要到南岳山去，便邀卢生同行。卢生说有一门亲戚在阳羡，正要去探亲，和舅舅同行一程，路上有伴，那是再好不过了。

中途错过了宿头，在一座僧庙中借宿。两人说起平生经历，甚是欢畅，谈到半夜，兀自未睡。卢生道："听说舅舅善于缩锡之术，可以将此术的要点赐告吗？"唐山人笑道："我数十年到处寻师访道，只学得此术，岂能随随便便就传给你？"卢生不断的恳求。唐山人推托说，真要传授，也无不可，但须择吉日拜师，同到南岳拜师之后，便可传你。

卢生突然脸上变色，厉声道："舅舅，非今晚传授不可，否则的话，可莫怪我对你不起了。"唐山人也怒了，道："阁下虽叫我舅舅，其实我二人风马牛不相关，只不过路上偶然相逢，结为游伴而已。我敬重你是读书人，大家客客气气，怎可对我耍这种无赖手段？"

卢生卷起衣袖，向他怒目而视，似乎就要跳起来杀人，这样看了良久，说道："你当我是什么人？我是个杀人不眨眼的刺客。你今晚如不将缩锡之术说了出来，那便死在这寺院之中。"说着从怀中取出一只黑色皮囊,开囊取出一柄青光闪闪的匕首,形如新月,左手拿起火堆前的一只铁熨斗,挥匕首削去,但听得嗤嗤声响,那铁熨斗便如是土木所制,一片片的随手而落。

唐山人大惊,只得将缩锡之术说了出来。

卢生这才笑道:"你倒不顽固,刚才险些误杀了舅舅。"听他说了良久,这才说道:"我师父是仙人,令我们师兄弟十人周游天下查察,若见到有人妄自传授黄白术的,便杀了他,有人传授添金缩锡之术的也杀。我早通仙术,见你不肯随便传人,这才饶你。"说着行了一礼,出庙而去。

唐山人汗流浃背,以后遇到同道中人,常提到此事,郑重告诫。(事见《酉阳杂俎》)

据我猜想,卢生早闻唐山人之名,想骗他传授发财秘诀,所以"舅舅、舅舅"的叫得十分亲热,待唐山人坚执不肯,便出匕首威胁,"师父是仙人"云云,只是吓吓唐山人而已。又或许唐山人的名气大了,大家追住了要他传法,事实上他根本不会,只好造了个故事来推托。锡和银都是金属元素,根本不可能将锡变为银子。

九　聂隐娘

聂隐娘故事出于裴铏所作的《传奇》。裴铏是唐末大将高骈的从事。高骈好妖术，行为怪诞。裴铏这篇传奇小说中也有很丰富的想像。

尼姑教聂隐娘剑术的步骤，常为后世武侠小说所模仿："遂令二女教某攀缘，渐觉身轻如风。一年后，刺猿狖百无一失；后刺虎豹，皆决其首而归。三年后，能使刺鹰隼无不中。剑之刃渐减五寸，飞禽遇之，不知其来也。"学会刺鸟之后，尼姑带她到都市之中，指一人给她看，先一一数明此人的罪过，然后叫她割这人的首级来，用的是羊角匕首。

五年后，说某大官害人甚多，吩咐她夜中去行刺。那时候聂隐娘任意杀人，早已毫不困难，但这次遇到了另一种心理上的障碍。她见到那大官在玩弄孩儿，那孩子甚是可爱，一时不忍下手，直到天黑才杀了他的头。尼姑大加叱责，教她："以后遇到这种人，必须先杀了他所爱之人，再杀他自己。"可以说是一种"忍的教育"。

聂隐娘自己选择丈夫，选的是一个以磨镜子做职业的少年。在唐代，那是一种十分奇特的行为，她父亲是魏博镇的大将聂锋，却不敢干涉，只好依从。

聂锋死后，魏博节度使知道聂隐娘有异术，便派她丈夫做个小官。后来魏博节度使和陈许节度使刘悟有意见，派聂隐娘去行刺。

刘悟会神算，召了一名牙将来，对他说："明天一早到城北，去等候一对夫妻，两人一骑黑驴、一骑白驴。有一只喜鹊鸣叫，男的用弹弓射之不中，女子夺过丈夫的弹弓，一丸即射死喜鹊，你就恭恭敬敬的上去行礼，说我邀请他们相见。"

第二天果然有这样的事发生。聂隐娘大为佩服，就做了刘悟的侍从。魏博节度使再派人去行刺，两次都得聂隐娘相救。

故事中所说的那个陈许节度使刘悟能神算，豁达大度，魏博节度使远为不及。其实刘悟这人是个无赖。《唐书》说他少年时"从恶少年，杀人屠狗，豪横犯法"。后来和主帅打马球，刘悟将主帅撞下马来。主帅要斩他，刘悟破口大骂，主帅佩服他的胆勇，反加重用。

刘悟做了大将后，战阵之际倒戈反叛，杀了上司李师道而做节度使。他晚年时，有巫师妄语李师道的鬼魂领兵出现。《唐书》记载："悟惶恐，命祷祭，具千人膳，自往求哀，将易衣，呕血数斗卒。"可见他对杀害主帅一事心中自咎极深，是一个极佳的心理研究材料。

和他同时的魏博节度使先是田弘正，后是李愬，两人均是唐代名臣，人品都比刘悟高得多了。裴铏故意大捧刘悟而抑魏帅，当另有政治目的。

唐人入京考进士，常携了文章先去拜谒名流，希望得到吹嘘。普通文章读来枯燥无味，往往给人抛在一旁，若是瑰丽清灵的传奇小说，便有机会得到青睐赏识。先有了名声，考进士就容易中得多了。唐朝的考试制度还没有后世严格，主考官阅卷时可以知道考生的名字。

除了在考进士之前作广告宣传、公共关系之外，唐人写传奇小说有时含有政治作用。例如《补江总白猿传》的用意是攻击政敌欧阳询，说他是妖猿之子。牛李党争之际，李党人士写传奇小说影射攻击牛僧孺，说他和女鬼私通，而女鬼则是颇有忌讳的前朝后妃。

刘悟明明是个粗鲁的武人。《资治通鉴》中说："悟多力，好手搏，得郓州三日，则教军中壮士手搏，与魏博使者庭观之，自摇肩攘臂，离座以助其势。"这情形倒和今日的摔角观众十分相似。朝廷当时要调他的职，怕他兵权在手，不肯奉命。魏博节度使田弘正却料他没有什么能为。果然"悟闻制下，手足失坠，明日，遂行。"（一接到朝廷的命令，不由得手足无措，第二日就乖乖的去了。）

裴铏写这篇传奇，却故意抬高刘悟的身份。据我猜想，裴铏是以刘悟来影射他的上司高骈，是一种拍马手法。刘悟和监军刘承偕不睦，势如水火。监军是皇帝派在军队里监视司令长官的亲信太监，权力很大，相当于当代的党代表或政委。刘承偕想将刘悟抓起来送到京城去，却给刘悟先下手为强，将刘承偕手下的卫兵都杀了，将他关了起来，一直不放。皇帝无法可施。有大臣献计，不如公然宣布刘承偕的罪状，命刘悟将他杀了。但刘承偕是皇太后的干儿子，皇帝不肯杀他，后来宣布将刘承偕充军，刘悟这才放了他。

高骈是唐僖宗派去对抗黄巢的大将，那时僖宗避黄巢之乱，逃到四川，朝政大权都在太监田令孜的手里。高骈和田令孜斗争得很剧烈，不奉朝廷的命令。裴铏大捧刘悟，主要的着眼点当在赞扬他以辣手对付皇帝的亲信太监，令朝廷毫无办法，只好屈服。

精精儿、空空儿去行刺刘悟一节，写得生动之极，"妙手空空儿"一词，已成为我们日常语言的一部份。这段情节也有政治上的动机。

唐朝之亡，和高骈有很大关系。唐僖宗命他统率大军，对抗黄巢，但他按兵不动，把局势搞得糟不可言。此人本来很会打仗，到得晚年却十分怕死，迷信神仙长生之说，任用妖人吕用之而疏远旧将。

吕用之又荐了个同党张守一，一同装神弄鬼，迷惑高骈。当时

朝中的宰相郑畋和高骈的关系很不好,双方不断文书来往,辩驳攻讦。《资治通鉴》中载有一个十分有趣的故事:

僖宗中和二年,即公元八八二年,"骈和郑畋有隙。用之谓骈曰:'宰相有遣刺客来刺公者,今夕至矣!'骈大惧,问计安出。用之曰:'张先生尝学斯术,可以御之。'骈请于守一,守一许诺。乃使骈衣妇人之服,潜于他室,而守一代居骈寝榻中,夜掷铜器于阶,令铿然有声,又密以囊盛彘血,洒于庭宇,如格斗之状。及旦,笑谓骈曰:'几落奴手!'骈泣谢曰:'先生于骈,乃更生之惠也!'厚酬以金宝。"

在庭宇间大掷铜器,大洒猪血,装作与刺客格斗,居然骗得高骈深信不疑。但高骈是聪明人,时日久了,未必不会怀疑,然如读了《聂隐娘》传,那一定疑心大去了。

精精儿先来行刺刘悟,格斗良久,为聂隐娘所杀。后来妙手空空儿继至,聂隐娘知道不是他敌手,要刘悟用玉器围在头颈周围,到得半夜,"果闻项上铿然声甚厉","后视其玉,果有匕首划处,痕逾数分。自此刘转厚礼之。"行刺的情形,岂不与吕用之、张守一布置的骗局十分相像?现在我们读这篇传奇,当然知道其中所说的神怪之事都是无稽之谈,但高骈深信神仙,一定会信以为真。

《通鉴》中记载:"用之每对骈呵叱风雨,仰揖空际,云有神仙过云表,骈辄随而拜之。然常赂骈左右,使伺骈动静,共为欺罔,骈不之寤。左右小有异议者,辄为用之陷死不旋踵。"如果吕用之要裴铏写这样一篇文章,证明这种事以前也发生过,看来裴铏也不敢不写;也许,裴铏是受了吕用之丰富的"稿费"。

这猜测只是我的一种推想,以前无人说过,也拿不出什么证据。

我觉这篇传奇中写得最好的人物是妙手空空儿,聂隐娘说"空空儿之神术,人莫能窥其用,鬼莫得蹑其踪"。他出手只是一招,一击不中,便即飘然远引,决不出第二招。自来武侠小说中,从未

· 695 ·

有过如此骄傲而飘逸的人物。

《太平广记》第一百九十四卷"聂隐娘"条中，陈许节度使作刘昌裔，与史实较合。刘昌裔是策士、参谋一类人物，做过陈许节度使。刘悟则做的是义成节度使。两人是同时代的人。

附录　聂隐娘

聂隐娘者，贞元中魏博大将聂锋之女也。年方十岁，有尼乞食于锋舍，见隐娘，悦之，云："问押衙乞取此女教。"锋大怒，叱尼。尼曰："任押衙铁柜中盛，亦须偷去矣。"及夜，果失隐娘所向。锋大惊骇，令人搜寻，曾无影响。父母每思之，相对涕泣而已。

后五年，尼送隐娘归，告锋曰："教已成矣，子却领取。"尼欻亦不见。一家悲喜，问其所学。曰："初但读经念咒，余无他也。"锋不信，恳诘。隐娘曰："真说又恐不信，如何？"锋曰："但真说之。"

曰："隐娘初被尼挈，不知行几里。及明，至大石穴中，嵌空数十步，寂无居人。猿狖极多，松萝益邃。已有二女，亦各十岁。皆聪明婉丽，不食，能于峭壁上飞走，若捷猱登木，无有蹶失。尼与我药一粒，兼令长执宝剑一口，长二尺许，锋利吹毛，令剚逐二女攀缘，渐觉身轻如风。一年后，刺猿狖百无一失。后刺虎豹，皆决其首而归。三年后能飞，使刺鹰隼，无不中。剑之刃渐减五寸，飞禽遇之，不知其来也。至四年，留二女守穴。挈我于都市，不知何处也。指其人者，一一数其过，曰：'为我刺其首来，无使知觉。定其胆，若飞鸟之容易也。'受以羊角匕，刀广三寸，遂白日刺其人于都市，人莫能见。以首入囊，返主人舍，以药化之为水。五年，又曰：'某大僚有罪，无故害人若干，夜可入其室，决其首来。'又携匕首入室，度其门隙无有障碍，伏之梁上。至瞑，持得其首而归。尼大怒：'何太晚如是？'某云：'见前人戏弄一儿，可爱，未忍便下手。'尼叱曰：'已后遇此辈，先断其所爱，然后决之。'某拜谢。尼曰：'吾为汝开脑后，藏匕首而无所伤。用即抽之。'曰：'汝术已成，可归家。'遂送还，云：'后二十年，方可一见。'"

锋闻语甚惧。后遇夜即失踪，及明而返。锋已不敢诘之，因兹亦不甚怜爱。

忽值磨镜少年及门，女曰："此人可与我为夫。"白父，父不敢不从，遂嫁之。其夫但能淬镜，余无他能。父乃给衣食甚丰。外室而居。数年后，父卒。魏帅稍知其异，遂以金帛署为左右吏。

如此又数年，至元和间，魏帅与陈许节度使刘悟不协，使隐娘贼其首。隐娘辞帅之许。刘能神算，已知其来。召衙将，令来日早至城北，候一丈夫一女子各跨白黑卫至门，遇有鹊前噪，丈夫以弓弹之不中。妻夺夫弹，一丸而毙鹊者，揖之云：吾欲相见，故远相祗迎也。

衙将受约束，遇之。隐娘夫妻曰："刘仆射果神人。不然者，何以洞吾也。愿见刘公。"刘劳之。隐娘夫妻拜曰："合负仆射万死。"刘曰："不然，各亲其主，人之常事。魏今与许何异。愿请留此，勿相疑也。"隐娘谢曰："仆射左右无人，愿舍彼而就此，服公神明也。"知魏帅之不及刘。刘问其所须。曰："每日只要钱二百文足矣。"乃依所请。忽不见二卫所之。刘使人寻之，不知所向。后潜于布囊中见二纸卫，一黑一白。

后月余，白刘曰："彼未知止，必使人继至。今宵请剪发系之以红绡，送于魏帅枕前，以表不回。"刘听之，至四更，却返，曰："送其信矣。后夜必使精精儿来杀某及贼仆射之首。此时亦万计杀之。乞不忧耳。"

刘豁达大度，亦无畏色。是夜明烛，半宵之后，果有二幡子，一红一白,飘飘然如相击于床四隅。良久,见一人望空而踣,身首异处。隐娘亦出曰:"精精儿已毙。"拽出于堂之下,以药化为水,毛发不存矣。

隐娘曰:"后夜当使妙手空空儿继至。空空儿之神术,人莫能窥其用,鬼莫得蹑其踪。能从空虚而入冥,善无形而灭影,隐娘之艺,故不能造其境。此即系仆射之福耳。但以于阗玉周其颈,拥以衾,隐娘当化为蠛蠓,潜入仆射肠中听伺,其余无逃避处。"刘如言。至三更,瞑目未熟。果闻项上铿然,声甚厉。隐娘自刘口中跃出,贺曰:"仆射无患矣。此人如俊鹘,一搏不中,即翩然远逝,耻其不中,才未逾一更,已千里矣。"后视其玉,果有匕首划处,痕逾数分。

自此刘转厚礼之。自元和八年,刘自许入觐,隐娘不愿从焉。云:"自此寻山水,访至人,但乞一虚给与其夫。"刘如约,后渐不知所之。及刘薨于统军,隐娘亦鞭驴而一至京师柩前,恸哭而去。

开成年,昌裔(此处作刘"昌裔"而不作刘悟)子纵除陵州刺史,至蜀栈道,遇隐娘,貌若当时。甚喜相见,依前跨白卫如故。语纵曰:"郎君大灾,不合适此。"出药一粒,令纵吞之。云:"来年火急抛官归洛,方脱此祸。吾药力只保一年患耳。"纵亦不甚信。遗其缯彩,隐娘一无所受,但沉醉而去。后一年,纵不休官,果卒于陵州。自此无复有人见隐娘矣。

十 荆十三娘

唐末，浙江温州有个进士，名叫赵中立，慷慨重义，性喜结交朋友。有一次到苏州，在支山禅院借住。有一个很有钱的女商荆十三娘，正在庙里为亡夫做法事，见到赵中立后，很爱慕他。两个人就同居了，俨若夫妇，一起到扬州去。赵中立对待朋友十分豪爽，出手阔绰，花了荆十三娘不少资财。十三娘心爱郎君，也不以为意。

赵中立在扬州有个朋友李正郎。李有个弟弟，排行第三十九。李三十九郎在风月场中结识了个妓女，两人互相爱恋。可是这妓女的父母贪慕权势钱财，强将女儿拿去送给诸葛殷。

当时扬州归大将高骈管辖。高骈迷信神仙，在他左右用事的方士，除了吕用之和张守一外，还有个诸葛殷。《资治通鉴》中描写高骈和诸葛殷相处的情形，很是生动有趣：

"殷始自鄱阳来，用之先言于骈曰：'玉皇以公职事繁重，辍左右尊神一人，佐公为理，公善遇之；欲其久留，亦可縻以人间重职。'明日，殷谒见，诡辩风生，骈以为神，补盐铁剧职。骈严洁，甥侄辈未尝得接坐。殷病风疽，搔扪不替手，脓血满爪，骈独与之同席促膝，传杯器而食。左右以为言，骈曰：'神仙以此试人耳！'骈有畜犬，闻其腥秽，多来近之。骈怪之，殷笑曰：'殷尝于玉皇前见之，别来数百年，犹相识。'"

这诸葛殷管扬州的盐铁税务，自然权大钱多。李三十九郎无法与之相抗，极是悲哀，又怕诸葛殷加祸，只有暗自饮泣。有一次偶然和荆十三娘谈起这件事。

荆十三娘道:"这是小事一桩,不必难过,我来给你办好了。你先过江去,六月六日正午,在润州(镇江)北固山等我便了。"

李三十九郎依时在北固山下相候,只见荆十三娘负了一个大布袋而来。打开布袋,李的爱妓跳了出来,还有两个人头,却是那妓女的父母。

后来荆十三娘和赵中立同回浙江,后事如何,便不知道了。

这故事出《北梦琐言》。打开布袋,跳出来的是自己心爱的靓女,倒像是外国杂志中常见的漫画题材:圣诞老人打开布袋,取出个美女来做圣诞礼物。

十一　红线

　　《红线传》是唐末袁郊所作《甘泽谣》九则故事中最精采的一则。

　　袁郊在昭宗朝做翰林学士和虢州刺史,曾和温庭筠唱和。《红线传》在《唐代丛书》作杨巨源作。但《甘泽谣》中其他各则故事的文体及思想风格,和《红线传》甚为相似,相信此文当为袁郊所作。当时安史大乱之余,藩镇间又攻伐不休,兵连祸结,民不聊生。郑振铎说此文作于咸通戊子(公元八六八年)。该年庞勋作乱,震动天下。袁郊此文当是反映了人民对和平的想望。

　　故事中的两个节度使薛嵩和田承嗣,本来都是安禄山部下的大将,安禄山死后,属史思明,后来投降唐室而得为节度使,其实都是反覆无常的武人。

　　红线当时十九岁,不但身具异术,而且"善弹阮咸,又通经史",是个文武全才的侠女,其他的剑侠故事中少有这样的人物。《红线传》所以流传得这样广,或许是由于她用一种巧妙而神奇的行动来消弭了一场兵灾,正合于一般中国人"大事化小事,小事化无事"的理想。

　　唐人一般传奇都是用散文写的,但《红线传》中杂以若干晶莹如珠玉的骈文,另有一股特殊的光彩。

　　文中描写红线出发时的神态装束很是细腻,在一件重大的行动之前,先将主角描述一番:"乃入闺房,饰其行具,梳乌蛮髻,贯金雀钗,衣紫绣短袍,系青丝绚履,胸前佩龙文匕首,额上书太乙神名,再拜而行,倏忽不见。"

盗金合的经过,由她以第一人称向薛嵩口述,也和一般传奇中第三人称的写法不同。她叙述田承嗣寝帐内外的情形:"闻外宅儿止于房廊,睡声雷动;见中军卒步于庭下,传叫风生……时则蜡炬烟微,炉香烬委。侍人四布,兵仗交罗。或头触屏风,鼾而觉者,或手持巾拂,寝而伸者。"(与附录中的文字微有不同,这一类传奇小说多经传钞,并无定本)似乎是一连串动中有静、静中有动的电影镜头。她盗金合离开魏城后,将行二百里,"见铜台高揭,漳水东流。晨飙动野,斜月在林",十七个字写出了一幅壮丽的画面。

红线叙述生前本为男子,因医死了一个孕妇而转世为女子,这一节是全文的败笔。转世投胎的观念特别为袁郊所喜,《甘泽谣》另一则故事"圆观"也写此事。那自然都是佛教的观念。

结尾极是飘逸有致。红线告辞时,薛嵩"广为饯别,悉集宾僚,夜宴中堂。嵩以歌送红线酒,请座客吟朝阳为词,词曰:'采菱歌怨木兰舟,送客魂消百尺楼,还似洛妃乘雾去,碧天无际水空流。'歌竟,嵩不胜其悲。红线拜且泣,因伪醉离席,遂亡所在。"这段文字既豪迈而又缠绵,有英雄之气,儿女之意,明灭隐约,余韵不尽,是武侠小说的上乘片段。

附录 **红线**

红线,潞州节度使薛嵩青衣,善弹阮,又通经史,嵩遣掌笺表,号曰内记室。时军中大宴,红线谓嵩曰:"羯鼓之音调颇悲,其击者必有事也。"嵩亦明晓音律,曰:"如汝所言。"乃召而问之,云:"某妻昨夜亡,不敢乞假。"嵩遽遣放归。

时至德之后，两河未宁，初置昭义军，以釜阳为镇，命嵩固守，控压山东。杀伤之余，军府草创。朝廷复遣嵩女嫁魏博节度使田承嗣男，嵩男娶滑州节度使令狐章女。三镇互为姻娅，人使日浃往来。而田承嗣常患热毒风，遇夏增剧。每曰："我若移镇山东，纳其凉冷，可缓数年之命。"乃募军中武勇十倍者得三千人，号外宅男，而厚恤养之。常令三百人夜直州宅，卜选良日，将迁潞州。

嵩闻之，日夜忧闷，咄咄自语，计无所出。时夜漏将传，辕门已闭，杖策庭除，唯红线从行。红线曰："主自一月，不遑寝食。意有所属，岂无邻境乎？"嵩曰："事系安危，非汝能料。"红线曰："某虽贱品，亦有解主忧者。"嵩乃具告其事，曰："我承祖父遗业，受国家重恩，一旦失其疆土，即数百年勋业尽矣。"红线曰："易尔。不足劳主忧。乞放某一到魏郡，看其形势，觇其有无。今一更首途，三更可以复命。请先定一走马兼具寒暄书，其他即俟某却回也。"嵩大惊曰："不知汝是异人，我之暗也。然事若不济，反速其祸，奈何？"红线曰："某之行，无不济者。"

乃入闺房，饰其行具。梳乌蛮髻，攒金凤钗，衣紫绣短袍，系青丝轻履。胸前佩龙文匕首，额上书太乙神名。再拜而倏忽不见。

嵩乃返身闭户，背烛危坐。常时饮酒，不过数合，是夕举觞十余不醉。忽闻晓角吟风，一叶坠露，惊而试问，即红线回矣。嵩喜而慰问曰："事谐否？"曰："不敢辱命。"又问曰："无伤杀否？"曰："不至是。但取床头金合为信耳。"

红线曰："某子夜前三刻，即到魏郡，凡历数门，遂及寝所。闻外宅男止于房廊，睡声雷动。见中军卒步于庭庑，传呼风生。乃发其左扉，抵其寝帐。见田亲家翁止于帐内，鼓跌酣眠，头枕文犀，髻包黄縠，枕前露一七星剑。剑前仰开一金合，合内书生身甲子与北斗神名。复有名香美珍，散覆其上。扬威玉帐，但期心豁于生前，同梦兰堂，不觉命悬于手下。宁劳擒纵，只益伤嗟。时则蜡

·703·

炬光凝，炉香烬煨，侍人四布，兵器森罗。或头触屏风，鼾而鼾者；或手持巾拂，寝而伸者。某拔其簪珥，縻其襦裳，如病如昏，皆不能寤；遂持金合以归。既出魏城西门，将行二百里，见铜台高揭，而漳水东注，晨飙动野，斜月在林。忧往喜还，顿忘于行役；感知酬德，聊副于心期。所以夜漏三时，往返七百里；入危邦，经五六城；冀减主忧，敢言其苦。"

嵩乃发使遗承嗣书曰："昨夜有客从魏中来，云：自元帅床头获一金合，不敢留驻，谨却封纳。"专使星驰，夜半方到。见搜捕金合，一军忧疑。

使者以马挝扣门，非时请见。承嗣遽出，以金合授之。捧承之时，惊怛绝倒。遂驻使者止于宅中，狎以宴私，多其赐赉。明日遣使赍缯帛三万匹，名马二百匹，他物称是，以献于嵩曰："某之首领，系在恩私。便宜知过自新，不复更贻伊戚。专膺指使，敢议姻亲。役当奉毂后车，来则挥鞭前马。所置纪纲仆号为外宅男者，本防他盗，亦非异图。今并脱其甲裳，放归田亩矣。"

由是一两月内，河北河南，人使交至。而红线辞去。嵩曰："汝生我家，而今欲安往？又方赖汝，岂可议行？"

红线曰："某前世本男子，历江湖间，读神农药书，救世人灾患。时里有孕妇，忽患蛊症，某以芫花酒下之。妇人与腹中二子俱毙。是某一举杀三人。阴司见诛，降为女子。使身居贱隶，而气禀贼星，所幸生于公家，今十九年矣。身厌罗绮，口穷甘鲜，宠待有加，荣亦至矣。况国家建极，庆且无疆。此辈背违天理，当尽弭患。昨往魏郡，以示报恩。两地保其城池，万人全其性命，使乱臣知惧，烈士安谋。某一妇人，功亦不小。固可赎其前罪，还其本身。便当遁迹尘中，栖心物外，澄清一气，生死长存。"嵩曰："不然，遗尔千金为居山之所给。"红线曰："事关来世，安可预谋。"

嵩知不可驻，乃广为饯别；悉集宾客，夜宴中堂。嵩以歌送红线，请座客吟朝阳为词曰："采菱歌怨木兰舟，送别魂消百尺楼。还似洛妃乘雾去，碧天无际水长流。"歌毕，嵩不胜悲。红线拜且泣，因伪醉离席，遂亡其所在。

十二　王敬宏仆

唐文宗皇帝很喜爱一个白玉雕成的枕头，那是德宗朝于阗国所进贡的，雕琢奇巧，真是希世之宝，平日放在寝殿的帐中，有一天忽然不见了。皇帝寝殿守卫十分严密，若不是得宠的嫔妃，无人能够进入。寝殿中另外许多珍宝古玩却又一件没有失去。

文宗惊骇良久，下诏搜捕偷玉枕的大盗，对近卫大臣和统领禁军的两个中尉说："这不是外来的盗贼，偷枕之人一定在禁宫附近。倘若拿他不到，只怕尚有其他变故。一个枕头给盗去了，也没什么可惜，但你们负责守卫皇宫，非捉到这大盗不可。否则此人在我寝宫中要来便来，要去便去，要这许多侍卫何用？"

众官员惶栗谢罪，请皇帝宽限数日，自当全力缉拿。于是悬下重赏，但一直找不到半点线索。圣旨严切，凡是稍有嫌疑的，一个个都捉去查问，坊曲闾里之间，到处都查到了，却如石沉大海，众官无不发愁。

龙武二蕃将王敬宏身边有一名小仆，年甫十八九岁，神彩俊利，差他去办什么事，无不妥善。有一日，王敬宏和同僚在威远军会宴，他有一侍儿善弹琵琶，众宾客酒酣，请她弹奏，但该处的乐器不合用，那侍儿不肯弹。时已夜深，军门已闭，无法去取她用惯的琵琶，众人都觉失望。小仆道："要琵琶，我即刻去取来便是。"王敬宏道："禁鼓一响，军门便锁上了，平时难道你不见吗？怎地胡说八道？"小仆也不多说，退了出去。众将再饮数巡，小仆捧了一只绣囊到来，打开绣囊，便是那个琵琶。座客大喜，侍儿尽心弹奏数曲，清音朗朗，合座尽欢。

从南军到左广来回三十余里，而且入夜之后，严禁通行，这小仆居然倏忽往来。其时搜捕盗玉枕贼甚严，王敬宏心下惊疑不定，生怕皇帝的玉枕便是他偷的。宴罢，第二天早晨回到府中，对小仆道："你跟我已一年多了，却不知你身手如此矫捷。我听说世上有侠士，难道你就是么？"小仆道："不是的，只不过我走路特别快些罢了。"

那小仆又道："小人父母都在四川，年前偶然来到京师，现下想回故乡。蒙将军收养厚待，有一事欲报将军之恩。偷枕者是谁，小人已知，三数日内，当令其伏罪。"

王敬宏道："这件事非同小可，如果拿不到贼人，不知将累死多少无辜之人。这贼人在哪里？能禀报官府、派人去捉拿么？"

小仆道："那玉枕是田膨郎偷的。他有时在市井之间，有时混入军营，行止无定。此人勇力过人，奔走如风，若不是将他的脚折断了，那么便是千兵万骑前去捉拿，也会给他逃走了。再过两晚后，我到望仙门相候，乘机擒拿，当可得手。请将军和小人同去观看。但必须严守秘密，防他得讯后高飞远走。"

其时天旱已久，早晨尘埃极大，车马来往，数步外就见不到人。田膨郎和同伴少年数人，臂挽臂的走入城门。小仆手执击马球的球杖，从门内一杖横扫出来，拍的一声响，打断了田膨郎的左足。

田膨郎摔倒在地，见到小仆，叹道："我偷了玉枕，什么人都不怕，就只忌你一人。既在这里撞到了，还有什么可说的。"

将他抬到神策军左军和右军之中，田膨郎毫不隐瞒，全部招认。

文宗得报偷枕贼已获，又知是禁军拿获的，当下命将田膨郎提来御前，亲自诘问。田膨郎具直奏陈。文宗道："这是任侠之流，并非寻常盗贼。"本来拘禁的数百名嫌疑犯，当即都释放了。

那小仆一捉到田膨郎，便拜别了王敬宏回归四川。朝廷找他不到，只好重赏王敬宏。（故事出康骈《剧谈录》，篇名《田膨郎》。）

文宗便是"甘露之祸"的主角。当时禁军神策军的统领叫做中尉，左军右军的中尉都由宦官出任。宪宗（文宗的祖父）、敬宗（文宗之兄）均为宦官所杀，穆宗（文宗的父亲）、文宗则为宦官所立。由于"枪杆子里面出政权"，皇帝为宦官所制，文宗想杀宦官，未能成功，终于郁郁而终。

王敬宏是龙武军的将军，龙武军属北军，也是禁军的一个兵种，他是受宦官指挥的。

十三　昆仑磨勒

　　《昆仑奴》也是裴铏所作。裴铏作《传奇》三卷，原书久佚，《太平广记》录有四则，得以流传至今。《聂隐娘》和《昆仑奴》是其中特别出名的。《昆仑奴》一文亦有记其作者为南唐大词人冯延巳的，似无甚根据。本文在《剑侠传》一书中也有收录。《剑侠传》托言唐代段成式作，其实是明人所辑，其中《京西店老人》等各则，确是段成式所作，收入段氏所著的《酉阳杂俎》。

　　故事中所说唐大历年间"盖天之勋臣一品"，当是指郭子仪而言。这位一品大官的艳姬为崔生所盗，发觉后并不追究，也和郭子仪豁达大度的性格相符。

　　关于昆仑奴的种族，近人大都认为他是非洲黑人。郑振铎《中国文学史》中说："《昆仑奴》一作，也甚可注意。所谓'昆仑奴'，据我们的推测，或当是非洲的尼格罗人，以其来自极西，故以'昆仑奴'名之。唐代叙'昆仑奴'之事的，于裴氏外，他文里尚有之，皆可证明其实为非洲黑种人。这可见唐系国内，所含纳的人种是极为复杂的，又其和世界各地的交通，也是甚为通畅广大的。"

　　但我忽发奇想，这昆仑奴名叫磨勒，说不定是印度人。磨勒就是摩啰。香港人不是叫印度人为摩啰差吗？唐代和印度有交通，玄奘就曾到印度留学取经，来几个摩啰人也不希奇。印度人来中国，须越昆仑山，称为昆仑奴，很说得通。如果是非洲黑人，相隔未免太远了。武侠小说谈到武术,总是推崇少林。少林寺的祖师达摩老祖是印度人,一般武侠小说认为他是中国武术的创始人之一(但历史上无根据)。磨勒后来在洛阳市上卖药。卖药的生活方式,也似乎更和印度人相近,非洲黑人恐怕不懂药性。《旧唐书·南蛮传》云:"自林邑以南,皆拳发黑身,通号为昆仑",有些学者则认为是指马来人而言。

唐人传奇中有三个美丽女子都以红字为名。以人品作为而论,红线最高,红拂其次,红绡最差。红绡向崔生作手势打哑谜,很是莫名其妙,若无磨勒,崔生怎能逾高墙十余重而入歌妓第三院?她私奔之时,磨勒为她负出"囊橐妆奁",一连来回三次,简直是大规模的卷逃。崔生被一品召问时,把罪责都推在磨勒头上,任由一品发兵捉他,一点也不加回护,不是个有义气之人,只不过是个"容貌如玉"而为红绡看中的小白脸而已。崔生当时做"千牛",那是御前带刀侍卫,"千牛"本是刀名,后来引伸为侍卫官。

附录 昆仑奴

大历中有崔生者,其父为显僚,与盖代之勋臣一品者熟。生是时为千牛,其父使往省一品疾。生少年容貌如玉,性禀孤介,举止安详,发言清雅。一品命妓轴帘召生入室,生拜传父命,一品忻然爱慕,命坐与语。时三妓人,艳皆绝代,居前以金瓯贮含桃而擘之,沃以甘酪而进。一品遂命衣红绡妓者,擎一瓯与生食。生少年赧妓辈,终不食。一品命红绡妓以匙而进之,生不得已而食。妓哂之。遂告辞而去。一品曰:"郎君闲暇,必须一相访,无间老夫也。"命红绡送出院。

时生回顾,妓立三指,又反三掌者,然后指胸前小镜子,云:"记取。"余更无言。

生归达一品意，返学院，神迷意夺，语减容沮，怳然凝思，日不暇食。但吟诗曰："误到蓬山顶上游，明珰玉女动星眸。朱扉半掩深宫月，应照琼芝雪艳愁。"左右莫能究其意。

时家中有昆仑奴磨勒，顾瞻郎君曰："心中有何事，如此抱恨不已？何不报老奴？"生曰："汝辈何知，而问我襟怀间事？"磨勒曰："但言，当为郎君解释。远近必能成之。"生骇其言异，遂具告知。磨勒曰："此小事耳，何不早言之，而自苦耶？"生又白其隐语。勒曰："有何难会。立三指者，一品宅中有十院歌姬，此乃第三院耳。返掌三者，数十五指，以应十五日之数。胸前小镜子，十五夜月圆如镜，令郎来耶？"生大喜，不自胜，谓磨勒曰："何计而能导达我郁结？"磨勒笑曰："后夜乃十五夜，请深青绢两匹，为郎君制束身之衣，一品宅有猛犬守歌妓院门，非常人不得辄入，入必噬杀之。其警如神，其猛如虎。即曹州孟海之犬也。世间非老奴不能毙此犬耳。今夕当为郎君挝杀之。"遂宴犒以酒肉，至三更，携链椎而往，食顷而回曰："犬已毙讫，固无障塞耳。"是夜三更，与生衣青衣，遂负而逾十重垣，乃入歌妓院内，止第三门。绣户不扃，金釭微明，惟闻妓长叹而坐，若有所俟。翠环初坠，红脸才舒，玉恨无妍，珠愁转莹。但吟诗曰："深洞莺啼恨阮郎，偷来花下解珠珰。碧云飘断音书绝，空倚玉箫愁凤凰。"侍卫皆寝，邻近阒然。

生遂缓褰帘而入。良久，验是生。姬跃下榻执生手曰："知郎君颖悟，必能默识，所以手语耳。又不知郎君有何神术，而能至此？"生具告磨勒之谋，负荷而至。姬曰："磨勒何在？"曰："帘外耳。"遂召入，以金瓯酌酒而饮之。姬白生曰："某家本富，居在朔方。主人拥旄，逼为姬仆。不能自死，尚且偷生，脸虽铅华，心颇郁结。纵玉箸举馔，金炉泛香，云屏而每进绮罗，绣被而常眠珠翠，皆非所愿，如在桎梏。贤爪牙既有神术，何妨为脱狴牢。所愿既申，虽死不悔。请为仆隶，愿侍光容。又不知郎君高意如何？"生愀然不语。

磨勒曰："娘子既坚确如是，此亦小事耳。"姬甚喜。磨勒请先为姬负其囊橐妆奁，如此三复焉。然后曰："恐迟明。"遂负生与姬而飞出峻垣十余重。一品家之守御，无有警者。遂归学院而匿之。

及旦，一品家方觉。又见犬已毙，一品大骇曰："我家门垣，从来邃密，扃锁甚严，势似飞腾，寂无形迹，此必侠士而挈之。无更声闻，徒为患祸耳。"

姬隐崔生家二载，因花时驾小车而游曲江，为一品家人潜志认。遂白一品。一品异之。召崔生而诘之。事惧而不敢隐，遂细言端由，皆因奴磨勒负荷而去。一品曰："是姬大罪过。但郎君驱使逾年，即不能问是非。某须为天下人除害。"命甲士五十人，严持兵仗，围崔生院，使擒磨勒。磨勒遂持匕首飞出高垣，瞥若翅翎，疾同鹰隼，攒矢如雨，莫能中之。顷刻之间，不知所向。然崔家大惊愕。

后一品悔惧，每夕多以家童持剑戟自卫，如此周岁方止。

后十余年，崔家有人见磨勒卖药于洛阳市，容颜如旧耳。

十四　四明头陀

　　四川人许寂,少年时在浙江四明山向晋徽君学易经。有一日,有一对夫妇带了一壶酒,到山上来借宿。许寂问他们从哪里来,答称今日离剡县而来。许寂说:"道路甚远,哪里一日能到?"夫妇二人不答,许寂心下甚是奇怪,但见夫妇二人年纪甚轻,女的十分美貌,但神态严肃,很少说话。

　　当天晚上,二人拿了那壶酒出来,请许寂同饮。那男子取出一块拍板,板上钉满了铜钉,打起拍板,吭声高歌,歌词中讲的都是剑术之道。唱了一会,从衣袖中取出两物,一拉开,口中吃喝,只见两口明晃晃的利剑跃将起来,在许寂头顶盘旋交击,光闪如电,双剑相击,声铿铿不绝。许寂甚是惊骇,不敢稍动。过了一会,那男子收剑入匣,饮毕就寝。次日早晨去看二人时,室中只余空榻,两夫妇早已走了。

　　到午间,有一个头陀来寻这对夫妇。许寂将经过情形向他说了。头陀道:"我也是同道中人,道士愿学剑术么?"那时许寂穿的是道服,所以头陀称他为道士。许寂推辞道:"我从小研修玄学,不愿学剑。"头陀傲然而笑,向许寂要了些净水来抹抹脚,徘徊间便失却了影踪。后来许寂又在华阴遇到他,才知道他是剑侠一流人物。

　　杜光庭(即《虬髯客传》的作者)从京城长安到四川,宿于梓潼厅。到达不久,又有一僧到来。县宰周某与这僧人本来相识。

僧人对他说:"今日自兴元来。"两地相隔甚远,一日而至,杜光庭甚为诧异。明日一早僧人就走了。县宰对杜光庭说:"此僧人会'鹿卢跷'的轻身功夫,是剑侠中人。"唐时的方术中,有所谓龙跷、虎跷、鹿卢跷,都是轻身飞行之术。

诗僧齐己,曾在沩山松下见到一僧,于指甲下抽出两口剑,稍加舞动,跳跃凌空而去。

这则故事原名《许寂》,出孙光宪的《北梦琐言》,其实包含了三个故事。三个故事都没有什么精采,只是那对少年夫妇携酒壶上山,信宿而去,有些飘逸之意,歌声中述剑术之道,也有意境。那头陀赶上山来,不知是他们的朋友还是仇人。

孙光宪是五代"花间派"词人,名气很大。我觉得他的词并无多大新意。《花间集》选他的词共六十首,其中三首《浣溪沙》比较写得生动活泼:

"半踏长裾宛约行,晚帘疏处见分明。此时堪恨昧平生。早是消魂残烛影,更愁闻着品弦声。杳无消息若为情?"

"乌帽斜欹倒佩鱼,静街偷步访仙居,隔墙应认打门初。将见客时微掩敛,得人怜处且生疏,低头羞问壁间书。"

"风递残香出绣帘,团窠金凤舞襜襜,落花微雨恨相兼。何处去来狂太甚,空推宿酒睡无厌,争教人不别猜嫌?"

十五　丁秀才

朗州道士罗少微,在茅山紫阳观寄住。有一个丁秀才也住在观里。这秀才的举动谈吐,与平常人也没有什么不同,只不过对于应举求官并不怎么热心。他在观中一住数年,观主一直对他很客气。一晚隆冬大雪,几个道士和丁秀才围炉闲谈,大家说天气这样冷,这时若有肥羊美酒,那真是快活不过了,说来不禁馋涎欲滴。丁秀才道:"那也没什么难处。"紫阳观在山上,大雪封山,深夜之中哪里去找羊酒?众道士以为他是说笑,哪知丁秀才说罢,开了观门便大踏步出去。到得半夜回来,身上头上都积满了雪,手中提了一只银酒坛,装满了酒,又有一只熟羊,说是从浙江大帅厨中取来的。众道士又惊又喜,拍手欢笑。但见丁秀才取出长剑,掷于空中而舞,腾跃而去,就此不知所终,那只银酒坛却仍是留在桌上。观主怕官府追究,将这件事向县官禀报。

这则短故事也是孙光宪记于《北梦琐言》之中。他在文末说:诗僧贯休《侠客》诗中有句云:"黄昏风雨黑如磐,别我不知何处去。"这位诗僧莫非是在江淮之间听到了这件异事,因而启发了诗的灵感吗?

孙光宪当五代时在荆南做大官。自高从诲、高保融、高保勖而至高继冲,祖孙三代四人都重用他。

五代十国之中,荆南兵弱国小,作风最不成话。开国之主高季兴本是一个商人的仆人,跟着朱全忠立功而做到荆南节度使。后唐庄宗李存勖灭梁，高季兴去朝见，李存勖很是高兴，拍拍他的背脊，表示赞许。高季兴觉得这是"最大的光荣，最大的幸福"，在这件衣服背上御手所拍之处，叫绣工绣上皇帝的手掌。但他回荆南后，对部属们谈话，却料到李存勖不成大事。他说："新主对勋臣竖手指云：'我于指头上得天下。'如此则功在一人，臣佐何有？吾高枕无忧矣。"后来李存勖果为部下兵将所杀。即使高季兴这种人，也知道功劳归于"伟大的领袖"一人，将所有干部都不瞧在眼内的态度是必定会坏事的。

高季兴死后，长子从诲继位。从诲死后子保融继位。保融死后弟保勖继位。高保勖从小有个外号叫作"万事休"，因为他父亲最宠爱他，大发脾气之际，一见到爱子，什么事都算了。保勖有个怪脾气，喜欢看别人做爱。《宋史》四八三卷："保勖幼多病，体貌臞瘠，淫佚无度，日召娼妓集府署，择士卒壮健者令恣调谑，保勖与姬妾垂帘共观，以为娱乐。又好营造台榭，穷极土木之工。军民咸怨，政事不治。从事孙光宪切谏不听。"

保勖死后，保融之子继冲接位。孙光宪眼见形势不利，劝得他投降了宋朝。宋太祖待高氏一家很好，高氏子孙在宋朝做官，都得善终。这一家姓高的人品格都很差。荆南是交通要道，诸国使者进贡送礼，常要经过其境，高氏往往发兵夺其财物。别国写信来骂，高氏置之不理，若是派兵来打，高氏就交还财物，道歉了事，丝毫不以为耻。当时天下称之为"高赖子"。这些无赖之徒在宋朝居然得享富贵，那是孙光宪的功劳了。

十六　纫针女

唐时京城长安有位豪士潘将军,住在光德坊,忘了他本名是什么,外号叫作"潘鹘硾"("潘胡涂"的意思)。他本来住在湖北襄阳、汉口一带,原是乘船贩货做生意的。有一次船只停泊在江边,有个僧人到船边乞食。潘对他很是敬重,留他在船上款待了整天,尽力布施。僧人离去时说:"看你的形相器度,和一般商贾很是不同。你妻子儿女的相貌也都是享厚福之人。"取了一串玉念珠出来送给他,说:"你好好珍藏。这串玉念珠不但进财,还可使你做官。"

潘做了几年生意,十分发达,后来在禁军的左军中做到将军,在京师造了府第。他深信自己的富贵都是玉念珠带来的,所以对之看得极重,用绣囊盛了,放在一只玉盒之中,供奉在神坛内。每月初一,便取出来对之跪拜。有一天打开玉盒绣囊,这串念珠竟然不见了。但绣囊和玉盒却都并无移动开启的痕迹,其他物品也一件不失。他吓得魂飞天外,以为这是破家失官、大祸临头的朕兆,严加访查追寻,毫无影踪。

潘家的主管和京兆府一个年近八十的老公人王超向来熟识,悄悄向他说起此事,请他设法追查。王超道:"这事可奇怪了。这决不是寻常的盗贼所偷。我想法子替你找找看,是不是能找到就难说了。"

王超有一日经过胜业坊北街,其时春雨初晴,见到一个十七八

· 717 ·

岁少女,头上梳了三鬟,衣衫褴褛,脚穿木屐,在路旁槐树之下,和军中的少年士兵踢球为戏。士兵们将球踢来,她一脚踢回去,总是将球踢得直飞上天,高达数丈,脚法神妙,甚为罕见。闲人纷纷聚观,采声雷动。

王超心下甚感诧异,从这少女踢球的脚法劲力看来,必是身负武功,便站在一旁观看。众人踢了良久,兴尽而散。那少女独自一人回去。王超悄悄跟在后面,见她回到胜业坊北门一条短巷的家中。王超向街坊一打听,知她与母亲同居,以做针线过日子。

王超于是找个借口,设法和她相识,尽力和她结纳。听她说她母亲也姓王,就认那少女作甥女,那少女便叫他舅舅。

那少女家里很穷,与母亲同卧一张土榻,常常没钱买米,一整天也不煮饭,王超时时周济她们。但那少女有时却又突然取出些来自远方的珍异果食送给王超。苏州进贡新产的洞庭橘,除了宰相大臣得皇帝恩赐几只之外,京城中根本见不到。那少女有一次却拿了一只洞庭橘给他,说是有人从皇宫中带出来的。这少女性子十分刚强,说什么就是什么。王超心下很是怀疑,但一直不动声色。

这样来往了一年。有一天王超携了酒食,请她母女,闲谈之际说道:"舅舅有件心事想和甥女谈谈,不知可以吗?"那少女道:"深感舅舅的照顾,常恨难以报答。只要甥女力量及得到的,赴汤蹈火,在所不辞。"王超单刀直入,便道:"潘将军失了一串玉念珠,不知甥女有否听到什么讯息?"那少女微笑道:"我怎么会知道?"

王超听她语气有些松动,又道:"甥女若能想法子觅到,当以财帛重重酬谢。"那少女道:"这事舅舅不可跟别人说起。甥女曾和朋友们打赌闹着玩,将这串念珠取了来,那又不是真的要了他,终于会去归还的,只不过一直没空罢了。明天清早,舅舅到慈恩寺的塔院去等我,我知道有人把念珠寄放在那里。"

王超如期而往，那少女不久便到了。那时寺门刚开，宝塔门却还锁着。那少女道："等一会你瞧着宝塔罢！"说罢纵身跃起，便如飞鸟般上了宝塔，飞腾直上，越跃越高。她钻入塔中，顷刻间站在宝塔外的相轮之上，手中提着一串念珠，向王超扬了扬，纵身跃下，将念珠交给王超，笑道："请舅舅拿去还他，财帛什么的，不必提了。"

王超将玉念珠拿去交给潘将军，说起经过。潘将军大喜，备了金玉财帛厚礼，请王超悄悄去送给那少女。可是第二日送礼去时，人去室空，那少女和她母亲早已不在了。

冯缄做给事的官时，曾听人说京师多侠客一流的人物，待他做了京兆尹，向部属打听，王超便说起此事。潘将军对人所说的，也和王超的话相符。（见《剧谈录》）

这个侠女虽然具此身手，却甘于贫穷，并不贪财，以做针线自食其力，盗玉念珠放于塔顶，在皇宫里取几只橘子，衣衫褴褛，足穿木屐而和军中少年们踢球，一派天真烂漫，活泼可喜。

慈恩寺是长安著名大寺，唐高宗为太子时，为纪念母亲文德皇后而建，所以称为慈恩。慈恩寺曾为玄奘所住持，所以玄奘所传的一宗唯识法相宗又称"慈恩宗"。寺中宝塔七级，高三百尺，永徽三年玄奘所建。

十七　宣慈寺门子

唐乾符二年，韦昭范应宏词科考试及第，中了进士。他是当时度支使（财政部长）杨严的至亲。唐代的习惯，中进士后那一场喜庆宴会非常重要，必须尽力铺张，因为此后一生的前途和这次宴会有很大关系。韦昭范为了使得宴会场面豪华，向度支使库借来了不少帐幕器皿。杨严（他的哥哥杨收曾做宰相）还怕不够热闹，又派使库的下属送来许多用具。所以这年三月间在曲江亭子开宴时，排场之隆重阔绰，世所少见。这一天另外还有进士也在大排筵席，除了宾客云集之外，长安城中还有不少闲人赶来看热闹。

宾主饮兴方酣，忽然有一少年骑驴而至，神态傲慢，旁若无人，骑着驴子直走到筵席之旁，俯视众人。众宾主既惊且怒，都不知这恶客是何等样人。那少年提起马鞭，一鞭往侍酒之人头上打去，哈哈大笑，口出污言秽语，粗俗不堪。席上宾主都是文士，眼见这恶客举止粗暴，一时尽皆手足无措。

正尴尬间，旁观的闲人之中忽有一人奋身而出，拍的一声，打了那恶少一记耳光。这一记打得极重，那恶少应声跌下驴子。那人拳打足踢，再夺过他手中的马鞭，鞭如雨下，打了他百余下。众人欢呼喝采，都来打落水狗，瓦砾乱投，眼见便要将那恶少打死。

正在这时，忽然轧轧声响，紫云楼门打开，几名身穿紫衣的从人奔了出来，大呼："别打，别打！"又有一名品级甚高的太监带了许多随从，骑马来救。

那人挥动鞭子，来一个打一个，鞭上劲力非凡，中者无不立时摔倒。那宦官身上也中了一鞭，吃痛不过，拨转马头便逃，随从左右也都跟着进门。紫云楼门随即关上，再也无人敢出来相救。

众宾客大声喝采，但不知这恶少是什么来头，那时候宦官的权势极盛，这人既是宦官一党，再打下去必有大祸，于是便放了那恶少。

大家问那仗义助拳之人："尊驾是谁？和座中哪一位郎君相识，竟肯如此出力相助？"那人道："小人是宣慈寺的看门人，跟诸位郎君都不相识，只是见这家伙无礼，忍不住便出手了。"众人大为赞叹，纷纷送他钱帛。大家说："那宦官日后定要报复，须得急速逃走才是。"

后来座中宾客有许多人经过宣慈寺门，那看门人都认得他们，见到了总是恭恭敬敬的行礼。奇怪的是，居然此后一直没听到有人去捉拿追问。（见王定保《唐摭言》）

这故事所写的侠客是一个极平凡的看门人，路见不平，拔拳相助之后，也还是做他的看门人。故事的结尾在平淡之中显得韵味无穷。

十八　李龟寿

唐宰相王铎外放当节度使，于僖宗即位后回朝又当宰相。他为官正直，各处藩镇的请求若是不合理的，必定坚执不予批准，因此得罪了许多节度使。他有读书癖，虽然公事繁冗，每天总是要抽暇读书，在永宁里的府第之中，另外设一间书斋，退朝之后，每在书斋中独处读书，引以为乐。

有一天又到书斋去，只有一头矮脚狗叫做花鹊的跟在身后。他一推开书房门，花鹊就不住吠叫，咬住他袍角向后拉扯。王铎叱开了花鹊，走进书房。花鹊仰视大吠，越叫越响。他起了疑心，拔出剑来，放在膝上，向天说道："若有妖魔鬼怪，尽可出来相见。我堂堂大丈夫，难道怕了你鼠辈不成？"刚说完，只见梁间忽有一物坠地，乃是一人。此人头上结了红色带子，身穿短衫，容貌黝黑，身材瘦削，不住向王铎磕头，自称罪该万死。

王铎命他起身，问他姓名，又问为何而来。

那人说道："小人名叫李龟寿，卢龙人氏。有人给了小人很多财物，要小人来对相公不利。小人对相公的盛德很是感动，又为花鹊所惊，难以隐藏，相公若能赦小人之罪，有生之年，当为相公效犬马之劳。"王铎道："我不杀你便了。"于是命亲信都押衙傅存初录用他。

次日清晨，有一个妇人来到相府门外。这妇人衣衫不整，拖着鞋子，怀中抱了个婴儿，向守门人道："请你叫李龟寿出来。"李龟寿出来相见，原来是他的妻子。妇人道："我等你不见回来，昨晚半夜里从蓟州赶来相寻。"于是和李龟寿同在相府居住。蓟州和长安相隔千里，这妇人怀抱婴儿，半夜而至，自是奇怪得很了。

王铎死后，李龟寿全家悄然离去，不知所终。（见皇甫枚《三水小牍》）

唐代藩镇跋扈，派遣刺客去行刺宰相的事常常发生。宪宗时宰相武元衡就是被藩镇所派的刺客刺死，裴度也曾遇刺而受重伤。

黄巢造反时，王铎奉命为诸道都统（剿匪总司令），用了个说话漂亮而不会打仗的人做将军，结果大败。朝廷改派高骈做都统，高骈毫无斗志。王铎痛哭流涕，坚决要求再干，于是皇帝又派他当都统。这一次很有成效，四方围堵黄巢，使黄巢不得不退出长安。朝中当权的宦官田令孜怕他功大，罢了他的都统之职，又要他去做节度使。

王铎是世家子弟，生活奢华，又是书呆子脾气，去上任时"侍妾成列，服御鲜华，如承平之态"（《通鉴》）。魏博节度使的儿子乐从训贪他的财宝美女，伏兵相劫，将王铎及他家属从人三百余人尽数杀死，向朝廷呈报说是盗贼干的。朝廷微弱，明知其中缘故，却是无可奈何。

十九 贾人妻

唐时余干县的县尉王立任期已满，要另调职司，于是到京城长安去等候调派，在长安城大宁里租了一所屋子住。哪知道他送上去的文书写错了，给主管长官驳斥下来，不派新职。他着急得很，花钱运动，求人说情，带来的钱尽数使完了，还是犹如石沉大海，没有下文。他越等越心焦，到后来仆人走了，坐骑卖了，一日三餐也难以周全，沦落异乡，穷愁不堪，每天只好到各处佛寺去乞些残羹冷饭，以资果腹。

有一天乞食归来，路上遇到一个美貌妇人，和他走的是同一方向，有时前，有时后，有时并肩而行，便和她闲谈起来。王立神态庄重，两人谈得颇为投机。王立便邀她到寓所去坐坐，那美妇人也不推辞，就跟他一起去。两人情感越来越亲密，当晚那妇人就和他住在一起。

第二天，那妇人道："官人的生活怎么如此穷困？我住在崇仁里，家里还过得去，你跟我一起去住好么？"王立既爱她美貌温柔，又想跟她同居可以衣食无忧，便道："我运气不好，狼狈万状。你待我如此厚意，那真令我喜出望外了。却不知你何以营生？"那妇人道："我丈夫是做生意的，已故世十年了，在长安市上还有一家店铺。我每天早上到店里去做生意，傍晚回家来服侍你。只要我店里每天能赚到三百钱，家用就可够了。官人派差使的文书还没颁发下来，要去和朋友交游活动，也没使费，只要你不嫌弃我，不妨就住在这里，等到冬天部里选官调差，官人再去上任也还不迟。"

王立甚是感激，心下暗自庆幸，于是两人就同居在那妇人家里。那妇人治家井井有条，做生意十分能干，对王立更是敬爱有加，家里箱笼门户的钥匙，都交了给他。

那妇人早晨去店铺之前，必先将一天的饮食饭菜安排妥贴，傍晚回家，又必带了米肉金钱交给王立，天天如此，从来不缺。王立见她这样辛苦，劝她买个奴仆作帮手，那妇人说用不着，王立也就不加勉强。

两人的日子过得很快乐，过了一年，生了个儿子，那妇人每天中午便回家一次喂奶。

这样同居了两年。有一天，那妇人傍晚回家时神色惨然，向王立道："我有个大仇人，怨恨彻骨，时日已久，一直要找此人复仇，今日方才得偿所愿，便须即刻离京。官人自请保重。这座住宅是用五百贯钱自置的，屋契藏在屏风之中，房屋和屋内的一切用具资财，尽数都赠给官人。婴儿我无法抱去，他是官人的亲生骨肉，请你日后多多照看。"一面说，一面哭，和他作别。王立竭力挽留，却哪里留得住？

一瞥眼间，见那妇人手里提着一个皮囊，囊中所盛，赫然是一个人头。王立大惊失色。那妇人微笑道："不用害怕，这件事与官人无关，不会累到你的。"说着提起皮囊，跃墙而出，体态轻盈，有若飞鸟。王立忙开门追出相送，早已人影不见了。

他惆怅愁闷，独在庭中徘徊，忽听到门外那妇人的声音，又回了转来。王立大喜，忙抢出去相迎。那妇人道："真舍不得那孩子，要再喂他吃一次奶。"抱起孩子让他吃奶，怜惜之情，难以自已，抚爱久之，终于放下孩子离去。王立送了出去，回进房来，举灯揭帐看儿子时，只见满床鲜血，那孩子竟已身首异处。

王立惶骇莫名，通宵不寐，埋葬了孩子后，不敢再在屋中居住，取了财帛，又买了个仆人，出长安城避在附近小县之中，观看动静。

过了许久，竟没听到命案的风声。当年王立终于派到官职，于是将那座住宅变卖了，去上任做官，以后也始终没再听到那妇人的音讯。（出薛用弱《集异记》）

这个女侠的个性奇特非凡，平时做生意，管家务，完全是个勤劳温柔的贤妻良母，两年之中，身份丝毫不露。一旦得报大仇，立时决绝而去。别后重回喂乳，已是一转，喂乳后竟杀了儿子，更是惊心动魄的大变。所以要杀婴儿，当是一刀两断，割舍心中的眷恋之情。虽然是侠女斩情丝的手段，但心狠手辣，实非常人所能想像。

二十　维扬河街上叟

吕用之在维扬渤海王高骈手下弄权，擅政害人，所用的主要是特务手段。

唐罗隐所撰《广陵妖乱志》中说："上下相蒙，大逞妖妄，仙书神符，无日无之，更迭唱和，罔知愧耻。自是贿赂公行，条章日紊。烦刑重赋，率意而为。道路怨嗟，各怀乱计。用之惧其窃发之变，因请置巡察使，探听府城密事。渤海遂承制授御史大夫，充诸军都巡察使。于是召募府县先负罪停废胥吏阴狡凶狠者，得百许人，厚其官佣，以备指使，各有十余丁，纵横闾巷间，谓之'察子'。至于士庶之家，呵妻怒子，密言隐语，莫不知之。自是道路以目。有异己者，纵谨静端默，亦不免其祸，破灭者数百家。将校之中，累足屏气焉。"

用特务人员来侦察军官和百姓，以至人家家里责骂妻子儿子的小事，吕用之也都知道。即使是小心谨慎，生怕祸从口出之人，只要是得罪了他，也难免大祸临头。可见当权者使用特务手段，历代都有，只不过名目不同而已。在唐末的扬州，特务头子的官名叫做"诸军都巡察使"。特务人员都是阴狡凶狠之徒，从犯法革职的低级公务人员中挑选出来。每个特务手下，又各有十几名调查员，薪津待遇很高，叫做"察子"。"察子"的名称倒很不错，比之什么"调查统计员"、"保安科科员"等等要简单明了得多。

中和四年秋天，有个商人刘损，携同家眷，带了金银货物，从江夏来到。他抵达扬州不久,就有"察子"向吕用之报告,说刘损的妻子裴氏美貌非凡,世所罕有。吕用之便捏造了一个罪名,把刘损投入狱中,将他的财物和裴氏都霸占了去。刘损设法贿赂,方才得释,但妻子为人所夺,自是愤恨无比。这个商人会做诗,写了三首诗:

宝钗分股合无缘,鱼在深渊鹤在天。得意紫鸾休舞镜,断踪青鸟罢衔笺。金盆已覆难收水,玉轸长抛不续弦。若向蘼芜山下过,遥将红泪洒穷泉。

鸾飞远树栖何处?凤得新巢已称心。红粉尚存香幕幕,白云初散信沉沉。情知点污投泥玉,犹自经营买笑金。从此山头人似石,丈夫形状泪痕深。

旧尝游处偏寻看,虽是生离死一般。买笑楼前花已谢,画眉山下月犹残。云归巫峡音容断,路隔星桥过往难。莫怪诗成无泪滴,尽倾东海也须干。

诗很差,意境颇低,但也适合他的身份。

刘损写了这三首诗后,常常自吟自叹,伤心难已。有一天晚间在船中凭水窗眺望,只见河街上有一虬髯老叟,行步迅速,神情昂藏,双目炯炯如电。刘损见他神态有异,不免多看了几眼。那老叟跳上船来,作揖为礼,说道:"阁下心中有什么不平之事?为何神情如此愤激郁塞?"刘损一五一十的将一切都对他说了。那老叟道:"我去设法将你夫人和货物都取回来。只是夫人和货物一到,必须立即开船,离开这是非之地,不可停留。"

刘损料想他是身负奇技的侠士,当即拜倒,说道:"长者能报人间不平之事,何不斩草除根,却容奸党如此无法无天?"老叟道:"吕用之残害百姓,夺君妻室,若要一刀将他杀却,原也不难。只是他罪恶实在太大,神人共怒,就此这样杀了,反倒便宜了他。他罪恶越积越多,将来祸报必定极惨,不但他自身遭殃,身首异处，还会连累全家和祖宗。现下只是帮你去将妻室取回来，至于他日后报应，自有神明降灾，老夫却也不敢妄自代为下手。"

那老叟潜入吕用之家中，跃上屋顶斗拱，朗声喝道："吕用之，你背违君亲，大行妖孽，奸淫掳掠，苛虐百姓，为非作歹，罪恶滔天。阴曹地府冥官已一一记下你的过恶，上天指日便要行刑。你性命已在呼吸之间，却还修仙炼丹，想求什么长生不老？吾特奉命前来，观察你的所作所为，回去禀报玉皇大帝。你种种罪过，一桩桩都要清理。今日先问第一件大罪：你为何强占刘损的妻室和财物？快快送去还他。倘若执迷不悟，仍然好色贪财，立即教你头随刀落！"

说罢，飞身而出，不见影踪。

吕用之听得声自半空而发，始终不见有人，只道真是天神示警，大为惊惧，急忙点起香烛，向天礼拜，磕头无算。当夜便派遣下属，将裴氏及财物送还到刘损船上。刘损大喜，不等天明，便催促舟子连夜开船，逃出扬州。那虬髯老叟此后也不再现身。（见《剑侠传》）

《卅三剑客图》中所绘的三十三位剑客，有许多人品很差，行为甚怪，这虬髯老叟却是一位真正的侠客，扶危济困，急人之难。吕用之装神扮仙，愚弄高骈，他修的是神仙之术，自己总不免也有些相信。那老叟即以其人之道，还治其人之身，也假装神仙，吓他一吓，果然立刻见效。但料得吕用之细思之下，必起疑心，所以要刘损逃走。

扬州明明是处于特务统治的恐怖局面之下，刘损却带了娇妻财物自投罗网，想必扬州是殷富之地，只要有生意可做，有大钱可赚，虽然危险，也要去交易一番了。

在《剑侠传》中，故事的主角叫做刘损，是个商人。但《诗余广选》一书中载称："贾人女裴玉娥善筝，与黄损有婚姻之约，赠词云云。后为吕用之劫归第，赖胡僧神术复归。"那么故事的主角是姓黄而不姓刘了。这位裴家小姐给吕用之抢去时，似乎还未和黄损成婚，而救她脱得魔掌的，也不是虬髯叟而是一个胡僧。

刘损不知何许人，黄损则在历史上真有其人。黄损，字益之，连州人，后来在南汉做到尚书左仆射的大官，因直言进谏而触犯了皇帝，退居永州。当时也有人传说他成了仙的，著作有《三要书》、《桂香集》、《射法》。他赠给未婚妻裴小姐的词是一首很香艳的《忆江南》，流传后世，词曰：

"平生愿，愿作乐中筝。得近玉人纤手子，砑罗裙上放娇声。便死也为荣。"

希望成为意中人某种使用的衣物、得以亲近的想法，古今中外的诗篇中很多。连不愿为五斗米折腰的陶潜如此正人君子也有一篇《闲情赋》，其中说"愿在衣而为领，承华首之余芳"；"愿在裳而为带，束窈窕之纤身"；"愿在眉而为黛，随瞻视以闲扬"；"愿在莞而为席，安弱体于三秋"；"愿在丝而为履，附素足以周旋"等等，想做意中人身上的衣领、腰带、画眉黛、席子、鞋子。

比陶潜更早的，张衡《同声歌》中有云："愿思为莞席，在下蔽匡床。愿为罗衾帱，在上卫风霜。"张衡之愿，见义勇为，似乎是一片卫护佳人之心，但想做佳人的席子帐子，毕竟还是念念不忘于那张床，反不及陶潜的坦白可爱。

廿多年前，我初入新闻界，在杭州东南日报做记者，曾写过一篇六七千字的长文，发表在该报的副刊"笔垒"上，题目叫做"愿"，就是写中外文学作品中关于这一类的情诗，曾提到英国雪莱、济慈、洛塞蒂等人类似的诗句。少年时的文字早已散佚，但此时忆及，心中仍有西子湖畔春风骀荡、醉人如酒之乐。

黄损《忆江南》词中那两句"得近玉人纤手子，砑罗裙上放娇声"，《诗余广选》说本为唐人崔怀宝的诗句。大概那位裴家小姐善于弹筝，所以黄损借用了那句诗，用在自己的词中，筝的形状似瑟，十三弦，常常是放在膝上弹的。陶潜的《闲情赋》中，尚有"愿在昼而为影，常依形而西东"；"愿在夜而为烛，照玉容于两楹"；"愿在竹而为扇，含凄飙于柔握"；"愿在木而为桐，作膝上之鸣琴"等种种想法。崔怀宝的诗句未必一定从陶渊明的赋中得到灵感，对意中人思之不已，发为痴想，原是很自然之事。

"损"是一个不好的字眼，古人用"损"字做名字，现代人一定觉得奇怪。其实，《易经》中有"损"卦，是谦抑节约的意思，《易经》认为是"有孚，元吉，无咎，可贞，利有攸往"，越是谦退，越有好处，大吉大利，那是中国人传统的处世哲学。《后汉书·蔡邕传》："人自损抑，以塞咎戒"，《后汉书·光武纪》："情存损挹，推而不居"，将功劳和荣誉让给别人而不骄傲自大，结果最有益处，所以黄损字益之。

吕用之这坏蛋在高骈手下做了官后，自己取了个字，叫做"无可"。《广陵妖乱志》说："因字之曰'无可'，言无可无不可也。"简直是无所不为，无恶不作。吕用之后来为杨行密腰斩，怨家将他尸身斩成肉酱。

高骈本来文武双全，有诗集一卷传世。《唐书·高骈传》载："有二雕并飞，骈曰：'我且贵，当中之。'一发贯二雕焉。众大惊，称'落雕侍御'。"此人不但是射雕英雄，而且是射双雕英雄。高骈用兵多奇计，所向克捷，曾征服安南。他统治越南时，曾疏浚自越南到广州的江河，便利航运，可见办事也极有才能。但晚年大富大贵之后怕死之极，只想长生不老，乃求神仙之术，终于祸国殃民，为部下叛军所杀。

二十一　寺行者

这故事不知出于何书,翻查了数十部唐宋五代的笔记杂录,无法找到来源。

二十二　李胜

李胜的故事也不知出于何典。图赞说:"杀亦不武,矧使知惧。"当是警告坏人,使他知道畏惧,不敢再为非作歹,也就是了。

这部《卅三剑客图》中的主角,都是唐宋人物。唐宋五代并无叫作李胜的名人。东汉时有一个李胜,是个不怎么重要的文人。三国时魏国也有个李胜,凡是读过《三国演义》的,都会知道此人。《三国演义》第一百零六回写"司马懿诈病赚曹爽",司马懿假装病重,曹爽以为司马懿病得快死了,对他就不加防备。这个故事历史上真有其事,《资治通鉴》中的描写,和《三国演义》很是接近:

"冬,河南尹李胜出为荆州刺史,过辞太傅懿。懿令两婢侍。持衣,衣落;指口言渴,婢进粥,懿不持杯而饮,粥皆流出沾胸。胜曰:'众情谓明公旧风发动,何意尊体乃尔!'懿使声气才属,说:'年老枕疾,死在旦夕。君当屈并州,并州近胡,好为之备。恐不复相见,以子师、昭兄弟为托。'胜曰:'当还忝本州,非并州。'懿乃错乱其辞曰:'君方到并州?'胜复曰:'当忝荆州。'懿曰:'年老意荒,不解君言。今还为本州,盛德壮烈,好建功勋!'胜退,告爽曰:'司马公尸居余气,形神已离,不足虑矣。'他日,又向爽等垂泣曰:'太傅病不可复济,令人怆然。'故爽等不复设备。"(《通鉴·魏记》邵陵厉公正始九年。)

李胜去做荆州刺史(他是南阳人,南阳属荆州,所以称为本州),《三国演义》的作者不知为了什么缘故,将他改为青州刺

·733·

史。历史上说李胜有文才，但性格浮华。曹爽失败后，李胜也为司马懿所杀。曹爽手下谋士如何晏之徒，都是虚浮漂亮的清谈家，自然不是老奸巨猾的司马懿的对手。

魏国这个李胜自然和图中的剑客毫不相干，不过因为同名同姓，拉来谈谈。

司马懿的作风，就是越女所说的"见之似好妇，夺之似惧虎"、《孙子兵法》中"始如处女，敌人开户，后如脱兔，敌不及拒"原则。在当代政治的权力斗争中，也有人应用这原则而得到很大成功的。

二十三 张忠定

张咏,自号乖崖,山东鄄城人,是北宋太宗、真宗两朝的名臣,死后谥忠定,所以称为张忠定。宋人笔记小说中有不少关于他的轶事。

张咏未中举时,有一次经过汤阴县,县令和他相谈投机,送了他一万文钱。张咏便将钱放在驴背上,和一名小童赶驴回家。有人对他说:"前面这一带道路非常荒凉,地势险峻,时有歹人出没,还是等到有其他客商后结伴同行,较为稳便。"张咏道:"天气冷了,父母年纪已大,未有寒衣,我怎么能等?"只备了一柄短剑便即启程。

走了三十余里,天已晚了,道旁有间孤零零的小客栈,张咏便去投宿。客栈主人是个老头,有两个儿子,见张咏带了不少钱,很是欢喜,悄悄的道:"今夜有大生意了!"张咏暗中听见了,知道客栈主人不怀好意,于是出去折了许多柳枝,放在房中。店翁问他:"那有什么用?"张咏道:"明朝天没亮就要赶路,好点了当火把。"他说要早行,预料店主人便会提早发动,免得自己睡着了遭到了毒手。

果然刚到半夜,店翁就命长子来叫他:"鸡叫了,秀才可以动身了。"张咏不答,那人便来推门。张咏早已有备,先已用床抵住了左边一扇门,双手撑住右边那扇门。那人出力推门,张咏突然松手退开,那人出其不意,跌撞而入。张咏回手一剑,将他杀了,随即将门关上。过不多时，次子又至，张咏仍以此法将他杀死，持剑去寻店翁，只见他正在烤火，伸手在背上搔痒，甚是舒服，当即一剑将他脑袋割了下来。黑店中尚有老幼数人，张咏斩草除根，杀得一个不留，呼童率驴出门，纵火焚店，行了二十里天才亮。后来有行人过来，说道来路上有一家客栈失火。（出宋人刘斧《青琐高议》："汤阴县，未第时胆勇杀贼。"）

《宋史·张咏传》说他"少负气，不拘小节，虽贫贱客游，未尝下人。"又说他"少学击剑，慷慨好大言，乐当奇节。"《宋史》中记载了他的两件事，可以见到他个性。有一次有个小吏冒犯了他，张咏罚他带枷示众。那小吏大怒，叫道："你若是不杀我头，我这枷就戴一辈子，永远不除下来。"张咏也大怒，即刻便斩了他头。这件事未免做得过份，其实不妨让他戴着枷，且看他除不除下来。

另一件事说有个士人在外地做小官，受到悍仆挟制，那恶仆还要娶他女儿为妻，士人无法与抗，甚是苦恼。张咏在客店中和他相遇，得知了此事，当下不动声色，向士人借此仆一用，骑了马和他同到郊外去。到得树林中无人之处，挥剑便将恶仆杀了，得意洋洋的回来。他曾对朋友说："张咏幸好生在太平盛世，读书自律，若是生在乱世，那真不堪设想了。"

笔记《闻见近录》中，也记载了张咏杀恶仆的故事，叙述比较详细。那小官亏空公款，受到恶仆挟制，若不将长女相嫁，便要去出首告发。合家无计可施，深夜聚哭。张咏听到了哭声，拍门相询，那小官只说无事，问之再三，方以实情相告。张咏次日便将那恶仆诱到山谷中杀了，告知小官，说仆人不再回来，并告诫他以后千万不可再贪污犯法。

张咏生平事业，最重要的是做益州知州（四川的行政官）。

宋太宗淳化年间，四川地方官压迫剥削百姓，贫民起而作乱，首领叫做王小波，将彭山县知县齐元振杀了。这齐元振平时诛求无厌，剥削到的金钱极多。造反的百姓将他肚子剖了开来，塞满铜钱，人心大快。后来王小波为官兵所杀，余众推李顺为首领，攻掠州县，声势大盛。太宗派太监王继恩统率大军，击破李顺，攻克成都。

据陆游《老学庵笔记》记载，李顺逃走的方法甚妙：官兵大军围城，成都旦夕可破，李顺突然大做法事，施舍僧众。成都各处庙宇中的数千名和尚都去领取财物。李顺部下数千人同时剃度为僧，改穿僧服。到得傍晚，东门西门两处城门大开，万余名和尚一齐散出。李顺早已变服为僧，混杂其中，就此不知去向，官兵再也捉他不到。官军后来捉到一个和李顺相貌很像的长须大汉，将他斩了，说已杀了李顺，呈报朝廷冒功。

李顺虽然平了，但太监王继恩统军无方，扰乱民间，于是太宗派张咏去治蜀。王继恩捉了许多乱党来交给张咏办罪，张咏尽数将他们放了。王继恩大怒。张咏道："前日李顺胁民为贼，今日咏与公化贼为民，有何不可哉？"王继恩部下士卒不守纪律，掠夺民财，张咏派人捉到，也不向王继恩说，径自将这些士兵绑了，投入井中淹死。王继恩也不敢向他责问，双方都假装不知。士兵见张咏手段厉害，就规矩得多了。

太宗深知这次四川百姓造反，是地方官逼出来的，于是下罪己诏布告天下，深自引咎，诏中说："朕委任非当，烛理不明，致彼亲民之官，不以惠和为政，筦榷之吏，惟用刻削为功，挠我蒸民，起为狂寇。念兹失德，是务责躬。改而更张，永鉴前弊，而今而后，庶或警予！"他认为百姓所以造反，都因自己委任官吏不当，处理政务不明而造成，实在是自己的"失德"。后世的大领袖却认为自己总是永远正确的，一切错误过失全是百姓不好，比之宋太宗赵光义的风度和品格来，那可差得远了。

张咏很明白官逼民反的道理，治蜀时很为百姓着想，所以四川很快就太平无事。

他在乱事平定后安抚四川，深知百姓受到压迫太甚时便会铤而走险的道理。后来他做杭州知州，正逢饥荒，百姓有很多人去贩卖私盐度日，官兵捕拿了数百人，张咏随便教训了几句，便都释放了。部属们说："私盐贩子不加重罚，恐怕难以禁止。"张咏道："钱塘十万家，饥者十之八九，若不贩盐求生，一旦作乱为盗，就成大患了。待秋收之后，百姓有了粮食，再以旧法禁贩私盐。"《宋史》记载了这一件事，当是赞美他的通情达理。中国儒家的政治哲学，以宽厚爱民为美德，不若法家的苛察严峻。

王小波在四川起事时，以"均贫富"为口号，他对众贫民说："吾疾贫富不均，今为汝均之。"（《续资治通鉴》宋太宗淳化四年。）沈括在《梦溪笔谈》中记称："蜀中剧贼李顺，陷剑南、两川，关右震动，朝廷以为忧。后王师破贼，枭李顺，收复两川，书功行赏，了无间言。至景祐中，有人告李顺尚在广州。巡检使臣陈文琏捕得之，乃真李顺也，年已七十余，推验明白，囚赴阙，覆按皆实。朝廷以平蜀将士功赏已行，不欲暴其事，但斩顺，赏文琏二官，仍阁门祗候。文琏，泉州人，康定中老归泉州，予尚识之。文琏家有'李顺案款'，本末甚详。顺本味江王小博（按：应为王小波，音近）之妻弟。始王小博反于蜀中，不能抚其徒众，乃共推顺为主。顺初起，悉召乡里富人大姓，令具其家所有财粟，据其生齿足用之外，一切调发，大赈贫乏，录用材能，存抚良善，号令严明，所至一无所犯。时两蜀大饥，旬日之间，归者数万人。所向州县，开门延纳，传檄所至，无复完垒。及败，人尚怀之，故顺得脱去三十余年乃始就戮。"

沈括虽称李顺为"贼"，但文字中显然对他十分同情。李顺的作风也很有人情味，并不屠杀富人大姓，只是将他们的财物粮食拿出来赈济贫民，同时根据富户家中人丁数目，留下各人足用的粮食。

《青琐高议》中，又记载李顺乱蜀之后，凡是到四川去做官的，都不许携带家眷。张咏做益州知州，单骑赴任。部属怕他执法严厉，都不敢娶妾侍、买婢女。张咏很体贴下属的性苦闷，于是先买了几名侍姬，其余下属也就敢置侍姬了。张咏在蜀四年，被召还京，离京时将侍姬的父母叫来，自己出钱为众侍姬择配嫁人。后来这些侍姬的丈夫都大为感激，因为所娶到的都是处女。《青琐高议》这一节的题目是"张乖崖，出嫁侍姬皆处女。"

苏辙的《龙川别志》中，记载张咏少年时喜饮酒，在京城常和一道人共饮，言谈投机，分别时又大饮至醉，说道："和道长如此投缘，只是一直未曾请教道号，异日何以认识。"道人说道："我是隐者，何用姓名？"张咏一定要请教。道人说道："贫道是神和子，将来会和阁下在成都相会。"日后张咏在成都做官，想起少年时这道人的说话，心下诧异，但四下打听，始终找他不到。后来重修天庆观，从一条小径走进一间小院，见堂中四壁多古人画像，尘封已久，扫壁而视，见画像中有一道者，旁题"神和子"三字，相貌和从前共饮的道人一模一样。原来神和子姓屈突，名无为，字无不为，五代时人，有著作，便以"神和子"三字署名。（故事很怪。"屈突无不为"的名字也怪，苏子由居然会相信这种神怪故事而记载了下来！）

在沈括的《梦溪笔谈》中，同样有个先知预见的记载：张咏少年时，到华山拜见陈抟，想在华山隐居。陈抟说："如果你真要在华山隐居，我便将华山分一半给你（据说宋太祖和陈抟下棋输了，将华山输了给他）。但你将来要做大官，不能做隐士。好比失火的人家正急于等你去救火，怎能袖手不理？"于是送了一首诗给他，诗云："征吴入蜀是寻常，歌舞筵中救火忙，乞得金陵养闲散，也须多谢鬓边疮。"当时张咏不明诗意，其后他知益州、知杭州，又

· 739 ·

知益州，头上生恶疮，久治不愈，改知金陵，均如诗言。

世传陈抟是仙人，称为陈抟老祖。这首诗未必可信，很可能是后人在张咏死后好事捏造的。

沈括是十一世纪时我国渊博无比的天才学者，文武全才，文官做到龙图阁直学士，曾统兵和西夏大战，破西夏兵七万。他的《梦溪笔谈》中有许多科学上的创见。英人李约瑟在《中国科学文明史》第一卷中，曾将该书内容作一分析，详列书中涉及算学、天文历法、气象学、地质、地理、物理、化学、工程、冶金、水利、建筑、生物、农艺、医学、药学、人类学、考古、语言学、音乐、军事、文学、美术等等学问，而且各有独到的见地，真是不世出的大天才。《梦溪笔谈》中另外还记录了张咏的一则轶事：

苏明允（苏东坡的父亲）常向人说起一件旧事：张咏做成都府知府时，依照惯例，京中派到成都的京官均须向知府参拜。有一个小京官，已忘了他的姓名，偏偏不肯参拜。张咏怒道："你除非辞职，否则非参拜不可。"那小京官很是倔强，说道："辞职就辞职。"便去写了一封辞职书，附诗一首，呈上张咏，站在庭中等他批准。张咏看了他的辞呈，再读他的诗，看到其中两句："秋光都似宦情薄，山色不如归意浓。"不禁大为称赏，忙走到阶下，握住他手，说道："我们这里有一位诗人，张咏居然不知道，对你无礼，真是罪大恶极。"和他携手上厅，陈设酒筵，欢语终日，将辞职书退回给他，以后便以上宾之礼相待。

张咏的性子很古怪，所以自号"乖崖"，乖是乖张怪僻，崖是崖岸自高。《宋史》则说："乖则违众，崖不利物。"他生平不喜欢宾客向他跪拜，有客人来时，总是叫人先行通知免拜。如果客人礼貌周到，仍是向他跪拜，张咏便大发脾气，或者向客人跪拜不止，连磕几十个头，令客人狼狈不堪，又或是破口大骂。他性子急躁得很，在四川时，有一次吃馄饨（现在四川人称为"抄手"，当时不知叫作什么？），头巾上的带子掉到了碗里，他把带子甩上去，一低头又掉了下来。带子几次三番的掉入碗里，张咏大怒，把头巾抛入馄饨碗里，喝道："你自己请吃个够罢！"站起身来，怒气冲冲的走开了。（见《玉壶清话》）

他有时也很幽默。在澶渊之盟中大出风头的寇准做宰相，张咏批评他说："寇公奇材，惜学术不足尔。"后来两人遇到了，寇准大设酒筵请他，分别时一路送他到郊外，向他请教："何以教准？"张咏想了一想，道："《霍光传》不可不读。"寇准不明白他的用意，回去忙取《霍光传》来看，读到"不学无术"四字时，恍然大悟，哈哈大笑，说："张公原来说我不学无术。"

他治理地方，很爱百姓，特别善于审案子，当时人们曾将他审案的判词刊行。他做杭州知州时，有个青年和姐夫打官司争产业。那姐夫呈上岳父的遗嘱，说："岳父逝世时，我小舅子还只三岁。岳父命我管理财产，遗嘱上写明，等小舅子成人后分家产，我得七成，小舅子得三成。遗嘱上写得明明白白，又写明小舅子将来如果不服，可呈官公断。"说着呈上岳父的遗嘱。张咏看后大为惊叹，叫人取酒浇在地下祭他岳父，连赞："聪明，聪明！"向那人道："你岳父真是明智。他死时儿子只有三岁，托你照料，如果遗嘱不写明分产办法，又或者写明将来你得三成，他得七成，这小孩子只怕早给你害死了，哪里还能长成？"当下判断家产七成归子，三成归婿。当时人人都服他明断。

中国向来传统，家产传子不传女。张咏这样判断，乃是根据人情和传统，体会立遗嘱者的深意，自和现代法律的观念不同。这立遗嘱者确是智人，即使日后他儿子遇不着张咏这样的智官，只照遗嘱而得三成家产，那也胜于被姐夫害死了。

《青琐高议》中还有一则记张咏在杭州判断兄弟分家产的故事：张咏做杭州知州时，有一个名叫沈章的人，告他哥哥沈彦分家产不公平。张咏问明事由，说道："你两兄弟分家，已分了三年，为什么不在前任长官那里告状？"沈章道："已经告过了，非但不准，反而受罚。"张咏道："既是这样，显然是你的不是。"将他轻责数板，所告不准。

半年后，张咏到庙里烧香，经过街巷时记起沈章所说的巷名，便问左右道："以前有个叫沈章的人告他哥哥，住在哪里？"左右答道："便在这巷里，和他哥哥对门而居。"张咏下马，叫沈彦和沈章两家家人全部出来，相对而立，问沈彦道："你弟弟曾向我投告，说你们父亲逝世之后，一直由你掌管家财。他年纪幼小，不知父亲传下来的家财到底有多少，说你分得不公平，亏待了他。到底是分得公平呢，还是不公平？"沈彦道："分得很公平。两家财产完全一样多少。"又问沈章，沈章仍旧说："不公平，哥哥家里多，我家里少。"沈彦道："一样的，完全没有多寡之分。"

张咏道："你们争执数年，沈章始终不服，到底谁多谁少，难道叫我来给你们两家一一查点？现在我下命令，哥哥的一家人，全部到弟弟家里去住；弟弟的一家人，全部到哥哥家里去住。立即对换。从此时起，哥哥的财产全部是弟弟的，弟弟的财产全部是哥哥的。双方家人谁也不许到对家去。哥哥既说两家财产完全相等，那么对换并不吃亏。弟弟说本来分得不公平，这样总公平了罢？"

张咏做法官，很有些异想天开。当时一般人却都十分欣赏他这种别出心裁的作风，称之为"明断"。

张咏为人严峻刚直，但偶尔也写一两首香艳诗词。宋人吴处厚《青箱杂记》中云："文章纯古，不害其为邪。文章艳丽，亦不害其为正。然世或见人文章铺陈仁义道德，便谓之正人君子，及花草月露，便谓之邪人，兹亦不尽也。"文中举了许多正人君子写香艳诗词的例子，其中之一是张咏在酒席上所作赠妓女小英的一首歌："天教搏百花，作小英明如花。住近桃花坊北面，门庭掩映如仙家。美人宜称言不得，龙脑薰衣香入骨。维扬软縠如云英，毫郡轻纱似蝉翼。我疑天上婺女星之精，偷入筵中名小英；又疑王母侍女初失意，谪向人间为饮妓。不然何得肤如红玉初碾成，眼似秋波双脸横？舞态因风欲飞去，歌声遏云长且清。有时歌罢下香砌，几人魂魄遥相惊。人看小英心已足，我见小英心未足。为我高歌送一杯，我今赠汝新翻曲。"这首歌颇为平平，张乖崖豪杰之士，诗歌究非其长。他算是西昆派诗人，所作诗录入《西昆酬唱集》，但好诗甚少。

张咏发明了一种东西，全世界的成年人天天都要使用：钞票。他治理四川时，觉得金银铜钱携带不便，于是创立"交子"制度，一张钞票作一千文铜钱。这是中国最早的纸币，也是全世界最早的纸币。世界上很多人知道电灯、电话、配尼西林等等是谁发明的，但人人都喜欢的钞票，却很少人知道发明者是张咏。

二十四　秀州刺客

宋靖康年间金人南侵,掳徽宗、钦宗北去,高宗在南方即位。其后金人数次南侵,高宗仓皇奔逃,自扬州逃到杭州,命礼部侍郎张浚在苏州督师守御。高宗到了杭州后,任命王渊为代理枢密使(副总理兼国防部部长)。扈从统制(首都卫戍司令)苗傅和另一统兵官刘正彦不服,又因高宗亲信太监康履等擅作威福,苗刘二人便发动兵变,将王渊杀了,又逼迫高宗交出康履杀死。那时诸将统兵在外抵御金兵,杭州的卫戍部队均由苗刘二人指挥,枪杆子里面出政权,高宗惶惑无计。苗刘二人跟着逼高宗退位,禅位给他年方三岁的儿子,由太后垂帘听政,"建炎三年"的年号也改为"明受元年"。

苗刘二人专制朝政,用太后和小皇帝的名义发出诏书。张浚在苏州得到消息,料知京城必定发生了兵变,便约同在江宁(南京)督师的吕颐浩,以及大将张俊、韩世忠、刘光世等统兵勤王。只是高宗在叛兵手里,若是急速进兵,恐怕危及皇帝,又怕叛军挟了皇帝百官逃入海中,于是一面不断书信来往,和苗刘敷衍,一面派兵守住入海的通道。

苗刘二人是粗人,并无确定的计划,起初升张浚为礼部尚书,想拉拢他,后来得知他决心进讨,于是下诏将他革职。张浚恐怕将士得知自己被革职后人心涣散,将伪诏藏起,取出一封旧诏书来随口读了几句,表示杭州来的诏书内容无关紧要,便即继续南进,司令部驻在秀州（嘉兴）。

一晚张浚在司令部中筹划军事，戒备甚严，突然有一人出现在他身前，从怀中取出一张纸来，说道："这是苗傅和刘正彦的赏格，取公首级，即有重赏。"张浚很是镇定，问道："你想怎样？"那人道："我是河北人，读过一些书，还明白逆顺是非的道理，岂能为贼所用？苗刘二凶派我来行刺侍郎。小人来到营中，见公戒备不严，特地前来告知。只怕小人不去回报，二凶还会继续遣人前来。"张浚离座而起，握手问他姓名。那人不答，径自离去，倏来倏往，视众卫士有如无物。

张浚次日引出一名已判了死罪的犯人，斩首示众，声称这便是苗刘二凶的刺客。那真刺客的相貌形状，他已熟记于心，后来遣人暗中寻访，想要报答他，可是始终无法找到。（见《宋史·张浚传》）

张浚率兵南下勤王，韩世忠为先锋。韩世忠的妻子梁红玉那时留在杭州，给苗刘二人扣留了。宰相朱胜非骗苗刘说，不如请太后命梁氏去招抚韩世忠。苗刘不知是计，接受他的意见。太后召梁红玉入宫，封她为安国夫人，命她快去通知韩世忠，即刻赶来救驾。梁红玉骑马急驰，从杭州一日一夜之间赶到了秀州。

张浚和韩世忠部队开到临平，和苗刘部下军队交锋。江南道路泥泞，马不能行，韩世忠下马执矛，亲身冲锋。苗刘军大败。当晚苗刘二人逃出临安。韩世忠领兵追讨，分别成擒，送到南京斩首。高宗重赏韩世忠，加封梁红玉为护国夫人。世人都知梁红玉金山击鼓大战金兀术，其实在此之前便已立过大功。

张浚也因勤王之功而大为高宗所亲信，被任为枢密使。史称："浚时年三十三，国朝执政，自寇准以后，未有如浚之年少者。"他后来还立了不少大功，统率吴玠、吴璘兄弟在和尚原大破金兵，保全四川，是最著名的一役。

·745·

岳飞破洞庭湖湖匪杨幺，张浚是这一役的总司令。

张浚对韩世忠和岳飞二人特别重用。史称："时锐意大举，都督张浚于诸将中每称世忠之忠勇，飞之沉鸷，可以倚办大事，故并用之。"在秦桧当国期间，张浚被迫长期退休。岳飞被害之时，张浚正在被排斥期间，倘若他在朝廷，必定力争，或许同时会被秦桧害死，或许岳飞可以免死。但同时被害的可能性大得多。

他一生主战，向来和秦桧意见不合。《宋史》载："浚去国几二十载，天下士无贤不肖，莫不倾心慕之。武夫健将，言浚者莫不咨嗟太息，至儿童妇女，亦知有张都督也。金人惮浚，每使至，必问浚安在，惟恐其复用。当是时秦桧怙宠固位，惧浚为正论以害己，令台臣有所弹劾，论必及浚反，谓浚为'国贼'，必欲杀之。"终于周密布置，命人捏造口供，诬他造反，幸亏秦桧适于此时病死，张浚才得免祸。

高宗死后，孝宗对他十分重用，对金人战守大计，均由他主持，后来做到宰相兼枢密使都督（总理兼国防部长兼三军总司令），封魏国公。

岳飞被害，千古大狱，历来都归罪于秦桧。但后人论史也偶有指出，倘若不是宋高宗同意，秦桧无法害死岳飞。文徵明《满江红》有句云："笑区区一桧亦何能？逢其欲！"说明秦桧只不过迎合高宗的心意而已。不过论者认为高宗所以要杀岳飞，是怕岳飞北伐成功，迎回钦宗（高宗的哥哥，其时徽宗已死），高宗的皇位便受到威胁。我想这虽是理由之一，但决不会是很重要的原因。高宗做皇帝已久，文臣武将都是他所用的人。钦宗即使回来，也决计做不成皇帝。高宗要杀岳飞，相信和苗傅、刘正彦这一次叛变有很大关系。

苗刘之叛，高宗受到极大屈辱，被迫让位给自己的三岁儿子。

这一次政变，一定从此使他对手握兵权的武将具有莫大戒心。当时大将之中，韩世忠、张浚、刘光世三人曾参与平苗刘的勤王之役，岳飞却是后进，那时还没有露头角。偏偏岳飞不懂高宗的心理，做了一件颇不聪明之事。

绍兴七年，岳飞朝见高宗，内殿单独密谈。岳飞提出请正式立建国公为皇太子。高宗没有答允，说道："卿言虽忠，然握重兵于外，此事非卿所当预也。"意思说，这种事情你是不应当管的。岳飞退下后，参谋官薛弼接着朝见，高宗将这事对他说了，又说："飞意似不悦，卿自以意开谕之。"那时岳飞手握重兵，高宗很担心他不高兴，所以叫参谋官特别去劝他，要他不必介意。

疑忌武将是宋朝的传统。宋太祖以手握兵权而黄袍加身，后世子孙都怕大将学样。秦桧诬陷岳飞造反，正好迎合了高宗的心意。要知高宗赵构是个极聪明之人，如果他不是自己想杀岳飞，秦桧的诬陷一定不会生效。

绍兴七年，张浚进呈一批马匹，高宗和他讨论马匹的优劣和产地，谈得很是投机。张浚道："臣听说，陛下只要听到马的蹄声，便知马好坏，那是真的吗？"高宗道："不错。我隔墙听马蹄之声，便能分别好马和劣马。只要明白了要点的所在，那也不是难事。"张浚道："要分辨畜生的优劣，或许不很难，只有知人为难。"高宗点头道："知人的确很难。"张浚道："一个人是否有才能，那是不易知道的。但议论刚正、态度严肃之人，一定不肯做坏事；一味歌功颂德，大叫万寿无疆，陛下不论说什么，总是欢呼喝采之人，必不可用。"高宗认为此言不错。

《宋史·岳飞传》中记载了一件岳飞和高宗论马的事。高宗问岳飞："卿有良马否？"岳飞道："臣本来有两匹马，每日吃豆数斗，饮泉水一斛，倘若食物不清洁，便不肯吃。奔驰时起初也不很快，驰到一百里后，这才越奔越快，从中午到傍晚，还可行

· 747 ·

二百里，卸下鞍子后，不喷气，不出汗，若无其事。那是受大而不苟取，力裕而不求逞，致远之材也。不幸这两匹马已相继死了。现在所乘的那一匹，每天不过吃数升豆，什么粮食都吃，什么脏水都饮，一骑上去便发力快跑，可是只跑得百里，便呼呼喷气，大汗淋漓，便像要倒毙一般。这是寡取易盈，好逞易穷，驽钝之材也。"高宗大为赞叹，说他的议论极有道理。岳飞论的是马，真意当然是借此比喻人的品格。

去年初夏，我到加拿大去，途经美国洛杉矶，在"国宾酒店"住了两晚，那正是罗拔·坚尼迪半年前被刺的所在。那两晚正逢加州全州选美在该酒店举行，电梯中、走廊上都是美女，目不暇给，很少有人谈罗拔·坚尼迪。我忽然想：中国历史上也有很多刺客，但刺客往往在事到临头之际，忽然同情指定被刺之人，因而下不了手，甚至于反过来相助对方。这种情形，外国刺客却是极少有的。

聂隐娘是虚构的人物，那不算。刺王铎的李龟寿是一个。本书第二十八图"义侠"又是一个。最著名的，当是春秋时晋灵公派去刺赵盾的鉏麑。他潜入赵盾家中，见赵盾穿好了朝服准备上朝，天色尚早，便坐着闭目养神。鉏麑叹曰："不忘恭敬，民之主也。贼民之主，不忠；弃君之命，不信，有一于此，不如死也。"于是触槐而死。（见《左传》）《公羊传》的说法略有不同，没有记载刺客的名字。晋灵公派一名勇士去行刺赵盾。这勇士走进大门，不见有人把守；走进后院，不见有人把守；走进内堂，仍是不见有人把守。他跃在墙上窥探，见赵盾正在吃饭，吃的只有一味鱼。勇士曰："嘻，子诚仁人也。吾入子之大门，则无人焉；入子之闺，则无人也；上子之堂，则无人焉；是子之易也。子为晋国重卿，而食鱼餐，是子之俭也。君将使吾杀子，吾不忍杀子也。虽然，吾亦不可复见吾君矣！"于是刎颈而死。

东汉时隗嚣命刺客杀杜林,刺客见杜林亲自以木车推了弟弟的棺木回乡,叹曰:"当今之世,谁能行义?我虽小人,何忍杀义士?"自行逃去。(见《后汉书·杜林传》)

东汉梁冀令刺客杀崔琦。刺客见崔琦手中拿了一卷书在耕田,耕一会田,便翻书阅读,不忍相害,告知真相,说道:"将军令吾要子,今见君贤者,情怀忍忍,可亟自逃。吾亦于此亡矣!"可惜梁冀后来还是派了别的刺客杀了崔琦。(见《后汉书·崔琦传》)

刘备做平原相时,当地有个名叫刘平的人,素来瞧不起刘备,耻于受他治理,便派人行刺。刺客不忍下手,语之而去。(见《三国志蜀志·先主传》)

东晋时刘裕篡位自立,派沐谦混到司马楚之手下,设法行刺。司马楚之待他很好。有一晚沐谦假装生病,料知司马楚之必来探问,准备就此加害。楚之果然亲自拿了汤药去探病,情意甚殷。沐谦大为感动,从席底取出匕首,将刘裕派他来行刺的事说了,并劝他以后要多加保重,不可太过相信别人,免遭凶险。司马楚之叹道:"我若严加戒备,虽有所防,恐有所失。"意思说安全是安全了,只怕是失了人才。沐谦以后便竭诚为他尽力。(见《魏书·司马楚之传》)

这一类的事例甚多。汉阳球刺客不杀蔡中郎、唐承乾太子刺客不杀于志宁、淮南张显刺客不杀严可求、西夏刺客不杀刘锜等等皆是,事迹内容也都大同小异。

二十五　张训妻

张训是五代时吴国太祖杨行密部下的大将，嘴巴很大，外号叫作"张大口"。

杨行密在宣州时，分铠甲给众将，张训所得的很破旧，极是恼怒。他妻子道："那又何必放在心上？只不过司徒不知道罢了，又不是故意的。如果他知道的话，一定不会分旧甲给你。"第二天，杨行密问张训道："你分到的铠甲如何？"张训说了，杨行密便换了一批精良的铠甲给他。后来杨行密驻军广陵，分赐诸将马匹。张训所得大部份是劣马，他又很不满意。他妻子仍是这样安慰他。第二天杨行密问起，张训照实说了。

杨行密问道："你家里供神么？"张训道："没有。"杨行密道："先前我在宣州时，分铠甲给诸将。当晚做了个梦，梦到一个妇人，穿真珠衣，对我说：'杨公赐给张训的铠甲很是破旧，请你掉换一下。'第二天我问你，果然不错，就给你换了。昨天赐诸将马，又梦到那个穿真珠衣的妇人，对我说：'张训所得的马不好。'那是什么道理？"张训也大感奇怪，不明原由。

张训的妻子有一口衣箱，箱里放的是什么东西，从来不给他看到。有一天他妻子有事外出，张训偷着打开箱子，见箱中有一袭真珠衣，不由得暗自纳罕。他妻子归来后，问道："你开过我的衣箱，是不是？"

他妻子向来总是等他回家后一起吃饭，但有一天张训回来时，妻子已先吃过了，对他说："今天的食物有些特别，因此没有等你，我先吃了。"张训到厨房中去，见镬里蒸着一个人头，不禁大为惊怒，知道妻子是个异人，决意要杀她。他妻子道："你想负我么？只是你将做数郡刺史，我不能杀你。"指着一名婢女道："你若要杀我，必须先杀此婢，否则你就难以活命。"张训就将他妻子和婢女一齐杀了。后来他果然做到刺史。（出吴淑《江淮异人录》）

　　这个女人算不得是剑客，只能说是"妖人"。不过她对张训一直很好，虽然蒸人头吃，似乎并无加害丈夫之意。那婢女当是她的心腹，她要丈夫一并杀了，以免受到婢女的报复，对丈夫倒是一片真心。任渭长在图中题字说："婢何辠，死无谓"，没有明白张训之妻的用意。（"辠"是"罪"的本字，秦始皇做了皇帝，臣子觉得这"辠"字太像"皇"字了，于是改为"罪"字，见《说文》。拍皇帝马屁而创造新字，很像是李斯的手法。）

　　张训在历史上真有其人，是安徽清流人。杨行密起于安徽，部下大将大部份是合肥、六合、宿州一带人氏。世传杨行密以三十六英雄在庐州发迹。我不知三十六英雄是哪些人，相信"张大口"张训必是其中之一。杨行密部下著名的大将有田頵、李神福、陶雅、李德诚、刘威、徐温、台蒙、朱延寿等人。

　　欧阳修的《五代史》中说杨行密力气很大。《旧五代史》中则说他跑路很快（会轻功？），每天能行三百里，最初做"步奏使"的小官，用以传递军讯。《资治通鉴》则说："行密驰射武技，皆非所长，而宽简有智略，善抚御将士，与同甘苦，推心待物，无所猜忌。"从历史上的记载看来，杨行密所以成功，第一是爱护百姓，第二是善于抚御将士，第三是性格坚毅，屡败屡战。他用兵并无特别才能，但不折不挠，拖垮了敌人。

　　杨行密本是高骈部下的庐州刺史，这刺史之位也是他杀了都将自行夺来的。高骈统治扬州,政事给吕用之弄得一团糟,部下将官毕师铎、秦彦、张神剑(此人本名张雄,因善于使剑,人称张神剑)作乱,杀了高骈。吕用之逃到庐州。杨行密发兵为高骈报仇,占领扬州,由此而逐步扩大势力。(后来吕用之在杨行密军中又想捣鬼,为杨所杀。)

当时杨行密的大敌是流寇孙儒。此人十分残暴,将百姓的尸体用盐腌了,载在车上随军而行,作为粮食。孙儒的部队比杨行密多了十倍,进攻扬州时杨行密抵挡不住,只好退出。孙儒入城后纵火屠杀,大肆奸淫掳掠,随即退兵。杨行密派张训赶入城中救火,抢救了数万斛粮食,赈济百姓。

杨行密和孙儒缠战数年,互有胜败,最后一场大会战在皖浙边区进行。张训部队坚守浙江安吉,断了孙儒军队的粮道。孙军食尽,军中疟疾流行,孙儒自己也染上了,杨行密由此而破其军,斩孙儒,奏凯重回扬州。《十国纪年》载:"行密过常州,谓左右曰:'常州,大城也,张训以一剑下之,不亦壮哉!'"那么张训的剑法似乎也很好。

杨行密到扬州后,财政极是困难,想专卖茶叶和盐,他部下的有识之士劝他不可和民争利,说道:"兵火之余,十室九空,又渔利以困之,将复离叛。不若悉我所有,易邻道所无,足以给军。选贤守令劝课农桑,数年之间,仓库自实。"杨行密接受了这个意见,并不搜括榨取百姓,而以与外地贸易的办法来筹募军费。

《通鉴》称:"淮南被兵六年,士民转徙几尽。行密初至,赐与将吏,帛不过数尺,钱不过数百;而能以勤俭足用,非公宴,未尝举乐。招抚流散,轻徭薄敛,未及数年,公私富庶,几复承平之旧。"可见政府要富足,向百姓搜括并不是好办法。税轻,征发少,对百姓仁厚,经济上的控制越宽,公和私都越富庶。单是公富而私不富,公家之富也很有限。

五代十国时天下大乱，杨行密所建的吴国却安定富庶，便是轻徭薄敛之故。杨行密军力不强，部下亦没有什么了不起的将才和智士，但爱民爱士。朱全忠数度遣大军相攻，始终无法取胜。

昭宗天复三年，朱全忠又和杨行密交战。张训和王茂章等攻克密州（山东诸城），张训作刺史。朱全忠大怒，亲率大军二十万赶来反攻。张训眼见众寡不敌，与诸将商议。诸将都说，反正密州不是我们的地方，主张焚城大掠而去。张训说："不可。"将金银财宝都留在城里不取，在城头密插旗帜，命老弱先退，自以精兵殿后，缓缓退却。朱全忠的部将率领大军到来，见城头旗帜高张，而城中一无动静，疑有埋伏，不敢进攻，等了数日才敢入城，见仓库房舍完好，财物又多，将士急于掳掠享受，谁也不想追赶。张训得以全军而还。

杨行密晚年，大将田頵、安仁义、朱延寿等先后叛变。五代十国之时，大将杀元帅而自立之事累见不鲜，田頵这些人拥兵自雄，不免有自立为王之意，但一一为杨行密所平定。

安仁义是沙陀人，神箭无双。欧阳修《五代史》中载称："吴之军中，推朱瑾善槊，志诚（米志诚）善射，皆为第一，而仁义常以射自负，曰：'志诚之弓，十不当瑾槊之一；瑾槊之十，不当仁义弓之一。'"（恰似后人说："天下文章在绍兴，绍兴文章以我哥哥为第一，我哥哥的文章常请我修改修改！"）每与茂章（王茂章）等战，必命中而后发，以此吴军畏之，不敢行近。行密亦欲招降之，仁义犹豫未决。茂章乘其怠，穴地道而入，执仁义，斩于广陵。"

朱延寿是杨行密的小舅子，拥兵于外，将叛。杨行密假装目疾，接见朱延寿的使者时，常常东指西指，故意说错。有一日在房中行走，突然在柱子上一撞，昏倒于地，表示眼病重极。朱夫人扶他起身，杨行密良久方醒，流泪道："吾业成而丧其目，是天废我也。吾儿子皆不足以任事，得延寿付之，吾无恨矣！"宣称朱延寿是他最最亲密的战友，决心指定他为接班人。朱夫人大喜，忙派人去召朱延寿来，准备接班。朱延寿不再怀疑，兴高采烈的来见姊夫。杨行密在寝室中接见，便在房门口杀了他，跟着将朱夫人也嫁给了别人。

杀朱延寿这计策，颇有司马懿装病以欺曹爽的意味，这巧计是大将徐温手下谋士严可求所提出的，因此徐温得到杨行密的信任重用。杨行密病死后，长子杨渥继位，为徐温所杀，立杨行密次子隆演，吴国大权入于徐温之手。徐温的几个亲生儿子都没有什么才能，徐温死后，大权落入他养子李昪（音卞，日光、光明、明白之意）手中。李昪夺杨氏之位自立，改国号为唐，史称南唐。大名鼎鼎的李后主，便是李昪的孙子。

杨行密少年时为盗。欧阳修对他的总评说："呜呼，盗亦有道，信哉！行密之书，称行密为人宽仁雅信，能得士心。其将蔡俦叛于庐州，悉毁行密坟墓（掘了他的祖坟），及俦败，而诸将皆请毁其墓以报之。行密叹曰：'俦以此为恶，吾岂复为耶？'尝使从者张洪负剑而侍，洪拔剑击行密，不中，洪死，复用洪所善陈绍负剑不疑。又尝骂其将刘信，信忿，奔孙儒。行密戒左右勿追，曰：'信岂负我者耶？其醉而去，醒必复来。'明日果来。行密起于盗贼，其下皆骁武雄暴，而乐为之用者，以此也。"

徐温是私盐贩子出身，对待部下就不像杨行密这样豁达大度。他派刘信出战，一直担心他反叛。刘信知道了，心中很是生气，打了胜仗回来，徐温设宴慰劳，喝完酒后大家掷骰子赌博。欧史载称："信敛骰子，厉声祝曰：'刘信欲背吴，骰为恶彩，苟无二心，当成浑花。'温遽止之。一掷，六子皆赤。温惭，自以卮酒饮信，然终疑之。"刘信掷骰子大概会作弊，将这种反不反叛的大事，也用掷骰子来证明，而一把掷下去，六粒骰子居然掷了个满堂红,未免运气太好了。

《江淮异人录》的作者吴淑是江苏南部丹阳人,属吴国辖地,所以对当地的异人奇行记载特详,他曾参加《太平御览》、《太平广记》等书的编纂。

二十六　潘扆

据《南唐书》载,潘扆(音衣,室中门与窗之间的地方,称为扆)常在江淮之间往还,自称"野客",曾投靠海州刺史郑匡国。郑匡国对他不大重视,让他住在马厩旁的一间小屋子里。有一天,潘扆跟了郑匡国到郊外去打猎。郑匡国的妻子到马厩中看马,顺便到潘扆的房中瞧瞧,见房中四壁萧然,床上只有一张草席,床边有一个竹箱,此外便一无所有。郑妻打开竹箱,见有两枚锡丸,也不知有什么用处,颇觉奇怪,便盖上箱子而去。潘扆归来,大惊,骂道:"这女人是什么东西!竟敢来乱动我的剑。幸亏我已收了剑光,否则她早已身首异处了。"

有人将这话去传给郑匡国。郑匡国惊道:"恐怕他是剑客罢!"求他传授剑术。潘扆道:"姑且试试。"和他同到静院之中,从怀中摸出那两枚锡丸来,放在掌中,过得不久,手指尖上射出两道光芒,有如白虹,在郑匡国的头颈边盘旋环绕,铮铮有声不绝。郑匡国汗下如雨,颤声道:"先生的剑术神奇极了!在下今日大开眼界,叹观止矣。"潘扆哈哈一笑,引手以收剑光,复成锡丸。

郑匡国上表奏闻南唐国主李昪。李昪召见潘扆,命他住在紫极宫中。潘扆过了数年,死在宫中。

吴淑的《江淮异人录》中,也记有潘扆的故事。

潘扆是大理评事潘鹏的儿子,年青时住在和州,常到山中打柴贩卖,奉养父母。有一次过江到金陵,船停在秦淮口,有一老人求他同载过江。潘扆见他年老，便答应了。其时大雪纷纷，天寒地冻。潘扆买了酒和老人同饮。船到长江中流，酒已喝完了，潘扆道："可惜酒买得少了，未能和老丈尽兴。"老人道："我也有酒。"解开头巾，从发髻中取出一个极小的葫芦来，侧过小葫芦，便有酒流出。葫芦虽小，但倒了一杯又一杯，两人喝了几十杯，小葫芦中的酒始终不竭。潘扆又惊又喜，知道这位老丈是异人，对他更加恭敬了。到了对岸，老人对他说："你孝养父母，身上又有道气，孺子可教。"于是授以道术。潘扆此后的行径便甚诡异，世人称他为"潘仙人"。

有一次他到人家家中，见池塘水面浮满了落叶，忽然兴到，对主人道："我玩个把戏给你瞧瞧。"叫人将落叶捞了起来，放在地下，霎时之间，树叶都变成了鱼，大叶子成大鱼，小叶子成小鱼，满地跳跃，把鱼投入池塘，又都成为落叶。

他抓一把水银，在手掌之中捏得几捏，摊开手掌，便已变成银子。

有一个名蒯亮的人，有一次到亲戚家作客，和几个亲友一起同坐聚谈。潘扆经过门外，主人识得他，便邀他进来，问道："想烦劳先生作些法术以娱宾，可以吗？"潘扆道："可以！"游目四顾，见门外铁匠铺中有一铁砧，对主人道："用这铁砧可以变些把戏。"主人便去借了来。潘扆从怀中取出一把小刀子，将铁砧切成一片一片，便如是切豆腐一般，顷刻间将一个打铁用的大铁砧切成了无数碎片。座客尽皆惊愕。潘扆道："这是借人家的，不可弄坏了它。"将许多碎片拼在一起，又变成一个完整无缺的大铁砧。宾主齐声喝采。

他又从衣袖中取出一块旧的手巾来，说道："你们别瞧不起这块旧手巾。若不是真有急事，求我相借，我才不借呢。"拿起手巾来遮在自己脸上，退了几步，突然间无影无踪，就此不见了。

一本书他从未看过的,却能背诵。又或是旁人作的文稿,包封好了放在他面前,只要读出文稿的第一个字,他便能一直读下去,文稿中间有什么地方涂改增删,他也一一照样读出来。诸如此类的行径甚多,后来却也因病而死。

二十七　洪州书生

成幼文做洪州（即今江西南昌）录事参军的官，住家靠近大街。有一天坐在窗下，临街而观，其时雨后初晴，道路泥泞，见有一小孩在街上卖鞋，衣衫甚是褴褛。忽有一恶少快步行过，在小孩身上一撞，将他手中所提的新鞋都撞在泥泞之中。小孩哭了起来，要他赔钱。恶少大怒，破口而骂，哪里肯赔？小孩道："我家全家今天一天没吃过饭，等我卖得几双鞋子，回家买米煮饭。现今新布鞋给你撞在泥里，怎么还卖得出去？"那恶少声势汹汹，连声喝骂。

这时有一书生经过，见那小孩可怜，问明鞋价，便赔了给他。那恶少认为扫他面子，怒道："他妈的，这小孩向我讨钱，关你屁事，要你多管闲事干么？"污言秽语，骂之不休。那书生怒形于色，隐忍未发。

成幼文觉这书生义行可嘉，请他进屋来坐，言谈之下，更是佩服，当即请他吃饭，留他在家中住宿。晚上一起谈论，甚为投机。成幼文暂时走进内房去了一下，出来时那书生已不见了。大门却仍是关得好好的，到处寻他，始终不见，不禁大为惊讶。

过不多时，那书生又走了进来，说道："日间那坏蛋太也可恶，我不能容他，已杀了他的头！"一挥手，将那恶少的脑袋掷在地下。

成幼文大惊，道："这人的确得罪了君子。但杀人之头，流血在地，岂不惹出祸来？"书生道："不用担心。"从怀中取出一些药末，放在人头之上，拉住人头的头发搓了几搓，过了片刻，人头连发都化为水，对成幼文道："无以奉报，愿以此术授君。"成幼文道："在下非方外之士，不敢受教。"书生于是长揖而去。一道道门户锁不开、门不启，书生已失所踪。（出吴淑《江淮异人录》）

　　杀人容易，灭尸为难，因之新闻中有灶底藏尸、箱中藏尸、麻包藏尸等等手法。中国笔记小说中记载有一妇人，杀人后将尸体切碎煮熟，喂猪吃光，不露丝毫痕迹，恰好有一小偷躲在床底瞧见，否则永远不会败露。英国电影导演希治阁所选谋杀短篇小说中，有一篇写凶手将尸体切碎喂鸡，想法和中国古时那妇人暗合。王尔德名著《道灵格雷的画像》中，凶手杀人后，胁迫化学师用化学物品毁灭尸体，手续既繁，又有恶臭，远不及我国武侠小说中以药末化尸为水的传统方法简单明了。章回小说《七剑十三侠》中的一枝梅，杀人后也以药末化尸为水。至于近代武侠小说和武侠电影，杀人盈野，行若无事，谁去管他尸体如何。

二十八　义侠

有一个仕人在衙门中做"贼曹"的官（专司捕拿盗贼，略如警察局长）。有一次捉到一名大盗，上了铐镣，仕人独自坐在厅上审问。犯人道："小人不是盗贼，也不是寻常之辈，长官若能脱我之罪，他日必当重报。"仕人见犯人相貌轩昂，言辞爽拔，心中已答允了，但假装不理会。当天晚上，悄悄命狱吏放了他，又叫狱吏自行逃走。第二天发觉狱中少了一名囚犯，狱吏又逃了，自然是狱吏私放犯人，畏罪潜逃，上司略加申斥，便即了案。

那仕人任满之后，一连数年到处游览。一日来到一县，忽听人说起县令的姓名，恰和当年所释的囚犯相同，便去拜谒，报上自己姓名。县令大惊，忙出来迎拜，正是那个犯人。县令感念旧恩，殷勤相待，留他在县衙中住宿，与他对榻而卧，隆重款待了十日，一直没有回家。

那一日县令终于回家去了。那仕人去厕所，厕所和县令的住宅只隔一墙，只听得县令的妻子问道："夫君到底招待什么客人，竟如此殷勤，接连十天不回家来？"县令道："这是大恩人到了。当年我性命全靠这位恩公相救，真不知如何报答才是。"他妻子道："夫君岂不闻大恩不报？何不见机而作？"县令不语久之，才道："娘子说得是。"

那仕人一听，大惊失色，立即奔回厅中，跟仆人说快走，乘马便行，衣服物品也不及携带，尽数弃在县衙之中。到得夜晚，一口气行了五六十里，已出县界，惊魂略定，才在一家村店中借宿。仆从们一直很奇怪，不知为何走得如此匆忙。那仕人歇定，才详述此贼负心的情由，说罢长叹，奴仆们都哭了起来。

突然之间，床底跃出一人，手持匕首。仕人大惊。那人道："县令派我来取君头，适才听到阁下述说，方知这县令如此负心，险些枉杀了贤士。在下是铁铮铮的汉子，决不放过这负心贼。公且勿睡，在下去取这负心贼的头来，为公雪冤。"仕人惊惧交集，唯唯道谢。刺客持剑出门，如飞而去。

二更时分，刺客奔了回来，大叫："贼首来了！"取火观看，正是县令的首级。刺客辞别，不知所往。（出《源化记》）

在唐《国史补》中，说这是汧国公李勉的事。李勉做开封尹时，狱囚中有一意气豪迈之人，向他求生，李勉就放了他。数年后李勉任满，客游河北，碰到了故囚。故囚大喜迎归，厚加款待，对妻子道："恩公救我性命，该如何报德？"妻曰："酬以一千匹绢够了么？"曰："不够。"妻曰："二千匹够了么？"曰："仍是不够。"妻曰："既是如此，不如杀了罢。"故囚心动，决定动手，他家里的一名僮仆心中不忍，告诉了李勉。李勉外衣也来不及穿，立即乘马逃走。驰到半夜，已行了百余里，来到渡口的宿店。店主人道："此间多猛兽，客官何敢夜行？"李勉便将情由告知，还没说完，梁上忽然有人俯视，大声道："我几误杀长者。"随即消失不见。天未明，那梁上人携了故囚夫妻的首级来给李勉看。

这故事后人加以敷衍铺叙，成为评话小说，《今古奇观》中《李汧公穷途遇侠客》写的就是这故事。

李勉是唐代宗、德宗年间的宗室贤相，清廉而有风骨。代宗朝，他代黎干（即前《兰陵老人》故事中的主角）为京兆尹（首都市长），其时宦官鱼朝恩把持朝政，任观军容使（皇帝派在军队中的总代表、总政治部主任），即使是大元帅郭子仪也对他十分忌惮。这鱼朝恩又兼管国子监（国立大学、高级干部学校校长）。黎干做京兆尹时，出力巴结他，每逢鱼朝恩到国子监去巡视训话，黎干总是预备了数百人的酒饭点心去小心侍候。李勉即任后，鱼朝恩又要去国子监了，命人通知他准备。李勉答道："国子监是军容使管的。如果李勉到国子监来，军容使是主人，应当招待我。李勉忝为京兆尹，军容使若是大驾光临京兆衙门，李勉岂敢不敬奉酒馔？"鱼朝恩听到这话后，心中十分生气，可又无法驳他，从此就不去国子监了。但李勉这京兆尹的官毕竟也做不长。

后来他做广州刺史。在过去，外国到广州来贸易的海舶每年不过四五艘，由于官吏贪污勒索，外国商船都不敢来。《旧唐书·李勉传》说："勉性廉洁，舶来都不检阅，故末年至者四千余。"促进国际贸易，大有贡献。他在广州做官，什么物品都不买，任满后北归，舟至石门，派吏卒搜索他家人部属的行李，凡是在广州所买或是受人赠送的象牙、犀角等类广东物品，一概投入江中。

德宗做皇帝，十分宠幸奸臣卢杞有一天，皇帝问李勉道："众人皆言卢杞奸邪，朕何不知？卿知其状乎？"对曰："天下皆知其奸邪，独陛下不知，所以为奸邪也！"这是一句极佳的对答，流传天下，人人都佩服他的正直。任何大奸臣，人人都知其奸，皇帝却总以为他是大忠臣。这可以说是分辨忠奸的简单标准。（另有一说，这句话是李泌对德宗说的。）

二十九　青巾者

任愿，字谨叔，京师人，年轻时侍奉父亲在江淮地方做官。他读过一些书，性情淳雅宽厚，继承了遗产，家道小康，平安度日，也没有什么大志，不汲汲于名利。

熙宁二年，正月十五元宵佳节，任愿出去游街。但见人山人海，车骑满路，拥挤不堪。他酒饮得多了，给闲人一挤，立足不定，倒在一个妇人身上。那妇人的丈夫大怒，以为他有意轻薄，调戏自己妻子，拔拳便打。任愿难以辩白，也不还手招架，只好以衣袖掩面挨打。那人越打越凶，无数途人都围了看热闹。

旁观者中有一头戴青巾之人，眼见不平，出声喝止，殴人者毫不理睬。青巾者大怒，一拳将殴人者击倒，扶着任愿走开。众闲人一哄而散。任愿谢道："与阁下素不相识，多蒙援手。"青巾者不顾而去。

数日后，任愿在街上又遇到了那青巾者，便邀他去酒店喝酒。坐定后，见青巾者目光如电，毅然可畏。饮了良久，任愿又谢道："前日见辱于市井庸人，若不是阁下豪杰之士，谁肯仗义相助？"青巾者道："小事一桩，何足言谢？后日请仁兄再到此一叙，由兄弟作个小东，务请勿却。"当下相揖而别。

届时任愿去那酒店，见青巾者已先到了，两人拣了清静的雅座坐定，对饮了十几杯。青巾者道："我乃刺客，有一大仇人，已寻了他数年，今日怨气方伸。"于腰间取出一只黑色皮囊，从囊中取出一个首级，用刀子将脑袋上的肉片片削下，一半放在任愿面前的盘中，笑道："请用，不要客气。"任愿惊恐无已，不知所措。青巾者将死人肉吃得干干净净，连声劝客，任愿辞不能食。青巾者大笑，伸手到任愿盘中，将人肉抓过来又吃。食毕，用短刀将脑骨削成碎片，如切朽木，把碎骨弃在地下，再无人认得出这是死人的头骨。

青巾者道："我有术相授，你能学么？"任愿道："不知何术？"青巾者道："我能以药点铁成金，点铜成银。"任愿道："在下在市上有一间先父留下来的小店，每日可赚一贯钱。我数口之家，冬天穿棉，夏天穿葛，酒肉无忧，自觉生活如此舒适，已然过份，常恐遇祸，怎敢再学先生的奇术？还望见谅。"青巾者叹服，说道："像这样安份知命，毫不贪得之人，真是少有。你应当长寿才是。"取出一粒药来，道："服此药后，身强体壮，百鬼不近。"任愿和酒服了。两人直饮到深夜方散，以后便没再见他。（出《青琐高议》）

三十　淄川道士

有一个名叫姜廉夫的人，一晚刚就枕安睡，听得喝道之声，一辆轿子忽然在堂前出现。轿中走出一名绝色女子，上堂向姜廉夫的母亲盈盈下拜，说道："妾和郎君有姻缘之分，愿请一见。"姜廉夫听到了，欣然起身相见。他妻子见场面尴尬，便要避开。那女子道："不要因我之故而令你们夫妻疏远，请姊姊不可见怪。"姜妻见她温柔可亲，心中很有好感。两人情如姊妹，相亲相爱。姜廉夫大享齐人之福。那女子对姜母服侍得尤其恭敬周到，全家上下，个个都喜欢她。

到了端午节的前夕，那女子在一晚之间，做了一百个彩丝绣花荷包，绣功十分精致，人物、花草、题字，都绣了出来，便如是名家的书画一般，分送给亲戚。得到的人无不赞叹，大家都称她为"仙姑"。

过了不久，那女子忽向姜母道："婆婆，媳妇面临大难，要到别地一避。"拜了几拜，出门而去。姜家全家都很惊惶，为她担忧，不知她有何灾难，是否能够避过。

便在此时，有一名道人来到姜家，问姜廉夫道："你满面都是晦气之色，奇祸将至，那是什么缘故？"姜廉夫将经过情形都对他说了。道士命他在净室中预备一张榻。第二天道士又来，叫姜廉夫在榻上安卧，不可起身，又叮嘱家人上午千万不可开门，到正午才开。

过了良久，姜廉夫忽觉寒气逼人，只听得刀剑相交之声铮铮不绝。他心中大惧，蒙被而睡，猛听得砰的一声，有物坠入榻底，他也不敢去看。到得正午，姜家开门，道士来到，姜廉夫出门相迎。道士笑道："危险过去了！"同去看榻下所坠之物，却是一个髑髅（骷髅头，髑音独），有五斗的米斛那么大，道士从药箱中取出药末，撒在髑髅上，髑髅便即化而为水。

姜廉夫问："那是什么怪物？"道士道："我和那美貌女子都是剑仙。这女子先和一人相好，忽然抛弃了他，来跟你相好。那人大是愤怒，要来杀你二人。我和那女子一向很有交情，因此出力救你。总算侥幸成功，我去也！"

道士刚去，女子便即回来，与姜廉夫同居如初。（出《诚斋杂记》）

女剑仙水性杨花，男剑仙争风喝醋，都不成话。所以任渭长的评语说："髑髅尽痴，剑仙如斯！"

三十一　侠妇人

　　董国庆，字元卿，饶州德兴（在今江西省）人，宋徽宗宣和六年进士及第，被任为莱州胶水县（在今山东省）主簿。其时金兵南下，北方交兵，董国庆独自一人在山东做官，家眷留在江西。中原陷落后，无法回乡，弃官在乡村避难，与寓所的房东交情很好。房东怜其孤独，替他买了一妾。

　　这妾侍不知是哪里人，聪明美貌，见董国庆贫困，便筹划赚钱养家，尽家中所有资财买了七八头驴子、数十斛小麦，以驴牵磨磨粉，然后骑驴入城出售面粉，晚上带钱回家。每隔数日到城中一次。这样过了三年，赚了不少钱，买了田地住宅。

　　董与母亲妻子相隔甚久，音讯不通，常致思念，日常郁郁寡欢。妾侍好几次问起原因。董这时和她情爱甚笃，也就不再隐瞒，说道："我本是南朝官吏，一家都留在故乡，只有我孤身漂泊，茫无归期。每一念及，不禁伤心欲绝。"妾道："那何不早说？我有一个哥哥，一向喜欢帮人家忙，不久便来。到那时可请他为夫君设法。"

　　过了十来天，果然有个长身虬髯的人到来，骑了一匹高头大马，带着十余辆车子。妾道："哥哥到了！"出门迎拜，使董与之相见，互叙亲戚之谊，设筵相请。饮到深夜，妾才吐露董日前所说之事，请哥哥代筹善策。

　　当时金人有令，宋官逃匿在金国境内的必须自行出首，坦白从宽，否则被人检举出来便要处死。董已泄漏了自己身份，疑心二人要去向官府告发，既悔且惧，抵赖道："没有这回事，全是瞎说！"

虬髯人大怒，便欲发作，随即笑道："我妹子和你做了好几年夫妻，我当你是自己骨肉一般，这才决心干冒禁令，送你南归。你却如此见疑，要是有什么变化，岂不是受你牵累？快拿你做官的委任状出来，当作抵押，否则的话，天一亮我就缚了你送官。"董更加害怕，料想此番必死无疑，无法反抗，只好将委任状取出交付。虬髯人取之而去。董终夜涕泣，不知所措。

第二天一早，虬髯人牵了一匹马来，道："走罢！"董国庆又惊又喜，入房等妾同行。妾道："我眼前有事，还不能走，明年当来寻你。我亲手缝了一件衲袍（用布片补缀缝拼而成的袍子）相赠。你好好穿着，跟了我哥哥去。到南方后，我哥哥或许会送你数十万钱，你千万不可接受，倘若非要你收不可，便可举起衲袍相示。我曾于他有恩，他这次送你南归，尚不足以报答，还须护送我南来和你相会。万一你受了财物，那么他认为已足够报答，两无亏欠，不会再理我了。你小心带着这件袍子，不可失去。"

董愕然，觉得她的话很是古怪，生怕邻人知觉报官，便挥泪与妾分别。上马疾驰，来到海边，见有一艘大船，正解缆欲驶。虬髯人命他即刻上船，一揖而别。大船便即南航。董囊中空空，心下甚窘，但舟中人恭谨相待，敬具饮食，对他的行踪去向却一句也不问。

舟行数日，到了宋境，船刚靠岸，虬髯人早已在水滨相候，邀入酒店洗尘接风，取出二十两黄金，道："这是在下赠给太夫人的一点小意思。"董记起妾侍临别时的言语，坚拒不受。虬髯人道："你两手空空的回家，难道想和妻儿一起饿死么？"强行留下黄金而去。董追了出去，向他举起衲袍。虬髯人骇诧而笑，说道："我果然不及她聪明。唉，事情还没了结，明年护送美人儿来给你

· 769 ·

罢。"说着扬长而去。

董国庆回到家中,见母亲、妻子和两个儿子都安好无恙,一家团圆,欢喜无限,互道别来情由。他妻子拿起衲袍来细看,发觉布块的补缀之处隐隐透出黄光,拆开来一看,原来每一块缝补的布块中都藏着一片金叶子。

董国庆料理了家事后,到京城向朝廷报到,被升为宜兴尉。第二年,虬髯人果然送了他爱妾南来相聚。

丞相秦桧以前也曾陷身北方,与董国庆可说是难友,所以特加照顾,将董国庆失陷在金国的那段时期都算作是当差的年资,不久便调他赴京升官,办理军队粮饷的事务,数月后便死了。他母亲汪氏向朝廷呈报,得自宣教郎追封为朝奉郎,并任命他儿子董仲堪为官,那是绍兴十年三月间之事。(出洪迈《夷坚志》)

故事中提到了秦桧。乘这机会谈谈这个历史上有名的奸相。

秦桧,字会之,建康(今南京)人。在靖康年间,他是有名的主战派。皇帝派他随同张邦昌去和金人讲和,秦桧说:"是行专为割地,与臣初议矛盾,失臣本心。"坚决不去。后来金人要求割地,皇帝召开廷议,重臣大官中七十人主张割地,三十六人反对,秦桧是这三十六人的首领。

后来金兵南下,汴京失守,徽钦二帝被掳,金人命百官推张邦昌为帝。"百官军民皆失色不敢答"。秦桧大胆上书,誓死反对,其中说道:"桧荷国厚恩,甚愧无报,今金人拥重兵,临已拔之城,操生杀之柄,必欲易姓,桧尽死以辨。"书中大骂张邦昌:"张邦昌在上皇时,附会权幸,共为蠹国之政。社稷倾危,生民涂炭,固非一人所致,亦邦昌为之也。天下方疾之如仇雠,若付以土地,使主人民,四方豪杰必共起而诛之。"书中又称:"必立邦昌,则京师之民可服,天下之民不可服;京师之宗子可灭,天下之宗子不可灭。桧不顾斧钺之诛,言两朝之利害,愿复嗣君位,以安四方。"在那样的局面之下，敢于发如此大胆的议论，确是极有风骨，天下闻之，无不佩服。

后来金人终于立张邦昌为帝，掳了秦桧北去。

秦桧被俘虏这段期间，到底遭遇如何，史无可考，但相信一定是大受虐待，终于抵抗不了威胁，屈膝投降。一般认为，他所以得能全家南归，是金人暗中和他有了密约，放他回来做奸细的。金人当然掌握了他投降的证据和把柄，使他无法反悔，从此终身成为金国的大间谍。由于他以前所表现的气节，所以一到朝廷，高宗就任他为礼部尚书。

秦桧当权时力主和议，但真正决定和议大计的，其实还是高宗自己。当时文臣武将，大都反对与金人讲和。《宋史·秦桧传》有这样一段记载：绍兴八年"十月，宰执入见，桧独身留言：'臣僚畏首尾，多持两端，此不足与断大事。若陛下决欲讲和，乞专与臣议，勿许群臣预。'帝曰：'朕独委卿。'桧曰：'臣亦恐未便，望陛下更思三日，容臣别奏。'又三日，桧复留身奏事。帝意欲和甚坚，桧犹以为未也，曰：'臣恐别有未便，欲望陛下更思三日，容臣别奏。'帝曰：'然。'又三日，桧复留身奏事如初，知上意确不移，乃出文字，乞决和议，勿许群臣预。"

这段文字记得清清楚楚，说明了谁是和议的真正主持人。一般所谓奸臣，是皇帝胡涂，奸臣弄权。但高宗一点也不胡涂，秦桧只是迎合上意，乘机揽权，至于杀岳飞等等，都不过是执行高宗的决策，而这样做，也正配合了他作为金国大间谍的任务。

周密的《齐东野语》中，记述了两个大官拍秦桧马屁的手法，可看到当时官场的风气：

方德带兵驻在广东，特制了一批蜡烛，烛里藏以名贵香料，派人送给秦桧，厚贿相府管家，请他设法让秦桧亲自见到。管家叫使者在京等候机会。有一日，秦桧宴客，大张筵席之际，管家禀告：

"府中蜡烛点完了，恰好广东经略送了一盒蜡烛来，还未敢开。"秦桧吩咐开了来点，蜡烛一燃，异香满堂，众宾大悦。秦桧见此烛贵重，一点其数，共是四十九枝，心下奇怪为何不是整数，叫送礼的使者来问。使者道："经略专门造了这批蜡烛献给相爷，香料难得，共只造了五十枝，制成后恐怕不佳，点了一枝试验，所以只剩了四十九枝。数目零碎，但不敢用别的蜡烛充数。"秦桧大喜，认为方德奉己甚专，又不敢相欺，不久便升他的官。

　　另有一个郑仲，在四川做宣抚使。秦桧大起府第，高宗亲题"一德格天"四字，作为楼阁的匾额。格天阁刚刚完工，郑仲的书信恰好到来，呈上地毯一条，极尽华贵之能事。秦桧命将地毯铺在格天阁中，不料大小尺寸竟丝毫不错，刚好铺满。秦桧默然不语，心下大为不满，过不多时，便借故将郑仲撤职查办。郑仲造这条地毯，当然是事先暗中查明了格天阁地板的大小尺寸。秦桧自己是大特务头子，对于郑仲这种调查窥察他私事的特务手段，自是十分憎恶。

　　秦桧一直到死，始终得高宗的信任宠爱，自然是深通做官之道。《鹤林玉露》中记载有一个小故事：秦桧夫人到宫内朝见，皇太后说起近来很少吃到大的子鱼（不知是什么鱼，一定是当时杭州最名贵的鱼）。秦夫人说："臣妾家里倒有，明天呈奉一百条来给太后。"回家后告知了丈夫。秦桧大急，知道这一下可糟了，皇太后吃不到好鱼，自己家里却随随便便就拿出一百条来，岂不是显得自己的享受比皇帝、皇太后还好得多？秦桧的妻子王氏生性阴险，传说她参与杀岳飞之谋，以"捉虎易，放虎难"六字，促使秦桧下定决心，终于害死岳飞，然而讲到做官的法门，究竟不及老奸巨猾的丈夫了。秦桧和门客商议一番之后，终于想出了一条妙计，第二天送了一百条青鱼进宫去。青鱼是普通的贱鱼。皇太后哈哈大笑，说道："我早说这秦老太婆是乡下人，没见过世面，果然不错。青鱼和子鱼形状有些相似,味道可大不相同,只不过鱼身大而已。"这件趣事自必传入皇帝耳中,母子两人取笑秦桧是乡下人之余,觉得他忠厚老实,生活朴素,对他自又多了几分好感。倘若送进宫去的真是一百条子鱼,秦桧的相位不免有些危险了。

秦桧当国凡十九年,他任内自然是坏事做尽。据《宋史·秦桧传》所载,有不少作为是很具典型性的。《宋史》是元朝右丞相脱脱等所修,以异族人的观点写史,不至于故意捏造事实来毁谤秦桧。下面是《秦桧传》中所记录的一些事例。

高宗和金人媾和,割地称臣,民间大愤。太学生张伯麟在壁上题词:"夫差,尔忘越王杀尔父乎?"有人告发,被捉去打板子,面上刺字,发配充军。夫差之父与越王战,受伤而死,夫差为了报仇,派人日夜向他说这句话,以提高复仇的决心。张伯麟在壁上题这句话,当然是借古讽今,讥刺高宗忘了父亲徽宗被金人所掳而死的奇耻大辱。

秦桧下令禁止士人撰作史书,于是无耻文人纷纷迎合。司马光的不肖曾孙司马伋上书,宣称《涑水纪闻》一书,不是他曾祖的著作。吏部尚书李光的子孙,将李光的藏书万卷都烧了,以免惹祸。可是有一个名叫曹泳的人,还是告发李光的儿子李孟坚,说他读过父亲所作的私史,却不自首坦白。于是李孟坚被充军,朝中大官有八人受到牵累。曹泳却升了官。

"察事之卒,布满京城,小涉讥议,即捕治,中以深文。"所谓"中以深文",即以胡乱罗织的罪名,加在乱说乱讲之人的身上。

有一个名叫何溥的人,迎合秦桧,上书,说程颐、张载这些大理学家的著作是"专门曲学",须"力加禁绝","人无敢以为非"。

许多文人学士纷纷撰文作诗,歌颂秦桧的功德,称为"圣相"。若是拿他来和前朝贤相相比,便认为不够,必须称之为"元圣"。秦桧"晚年残忍尤甚,数兴大狱,而又喜谀佞,不避形迹。"不论赞他如何如何伟大英明,他都毫不怕丑,坦然而受,视为当然。"凡一时献言者,非诵桧功德,则讦人语言,以中伤善类。欲有言者,恐触忌讳,畏言国事。"

"一时忠臣良将,诛锄略尽。其顽钝无耻者率为桧用,争以诬陷善类为功。其矫诬也,无罪可状,不过曰'谤讪',曰'指斥',曰'立党沽名',甚则曰'有无君心'。"说人内心不尊敬皇帝,也算是罪状。

《续资治通鉴》中说秦桧"初见财用不足,密谕江浙监司暗增民税七八,故民力重困,饥死者众。又命察事卒数百游市间,闻言其奸恶者,即捕送大理狱杀之;上书言朝政者,例贬万里外。日使士人歌诵太平中兴之美。士人稍有政声名誉者,必斥逐之。"

善政有"道统",恶政也有"道统"。

三十二　解洵妇

解洵前半段的遭遇，和《侠妇人》中的董国庆很相似。他也是宋朝的官吏，北方土地沦陷后，陷在金人占领区中，无法归乡，很是痛苦，后来得人介绍，娶了一妾。那妾带来了不少钱，解洵才有好日子过。有一年重阳日，他思念前妻，落下泪来。那妾很是同情，便替他筹划川资，一同南归。那妾很是能干，一路上关卡盘查，水陆风波，都由她设法应付过去。

回到家后，解洵的哥哥解潜已因军功而做了将军。兄弟相见，十分欢喜。解潜送了四个婢女给弟弟。解洵喜新厌旧，宠爱四婢，疏远冷落了那妾。有一天，解洵和妾饮酒，两人都有了醉意，言语冲突起来。那妾道："当年你流落在北方，有一餐没一餐的，倘若没有我，只怕这时候早饿死了。今日一旦得志，便忘了从前的恩义，那可不是大丈夫之所为。"解洵大怒，三言两语，便出拳打去。那妾只是冷笑，也不还手。解洵仍是不住乱打乱骂。

那妾站起身来，突然之间，灯烛齐熄，寒气逼人，四名婢女都吓得摔倒在地。过了良久，点起灯烛看时，见解洵死在地下，脑袋已被割去。那妾却已不知去向。

解潜得报大惊，派了三千名官兵到处搜捕，始终不见下落。

解潜是南宋初年的好官，绍兴年间做荆南镇抚使，募人开垦荒田，成绩极好，增加了大量粮食生产，是南宋垦荒屯田政策的创导者。他病重时,张九成去探望。解潜流泪说:"我生平立誓要和金贼战死于疆场之上,哪知不能如愿。"说罢就死了。

张九成是南宋的忠义名臣,为人正直,毕生和秦桧作对。秦桧当权时,张九成被贬在南安,到秦桧死后才出来做官,后来追赠太师。他既和解潜交好,可见解潜也是忠义之士。

张九成是杭州人,绍兴壬子年状元。对策时论到刘豫(金人设立的傀儡皇帝)说:"臣观金人有必亡之势,中国有必兴之理。夫好战必亡,失其故俗必亡,人心不服必亡,金皆有焉。刘豫背叛君亲,委身夷狄,黠雏经营,有同儿戏,何足虑哉?"这篇策论传到了汴梁,刘豫见了大恨,派刺客来行刺,但张九成不以为意,时人都服他的胆识。

这篇策论却也引起了一个可笑谣言。有一天高宗向群臣说:"有人从汴梁逃回来,说张九成在刘豫那里做官,真是奇怪。"一个臣子奏称:"张九成在盐官县(今浙江海宁)做官,离杭州不到一百里,两天前还刚有文书来。"原来张九成那篇策论痛骂刘豫,在汴梁传诵很广,有人一知半解,把刘豫和张九成两个名字拉在一起,以为张九成在刘豫手下做官。

张九成状元及第后,第二年娶马氏为继室。马氏是寡妇,本有个儿子,再嫁后孩子由婆婆龚氏抚养。马氏嫁给张九成后过得两年逝世。张九成去会见龚氏,照料妻子和前夫所生的儿子。龚氏老太太逝世后,张九成替她作墓志,详细叙述马氏再嫁的事实,并不讳言。时人都佩服他的坦白和厚道。(见《画影》)他的作风和解洵刚好是两个极端。

三十三　角巾道人

浙江衢州人徐逢原，住在衢州峡山，少年时喜和方外人结交。有一个道士，名叫张淡道人，在他家中住，巾服萧然，只戴一顶青色角巾，穿一件夹道袍，并无内衣，虽在隆冬，也不加衣。每逢明月之夜，携铁笛至山间而吹，至天晓方止。

徐逢原学易经，有一次闭门推演大衍数，不得其法。张淡道人在隔室叫道："秀才，这个你是不懂的，明天我教你罢。"第二天便教他轨析算步之术，凡是人的生死时日，以及用具、草木、禽兽的成坏寿夭，都能立刻推算出来，和后来的结果相对照，丝毫不差。

这道人最喜饮酒，时时入市竟日，必大醉方归，囊中所带的钱，刚好足够买醉，日子过得无挂无碍。人家都说他有烧铜成银之术。徐逢原要试他酒量到底如何，请了四个酒量极好之人来和他同饮，自早饮到晚，四人都醉倒了，张淡还是泰然自若，回到室中。有人好奇去偷看，只见他用脚勾住墙头，头下足上的倒挂在墙上，头发散在一只瓦盆之中，酒水从发尾滴沥而出，流入瓦盆。

道人有一幅牛图，将图挂在墙上，割了青草放在图下，过了半天去看时，青草往往已被牛吃完了，或者是吃了一大半，而图下有许多牛粪。

道人有一徒弟，是个头陀。有一次张淡道人将那幅牛图送了给他，又命他买火麻四十九斤，绞成大索，嘱咐道："我将死了，死后勿用棺材殓葬，只用火麻绳将我尸身从头至脚的密密缠住，在罗汉寺寺后空地掘一个洞埋葬。每过七天,便掘开来瞧瞧。"头陀答应了。果然道人不久便死,头陀依照指示办事,过了七日,掘开来看,见道人的尸体面色红润。如此每过七日,就发掘一次,到四十九日后第七次掘开来时,穴中只余麻绳和一双破鞋,尸身已不见了。

徐逢原曾赠他一首诗,曰:"铁笛爱吹风月夜,夹衣能御雪霜天。伊予试问行年看,笑指松筠未是坚。"张淡道人用一匹绢来写了这首诗,笔力甚伟。(出洪迈《夷坚志》)

这张淡道人只不过是方士之类的人物,并不是什么剑客。